JOANNE FLUKE

Ein pfirsichsüßer Mord

Weitere Titel der Autorin

Das Geheimnis der Schokoladenkekse
Das Rätsel des Teekuchens
Das Mysterium der Blaubeertörtchen
Der Zitronentortenmord
Der Schoko-Muffin-Mord

Über die Autorin:

Joanne Fluke lebt als freie Autorin in Kalifornien. Ihre Romane sind regelmäßig auf den ersten Plätzen der *New York Times* Bestsellerliste vertreten. Die Leser:innen lieben die Geschichten der *Queen of Culinary Mystery* wegen ihrer lebensechten Figuren und der Wohlfühlatmosphäre rund um Hannah Swensens Café *The Cookie Jar* in der fiktiven Kleinstadt Lake Eden.

JOANNE FLUKE

Ein pfirsichsüßer Mord

EIN FALL FÜR HANNAH SWENSEN

Kriminalroman

Aus dem Englischen von
Angela Koonen

Lübbe

Die Bastei Lübbe AG verfolgt eine nachhaltige Buchproduktion. Wir verwenden Papiere aus nachhaltiger Forstwirtschaft und verzichten darauf, Bücher einzeln in Folie zu verpacken. Wir stellen unsere Bücher in Deutschland und Europa (EU) her und arbeiten mit den Druckereien kontinuierlich an einer positiven Ökobilanz.

MIX
Papier | Fördert gute Waldnutzung
FSC® C014496

Vollständige Taschenbuchausgabe

Deutsche Erstausgabe

Umschlaggestaltung: Guter Punkt, München | www.guter-punkt.de
Einband-/Umschlagmotiv: © iStock/Getty Images Plus: Boonyachoat |
Dane Moore | Vac1 | Ross- Helen | mkos83 |
bluejayphoto; © Shutterstock: JulieStar | Kmannn
Satz: hanseatenSatz-bremen, Bremen
Gesetzt aus der Bembo
Druck und Verarbeitung: GGP Media GmbH, Pößneck

Printed in Germany
ISBN 978-3-404-19239-7

2 4 5 3 1

Sie finden uns im Internet unter luebbe.de
Bitte beachten Sie auch: lesejury.de

Für meinen Golden Ruel

1

»Gerade ist Dick Laughlin reingegangen!« Lisa Herman stand im Café am Schaufenster vor der halbhohen Gardine und schaute über die verschneite Main Street. »Und gleich hinter ihm Barbara Donnelly. Sie hat zu uns herübergeguckt und mich wahrscheinlich gesehen. Trotzdem ist sie Dick gefolgt.«

»Ich denke, ich kann ohne ständige Kundenzählung leben«, sagte Hannah Swensen zu ihrer Geschäftspartnerin und schluckte ihren Protest hinunter, als Lisa sich den hohen Hocker von der Kasse holte und ihn so hinstellte, dass sie einen freien Blick auf das *Café Magnolia* hatte. Der Hocker wurde an der Kasse sowieso nicht mehr gebraucht, denn ihr eigenes Bäckerei-Café, das *Cookie Jar*, war so leer wie ein Windbeutel, bevor man die Vanillecreme hineinspritzte.

»Ich weiß, das ist deprimierend, aber ich richte hier einen Beobachtungsposten ein. Wir müssen auf die Konkurrenz ein wachsames Auge haben.« Lisa nahm sich einen der Notizblöcke, die Hannah immer griffbereit hielt, und stemmte sich auf den Hocker hinauf, keine leichte Übung für eine zierliche junge Frau, die nicht mal eins sechzig groß war. »Oh, oh!«

»Was jetzt?«

»Charlotte Roscoe kommt gerade mit einer riesigen Kuchenschachtel heraus. Heute ist die wöchentliche Lehrerkonferenz, und dafür hat sie sonst immer bei uns Plätzchen gekauft!«

»Wenn der Reiz des Neuen erst einmal nachgelassen hat, kommen sie alle wieder zu uns«, sagte Hannah. Das war zu ihrem Mantra geworden, das sie während der letzten zwei Wochen bestimmt zehn Mal am Tag heruntergebetet hatte, nämlich seit Shawna Lee Quinn und ihre wohlhabende verwitwete Schwester Vanessa schräg gegenüber die neue Bäckerei eröffnet hatten.

»Das sagst du immer. Aber bist du dir sicher?« Lisa schaute skeptisch. »Ich meine ... was, wenn ihr Gebäck besser ist als unseres?«

Hannah war geschockt. Lisa hatte noch nie die Qualität ihrer süßen Leckereien infrage gestellt.

»Entschuldigung.« Lisa sah ihr wohl an, dass sie das als Treuebruch empfand, und ruderte sofort zurück. »Ich bin mir sicher, dass unseres besser ist. Es muss besser sein. Wir sind Profis, Shawna Lee hingegen nicht. Sie tut das nur, weil sie ein eigenes Geschäft haben wollte und Vanessa ihr das Geld dazu gegeben hat. Ich glaube nicht, dass auch nur eine der beiden Schwestern besonders gut backen kann. Aber ich würde gern mal etwas kosten, nur um mich zu vergewissern.«

Untersteh dich!, wollte Hannah erwidern, unterdrückte jedoch den Impuls und zwang sich, vernünftig zu sein. Es stimmte, sie hatten aus dem *Café Magnolia* noch nichts probiert, und es würde sie sehr beruhigen, wenn die Plätzchen von dort wie Sägemehl schmeckten und der Teigrand ihrer Mürbekuchen steinhart wäre. Aber was, wenn es den beiden Schwestern irgendwie gelungen wäre, überragendes

Gebäck herzustellen? War es besser, in seliger Unwissenheit weiterzumachen, sich einfach auf die eigene Kompetenz zu verlassen und zu glauben, dass sie bessere Ware herstellten? Oder sollten sie das prüfen und ihren Laden dichtmachen, wenn Shawna Lee und Vanessa den Kuchenkrieg der Main Street gewinnen sollten?

»Was ist los, Hannah?«

»Ich habe nur einen inneren Kampf ausgefochten.«

Lisa grinste. »Wer hat gewonnen?«

»Ich. Wie wär's, wenn du Geld aus der Kasse nimmst und hinüberläufst? Wir könnten ihren Südstaaten-Pfirsich-Cobbler probieren. Der soll ihr Paradegebäck sein.«

»Das bringe ich nicht fertig!« Lisa sah sie entsetzt an. »Das wäre illoyal!«

»Nicht, wenn es nur darum geht zu vergleichen.«

»Ich würde mir trotzdem wie eine Verräterin vorkommen. Kannst du nicht hingehen und etwas aus Freundlichkeit kaufen?«

Hannahs Brauen schossen in die Höhe. »Ich soll freundlich sein zu der Frau, die gegenüber von uns ein Bäckerei-Café betreibt und ihre reiche Schwester überredet hat, es zu finanzieren, damit sie uns fast neunzig Prozent unseres Umsatzes wegnehmen kann?«

»Na ja …«

»Soll ich mich wirklich gutnachbarlich gegenüber der Frau verhalten, die unsere Catering-Preise unterbietet, sodass wir mit sechzehn Absagen dastehen?«

»Siebzehn«, korrigierte Lisa. »Rose McDermotts Cousine hat die Plätzchenlieferung für ihre Babyparty heute Morgen gecancelt. Ich habe geahnt, dass das passieren würde, sowie ich die Catering-Anzeige von Shawna Lee und Vanessa im *Lake Eden Journal* entdeckt habe.«

»Die habe ich auch gesehen. *Fünfzig Prozent Rabatt bei Ihre Erstbestellung.* Wenn Shawna Lee mich je zu einem Duell herausfordert, wähle ich als Waffe Grammatik.«

Lisa lachte, wurde aber schnell wieder ernst. »Ich kann dir keinen Vorwurf daraus machen, dass du so wütend bist, Hannah. Ich würde rotsehen, wenn Shawna Lee sich an meinen Freund ranmachen würde.«

»Welchen?«

»Herb natürlich.«

»Nicht deinen. Ich rede von mir. Welchen meinst du?«

Das war eine berechtigte Frage, und Hannah wartete unruhig auf Lisas Antwort. Zurzeit datete sie zwei Männer, zur großen Zufriedenheit ihrer hochzeitserpichten Mutter. Nur eines fand Delores Swensen daran nicht zufriedenstellend: Hannah ging seit über einem Jahr mit ihnen aus, und keiner der beiden hatte ihr bisher einen Antrag gemacht.

»Tja … ich weiß nicht mit Sicherheit, dass Shawna Lee sich an ihn ranmacht«, räumte Lisa ein. »Ich denke nur, sie könnte es tun.«

»An welchen?«, fragte Hannah noch mal.

»Äh … Mike.«

Hannah atmete tief durch, um das bange Gefühl in der Brust loszuwerden. Mike Kingston war der leitende Detective der Polizei im Winnetka County, der gar kein Recht hatte, so verdammt gut auszusehen, denn schließlich verdiente er sein Geld nicht vor der Kamera. Hannah vermutete schon länger, dass er und Shawna Lee nicht bloß Freunde, Kollegen und Nachbarn waren, doch er stritt das stets ab. Ob zwischen den beiden etwas lief, war bislang unbewiesen, und darum bemühte Hannah sich, ihm zu glauben, dass er Frauen den Vorzug gab, die wuschelige rote Haare, einen sarkastischen Humor und vom ständigen

Kosten ihres Gebäcks ein paar Pfunde mehr auf den Rippen hatten – wie viele genau, ging niemanden etwas an.

»Das hat mir keiner gesagt«, beschwerte sich Hannah, und ihr Magen sackte weg wie ein Fahrstuhl mit defekter Bremse. Wenn jemand in Lake Eden den beiden auf die Schliche käme, wäre er moralisch verpflichtet, es Hannah sofort zu erzählen. So war das nun mal in einer Kleinstadt. Man wurde über alles Druckreife persönlich informiert. Und was nicht geeignet war, im *Lake Eden Journal* zu erscheinen, wurde einem am Telefon über die Lake Edener Klatsch-Hotline übermittelt.

»Weil nur Herb und ich davon wissen. Warum hast du mich gefragt, welchen ich meine? Norman würde Shawna Lee niemals angucken. Er ist dir gegenüber absolut loyal.«

»So?« Hannah lächelte, als sie an ihn dachte. Norman Rhodes, der Zahnarzt von Lake Eden und Sohn der Geschäftspartnerin ihrer Mutter. Er wirkte nicht annähernd so sexy wie Mike, doch er war intelligent, lustig und absolut zuverlässig.

»Ich habe dich mit beiden gesehen, und Mike macht anderen Frauen schöne Augen. Er checkt sie ab, auch wenn er gerade mit dir ausgeht. Norman tut das nicht. Als er heute Morgen hier war, konnte er sich kaum mal von deinem Anblick losreißen.«

»Nur weil wir beide die einzigen Frauen waren und du in Kürze heiratest.«

Lisas Augen leuchteten auf, und Hannah wusste, sie dachte an ihre Hochzeit, die in zwölf Tagen stattfinden würde. Hannahs jüngere Schwester Andrea arrangierte alles und hatte diese Woche täglich angerufen, um sich mit Lisa wegen der Blumen, der Farbwahl und der Dekoration zu beraten.

Lisa schaute gleich wieder besorgt. »Es tut mir leid,

Hannah. Ich hätte nichts über Shawna Lee und Mike sagen sollen. Das war nur eine einzige Sichtung, und vielleicht hatte das gar nichts zu bedeuten.«

»Sichtung?« Hannah lächelte traurig. »Hat jemand ein Ufo gesehen?«

»Natürlich nicht.«

»Das dachte ich mir. Außerirdische sind nämlich intelligenter als wir. Sie würden Minnesota erst im Sommer besuchen. Jetzt sag mir, wieso du glaubst, dass Mike mit Miss Durch-und-durch-Blond etwas am Laufen hat.«

Lisa lachte schallend. »Miss Durch-und-durch-Blond?«

»So nenne ich sie, wenn ich kleinlich sein will. Und das will ich meistens, wenn Shawna Lee ins Spiel kommt. Sie ist eine der oberflächlichen Barbiepuppenblondinen, die echten Blondinen wie Andrea einen schlechten Ruf eingebracht haben.«

»Shawna Lee ist nicht von Natur aus blond, oder?«

»Laut Andrea definitiv nicht. Sie hat sie in dem neuen Schönheitssalon gesehen. Shawna Lee hat sich dort den Ansatz färben lassen.« Hannah ging auf ihren Versuch ein, das Thema zu wechseln, kam aber wieder auf das zurück, was sie eigentlich wissen wollte. »Wie war das mit der ›Sichtung‹? Wer hat die beiden zusammen *gesichtet*? Wo und wann war das?«

»Herb hat Mikes Hummer gestern Abend auf dem Parkplatz hinter ihrer Bäckerei stehen sehen.«

Hannah glaubte das unbesehen. Herb Beeseman, Lisas Verlobter, war der einzige Verkehrspolizist auf der Gehaltsliste der Stadt. Er setzte innerhalb des Stadtgebiets nicht nur die Park- und Verkehrsverordnungen durch, er drehte auch abends, bevor er Feierabend machte, eine Runde an den Geschäften und Betrieben vorbei, um nach dem Rechten zu sehen. Hannah kannte ihn schon seit der Schulzeit als zuverlässigen Menschen. Wenn Herb sagte, Mikes Hummer habe hinter der Bäckerei gestanden, dann stimmte das. »Um welche Uhrzeit war das?«

»Um elf. Und Vanessa war über Nacht nicht da. Herb dachte, Shawna Lee hätte vielleicht ein Problem und hätte Mike angerufen, damit er ihr hilft.«

Hannah bezweifelte das, aber möglich war es. »Na ja ... Mike hat während der Highschool stundenweise als Handwerker gearbeitet. Von daher könnte Herb recht haben.«

»Das glaube ich nicht. Was für ein Problem könnte Shawna Lee abends um elf haben, bei dem es in ihrer Wohnung dunkel ist?«

»Ein elektrisches?« Hannah witzelte, um zu überspielen, wie sehr sie das aufwühlte. »Aber im Ernst, wenn der Strom ausgefallen ist und Shawna Lee nicht wusste, wie sie die Sicherung wieder einschalten muss, könnte sie Mike gerufen haben.«

»Der Strom war nicht ausgefallen. Herb hat in der Wohnung über der Bäckerei schummriges Licht gesehen.«

Hannah hasste es, das zu fragen, doch sie brauchte Klarheit. »In welchem Zimmer?«

»Auf der Hausrückseite. In Shawna Lees Schlafzimmer.«

Hannah schluckte schwer. Das war ernst. Es gab nur eins, was Mike in Shawna Lees Schlafzimmer tun konnte, und dabei waren nicht seine handwerklichen Fähigkeiten vonnöten.

»Ich habe Herb gebeten, gegen Mitternacht noch mal hinzufahren und nachzusehen, und da war Mike noch dort. Natürlich kann es dafür eine harmlose Erklärung geben. Wenn du in ihren Laden gehst und Shawna Lee in ein Gespräch verwickelst, verplappert sie sich vielleicht.«

Hannah schüttelte den Kopf. »Vergiss es. Ich setze keinen Fuß in ihre Bäckerei. Ihr wäre sofort klar, dass ich nur die Konkurrenz in Augenschein nehme. Was wir wirklich brauchen, ist …«

»Andrea«, sagte Lisa.

»Andrea? Meine Schwester?«

»Ja. Sie wäre bestimmt bereit, die Waren dort drüben zu checken.«

»Das ist eine großartige Idee! Andrea bräuchte keine fünf Minuten, dann wüsste sie über Shawna Lees Betriebskosten, den Umsatz und das Kundenprofil Bescheid. Und Shawna Lee und ihre Schwester würden nicht mal merken, dass sie ausgehorcht werden. Andrea ist für die Aufgabe genau die Richtige.«

»Ja, sie kann Leute gut dazu bringen, über sich zu reden.«

»Das hat sie von meiner Mutter gelernt. Die würde eine hervorragende CIA-Agentin abgeben. Ich werde Andrea sofort anrufen.«

»Brauchst du nicht. Da kommt sie gerade.« Lisa glitt von ihrem Hocker und ging in die Backstube. »Sie ist soeben um die Ecke gebogen und sollte jeden Moment an der Hintertür klopfen. Ich lasse sie rein.«

Hannah trat zur Kaffeemaschine, füllte drei Tassen und trug sie zur hintersten Sitznische. Mit düsterer Miene ging sie an den leeren Tischen entlang. Den ganzen Tag waren nur zwölf Kunden bei ihnen gewesen. Für die Zukunft des *Cookie Jar* verhieß das nichts Gutes.

Andrea stieß die Schwingtür auf, die die Backstube vom Café trennte. »Habt ihr schon gehört? Das berühmte Murmeltier in Pennsylvania hat seinen Schatten gesehen. Das heißt, der Winter ist vorbei!«

Lisa warf Hannah einen schnellen Blick zu und schüttelte den Kopf. »Ich hab's nicht gehört. Sag du es ihr.«

»Was soll Hannah mir sagen?«

»Es ist genau andersherum, Andrea. Wenn die Sonne scheint und das Murmeltier Punxsutawney Phil seinen Schatten sieht, dauert der Winter noch sechs Wochen.«

»Wirklich?« Andrea runzelte die Stirn. »Das leuchtet mir nicht ein. Wenn es doch ein sonniger Tag ist, warum bekommen wir dann morgen nicht auch schönes Wetter? Und übermorgen? Und überübermorgen? Und ehe man sich's versieht, gehen all die milden, sonnigen Tage in den Frühling über.«

»Das wäre herrlich, aber man kann ebenso gut irgendeinen Tag wählen und den armen Punxsutawney Phil aus dem Winterschlaf reißen.«

»Genau das meine ich.« Andrea zog sich den Wintermantel aus und schaute sich verwirrt um. »Wo sind denn alle?«

»Gegenüber«, brummte Hannah. »Lisa hat in der letzten Stunde dreiundzwanzig Leute gezählt, die ins *Café Magnolia* gegangen sind.«

»Das kommt nur daher, dass es neu ist.« Andrea legte Mantel und Handschuhe über einen Stuhl und drehte sich im Kreis. »Was sagst du dazu?«

»Superchic.« Hannah musterte den weinroten Hosenanzug. Die hohen Wildlederstiefel hatten dieselbe Farbe, und ihre glänzenden blonden Haare waren raffiniert geschlungen und mit einer Spange hochgesteckt, die mit weinroten Steinen besetzt war.

»Das meine ich nicht. Was fällt dir noch auf?« Sie warf sich in eine Pose wie ein Model auf dem Laufsteg.

Hannah war ratlos. Was sollte ihr auffallen? Nach einigem Zögern entschied sie sich für das Altbewährte. »Du siehst umwerfend aus. Ist das ein neues Outfit?«

»Nein, das habe ich im letzten Januar gekauft. Da gab es im Shoppingcenter bei den Designersachen lauter Sonderangebote. Aber du sollst nicht auf meinen Hosenanzug achten. Guck nur mich an! Ich habe jedes Gramm verloren, das ich während der Schwangerschaft zugelegt hatte!«

»Das ist toll.« Hannah versuchte, solidarisch und begeistert zu klingen, leider vergeblich. Sie war nun mal keine oscarprämierte Schauspielerin. Ihre Nichte Bethany war im Dezember zur Welt gekommen, am Abend des Lake Edener Weihnachtsbüfetts. Nur zwei Monate später passte Andrea wieder die Kleidergröße, die sie schon seit der Highschool trug. Nach Hannahs Empfinden war das unfair. Sie selbst brauchte ewig, um ein oder zwei Pfunde zu verlieren, und ihre Schwester schüttelte sie praktisch ab wie ein nasser Hund das Regenwasser.

»Wie hast du das gemacht?«, fragte Hannah, obwohl sie zweifelte, ob sie die Antwort hören wollte.

»Ich habe mich in dem neuen Fitnessstudio im Einkaufscenter angemeldet, und sobald Grandma McCann aufgestanden ist und sich um Bethany kümmert, fahre ich los und nehme an dem frühen Gymnastikkurs teil. Das macht Spaß!«

Hannah verzog das Gesicht. Es gab nur eins, was ihr um diese Uhrzeit noch weniger Spaß machen würde als Gymnastik: sich verprügeln zu lassen. Und bei näherer Betrachtung war der Unterschied nicht so groß.

»Ich wusste, ich brauche einen starken Anreiz, um jeden Morgen hinzugehen. Du weißt, wie das ist.«

Hannah nickte, obwohl sie noch nie erwogen hatte, sich morgens vor der Arbeit im Fitnessstudio abzustrampeln.

»Ich dachte, wenn ich beim Sport wirklich gut aussehe, gehe ich tatsächlich hin. Also habe ich mir einen hübschen Gymnastikanzug aus Elastan gekauft, neonpink mit schwarzen Rändern. Du solltest ihn mal sehen. Er ist einfach süß.«

»Ganz bestimmt.« Hannah meinte das ernst. Wieso sahen in Gymnastikanzügen immer nur die Leute gut aus, die Gymnastik eigentlich nicht nötig hatten?

»Und nachdem ich mein gewohntes Gewicht zurückhabe, werde ich wieder halbtags arbeiten. Da Tracey in der Schule ist und Grandma McCann für Bethany sorgt und das Kochen übernimmt, ist für mich zu Hause kaum noch etwas zu tun. Und außerdem möchte ich meinen finanziellen Beitrag leisten.« Andrea wandte sich Lisa zu. »Ich habe heute Morgen das Haus eurer Nachbarin verkauft.«

Lisa wartete, bis Andrea sich an den Tisch gesetzt hatte, und nahm neben ihr Platz. »Welcher Nachbarin?«

»Dora Lambrecht.«

»Das ist eine gute Neuigkeit! Es steht leer, seit sie zu Mary Jean nach Colorado gezogen ist, und wir haben es vermisst, auf dieser Seite Nachbarn zu haben.«

Andrea trank einen Schluck von ihrem Kaffee. Dann fiel ihr auf, dass nichts auf dem Tisch stand. »Gibt es keine Kekse?«, fragte sie verwundert.

»Doch«, versicherte Hannah. »Aber wir dachten, du möchtest mal etwas Neues ausprobieren. Wir wär's mit einer Gebäckverkostung?«

»Das macht bestimmt Spaß. Da ich nicht mehr Diät zu halten brauche, kann ich ein bisschen schlemmen, besonders wenn es für einen guten Zweck ist. Immer her damit.«

»Ich fürchte, du musst es dir selbst holen«, sagte Hannah ernst. »Lisa und ich müssen hierbleiben.«

»Das kann ich tun. Steht es in der Backstube?«

»Nein, drüben im *Café Magnolia*. Wir brauchen von jeder Gebäcksorte ein Stück und dazu einen halben Südstaaten-Pfirsich-Cobbler.«

Im ersten Moment schaute Andrea verdutzt, dann grinste sie. »Ich soll bei der Konkurrenz einkaufen? Und Shawna Lee und Vanessa sollen nicht merken, dass ich es zu euch bringe?«

»Genau. Bist du bereit, für uns zu spionieren?«

»Aber klar!«

»Ich gebe dir Geld aus der Kasse.« Hannah schob ihren Stuhl zurück.

»Nicht nötig. Ich konnte durch den Lambrecht-Verkauf eine schöne Provision einstreichen und kann es mir leisten, euch einzuladen. Ich gehe einfach hinten raus und fahre mit dem Auto vor. Dann glauben sie, ich komme von woanders her, und zurück nehme ich den gleichen Weg. Nenn mich Gypsy Rose Lee.«

Gypsy Rose Lee? Hannah stutzte. Ihre Schwester zog offenbar eine Verbindung zwischen der berühmten Schauspielerin und Stripperin und ihrer eigenen Rolle als Spionin, doch Hannah sah sie nicht.

»Augenblick.« Sie holte Andrea ein, die gerade die Schwingtür aufstoßen wollte. »Was hat das alles mit Gypsy Rose …« In dem Moment dämmerte es ihr, und sie lachte. Es gab tatsächlich eine Verbindung, eine irrtümliche. »Du meinst wohl eigentlich Tokyo Rose, oder?«

»Genau! Ich bringe die beiden immer durcheinander. Halte mir den Stuhl warm. Ich bin im Nu wieder da mit einem Sack voll Leckerbissen.«

Hannah hatte sich gerade einen Kaffee eingegossen, als sie an der Ladentür ein vertrautes Gesicht sah. Es war Norman, und er trug ein Päckchen in hellrotem Papier mit goldenen Herzchen und einer hübschen goldenen Schleife.

»Hi, Norman«, grüßte sie, als er hereinkam. »Ich dachte, du hättest heute Vormittag pausenlos Patiententermine.«

»Hatte ich, aber Mrs Barthel rief an, um ihren zu verschieben. Ihr Mann ist nicht da, und ihr Wagen hat sie im Stich gelassen. Sie meinte, bis sie jemanden gefunden hätte, der sie zu Hause abholt und zur Praxis fährt, wäre ihr Termin vorbei.«

Hannah verstand das. Helen und Ed Barthel wohnten zwölf Kilometer außerhalb, und die Fahrt zu ihnen verlief größtenteils über schmale Landstraßen, auf denen zwei Autos kaum aneinander vorbeikamen.

»Kaffee, Norman?«, rief Lisa.

»Ja, danke. Und zwei von euren besten Plätzchen.«

»Wie wär's, wenn du auf das Gebäck von gegenüber wartest?«, schlug sie vor. »Wir haben Andrea hingeschickt, damit sie von allem eine Kostprobe besorgt.«

»Meinetwegen, doch ich wette, eure Plätzchen sind besser.«

»Heißt das, du warst noch nicht drüben?« Lisa klang deutlich erstaunt.

»Für mich gibt es keinen Grund hinzugehen, wenn ich viel lieber hierherkomme.« Er hängte seine Jacke auf und begab sich mit seinem Päckchen an ihren Tisch. »Das ist für dich, Hannah.«

»Danke! Aber ist es nicht noch ein bisschen früh für ein Geschenk zum Valentinstag?«

»Das ist nicht zum Valentinstag. Es gab nur im *Red Owl* kein anderes Geschenkpapier.«

»Ach … danke.« Hannah hoffte, dass ihr nicht anzusehen war, wie nervös sie das machte. Warum schenkte Norman ihr etwas?

»Pack es sofort aus. Es muss gekühlt werden.«

Hannah lächelte ihn an und riss das Papier auf. Das Leben war zu kurz, um Geschenkpapier glatt zu streichen und aufzubewahren. Im nächsten Moment war sie sprachlos und blickte Norman verwirrt an. »Kleine Blutwürstchen?«

»Genau. Schließlich ist heute ein besonderer Tag.«

»Ach so? Das einzig Besondere heute ist, dass … Ach ja, heute ist Murmeltiertag!« Sie lachte schallend und gab Norman einen dicken Kuss auf den Mund. »Wie in *Und täglich grüßt das Murmeltier*: ›Möchten Sie Blutwurst? Ich habe immer etwas Blutwurst im Handschuhfach‹«, zitierte sie. Und weil es beim ersten Mal so großen Spaß gemacht hatte, küsste sie ihn gleich noch einmal.

2

»Zumindest ist der Deckel schön. Man möchte ihn glatt einrahmen«, bemerkte Hannah mit Blick auf die Kuchenschachtel, die Andrea aus dem *Café Magnolia* mitgebracht hatte. Die zwei Südstaaten-Schwestern hatten mit einigem Aufwand dafür gesorgt, dass jeder ihre Schachtel wiedererkannte, der sie nur einmal gesehen hatte. Sie bestand aus Goldfolienkarton mit weiß-rosa Magnolienblüten auf dem Deckel.

Lisa betrachtete sie. »Sind Magnolienblüten nicht eigentlich gelb?«

»Es gibt sie in Gelb, Pink und Weiß … und jeder Kombination dieser Farben. Das weiß ich von Vanessa. Sie haben sich für Pink und Weiß als Hauptfarben entschieden und das ganze Geschäft in diesen Tönen eingerichtet.«

»Sie haben pinkfarbene Wände?« Hannah stellte sich einen Raum in Kaugummirosa vor.

»Nein, die sind cremeweiß. Pink haben sie für die Vorhänge genommen. An der hinteren Wand ist ein blühender Magnolienbaum aufgemalt, und sie haben für die Blätter ein glänzendes Dunkelgrün ausgesucht, das auch die Akzentfarbe bei der Ladentheke und den Tischplatten ist.«

»Klingt hübsch.« Das musste Hannah widerstrebend zugeben.

»Es sieht hinreißend aus. Aber das sollte es auch. Shawna Lee hat erzählt, dass sie extra eine Raumdekorateurin aus Minneapolis beauftragt haben, und die hat das Wandgemälde von einen Künstler anfertigen lassen, auch die Magnolienblütenbordüre, die oben an den Wänden verläuft.«

»Hört sich teuer an«, meinte Norman.

»Und sieht bestimmt schön aus.« Lisa wirkte beeindruckt. »Wie viel das wohl gekostet hat?«

»Zu viel für uns.« Hannah hoffte, dass Lisa nicht auf die Idee kam, mitten in ihrer Finanzflaute das *Cookie Jar* umzugestalten.

»Ich kann dir genau sagen, wie viel sie bezahlt haben.« Andrea schaute stolz, wie immer, bevor sie eine wichtige Information preisgab. »Die Raumdekorateurin hat fünftausend Dollar genommen, und da ist die Einrichtung nicht inbegriffen.«

»Einrichtung?«

»Spiegel, Tische, Stühle, Lampen. Als ich sie auf das Wandgemälde und die Bordüren angesprochen habe, sagte Vanessa, dass der Künstler zwölfhundert verlangt hat. Und sie haben ihm noch mal fünfhundert für das Logo auf der Kuchenschachtel gezahlt.«

»Das ist reichlich viel Geld!« Lisa sah regelrecht geschockt aus. »Das macht zusammen sechstausendsiebenhundert Dollar.«

»Ohne Tische und Stühle und die übrige Ausstattung«, erinnerte Hannah.

»Du hast recht. Das kommt auch noch dazu.« Lisa schaute durch das *Cookie Jar*. »Zuerst war ich ein bisschen neidisch, doch mir gefällt unser Café, wie es ist.«

Andrea schob einen perfekt manikürten Fingernagel unter das Klebeschild der Schachtel. »Nach dem ausführlichen Bericht habe ich jetzt Hunger. Lasst uns das Gebäck probieren. Dabei kann ich euch erzählen, was ich noch herausgefunden habe.«

Hannah war sich nicht ganz sicher, was sie erwartete, aber nicht das, was Andrea enthüllte, als sie den Deckel der Schachtel hob. Da lagen Törtchen in Papierförmchen, Kuchenstücke in dreieckigen Plastikbehältern, ein Fondant-Brownie, verschiedene Plätzchen und eine Aluschale mit dem Südstaaten-Pfirsich-Cobbler.

»Was ist los, Hannah?«, fragte Norman. »Du scheinst enttäuscht zu sein.«

Sie zuckte mit den Schultern, während sie das ganz alltägliche Gebäck in Augenschein nahm. »Damit habe ich nicht gerechnet. Ich habe wohl gehofft, dass sie etwas Ungewöhnliches anbieten.«

»Wie zum Beispiel?«

»Dinge, die ich noch nie gegessen habe, wie Shoofly Pie und Apple Pandowdy.«

»Kenne ich nur aus einem Song.« Andrea versuchte gerade, das Gebäck aus der Schachtel zu heben, ohne sich die Finger mit Fruchtsoße, Zuckerguss oder anderem zu beschmieren, und hielt inne. »Was ist denn Shoofly Pie und Apple Pandowdy eigentlich?«

»Sind«, korrigierte Hannah. »Das sind zwei Kuchen. Shoofly Pie wird mit Rübensirup und Streuseln gefüllt. Er heißt so, weil Rübensirup Fliegen anzieht.«

»Und Apple Pandowdy?«, fragte Lisa sichtlich fasziniert.

»Der ist ähnlich wie ein Apfelkuchen oder ein Cobbler, wird aber mit Rübensirup gemacht. Er stammt ursprünglich aus Neuengland und wird auch in den Südstaaten gebacken.«

Andrea sah ihre Schwester an, als glaubte sie ihr nicht so ganz. »Woher weißt du das alles?«

»Aus dem Lexikon. Das habe ich damals in der zweiten Klasse nachgeschlagen, nachdem Miss Gladke uns den Song beigebracht hat. Ich wollte wissen, bei welchen Desserts meine Augen aufleuchten und mein Magen Hallo sagt, wie es in dem Lied heißt.«

»Das Einzige, was von den Gebäckstücken nach Südstaaten aussieht, ist der Pfirsich-Cobbler«, bemerkte Norman, der ihn durch die Plastikhaube musterte. »Und das auch nur, weil auf dem Klebeschildchen steht, dass er aus echten Georgia-Pfirsichen hergestellt ist.«

»Norman hat recht«, sagte Lisa grinsend. »Die Cupcakes sind Cupcakes, wie sie jeder backt. Und die Pies sind ganz gewöhnliche Pies. Jetzt geht es mir schon besser!«

Hannah warf ihr einen warnenden Blick zu. »Freu dich nicht zu früh. Wir wissen noch nicht, wie es schmeckt.«

»Das stimmt. Ich will es nicht beschreien.« Lisa holte ein Messer und schnitt jedes Gebäckstück in vier Teile. Während sie eins nach dem anderen kosteten, hielt Andrea ihr Versprechen und erzählte alles, was sie über das neue Bäckerei-Café erfahren hatte.

»Sie kennen ihre Gewinnspanne nicht.« Andrea schluckte einen Bissen Pie herunter und trank einen Schluck Kaffee hinterher. »Sie machen sich nicht die Mühe, darüber Buch zu führen, weil Vanessa das Geschäft ein Jahr lang sponsert.«

»Muss schön sein, einen Steigbügelhalter zu haben«, murmelte Hannah.

»Das hat Bill auch gesagt, als er mich zum Auto gebracht hat.«

»Bill war da?«

»Er saß mit Mike zusammen an der Theke. Ich habe ihm meine Meinung gegeigt, weil er euch untreu geworden ist, aber er meinte, sie sind nur dort, um sich die Konkurrenz anzusehen.«

Hannah zog die Brauen zusammen. Laut Herb war Mike um Mitternacht bei Shawna Lee gewesen und hatte vielleicht sogar die Nacht bei ihr verbracht. Hatte er sich die Konkurrenz dabei nicht lange genug angesehen?

»Vielleicht sollte ich das lieber nicht erwähnen, aber alle Plätze waren besetzt, und die Kundenschlange vor der Kasse reichte bis zur anderen Wand. Deshalb hat es so lange gedauert. Ich musste mich hinten anstellen.«

Danke für die Info, dass es drüben rappelvoll ist, dachte Hannah. Jetzt fühle ich mich richtig gut. Natürlich sprach sie das nicht aus. Sie hatte Andrea gebeten zu berichten, und genau das tat ihre Schwester. »Was hast du noch erfahren?«

»Shawna Lee hat ihr Bett nicht gemacht, und sie hat ein durchsichtiges Negligé-Set.« Andrea schaute Norman ein bisschen verlegen an. »Entschuldige. Ich habe nicht daran gedacht, dass du Junggeselle bist. Ein Negligé-Set ist …«

»Ich weiß, was das ist«, gab er hastig zurück.

»Tatsächlich? Aber wie kannst du …«

»Erzähl weiter.« Hannah fiel ihr ins Wort, bevor sie noch tiefer ins Fettnäpfchen treten konnte.

»Okay. Also … sie trägt farbige Kontaktlinsen. Ich wusste es! So grüne Augen hat kein Mensch! Und sie schluckt Diätpillen, die ihr ein Arzt in Minneapolis verschrieben hat. Willst du auch wissen, was ich über Vanessa erfahren habe?«

»Klar«, sagte Hannah, um ihrer privaten Spionin den Gefallen zu tun.

»Sie hat Morgenmäntel aus Rohseide, die alle mit Magnolienblüten bedruckt sind. Anscheinend steht sie auf Magnolien.«

»Das ist interessant«, meinte Lisa.

»Aber eigentlich unwichtig. Das Wichtige ist, dass Vanessa ein Dutzend Manolos besitzt, und die lagen alle in ihrem Schlafzimmer verstreut.«

»Was sind Manolos?«, fragte Lisa.

»Manolo Blahniks. Designerschuhe. Sehr teuer. Ich meine, ich hätte auch zwei Paar Louboutins gesehen und vielleicht ein oder zwei Choos, doch ich hatte keine Gelegenheit, das näher zu prüfen.«

Hannah war verblüfft. »Woher weißt du das alles?«

»Ich habe herumgeschnüffelt. Shawna Lee und Vanessa waren beide an der Ladentheke beschäftigt, und Mutter hat mir den Platz in der Schlange frei gehalten. Da konnte ich unbemerkt nach oben huschen.«

»Mutter war ebenfalls da?« Hannah bekam die Worte kaum heraus. Also waren nicht nur ihre Kunden untreu geworden, sondern auch ihre eigene Mutter unterstützte ihre Rivalin!

»Entspann dich, Hannah. Mutter hatte das Gleiche vor wie ich. Sie war nur da, um Kostproben zu kaufen. Luanne und Carrie haben im Antiquitätenladen auf sie gewartet. Sie haben sich heute Morgen darüber unterhalten und beschlossen, die Konkurrenz auszukundschaften.«

Hannah stellte die kritische Frage. »Wer war noch dort, um meine Konkurrenz ›auszukundschaften‹?«

»Cyril Murphy. Er hat einen Karton voll für seine Mechaniker in der Werkstatt gekauft und will mir berichten, was die von Shawna Lees und Vanessas Backkünsten halten.«

»Das ist sehr … hilfreich. Wer noch?«

Andrea wandte sich an Lisa. »Dein Dad war mit Marge da. Man merkt schon den Unterschied, finde ich. Er konnte sich sofort erinnern, wer ich bin, und erwähnte auch dich und Hannah. Ich glaube, das neue Alzheimermedikament wirkt.«

»Ja, es scheint so.« Lisa sah froh aus, bis ihr einfiel, was Andrea als Erstes gesagt hatte. »Was tun die beiden da drüben?«

»Sie saßen bei Herb am Tisch.«

»Meinem Herb?«

»Genau.«

Hannah erkannte allmählich ein Muster. »Haben die auch gesagt, dass sie die Konkurrenz auskundschaften wollen?«

»Genau das! Wie bist du darauf gekommen?«

»Ich habe nur geraten.« Hannah gab sich Mühe, nicht sarkastisch zu klingen. Hin und wieder konnte Andrea ziemlich naiv sein. »Nur so aus Neugier: Wie viele haben das als Grund angegeben?«

»Also … da war Dick Laughlin, Kate Maschler, Vera Olsen Westcott … Sie ist jetzt verheiratet, weißt du? Und Stan Kramer, Charlie Jessup und Doc Bennett. Die saßen zusammen an einem Tisch. Babs und Shirley Dubinski. Sie waren fast fertig und meinten zu mir, dass deine Schoko-Muffins viel besser schmecken. Ich habe mit vielen gesprochen, und jeder versicherte, dass er nur etwas probieren wollte, um dir später Bericht zu erstatten. Du hast viele gute Freunde, Hannah.«

Hannah seufzte, und ihr ging ein altes Sprichwort durch den Kopf: Wer solche Freunde hat, braucht keine Feinde.

»Was ist los? Du siehst nicht zufrieden aus.«

»Überleg mal, Andrea. All diese Freunde, die uns nur helfen, die Konkurrenz auszukundschaften, haben dort ihr Geld gelassen. Was glaubst du, wie viel sie dem *Café Magnolia* eingebracht haben?«

»Ich … weiß nicht. Eine Menge, denke ich. Ich habe nicht darüber nachgedacht.«

»Lisa und ich haben heute sechsundzwanzig Dollar und fünfunddreißig Cent eingenommen. Wir müssen trotzdem weiter backen, unsere Rechnungen zahlen und die Miete aufbringen, während unsere Freunde sich im Café gegenüber den Bauch vollstopfen.«

»Hannah hat recht.« Norman klopfte ihr auf die Schulter. »Ich kann es verstehen, wenn jemand sich ein Mal in dem neuen Geschäft umsieht und etwas probiert, doch echte Freunde würden dich nicht so im Stich lassen, wie sie es gerade tun.«

»Genau das meine ich!«, rief Hannah aus. »Wie viele Portionen Pfirsich-Cobbler müssen sie essen, um ihn beurteilen zu können? Wir schreiben rote Zahlen, seit Shawna Lee und Vanessa ihre Bäckerei eröffnet haben, und sie können uns nur aus dem Markt drängen, weil unsere *Freunde* jetzt bei ihnen kaufen.«

Andrea war einen Moment lang still, dann seufzte sie. »Du hast recht. Aber das Gebäck da drüben ist nicht besonders gut. Jedenfalls wenn du mich fragst.«

Hannah blickte auf Andreas Teller. Obwohl ihre Schwester eine Schwäche für Blaubeerkuchen hatte, fehlte davon nur eine kleine Ecke. Und der Schoko-Muffin, ebenfalls eins ihrer Lieblingsgebäcke, war nur ganz leicht angeknabbert.

Lisa pflichtete ihr bei. »Das finde ich auch. Ich habe gerade eines ihrer Rübensirup-Plätzchen gegessen. Er schmeckte genau wie die, die ich aus dem Automaten im Krankenhaus kenne. Ich glaube nicht, dass der frisch gebacken war.«

Hannah nahm sich einen Schokoladensplitterkeks und kostete. Sie musste Lisa zustimmen. Der Keks war trocken und hatte kaum Geschmack, die dunkelbraunen Brocken darin schmeckten wie Johannisbrot, nicht wie Schokolade. »An den Plätzchen, Pies oder Cupcakes kann es nicht liegen, dass die Leute ins *Café Magnolia* strömen«, schloss sie und schaute auf die angebissenen Gebäckstücke auf dem Tisch.

»Vielleicht ist der Pfirsich-Cobbler der Grund für die Beliebtheit des Cafés«, meinte Norman und deutete auf das einzige Gebäckstück, das noch unangetastet war.

»Möglich.« Hannah sah ihre Schwester fragend an. »Weißt du, ob sie ihn warm oder kalt servieren?«

»Warm. Sie geben ein paar Löffel davon in ein Schälchen, erhitzen es in der Mikrowelle und legen dann eine Kugel Vanilleeis dazu. Ich habe Vanessa dabei beobachtet, bevor sie es Bonnie Surma serviert hat.«

Hannah stöhnte. Bonnie Surma war eine ihrer größten Unterstützerinnen und bestellte Plätzchen für die Pfadfinder und Kuchen für alle Partys und Gruppentreffen, die sie organisierte. Und nun war sie wegen einer Schale Pfirsich-Cobbler zur Konkurrenz übergelaufen!

»Wir sollten den Cobbler genau so probieren, sonst ist es kein fairer Test.« Lisa nahm den Pfirsich-Cobbler und stand auf. »Ich werde ihn erhitzen und Vanilleeis mitbringen.«

Nachdem sie in die Backstube gegangen war, griff Andrea nach Hannahs Hand und drückte sie mitfühlend, bei ihr eine Seltenheit, da sie dazu erzogen war, anderen gegenüber eine gewisse Distanz zu wahren.

»Was?«, fragte Hannah und bemerkte den verräterischen Glanz in den Augen ihrer Schwester.

»Meinst du wirklich, du könntest das *Cookie Jar* verlieren?«

»Ich hoffe, es kommt nicht dazu, aber es sieht schlecht aus.«

»Also bist du beunruhigt?«

»Oh ja. Ich will nur in Lisas Beisein nicht so viel darüber sprechen. Sie wird in ein paar Tagen heiraten. Sie soll sich jetzt wegen unseres Geschäfts keine Sorgen machen müssen.«

Norman legte Hannah einen Arm um die Schultern, und dann sagte er etwas, was sie von ihm noch nie gehört hatte. »Das ist einer der Gründe, warum ich dich liebe, Hannah. Du denkst immer an andere, sogar wenn du selbst in Schwierigkeiten steckst.«

»Bill und ich haben miteinander gesprochen, ehe er zum Revier gefahren ist.« Andrea drückte noch mal Hannahs Hand. »Wenn du Geld brauchst, werden wir unser Haus beleihen.«

Hannah war so gerührt, dass sie erst mal keine Worte fand. »Das kann ich nicht von euch verlangen, nicht nachdem ich nun weiß, dass Vanessa es sich leisten kann, die Bäckerei ein Jahr lang mit Verlust zu führen. Zieht es gar nicht erst in Erwägung. Du und Bill und die Kinder kommen an erster Stelle.«

»Ich bin ledig und habe keine Kinder«, erklärte Norman. »Von meinen Ersparnissen kann ich dir genug leihen, damit du die Durststrecke überstehst.«

»Herzlichen Dank, aber nein«, antwortete Hannah mit einigem Nachdruck, um jeden Gedanken, sie könnte es sich noch anders überlegen, im Keim zu ersticken. »Das ist wirklich lieb von euch, doch das Problem mit Geld zu bekämpfen wird nichts bringen. Wenn sich unser Geschäft bis zum Monatsende nicht erholt, dann auch später nicht.«

»Was wirst du dann tun?«

»Liquidieren. Wir verkaufen das Betriebsvermögen, und Lisa bekommt ihren Anteil vom Erlös. Sie wird sicher etwas anderes finden, und selbst wenn nicht: Herb hat eine gute Stellung.«

»Aber das ist einfach furchtbar! Mutter hat Geld. Sie kann …« Andrea stockte, als sie Hannahs Gesichtsausdruck sah. »Okay. Vergiss es. Du willst sie auf keinen Fall darum bitten. Doch eine Familie sollte zusammenhalten und … Ich weiß sonst keine Lösung! Wenn mir etwas einfiele, wie wir Shawna Lee und Vanessa loswerden können, würde ich das sofort tun!«

In ihrer Stimme schwang eine leise Panik mit, die Hannah beunruhigte. Ihre Schwester war eindeutig aufgeregt. »Bleib erst mal ruhig und warte auf den Cobbler. Wenn er gut ist, müssen wir uns Sorgen machen. Wenn nicht, dürfen wir ein wenig gelassener sein. Dann ist das *Café Magnolia* nur ein Strohfeuer, und unsere Kunden kommen zurück, wenn sie das minderwertige Gebäck leid sind.«

Wie aufs Stichwort kam Lisa herein und brachte vier Schalen voll Pfirsich-Cobbler und Vanilleeis, das auf dem heißen Dessert zu Rinnsalen schmolz. »Bitte sehr. Ich hoffe, ihr findet ihn widerlich!«

Hannah lachte. Lisa, die nie etwas Schlechtes über andere sagte und selten etwas kritisierte, gab dem Paradegebäck der Konkurrenz bereits jetzt den Daumen nach unten. »Hast du schon gekostet?«

»Ein Häppchen, aber lasst euch durch mich nicht beeinflussen. Bildet euch selbst ein Urteil.«

Andrea schob sich einen Löffel voll in den Mund. »Das ist sehr gutes Eis.«

»Bridgeman's. Koste den Cobbler.«

Andrea nahm einen kleinen Bissen. Sie kaute und zuckte mit den Schultern. »Komisch. Ich habe das starke Gefühl, dass ich den schon mal irgendwo gegessen habe. Und bevor ihr fragt: Ich war heute zum ersten Mal im *Café Magnolia*.«

»Aber wie schmeckt er dir? Ist er gut?«

»Es gibt nichts auszusetzen. Er ist … okay.«

»Nur okay?« Hannah freute sich, als Andrea nickte. Sie probierte ihn selbst und fand, dass ihre Schwester recht hatte. Das war ein stinknormaler Pfirsich-Cobbler, akzeptabel, mehr jedoch nicht. »Was hältst du davon, Norman?«

»Er schmeckt wie der, den man im Coffeeshop bekommt. Man kann nichts Nachteiliges darüber sagen, aber ich würde ihn kein zweites Mal bestellen.«

»Dann sind wir alle einer Meinung.« Hannah seufzte erleichtert. »Doch unser Café ist leer, und das gegenüber ist voll. Wenn es nicht am Gebäck liegt, warum sind unsere Kunden alle zur Konkurrenz gewechselt?«

»Meint ihr, die Aufmachung des Personals könnte der Grund sein?«, wollte Norman wissen.

Hannah sah ihn stirnrunzelnd an. »Du hast doch gesagt, dass du noch nicht dort warst.«

»War ich auch nicht, aber Vanessa war in ihrer Arbeitskleidung zu einer Kontrolluntersuchung bei mir.«

Andrea nickte. »Die hätte ich vorhin schon erwähnen sollen. Wahrscheinlich trägt sie zu dem Andrang bei.«

»Was haben sie denn an?«, fragte Hannah.

»Minikleider mit weiten Röcken und tiefem Ausschnitt. Und beim Servieren beugen sie sich viel über den Tisch.

Das könnte für die meisten Männer ein Grund sein, ins *Café Magnolia* zu gehen.«

»Und welchen haben die Frauen?«, brummte Lisa.

»Die gehen dorthin, wo ihre Männer hingehen«, antwortete Hannah. »Das ist nun mal so. So können sie sie wenigstens im Auge behalten.«

»Außerdem gibt es diese Gewinnspiele«, fuhr Andrea fort.

Hannah zog die Brauen zusammen. Davon hörte sie zum ersten Mal. »Was für Gewinnspiele?«

»Dabei bekommt man eine Bestellung umsonst. Wenn die Titelmelodie von *Vom Winde verweht* erklingt, während man gerade bezahlt, dann muss man sagen: ›Offen gesagt, meine Liebe, pfeif ich drauf!‹ Und dann braucht man nicht zu bezahlen. Außerdem gibt es die Magnolientasse. Die habe ich bei dem anderen Gewinnspiel bekommen.«

Hannah stöhnte. Andrea hatte ihnen vieles noch nicht erzählt. »Was hat es damit auf sich?«

»Sie servieren den Kaffee in weißen Tassen, aber einige haben auf dem Tassenboden eine Magnolienblüte. Wenn man ausgetrunken hat, dreht man seine Tasse um. Hat sie eine Magnolienblüte, ist die Bestellung umsonst. Ich brauchte heute gar nichts zu bezahlen, weil mein Kaffee in einer Magnolientasse kam.«

»Wie nett«, erwiderte Hannah mit einem Hauch Sarkasmus. »Solche Gewinnspiele sind für die Kunden ein Spaß, aber teuer für das Geschäft.«

»Oh, ich weiß. Shawna Lee hat mir erzählt, dass sie jeden Tag fast dreihundert Dollar verschenken.«

»Viele neu eröffnete Geschäfte veranstalten solche Gewinnspiele in den ersten zwei Wochen«, sagte Lisa.

»Vanessa fand, sie sollten drei Monate lang täglich zwei

verschiedene Gewinnspiele veranstalten und das allmählich reduzieren. Sie hat einen Absatzberater beauftragt, sich die Gewinnspiele auszudenken.«

»Oh, Himmel!«, hauchte Hannah. Ein kleines Unternehmen wie das *Cookie Jar* konnte unmöglich mit den unbegrenzten Finanzen des Konkurrenz-Cafés mithalten.

Lisa seufzte entmutigt. »Wir können nicht für dreihundert Dollar Gebäck verschenken. Und ich werde den Kaffee ganz bestimmt nicht in einem weit ausgeschnittenen Minikleid servieren und mich darin ständig über den Tisch beugen!«

»Das ist nicht nötig«, erklärte Norman. »Reizvoll wäre es sicher, doch bei einem Mann geht die Liebe durch den Magen, und eure Backwaren sind viel besser als die da drüben.«

»Was meinst du, was wir tun sollten?«, fragte Hannah und rückte ein wenig näher an ihn heran.

»Einfach durchhalten und abwarten.« Norman lächelte sie an und überraschte sie mit ihrem Mantra. »Wenn der Reiz des Neuen erst einmal nachgelassen hat, kommen sie alle wieder zu euch.«

3

Hannah schloss ihre Wohnungstür auf und wappnete sich gegen den Ansturm. Ihr Kater Moishe war seit Tagesanbruch allein gewesen und gierte ganz bestimmt nach frischem Futter und Gesellschaft.

»Ich bin wieder da!«, rief Hannah, drückte die Tür auf und ächzte, als ihr gut zwanzig Pfund schwerer orangeweißer Kater ihr in die Arme sprang. Das war eine der wenigen Gelegenheiten, da sie ihren normalerweise distanzierten Mitbewohner wie ein Baby behandeln durfte, und sie hätschelte ihn mit dem Kinn. »Hast du mich vermisst?«

»Miau!«, sagte Moishe und leckte ihr über die Nase.

Da er brummte wie ein Rasenmäher auf höchster Stufe, wusste Hannah, dass er ihre Rückkehr herbeigesehnt hatte. Sie streifte den Parka ab, indem sie Moishe von einem Arm auf den anderen manövrierte, und stieg aus den Elchlederstiefeln, derentwegen sie bei den *Bambi*-Fans auf der schwarzen Liste stand. Dabei hatten sie wahrscheinlich noch nie einen Elch aus der Nähe gesehen.

»Jetzt gibt's Abendessen«, verkündete sie und trug ihren halb blinden Freund in die Küche, um ihn vor seinem Futternapf auf den Boden zu lassen. Dann ging sie zum Besenschrank, in dem sie das Katzenfutter aufbewahrte, und öffnete das Vorhängeschloss.

Stirnrunzelnd bemerkte sie die neuen Bissspuren an der unteren Ecke der Holztür. Es würde nicht mehr lange dauern. Ihr pelziger Vielfraß hatte das Furnier bereits abgenagt und war auf einem guten Weg, auch das frei liegende Holz zum Verschwinden zu bringen. »Ein Schloss ist nur so gut wie die Tür.« Das waren immer die Worte ihres Vaters gewesen, ein Rat an seine Kunden im Eisenwarengeschäft von Lake Eden. Gegen das Vorhängeschloss konnte Moishe nichts ausrichten, doch er war so schlau, seine Anstrengungen auf die Wabentür zu konzentrieren. Er arbeitete an einem katzengroßen Loch, um zur Nahrungsquelle durchzustoßen.

Sie schätzte, dass es noch eine Woche dauern würde, bis Moishe in die Futterfestung eindrang. Es war Zeit, sich eine andere Lösung auszudenken, vorzugsweise eine, die keinen bewaffneten Wächter erforderte. Sie konnte Moishe nicht vorwerfen, dass er versuchte, an sein Futter heranzukommen. Während seines Lebens auf der Straße hatte er nie gewusst, wo er all die Mäuse zum Sattwerden hernehmen sollte, und er war halb verhungert gewesen, als sie ihn schließlich bei sich aufgenommen hatte. Obwohl seit jenem Wintertag fast zwei Jahre vergangen waren und sein Körperumfang sich durch regelmäßiges Fressen und die zusätzlichen Mahlzeiten verdoppelt hatte, wurde er noch immer panisch, sobald das Garfield-Konterfei am Grund seines Napfes sichtbar wurde.

»Katzenknusperfutter oder Leberleckerbrei?«, fragte sie ihren pelzigen Gefährten. »Oder lieber beides?«

Als sie ihm eine dritte Wahl bot, schnurrte er doppelt so laut. Sie schloss daraus, dass er beide Sorten haben wollte.

Natürlich würde sie sie ihm getrennt servieren. Moishe betrachtete sich als Feinschmecker und mochte es nicht, wenn das trockene Futter mit dem nassen in Berührung kam.

Nachdem er den Leberbrei verschlungen hatte und zufrieden das Trockenfutter knusperte, ging Hannah ins Schlafzimmer, um in ihre Couchklamotten zu schlüpfen. Im Sommer bestanden sie aus einer leichten Schlupfhose in unscheinbarem Grau und einem weiten kurzärmligen T-Shirt in ihrer Lieblingsfarbe Feuerrot. Die biss sich mit ihren roten Haaren, aber außer Moishe war ja keiner da, der sich beschweren konnte. Und auch wenn Katzen farbenblind waren, was sie manchmal bezweifelte, war er mit Hannahs Erscheinung zufrieden, solange sein Futternapf gefüllt war.

»Zeit für mein Abendessen«, sagte sie, als sie wieder in die Küche ging. Sie trug ihre Wintercouchklamotten, ein kardinalrotes langärmliges Sweatshirt mit dazu passender Tunnelzughose. »Wirst du mich nerven, wenn ich einen Klondike Salad esse?«

Während sie eine Dose Rotlachs aus dem Schrank nahm und sie öffnete, blickte Moishe sie höchst unschuldig an, als interessierte es ihn nicht im Mindesten, was sie da tat. Sie machte sich keine Illusionen. Sein Desinteresse würde nur so lange anhalten, bis der Fischgeruch an seine Nase wehte. Moishe liebte Lachs, besonders den teuersten, den der Supermark *Red Owl* zu bieten hatte.

Wie erwartet strich Moishe ihr schon um die Beine, bevor sie den Inhalt der Dose auf den Teller löffelte. Sie zog die silberne Haut ab und legte sie für ihn beiseite. Dann zerpflückte sie den Lachs in einer Salatschüssel, nahm ein paar Stücke für Moishe heraus und legte einen kleinen Beutel Tiefkühlerbsen in die Mikrowelle. Während die Erbsen garten, rieb sie ein Viertel einer Zwiebel, gab sie über den Lachs und pellte und hackte zwei hart gekochte Eier, die sie immer im Kühlschrank bevorratete. Dann schreckte sie die Erbsen in Eiswasser ab und gab sie in die Schüssel, rührte Mayonnaise und ein wenig Gurkenwasser hinein, bestreute alles mit frisch gemahlenem Pfeffer, und der Salat war fertig.

Sie trug ihn ins Wohnzimmer und nahm ihren Platz auf der Couch ein. Moishe sprang hinauf und setzte sich neben sie, als wollte er ihr nur Gesellschaft leisten, drehte jedoch den Kopf zu ihr, sodass seine Schnauze gerade mal zwei Fingerbreit von der Salatschüssel entfernt war.

»Ich frage mich, wieso er ›Klondike Salad‹ heißt«, überlegte sie laut, hob ihren Kater hoch und setzte ihn in sicherer Entfernung wieder ab. »Vielleicht, weil der meiste Lachs aus Alaska stammt.«

Sie ließ es sich schmecken, und Moishe schaute jedem Bissen hungrig hinterher. So ging das einige Minuten lang, bis Hannah es leid war zu sehen, wie Moishes Blick dem Weg ihrer Gabel folgte. Sie holte die Schale mit den Lachsstückchen und den Fischresten und stellte sie auf den Sofatisch. Als sie sich wieder hinsetzen wollte, klingelte das Telefon.

»Ob das Mutter ist?«, fragte Hannah den Kater, dessen Schwanz plötzlich buschig wurde. Moishe konnte Delores Swensen nicht leiden und hatte ihr deshalb schon mehrere Strumpfhosen zerrissen. Beim zweiten Klingeln sträubte er das Nackenfell und wölbte den Rücken wie eine Halloween-Katze. Das kann nur sie sein, dachte Hannah und griff zum Hörer. »Hallo, Mutter.«

»Liebes! Bin ich froh, dass du zu Hause bist!«

Delores atmete keuchend, und Hannah war sofort alarmiert. »Ist alles in Ordnung?«

»Nein! Etwas Schreckliches ist passiert. Ich stehe noch

immer unter Schock! Fast hätte ich einen Herzinfarkt erlitten!«

Delores, die nicht gerade für Untertreibungen bekannt war, klang panisch, und Hannahs Puls stieg auf Krisentempo an. Das könnte tatsächlich ein Notfall sein. »Was ist passiert?«

»In meinem Garderobenschrank war eine Maus! Ich wollte gerade meinen Mantel aufhängen, und da … rannte sie mir über den Fuß! Du musst mir helfen!«

»Verstehe«, sagte Hannah, obwohl sie ratlos war. Was erwartete Delores? Dass sie angerannt kam und die Maus aus dem Haus jagte? »Keine Panik. Eine Maus kann lästig sein, doch sie tut dir nichts.«

»Das weiß ich. Aber sie hat mich *berührt*! Du ahnst nicht, was für ein Gefühl das ist, Hannah. Ich schaudere in einem fort!«

»Es tut mir leid, dass dich das so mitnimmt, Mutter, Hast du noch die Fallen, die Dad in der Garage aufbewahrt hat?«

»Die liegen oben auf dem Regal, aber ich kann mich nicht überwinden, sie einzusetzen. Mausefallen sind grausam.«

»Nicht, wenn du den Köder richtig platzierst. Ein Klümpchen Erdnussbutter genau in die Mitte, dann ist der Nacken in der richtigen Position. Sobald die Maus in die Erdnussbutter beißt, schnellt der Bügel …«

Delores fiel ihr ins Wort. »Ich will das nicht hören! Ich weigere mich, Mausefallen einzusetzen, Hannah. Die sind unmenschlich.«

»Wie du meinst. Aber du wolltest meine Hilfe. Was soll ich also tun?«

»Ich dachte, du könntest Moishe herbringen und er nimmt sich des Problems an. Es sind nur ein paar Kilometer bis zu mir nach Hause, und du hast mal gesagt, er sei ein guter Mäusefänger.«

»Du willst, dass er deine Maus fängt?« Hannah konnte es kaum glauben. Die Frau, die Mausefallen für grausam hielt, ließ auf den winzigen Nager lieber eine rot-weiße Killermaschine los?

»Es soll sich für ihn lohnen. Ich habe eine Packung Garnelen im Tiefkühlschrank. Die kannst du mitnehmen, wenn er es ... erledigt hat, und ihm den Leckerbissen zu Hause geben.«

Hannah gluckste. »Du willst meinen Kater als Killer anheuern und ihn mit tiefgekühlten Garnelen bezahlen?«

»So muss man es nicht unbedingt ausdrücken. Aber wirklich, Liebes ... Ich habe Mäuse immer verabscheut und werde heute Nacht kein Auge zutun, wenn ich weiß, dass eine frei in meinem Haus herumläuft.«

Hannah seufzte. Das stimmte wahrscheinlich. Und im Schlaf spielte einem das Gehirn allerhand Streiche. Ihre Mutter könnte träumen, sie würde von einer Riesenmaus gejagt, und bekäme am Ende tatsächlich einen Herzinfarkt.

»Warte, ich bespreche das kurz mit Moishe.« Hannah wollte nicht so leicht einwilligen und sie damit zu weiteren Hilfsforderungen ermutigen. Es wäre schon nicht einfach, Moishe in die Transportbox zu locken, und ihm zuzuhören, wie er sich während der ganzen Fahrt beschwerte, war auch nicht angenehm.

»Du besprichst das mit einer Katze? Gütiger Himmel, Hannah! Du tust, als wäre er dein Kind!«

»Er ist besser als das. Denk nur mal nach. Moishe verlangt kein Taschengeld, er frisst kaltes Futter direkt aus der Dose, er hat sich selbst beigebracht, auf die Toilette zu gehen, und er wird nie Geld fürs College brauchen.«

Kurz war es still in der Leitung, dann fing Delores an zu lachen. Manchmal siegte ihr Humor über ihr förmliches Benehmen. Grinsend wandte sich Hannah dem Kater zu, der auf dem Sofatisch saß und sich den Schwanz leckte. »Was sagst du, Moishe? Bist du in der Stimmung, um dich für eine kleine Mäusejagd anheuern zu lassen?«

Bei dem Wort »Mäuse« richteten sich seine Ohren auf und drehten sich wie Lauschantennen.

Hannah kehrte ans Telefon zurück. »Er ist eindeutig interessiert.«

»Du wirst also herkommen?«

»Selbstverständlich.« Hannah fragte sich allerdings, warum Delores, die über drei Töchter, einen Schwiegersohn und ein Telefonbuch voller Freundinnen verfügte, immer sie anrief, wenn sie ein Problem hatte.

»Warum faucht er so?« Delores beugte sich zu der Transportbox hinunter, um hineinzuschauen. »Meinst du, er wittert die Maus?«

Nein, er sieht dich, dachte Hannah, verzichtete aber auf eine Bemerkung. Vermutlich war es das Beste, wenn ihre Mutter nicht erfuhr, wie sehr Moishe sie verabscheute. »Er fährt nicht gern Auto«, sagte sie, um ihr gereiztes Schoßtier zu entschuldigen. Und das war eine arge Untertreibung, denn ihr klangen noch die Ohren von Moishes Protestgeheul, das in ihrer Garage eingesetzt und bis zur Einfahrt ihrer Mutter angehalten hatte. »Wo ist die Maus?«

»Im Gästezimmer. Sie ist aus dem Schrank gesprungen und dort hineingesaust. Ich bin hinterhergerannt und habe schnell die Tür zugezogen.«

Hannah schleppte Moishe durch das Wohnzimmer, einen hellblau gestrichenen Raum mit museumsreifen Antiquitäten und Kunstwerken. Wie immer war alles picobello. Delores putzte nicht selbst. Marjorie Hanks, Luannes Mutter, kam dienstags und freitags und saugte, wischte, wachste und polierte.

»Ist er schwer?«, fragte Delores, als Hannah die Transportbox kurz hinstellte, um sie besser zu packen.

»Ja«, antwortete sie, ohne anzumerken, dass dies eine der dümmsten Fragen war, die sie je gehört hatte. Sie hievte die fauchende Last wieder hoch und trug sie ins Gästezimmer, um sie dort ächzend abzusetzen. »Okay. Er kann loslegen.«

Delores spähte erneut durch das Gitter. »Er sieht nicht besonders froh aus.«

»Wird er, sobald ich ihn rauslasse. Aber ich beobachte ihn besser, damit er nichts umreißt. Und wir sollten die Tür schließen, damit die Maus nicht entwischen kann.«

Hannah blickte zu ihrer Mutter hoch. Sie war ein wenig besorgt, was passieren würde, wenn sie das Türchen öffnete. Moishe könnte sich entschließen, Delores' Strumpfhose zu zerreißen und dann erst mit der Jagd zu beginnen. »Du möchtest sicher nicht bei uns bleiben und zugucken, oder?«

»Du lieber Himmel, nein!« Delores wirkte entsetzt. »Ich werde Kaffee kochen. Den können wir trinken, wenn es vorbei ist.«

4

»Er hätte sich nur zu gern auf die Maus gestürzt, trotzdem saß er da wie eine Sphinx und ließ sie um sich herumrennen.« Hannah berichtete Lisa bei ihrem frühen Morgenkaffee im *Cookie Jar*, den sie an ihrem Lieblingstisch tranken. »Ich weiß genau, dass er das wollte, denn er hat den gleichen Kehllaut von sich gegeben, den er immer ausstößt, bevor er sich auf ein Insekt stürzt.«

»Das ist wirklich sonderbar, vor allem weil er ein guter Mäusejäger ist. Meinst du, die fremde Umgebung hat ihn irritiert?«

»Das könnte ein Faktor gewesen sein, aber ich glaube es eigentlich nicht. Vielmehr wird ihm klar gewesen sein, dass er die Maus für Delores fangen soll.«

»Und er wollte jemandem, den er nicht leiden kann, keinen Gefallen tun?«

»Genau. Denkst du, ich bin verrückt, weil ich einer Katze so komplizierte Beweggründe zuschreibe?«

Lisa schüttelte den Kopf. »Moishe ist nicht wie andere Katzen. Er ist der klügste Kater, den ich kenne, und es würde mich kein bisschen wundern, wenn du recht hättest. War deine Mutter verärgert, weil er die Maus nicht gefangen hat?«

»Sie weiß das gar nicht. Ich habe ihr gesagt, sie braucht sich nicht mehr zu fürchten. Ich habe die Gästezimmertür offen gelassen, als wir gegangen sind. Ich hoffe, die Maus findet von allein den Weg nach draußen.«

»Und wenn sie deiner Mutter doch noch mal über den Weg läuft?«

»Dann wird sie sie für eine andere Maus halten. Schließlich tragen die kein Namensschild. Und das würde sie vielleicht doch noch dazu bewegen, Fallen aufzustellen.«

Das Telefon klingelte, und die beiden wechselten einen Blick. Vielleicht ein Catering-Auftrag? Allerdings hatten sie seit einer guten Woche keinen mehr erhalten.

»Delores?«, argwöhnten sie gleichzeitig und lachten.

Hannah stand auf, um den Anruf anzunehmen, und hoffte, dass die Maus sich nicht jetzt schon hatte blicken lassen. »Hallo, Mutter.«

»Woher wusstest du, dass ich es bin?«, fragte Delores. »Es hätte auch ein Kunde mit einem Auftrag sein können.«

»Ich glaube, die Chance ist sehr gering.«

»Du hast recht, und deshalb rufe ich an. Ich war gestern im *Café Magnolia*, und das war bis auf den letzten Platz besetzt. Die beiden Schwestern machen dir das Geschäft kaputt, nicht wahr?«

»Das kannst du laut sagen.«

»Wie ich befürchtet habe. Wir haben ihren Cobbler probiert, und der war nichts Besonderes. Ich denke, du solltest auch Pfirsich-Cobbler backen und ihnen einen harten Kampf bieten.«

Hannah dachte nach. Die Idee, Feuer mit Feuer zu bekämpfen, gefiel ihr. Im Winter gab es in Lake Eden nicht genügend Leute, dass zwei Feinbäckereien davon leben konnten, und das hieß, das *Café Magnolia* musste verschwinden.

»Was meinst du? Wirst du das tun? Die Quilt-Gruppe von Lake Eden trifft sich morgen Nachmittag, und ich bin für die Erfrischungen zuständig. Ich dachte, ich bestelle einen Pfirsich-Cobbler bei Shawna Lee und Vanessa und einen bei dir. Wir bieten sie zusammen an, und die Frauen können vergleichen.«

»Gute Idee«, antwortete Hannah. Sie hatte gute Lust auf einen Showdown à la John Wayne in *Der Scharfschütze.* »Diese Stadt ist nicht groß genug für uns beide.«

»Das Treffen beginnt um eins. Ich komme den Cobbler abholen, kurz bevor ich mich auf den Weg mache.«

»Brauchst du nicht. Ich kann ihn zu eurer Versammlung bringen.«

»Aber habt ihr um die Zeit nicht alle Hände voll zu tun?«

»Das war einmal.«

»Oh. Nun, vielleicht können wir das ändern. Noch etwas anderes, Liebes ... Ich habe für Moishe noch mal Garnelen gekauft. Er mochte sie, nicht wahr?«

»Es ist nur noch die leere Packung übrig.« Das war vollkommen wahr, aber nur ein Teil der Wahrheit. Moishe hatte die Garnelen nicht angerührt, worauf Hannah sie zu einem Gumbo verarbeitet hatte, das sie am Abend selbst essen würde.

»Ich kann gar nicht sagen, wie dankbar ich bin, weil er mich von der Maus befreit hat!«

»Und ich kann gar nicht sagen, wie viel Spaß er dabei hatte.« Auch das entsprach der Wahrheit. Sie konnte das ihrer Mutter in der Tat nicht sagen, denn er hatte keinen Spaß gehabt.

Nachdem Hannah sich verabschiedet und aufgelegt hatte, stellte sie fest, dass Lisa sie neugierig anstarrte. »Tut mir leid, ich habe zwangsläufig zugehört. Hat deine Mutter dir gerade einen Catering-Auftrag erteilt?«

»Ja. Sie hat einen Pfirsich-Cobbler bestellt. Sie nimmt einen von uns und einen von gegenüber. Die Damen von der Quilt-Gruppe sollen sie miteinander vergleichen.«

»Das klingt nach einem Backwettbewerb, bei dem die Kandidaten alle dasselbe Rezept backen müssen.«

»Mit einem wichtigen Unterschied«, erwiderte Hannah leicht verlegen. »Ich war so erpicht darauf, Shawna Lee und Vanessa den Kampf anzusagen, dass ich eins nicht bedacht habe: Ich habe noch nie einen Pfirsich-Cobbler gebacken!«

»Eindeutig besser«, befand Andrea und schob sich noch einen Löffel von Hannahs Pfirsich-Cobbler in den Mund. »Du hast gewonnen!«

»Wie findest du ihn, Tracey?«, fragte Hannah ihre fünfjährige Nichte, die gerade aus der Schule gekommen war.

»Lecker.« Die Kleine nickte so nachdrücklich, dass ihre blonden Locken wippten. »Kannst du so einen zu meinem Geburtstag backen, Tante Hannah?«

»Na klar«, versprach sie. Tracey hatte erst im September Geburtstag, und jetzt war Februar. Bis dahin würde sich ihre Nichte noch ein paar Mal umentscheiden.

»Aber du bekommst von mir doch immer einen Wackelpeterkuchen zum Geburtstag«, sagte Andrea ein wenig gekränkt.

»Ich weiß, Mommy. Und den möchte ich auch wieder als richtigen Geburtstagskuchen. Deinen Wackelpeterkuchen mag ich am liebsten. Aber ich habe überlegt, ob ich mir zum Geburtstag einen zweiten Kuchen wünschen darf.«

»Na ja … ich denke, das kann ich erlauben.« Andrea lächelte wieder entspannt.

Hannah fand schon seit einer Weile, dass ihre Nichte ein großes Talent für den diplomatischen Dienst wäre, und jetzt umso mehr.

Die hinteren Tische ihres Cafés waren voll besetzt, da sie gleich den wichtigen Geschmackstest durchführen würden. Lisa hatte Hannahs glühendste Fans eingeladen. Darunter natürlich ihren Zukünftigen. Und nachdem sie ihm den Zweck ihrer dringenden Aufforderung erklärt hatte, war er zur Bibliothek des Gemeindezentrums gefahren und hatte seine Mutter und Lisas Vater eingesammelt.

»Da kommt Daddy!«, rief Tracey, als Bill Todd, der neue Sheriff des Winnetka County, ins Café kam. Er brachte seinen früheren Partner mit, Detective Mike Kingston, bei dessen Anblick Hannahs Herz einen Trommelwirbel schlug.

»Kommen wir zu spät?«, fragte Mike.

»Nein, genau richtig«, versicherte Lisa und füllte zwei weitere Schälchen. Und als sie sah, dass es Hannah die Sprache verschlagen hatte, weil der begehrteste Junggeselle der Stadt sie mit einem warmen Lächeln begrüßte, wies sie den beiden Neuankömmlingen einen Platz gegenüber von Delores und Carrie an. Neben den zwei Damen saßen Winthrop Harrington II., Delores' neuer Begleiter, und Norman, der zwischen zwei Patiententerminen Zeit gefunden hatte. Sie vervollständigten die Liste der Tester.

»Ihr seid hier, um unseren Pfirsich-Cobbler mit dem aus dem *Café Magnolia* zu vergleichen«, erklärte Lisa. »Wir wollen wissen, ob ihr ihn für besser, gleich gut oder schlechter haltet.«

»Als ob jemand sagen würde, dass er nicht so gut schmeckt, wenn Tante Hannah dabeisitzt.« Tracey kicherte und erntete einen strengen Blick ihrer Mutter. »Tut mir leid, Mommy. Ich weiß, wir sollen immer ehrlich unsere Meinung sagen, sonst nützt es ja nichts. Hi, Dad.«

»Hallo, mein Schatz.« Bill rückte seinen Stuhl neben Tracey und küsste sie auf die Stirn. Dann nahm er von Lisa das Schälchen entgegen und ließ es sich schmecken.

»Deiner ist besser«, erklärte Mike schon nach dem ersten Bissen. »Deren Pfirsiche sind zu matschig.«

Bill nickte. »Das finde ich auch. Shawna Lees und Vanessas Pfirsiche schmecken wie aus der Dose, deine dagegen wie frische. Wo bekommst du im Februar frische Pfirsiche her?«

»Gar nicht. Das sind tiefgekühlte. Der Trick besteht darin, sie vor dem Backen nicht ganz auftauen zu lassen.«

»Das sollte ich mir merken und meinem Koch davon berichten, wenn ich wieder in England bin.« Winthrop schenkte Hannah ein herzliches Lächeln. »Das ist brillant, meine Liebe. Und Ihr Pfirsich-Cobbler schmeckt vorzüglich.«

»Danke«, antwortete Hannah bemüht liebenswürdig. Winthrop war bei ihren sporadischen Begegnungen immer die Freundlichkeit in Person, doch sie konnte mit ihm nicht warmwerden. Sie vermisste ihren Vater noch immer, und Delores mit einem anderen Mann zu sehen war ein Schock.

»Ich finde, er ist genau richtig gewürzt«, sagte ihre Mutter.

»Perfekt«, pflichtete Carrie bei. »Der Cobbler von drüben schmeckt viel zu sehr nach Zimt. Man merkt gar nicht, dass man Pfirsiche isst. Es könnte auch jedes andere Obst sein.«

»Salzkräcker.« Jack Herman zwinkerte Lisa zu.

»Was?«, fragten mehrere gleichzeitig.

»Salzkräcker«, wiederholte er. »Lisas Mutter hat manchmal ihren Falschen Apfelkuchen gebacken. Er wurde mit Salzkräckern und ganz ohne Äpfel gemacht.«

Hannah fiel auf, wie herzlich Lisa, Marge und Herb ihn anlächelten, und das freute sie. Das neue Medikament wirkte. Es konnte die Krankheit nicht heilen, Jack würde weiterhin an Alzheimer leiden, doch seine Gedächtnisleistung hatte sich verbessert, und es strengte ihn nicht mehr so an, sich zu unterhalten.

»Hannah, du kennst das Rezept, oder?«, hakte Lisa nach.

»Ich glaube, nicht. In Minnesota gibt es das ganze Jahr über Äpfel. Warum sollte man einen Falschen Apfelkuchen backen, wenn man einen richtigen machen kann?«

»Nur um zu sehen, ob es geht«, antwortete Norman prompt. »Das ist, wie wenn man einem Hund beibringt, auf den Hinterbeinen zu laufen. Erstaunlich ist nicht, dass er es gut kann, sondern dass er es überhaupt kann.«

»Samuel Johnson. Aber da ging es nicht um einen Hund.« Hannah kannte Johnsons Bemerkung über eine predigende Frau und war darüber leicht verärgert.

»Tracey hat das Buch, doch darin kommt kein Hund vor.« Andrea schaute verwirrt.

»Welches Buch?«

»*Sam Johnson und der blaue Quilt*. Ein Bilderbuch, das sie von Mutter bekommen hat. Es geht um einen Mann, der gern Quilts näht.«

Hannah und Norman wechselten einen Blick. Die Botschaft darin war klar. Keiner von ihnen würde Andrea in Verlegenheit bringen, indem er darauf hinwies, dass sie keine Figur aus einem Kinderbuch, sondern den englischen Gelehrten Samuel Johnson gemeint hatten. Hannah war sich ziemlich sicher, dass der Gelehrte aus dem achtzehnten Jahrhundert zu Quilts eher in einer passiven Beziehung gestanden hatte.

»Das klingt nach einer schönen Geschichte«, sagte Hannah, denn das Schweigen nach Andreas Bemerkung war ohrenbetäubend.

»Die fand ich super, als ich noch klein war«, meinte Tracey. Dann hob sie ihre Schale hoch und wandte sich an Lisa. »Bekomme ich noch eine Portion, Tante Lisa? Das war so lecker!«

Lisa füllte ihr das Schälchen und ging um den Tisch, um allen einen Nachschlag zu geben. Bill beobachtete, wie sie mit dem Servierlöffel ein Stück von der Kruste abstach und auf die Pfirsiche in seiner Schale legte. »Was für eine Kruste ist das? Sie kommt mir bekannt vor.«

»Glaube ich gern«, sagte Hannah lachend. »Das ist eine Variante der Streuselschicht auf dem Kuchen deiner Mutter. Als ich überlegt habe, wie die Kruste sein soll, habe ich ihn sofort vor mir gesehen.«

»Kommst du auf diese Art auf neue Rezepte?«, wollte Carrie wissen.

»Ja. Ich überlege mir zuerst, wie es schmecken soll, und entwickle das Rezept danach. Die Kruste sollte halb wie ein Zuckerplätzchen und halb wie ein süßes Brötchen sein.«

»Das ist dir gelungen«, erklärte Marge, teilte etwas von ihrer Kruste ab und lächelte über das knusprige Geräusch. »Sie ist perfekt, Hannah. Wirklich.«

»Lasst uns abstimmen«, schlug Herb vor. Er zog das kleine Notizbuch aus der Hemdtasche, in das er die Kfz-Kennzeichen der Wagen schrieb, die ihm durch einen Verstoß gegen die Verkehrsregeln auffielen. Beim ersten Mal verwarnte er den Fahrzeughalter nur, beim zweiten Mal schrieb er einen Strafzettel. »Die drei Kategorien lauten: ›besser‹, ›gleich gut‹ und ›schlechter‹?« Er blickte Lisa fragend an.

»Genau. Beginnen wir mit dir, Herb. Wie findest du unseren Cobbler?«

»Besser. Ich notiere meinen Namen dahinter.«

»Mike?« Lisa ging reihum.

»Viel besser.«

Mike schaute Hannah lächelnd an. Die erwiderte das Lächeln höflich und hoffte, dass er ihr Herzklopfen nicht hörte. Er mochte glauben, dass er bei ihr mit Schmeichelei etwas erreichte, und vielleicht gelang ihm das bei anderen Frauen, doch sie würde nicht vor Dankbarkeit zerfließen, nur weil er sie mal wieder beachtete.

»Auf einer Skala von eins bis zehn ist Hannahs eine Zehn, der andere eine Eins.« Das war Bills Wertung.

»Viel, viel besser!« Delores strahlte Hannah an. »Die Damen von der Quilt-Gruppe werden ihn lieben, besonders wenn ich Regina erzähle, dass dich ihr Kuchen zu der Kruste inspiriert hat. Es ist nett von dir, ihr die Anerkennung zu zollen, Liebes. Manch einer täte das nicht, weißt du?«

Hannah sonnte sich in dem mütterlichen Lob. Delores sparte normalerweise damit, und wenn sie sie mal lobte, freute Hannah sich immens. Dann bemerkte sie, dass Delores ihre Schale bis auf den letzten Krümel ausgekratzt hatte. Das wollte etwas heißen, denn sie hielt es für höflich, einen kleinen Rest auf dem Teller zu lassen.

Nachdem Lisa ihre Runde vollendet und Herb die Ergebnisse notiert hatte, ergab sich schwarz auf weiß das erwartete einhellige Ergebnis. Hannahs Pfirsich-Cobbler hatte den der Konkurrenz spielend geschlagen.

»Wie könnte es anders sein?«, meinte Bill, als sein Handy klingelte. Er schaute aufs Display und runzelte die Stirn. »Wir müssen sofort los. Auf der Interstate sind drei Wagen ineinandergefahren.«

Das war das Zeichen, die Tafel aufzuheben. Winthrop ging zusammen mit Bill und Mike, danach standen Delores und Carrie vom Tisch auf.

»Wir haben Luanne im Geschäft allein gelassen«, erklärte Carrie, »und sie hat ihre Pause noch nicht machen können.«

»Danke fürs Kommen.« Hannah lächelte beide an. »Ich bringe euch zur Tür.

Lisa fasste ihr an die Schulter. »Bleib sitzen. Ich gehe mit ihnen durch die Backstube und gebe ihnen den Pfirsich-Cobbler mit, den ich für Luanne beiseitegestellt habe.«

Als Lisa zurückkam, lächelte Hannah die verbliebenen Freunde an. »Ihr habt mir wirklich sehr geholfen. Und wenn ihr meinen Cobbler so gut findet, nehme ich ihn in meine Rezepte auf.«

»Wie willst du ihn nennen, Tante Hannah?«, fragte Tracey.

»Darüber habe ich noch nicht nachgedacht.« Ihr war klar, dass Tracey das Thema nicht aufgebracht hätte, wenn sie nicht schon eine Idee hätte. »Welchen Namen würdest du ihm geben?«

»Minnesota-Pfirsich-Cobbler. So wissen die Leute, er stammt von hier und nicht von woanders.«

»Gute Idee.« Hannah reckte den Daumen. Der Name war genial und sprach den Heimatstolz der Menschen in Lake Eden an. Nur ein Verräter würde den Südstaaten-Pfirsich-Cobbler noch vorziehen.

»Meinst du, wir sollten den Minnesota-Pfirsich-Cobbler bei unserer Hochzeitsfeier anbieten?«, fragte Herb seine Lisa.

»Das wäre super, aber Hannah wird vielleicht zu viel zu tun …«

Hannah winkte ab. »Ich schaffe das schon.« Sie sollte bereits zwei verschiedene Kekskuchen zubereiten, doch sie würde genauso gern alle Kuchen für das Büfett backen, wenn Lisa und Herb sich das wünschten.

»Könntest du morgen einen für mich backen?«, bat Jack Herman. »Marge bringt mich dann zu meiner letzten Dosis Hirnsaft, und da möchte ich den Krankenschwestern etwas Schönes mitbringen.«

»So nennt er den Medizincocktail, den er bei der klinischen Studie bekommt«, erklärte Lisa, obwohl schon jeder erraten hatte, was er meinte.

»Mein Gedächtnis funktioniert hinterher besser, und soweit ich sagen kann, gibt es nur einen Nachteil.«

»Welchen?«, wollte Andrea wissen.

»Ich erinnere mich wieder, was für dumme Sachen ich vorher gemacht habe.«

»Das ist Unsinn, Jack.« Marge verteidigte ihn sofort. »Dein Gedächtnis war nicht das beste. Das wissen wir alle. Trotzdem hast du nie etwas Dummes getan.«

»Oh, doch. Etwas, was ich wahrscheinlich für den Rest meines Lebens bedauern werde.«

Er sagte das sehr ernst, und Hannah berührte ihn freundlich am Arm. »Ich bin sicher, es ist nicht so schlimm, wie Sie denken. Erzählen Sie uns davon, dann können wir vielleicht helfen.«

»Da kann wohl keiner mehr helfen. Hat die Glocke einmal geläutet, lässt sich der Ton nicht mehr einfangen.«

»Den Spruch kenne ich!«, rief Tracey. »Ein Anwalt in so einer Gerichtssendung im Fernsehen hat das gesagt, aber die Richterin hat gegen ihn entschieden.«

»Von welcher Glocke sprechen Sie?« Hannah war ziemlich verblüfft, dass Lisas Vater eine Metapher benutzte. Bevor er das neue Alzheimermedikament bekommen hatte, hatte er alles wörtlich genommen.

»Vor lauter Freude, dass Lisa und Herb heiraten, habe ich jemanden eingeladen, der nicht auf Lisas Gästeliste steht.«

»Das ist okay, Dad«, versicherte seine Tochter rasch. »Da ist immer Platz für einen mehr ... stimmt's, Andrea?«

»Absolut.« Andrea lächelte ihn an. »Machen Sie sich deswegen keine Gedanken, Jack. In St. Peter finden über zweihundert Leute Platz, und ich habe im *Lake Eden Inn* das gesamte Restaurant gebucht.«

»Oh, ich dachte mir schon, dass in der Kirche und bei der Feier noch jemand hinzukommen darf. Das ist nicht das Problem. Ich glaube vielmehr, dass Lisa diese Person nicht bei ihrer Hochzeit haben möchte.«

Seine Tochter lachte fröhlich. »Ich weiß nicht, wen du meinen könntest, Dad. Ich habe praktisch ganz Lake Eden eingeladen.«

»Die nicht. Ich habe auf der Liste nachgesehen.«

»Wirklich?« Lisa runzelte die Stirn. »Tja ... da ich offenbar jemanden vergessen habe, ist es wohl gut, dass du daran gedacht hast. Ich möchte niemanden kränken.«

Andrea legte ihren Laptop auf den Tisch, zog den Reißverschluss der Hülle auf und schaltete das Gerät ein. »Wirklich, Jack, das ist kein Problem. Ich rufe nur schnell die Datei auf. Der Laptop ist wahnsinnig praktisch. Ich könnte ohne ihn gar nicht mehr leben!«

Hannah schüttelte nur den Kopf. Es gab durchaus Dinge, auf die sie sehr ungern verzichten würde, aber nur zwei, ohne die sie nicht leben könnte: Luft und Nahrung.

»Da ist die Gästeliste«, verkündete Andrea, nachdem ein

paar wichtig klingende Signale ertönt waren. »Nennen Sie mir einfach den Namen, und ich setze ihn auf die Liste. Ich kann die Einladung heute Nachmittag persönlich überbringen.«

»Also gut.« Jack blickte zu seiner Tochter. »Dir wird das nicht gefallen.«

Lisa lächelte ihn ermutigend an. »Aber sicher. Ein Gast mehr ist überhaupt kein Problem, und ich kann hier jeden gut leiden. Wer ist es?«

»Jemand, den ich eingeladen habe, bevor ich erfahren habe, dass ich das nicht hätte tun sollen.«

»Das weiß ich, Dad. Also, wer ist es?«

Jack seufzte schwer. Dann räusperte er sich und antwortete: »Shawna Lee Quinn.« Und da Lisa das Lächeln verging, fügte er rasch hinzu: »Es tut mir leid, Schatz. Ich wusste, das würde dir nicht gefallen.«

Minnesota-Pfirsich-Cobbler

Den Backofen auf 175 Grad vorheizen, die Backform später auf die mittlere Schiene setzen.

Eine Backform von 32 x 23 cm einfetten.

1500 g tiefgekühlte Pfirsichspalten (nicht vorher auftauen lassen)
2 EL Zitronensaft
300 g weißer Zucker
¼ TL Salz
90 g Mehl
½ TL Zimt
120 g Butter

Die Pfirsichspalten in einer großen Schüssel 10 Minuten lang antauen lassen, mit dem Zitronensaft beträufeln und wenden.

In einer kleineren Schüssel Zucker, Salz, Mehl und Zimt mit einer Gabel vermengen, bis die Zutaten gleichmäßig gemischt sind.

Die Mischung in die große Schüssel geben und die Pfirsichspalten darin wenden (das geht am besten mit den Händen).

Anschließend die Pfirsichspalten in der gefetteten Auflaufform verteilen, mit dem Rest der trockenen Mischung bestreuen.

Die Butter zerlassen und über die Pfirsichspalten träufeln. Alufolie über die Form legen und ringsherum fest andrücken.

Bei 175 Grad 40 Minuten backen. Herausnehmen und auf eine hitzebeständige Unterlage stellen, den Backofen jedoch nicht ausschalten.

Für die Kruste:

120 g Mehl
200 g weißer Zucker
1½ TL Backpulver
¼ TL Zimt
½ TL Salz
60 g weiche Butter
2 geschlagene Eier

Mehl, Zucker, Backpulver, Zimt und Salz in der kleinen Schüssel vermengen, die für die andere trockene Mischung verwendet wurde. Die weiche Butter in Flocken zugeben und mit zwei Gabeln zu einer grobkörnigen, lockeren Masse verarbeiten. Die geschlagenen Eier zufügen und mit einer Gabel unterrühren. (Wer von Ihnen mal tapeziert hat, den wird die fertige Masse an Kleister erinnern, aber sie riecht viel besser!)

Die Alufolie entfernen und die Masse über die Pfirsichspalten löffeln. Da sie sich nur schwer vom Löffel löst, nehmen Sie einen zweiten Löffel, einen Gummischaber oder einen Finger zu Hilfe. Verteilen Sie die Klumpen auf den

Pfirsichspalten, bis sie bedeckt sind. (Keine Sorge, falls Lücken bleiben – der Teig wird sich im Backofen ausdehnen und die Löcher schließen, sodass eine knusprige Kruste entsteht.)

Die Form nicht mehr zudecken und bei 175 Grad noch einmal 50 Minuten backen.

Der Pfirsich-Cobbler kann heiß, lauwarm oder kalt gegessen werden. Man kann ihn pur servieren, aber auch mit Schlagsahne oder Eiscreme.

5

Der Valentinstag begann mit einem klaren Morgen, und Hannah stand auf, als die ersten Strahlen der Wintersonne den Schnee auf den Dächern beschienen. Sie gab Moishe ohne viel Umstände sein Futter, trank rasch eine Tasse starken Kaffee und ging duschen, bevor sie noch ganz wach war. Sie zog eine Jeans an, entschied sich zur Feier des Tages für einen knallroten Pullover und grinste in den Spiegel. Ihre roten Locken standen wie immer nach allen Seiten ab, aber heute musste sie sie nicht zusammenbinden und unter das amtlich vorgeschriebene Haarnetz stecken. Das *Cookie Jar* hatte geschlossen.

Normalerweise machte ihr Café am Valentinstag einen Riesenumsatz, denn dann verkauften sie herzförmige Plätzchen mit rot-weißer Glasur, rosa glasierte Cupcakes mit Herzchen, Erdbeer-Flips, die Hannah sich im vergangenen Jahr für diesen Anlass ausgedacht hatte, und Kirschbomben, teigummantelte, mit Puderzucker bestäubte Maraschinokirschen. Dieses Jahr hatten sie ihre Leckerbissen schon einen Tag vorher verkauft. Der Gewinn reichte zwar nicht an den der vorigen Jahre heran, aber immerhin waren ein paar Dutzend ihrer bisherigen Kunden zu ihnen zurückkehrt.

Hannah war sich nicht sicher, ob das den Bemühungen

ihrer Mutter zu verdanken war oder ob die Leute nur gekommen waren, um am Tag vor Lisas Hochzeit zu sehen, wie es der Braut ging. Der Grund war Hannah gleichgültig, Hauptsache, sie hatten bei ihr gekauft. Zum ersten Mal seit der Eröffnung des Konkurrenz-Cafés hatte ihr Geschäft wieder die Gewinnzone erreicht, und das war ein Schritt in die richtige Richtung.

Heute würde Lisa heiraten, und Hannah wollte sie an diesem wichtigen Tag nicht arbeiten lassen. Deshalb hatte sie eine Anzeige ins *Lake Eden Journal* gesetzt und ihre Kundschaft informiert, dass das Café ausnahmsweise geschlossen war. Lisa sollte lange schlafen, sich den Vormittag über entspannen und nur an ihr künftiges Glück denken.

»Ich weiß«, sagte Hannah zu ihrem orange-weißen Kater, der auf ihrem Bett saß. »Das trage ich nur zu Hause, aber ich werde heute im *Cookie Jar* allein sein.«

Moishe miaute und starrte sie einen Moment lang an, um ihr dann den Rücken zuzukehren. Sie war sich nicht ganz sicher, ob er damit die Farbe des Pullovers kommentierte, die sich mit ihren roten Haaren biss, oder ob er sie daran erinnern wollte, dass sein Futternapf leer war. Deshalb erwiderte sie nichts.

Fünfzehn Minuten später, als Moishe sein zweites und sie ihr erstes Frühstück verzehrt hatte, war Hannah bereit, das Haus zu verlassen. Zwar hatte ihr Café geschlossen, doch sie musste für Lisas Hochzeitsfeier backen, und das ging mit den Öfen in der Backstube besser als mit dem einen Backofen in ihrer Küche zu Hause.

Die Hochzeitstorten waren fertig. Die hatte sie schon am vergangenen Abend hergestellt, eine Brauttorte und eine Bräutigamtorte. Sie waren nicht besonders raffiniert und hatten keinen Backofen von innen gesehen, aber Herb und Lisa würden sie sicher mögen.

Für das Projekt hatte sie ein wenig recherchieren müssen. So unauffällig wie möglich hatte sie sich bei Lisa erkundigt, welchen Kuchen sie als Kind am liebsten gegessen hatte. Die Antwort hatte sie überrascht, ebenso die von Herbs Mutter. Sowohl Lisas als auch Herbs Lieblingskuchen war der Lake Edener Cream Stack, der sehr einfach zuzubereiten war, da er nicht gebacken werden musste.

Er bestand aus Plätzchen und Puddingcreme, die man zu einem kleinen Wolkenkratzer aufschichtete. Er wurde über Nacht in den Kühlschrank gestellt, damit sich die Creme setzen und die Plätzchen weich werden konnten, und anschließend wurden sie mit Schlagsahne bestrichen. Lisa mochte sie am liebsten mit Kräckern von Graham und Schokoladenpudding, während Herb Schokoladenwaffeln mit Vanillepudding bevorzugte. Seit Hannah das wusste, hatte sie überlegt, wie sich daraus eine festliche Hochzeitstorte herstellen ließe.

Erfinderisch wie sie war, hatte sie über mehrere Tage mit Zutaten experimentiert. Das war ein bisschen so, wie mit Bauklötzen zu spielen, und hatte ihr so viel Spaß gemacht wie früher als Kind. Doch obwohl ihr interessante Formen eingefallen waren, darunter ein wahrer Rapunzelturm, fand sie keine reizvoll genug für eine Hochzeitsfeier.

Vor ein paar Abenden war sie auf die Lösung gekommen. Sie hatte sich mit Moishe zusammen eine Kochshow angesehen, und das vorgestellte Dessert war ein englisches Trifle gewesen. Die Konditorin war zu schlank, als dass sie je eines ihrer Desserts gekostet haben konnte, doch als sie das Trifle servierte, war Hannah ein Licht aufgegangen. Es gab keinen Grund, warum sie Lisas und Herbs Cream Stack nicht in eine Trifle-Schüssel schichten sollte. So könnte sie ihn stürzen und mit Schlagsahne bestreichen.

Die offizielle Hochzeitstorte, die später auf den Fotos zu sehen war, würde von Sue Ganske hergestellt werden, Lisas Cousine zweiten Grades. Da in Lisas Familie mütterlicherseits jeder aus Norwegen stammte, würde es ein aus zwanzig Schichten bestehender Kransekake sein, der traditionelle norwegische Hochzeitskuchen.

Sue hatte sie gewarnt, als sie im *Cookie Jar* angerufen und angeboten hatte, die Hochzeitstorte zu machen: »Ihr plant besser noch eine andere. Der Kransekake ist wie der französische Croquembouche ein Pyramidengebäck. Er ist so hübsch, dass ihn keiner anschneiden möchte.«

Hannah konnte das verstehen. Sie hatte mal einen Croquembouche gesehen. Er bestand aus kleinen Windbeuteln, die zu einem schlanken Kegel aufgetürmt und mit Karamellsirup zusammengeklebt wurden. Gewöhnlich wurde er auf einer ausgefallenen Platte angerichtet, mit goldenen Karamellfäden umsponnen und mit Puderzucker bestäubt. Das kunstvolle Dessert war bei einem festlichen Abendessen serviert worden, an dem sie während des Studiums teilgenommen hatte. Der Croquembouche hatte die gesamte Party unangetastet überstanden, da sich niemand als Erster ein Stück hatte abbrechen wollen.

Jenes College-Essen hatte sie etwas Wichtiges gelehrt und war der Grund, weshalb die Baisers auf ihren Kuchen nie ganz symmetrisch und ihre Plätzchen ein wenig unregelmäßig geformt waren. Überschritt ein Dessert die Grenze von hübsch zu makellos schön, scheuten sich die Leute, es zu essen. Gut möglich, dass der Croquembouche seitdem bei anderen College-Abendessen die Runde machte, und sollte jemals einer den Mut haben, das versteinerte Gebäck zu kosten, würde er einen guten Zahnarzt brauchen.

»Ich werde spätestens um drei wieder da sein«, versprach sie dem Kater, der den Kopf bis zu den Ohren in die Futterschüssel tauchte. »Dann muss ich mich für die Hochzeit umziehen. Du hast doch nichts dagegen, so früh zu Abend zu essen, oder?«

Moishe fuhr hoch und starrte sie an. Soll das ein Witz sein?, hieß das wohl. Ich fresse zu jeder Tages- und Nachtzeit, wenn du mir etwas gibst. Und apropos, wie wär's, wenn du meinen Napf noch mal auffüllst, bevor du gehst?

»Okay, okay.« Hannah schloss den Besenschrank auf und schüttete Trockenfutter in seinen Napf, warf ihm ein fischförmiges Leckerli mit Lachsgeschmack zu und ließ das Vorhängeschloss wieder einschnappen. Dann zog sie den langen grünen Parka an, den Andrea und Delores ihr zu Weihnachten geschenkt hatten. Sobald der Reißverschluss zugezogen war, setzte sie sich die grüne Strickmütze auf, zupfte sie über die Ohren und nahm den Autoschlüssel aus der Handtasche. Die hängte sie sich über die Schulter und zog die fellgefütterten Handschuhe an.

Obwohl das alles keine drei Minuten gedauert hatte, schwitzte sie schon in ihrem wattierten Parka. Daher fand sie es erfrischend, als sie aus der Tür in die eisige Kälte trat, die Minnesota seinen Bewohnern den ganzen Winter über gebührenfrei lieferte.

Als sie hinter dem *Cookie Jar* aus dem Wagen stieg, wickelte sie als Erstes das Kabel von der vorderen Stoßstange, das zu dem Zuheizer unter der Motorhaube gehörte, und drückte den Stecker in die Steckdosenleiste an der Hauswand. Dabei beglückwünschte sie sich, weil sie daran gedacht hatte. Während der Fahrt in die Innenstadt hatte sie den Schluss des Wetterberichts gehört. Zurzeit herrschten minus siebenundzwanzig Grad Celsius, und die Temperatur würde im Laufe des Tages höchstens um zehn Grad ansteigen.

Wegen der dicken Handschuhe benötigte sie mehrere Versuche, um den Schlüssel ins Schloss einzuführen, doch sie behielt sie an. Sie schwitzte ein wenig an den Handflächen und wusste aus Erfahrung, wie schmerzhaft es war, den Metallknauf mit feuchten Händen anzufassen. Der Schweiß würde beim ersten Kontakt gefrieren, und wenn sie die Hand dann wegzog, würde die oberste Hautschicht an dem Knauf haften bleiben.

Als sie endlich im *Cookie Jar* war, ging sie sofort zur Kaffeemaschine. Sie hatte sich mal einige Zeitschaltuhren angeschafft, als die nach Weihnachten verbilligt angeboten worden waren, und das Geld war gut investiert gewesen. Wie zu Hause morgens beim Aufstehen wartete auch hier bereits heißer Kaffee auf sie, und genau den brauchte sie nach der langen Fahrt durch die Kälte.

Sie setzte gerade zum ersten Schluck an, als das Telefon klingelte. Sollte sie sich melden? Ein geschäftlicher Anruf konnte das nicht sein, da die ganze Stadt wusste, dass das Café wegen Lisas Hochzeit geschlossen war. Also war das ein privater Anruf. Und das hieß, dass sie ihn annehmen musste. Hastig trank sie einen Schluck, verbrühte sich prompt die Zunge und griff zum Wandtelefon. »Hallo?«

»Du sagst gar nicht ›Hallo, Mutter‹.«

Hannah stutzte. Vielleicht war die Verbindung schlecht, oder sie war noch nicht richtig wach, aber in ihren Ohren hatte Delores enttäuscht geklungen. »Immer, wenn ich das tue, erklärst du mir, ich soll mich nicht so melden.«

»Das stimmt. Solltest du nicht. Doch ich habe mich inzwischen daran gewöhnt. Ich rufe wegen einer wichtigen Frage an, Liebes. Wie läuft das Geschäft?«

»Gar nicht. Wir haben heute geschlossen.«

»Das weiß ich. Ich meinte, wie das Geschäft im Allgemeinen läuft. Ich muss wissen, ob meine Werbemaßnahmen in meinen Clubs Wirkung zeigen.«

»Scheint so«, antwortete Hannah widerstrebend. Sie hasste es, mit Delores über ihre geschäftlichen Angelegenheiten zu reden. Schließlich war sie erwachsen und konnte selbst für sich sorgen. Doch ihre Mutter machte sich Gedanken um sie und meinte es gut mit ihr. »Es läuft viel besser als vorher.«

»Aber noch nicht gut genug.«

»Stimmt«, gab Hannah zu. Anscheinend funktionierte der unerklärliche Mutter-Tochter-Radar wieder, denn Delores hatte den besorgten Unterton aufgefangen. »Ein Dutzend Kunden sind zu uns zurückgekehrt, und das ist gut. Und ziemlich viele Damen aus deinem Bekanntenkreis waren hier.«

»Also kommen jeden Tag ein paar alte Kunden zurück?«

»Ja. Gestern haben wir ganz passabel verkauft. Jeder wollte Lisa Glück wünschen.«

»Demnach habt ihr Gewinn gemacht?«

Hannah war drauf und dran, die Frage zu bejahen, doch sie war einfach nicht dazu in der Lage, ihre Mutter anzulügen. »Das nicht.«

»Aber die Kosten wurden gedeckt?«

»Nicht ganz.«

Darauf war es für ein paar Augenblicke still in der Leitung. »Vielleicht ist das eine vorübergehende Erscheinung. Ich habe gerade in einem Artikel gelesen, dass bei den meisten Bäckereien der Umsatz zurückgegangen ist, weil alle Leute an den Kohlenhydraten sparen. Sie essen nicht mehr so viel Brot und süßes Gebäck wie früher.«

»Ich glaube nicht, dass das damit zu tun hat, Mutter. Die Leute strömen ins *Café Magnolia* und bestellen dort keineswegs Low-Carb-Gebäck.«

Delores war wieder still, und dann zischte sie: »Diese Dirnen!«

»Mutter!« Hannah war geschockt. Sie wusste, was der altmodische Ausdruck bedeutete. Er kam in den Regency-Liebesromanen vor, die ihre Mutter so gern las.

»Entschuldige, Liebes. Aber Shawna Lee sorgt ständig für Ärger, seit sie nach Lake Eden gezogen ist, und ihre Schwester ist nicht besser. Wenn mich nicht alles täuscht, hat das mit Mike zu tun.«

»Mit Mike?«

»Ja. Shawna Lee ist hinter ihm her, und du bist ihr dabei im Weg. Sie hat ihr Bäckerei-Café nur eröffnet, um deinem Ansehen zu schaden und dich aus dem Geschäft zu drängen.«

Hannah dachte darüber nach. Könnte ihre Mutter recht haben? Eifersucht war ein mächtiger Antrieb. »Vielleicht sollte ich rübergehen und ihr sagen, dass sie Mike meinetwegen haben kann.«

»Oh, tu das nicht, Liebes«, erwiderte Delores rasch. »Sie würde kurzerhand abstreiten, dass sie etwas von ihm will.«

»Was meinst du, was ich stattdessen tun sollte?«

»Gib deine Verlobung mit Norman bekannt und überlass ihr Mike. Ich wette, es dauert keine zwei Wochen, bis sie zu dem Schluss kommt, dass das Feinbäckerhandwerk zu mühsam für sie ist, und sie das Café schließt.«

Hannah musste lachen. Auf den Rat ihrer Mutter zu hören war in etwa, als nähme sie Moishes Angebot an, auf eine Eidechse aufzupassen. Das konnte nur katastrophal enden. »Vergiss es, Mutter. Erstens hat Norman mich nicht gebeten, ihn zu heiraten, und zweitens bin ich mir nicht sicher, ob ich seinen Antrag annehmen würde. Das Vernünftigste, was ich tun kann, ist, abzuwarten und das Beste zu hoffen.«

»Vermutlich hast du recht.« Delores stieß ein kleines Lachen aus. »Ich wollte es nur nicht unversucht lassen. Ich würde dich zu gern als Normans Ehefrau sehen. Mike ist der Falsche für dich. Aber ich wünschte wirklich, ich könnte dir helfen, im Geschäft zu bleiben. Fällt dir etwas ein, was ich für dich tun kann?«

»Nichts Legales.« Hannah lachte. »Keine Angst, Mutter. Die Dinge werden sich noch zurechtrücken, auf die eine oder andere Weise.«

Nachdem Delores sich verabschiedet hatte, legte Hannah auf und wandte sich ihrem nun lauwarmen Kaffee zu. Die Aussichten für das *Cookie Jar* waren düster. Wie düster genau, wollte sie ihrer Mutter lieber verschweigen.

Verzweifelt wie sie war, hatte sie am vergangenen Abend bei einer Kreditfirma angerufen, von der sie einen Werbeclip gesehen hatte. *OneDay Lenders* versprach Bargeld innerhalb von vierundzwanzig Stunden, wenn man ein Haus oder eine Eigentumswohnung mit dem entsprechenden Gegenwert besaß, und Hannah brauchte nichts weiter zu tun, als heute Morgen nach neun Uhr noch einmal anzurufen, dann würde sie erfahren, ob sie das Geld bekommen würde oder nicht. Wenn ja, würde sie ihr Geschäft noch ein Weilchen führen können. Wenn nicht, würde sie sich mit ihren Ersparnissen noch zwei Wochen lang über Wasser halten können. Danach blieb ihr nichts anderes übrig, als das *Cookie Jar* zu schließen.

Hannah trank ihren Kaffee und sah zur Uhr. Acht Uhr sechsundfünfzig. Noch vier Minuten. Sie schaute an den leeren Glasdosen auf der Ladentheke entlang und wünschte sich, sie wären gefüllt mit frischen Plätzchen und ihre Kundschaft käme wieder. Dann warf sie wieder einen Blick auf die Uhr. Es war noch immer vier Minuten vor neun. Ihre Großmutter Ingrid hatte früher immer gesagt: »Wenn man auf etwas wartet, dauert es ewig.«

Ging die Uhr langsamer, wenn sie andauernd hinsah? Wenn die Zeit flog, sobald man Spaß hatte, verging sie folglich im Schneckentempo, sobald man sich elend fühlte, oder?

»Oh, Mann!«, murmelte sie und stand auf, um sich frischen Kaffee einzugießen. Vor dem vierten Kaffee über schwerwiegende Fragen zu grübeln war riskant. Auf dem Rückweg zu ihrem Hocker sah sie erneut zur Uhr. Zwei Minuten vor neun. Die Zeit verging doch. Sie brauchte nur noch zwei Minuten totzuschlagen.

Die zogen sich scheinbar endlos hin, doch endlich rückte der große Zeiger auf die Zwölf, der kleine auf die Neun. Hannah wartete, bis der Sekundenzeiger die Sechs erreichte, dann wählte sie die Nummer von *OneDay Lenders*. Als die Verbindung zustande kam, hörte sie eine Stimme vom Band: *Ihr Anruf ist uns sehr wichtig. Unsere automatische Bekanntgabe der Antragsbescheide ist zurzeit ausgelastet, aber bitte legen Sie nicht auf. Anrufe werden in der Reihenfolge ihres Eingangs entgegengenommen.*

Während Hannah wartete, dass sie an die Reihe kam, dachte sie über die aufgenommene Stimme nach. War es wahr, dass eine Großmutter in Iowa fast alle Bandansagen gesprochen hatte, die Firmen bei ihrem Telefonservice verwendeten? Und wenn ja, bekam sie Tantiemen wie Schauspieler, deren Auftritte im Fernsehen wiederholt wurden?

Um vier Minuten nach neun wurde ihr Anruf angenommen, und sie tippte die Nummer ein, die sie am Abend erhalten hatte. Und dieselbe Bandstimme sagte ihr ins Ohr: *Ich bedaure, aber Ihr Kredit wurde nicht bewilligt. Es werden noch Unterlagen benötigt, bevor* OneDay *Ihrem Wunsch nachkommen kann. Bitte rufen Sie die folgende kostenfreie Nummer an, um eine detaillierte Erklärung zu erhalten.*

Hannah schrieb die Nummer mit und wählte. Diesmal wurde sie sofort mit jemandem verbunden, doch derjenige klang, als läse er seinen Text vom Blatt ab. »Sind Sie ein echter Mensch?«, fragte Hannah.

»Als solchen betrachte ich mich«, antwortete der Mann und kicherte sogar. »Ich heiße Perry und bin Ihr persönlicher Kreditberater. Könnten Sie mir bitte Ihre Antragsnummer nennen?«

Hannah rasselte sie herunter und wartete. Und währenddessen raste ihr Puls in halsbrecherischem Tempo, und ihr Blutdruck erreichte neue Höhen.

»Miss Swensen?«

»Die bin ich. Was haben Sie für mich, Perry?«

»Wir brauchen eine neuere Gewinn-und-Verlust-Rechnung von Ihnen, bevor wir den Kredit genehmigen können.«

»Wirklich? Davon war nicht die Rede, als ich ihn gestern Abend telefonisch beantragt habe.«

»Ich weiß. Doch da Sie selbstständig sind, brauchen wir mehr Informationen.«

»Okay.« Hannah fragte sich, ob sie Stan Kramer am Wochenende dazu bewegen könnte, ihr eine solche Rechnung anzufertigen. »Von wann bis wann?«

»Vom ersten Januar dieses Jahres bis heute.«

»Oh, oh«, murmelte Hannah.

»Was sagten Sie, Miss Swensen?«

»Nichts von Bedeutung. Die Gewinn-und-Verlust-Rechnung sollte einen Gewinn ausweisen, ja?«

Perry schwieg für einen Moment. Offenbar hatte ihn das noch niemand gefragt. »Das stimmt.«

»Tja, wird sie nicht.« Hannah zog die Brauen zusammen, da ihre letzte Hoffnung zerstob. »Wenn sie das täte, würde ich mir kein Geld leihen wollen. Aber was ist mit meiner Eigentumswohnung als Sicherheit? Reicht die nicht, um einen Kredit zu bekommen?«

»Im Grunde nicht. Sie haben nur eine geringe Abzahlung geleistet. Das Darlehen wurde erst vor zweieinhalb Jahren aufgenommen. Es läuft dreißig Jahre, und zurzeit zahlen Sie hauptsächlich Zinsen ab.«

»Also habe ich keine Chance?«

»Das kann man so sagen«, antwortete Perry und schwieg für ein paar Augenblicke. »Sie sollten das lassen, Miss Swensen. Wenden Sie sich an jemanden, den Sie gut kennen, und bitten Sie den um ein Darlehen. Allem Anschein nach sind Sie ein netter Mensch, und ich möchte Ihnen kein Hochzinsdarlehen von *OneDay* vermitteln.«

»Was wäre das?«

»Wenn ein Antragsteller nicht kreditwürdig ist, sollen wir ein Darlehen anbieten, dass er unmöglich zurückzahlen kann, weil die Raten zu happig sind. Und wenn der Kunde zahlungsunfähig wird, nimmt *OneDay* ihm seinen Besitz weg, und er steht vor dem Nichts.«

»Vielen Dank, dass Sie so ehrlich zu mir sind und mir

reinen Wein einschenken«, sagte Hannah und meinte das ehrlich. Perry war für sie ein Risiko eingegangen. »Verraten Sie mir bitte noch eins: Ist *OneDay* ein guter Arbeitgeber? Oder können Sie nicht darüber sprechen?«

»Es ist grauenhaft. Ich kann Ihnen das sagen, weil ich gerade entschieden habe, zu kündigen und weiter zu studieren.«

»Ausgezeichnet!«

»Das heißt zwar, dass ich wieder bei meinen Eltern wohnen muss, um Kosten zu sparen, doch das ist es mir wert. Den Rest des Tages werde ich meinen Anrufern das Geheimnis des Großkapitals verraten.«

»Welches?«

»Wer wirklich ein Darlehen braucht, gilt als kreditunwürdig. Und wer kein Darlehen braucht, bei dem stehen die Geldverleiher Schlange und drängen ihm ihr Geld auf.«

Hannah bedankte sich bei Perry und legte auf. Sie hatte den Eindruck, etwas Wichtiges erfahren zu haben, doch das half ihr momentan nicht aus der Klemme. Solange Shawna Lee nicht innerhalb einer Woche den Löffel abgab oder Vanessa ihrer Schwester den Geldhahn zudrehte, würden die beiden das *Cookie Jar* aus dem Geschäft drängen.

6

Hannah nahm gerade die Pfirsiche aus dem Eis, als es an der Ladentür klopfte. Sie ignorierte es. In der Stadt wusste jeder, dass heute geschlossen war. Doch der Besucher klopfte hartnäckig weiter, und nach ein paar Augenblicken ging sie zur Schwingtür, um nachzusehen, wer es war.

Was sie sah, brachte sie zum Lächeln. Da stand ein Bote mit einem Blumenstrauß in goldenem Papier. Sein blauer Lieferwagen trug das vertraute Logo von *Bouchard's*, dem Blumengeschäft im Shoppingcenter.

Auf dem Weg zur Tür überlegte sie, ihm zu raten, seinen Wagen umzusetzen. Auf der Main Street war vorgeschrieben, schräg zum Bürgersteig zu parken; er dagegen hatte parallel dazu geparkt und besetzte dadurch drei Plätze. Dann fiel ihr ein, dass Herb für seine Hochzeit einen Tag freibekommen hatte und er heute keine Strafzettel verteilte. Einen Vertreter hatte der Stadtrat nicht ernannt, also hatte der Bote nichts zu befürchten.

Hannah schloss die Tür auf. Es passierte nicht oft, dass ihr jemand Blumen schickte. »Kommen Sie rein und wärmen Sie sich ein wenig auf. Sind die für mich?«

»Wenn Sie Hannah Swensen sind, dann ja.« Der Bote kam herein und gab ihr den Strauß. »Der Auftraggeber sagte, dass Ihr Geschäft heute geschlossen ist, Sie aber hier sind.«

»Wer ist es?«

»Kingston. Steht hinten auf dem Kuvert.«

Breit lächelnd griff sie nach dem Umschlag, doch sie ließ ihn vorerst ungeöffnet. Sie wollte die Karte erst lesen, wenn sie allein war. Stattdessen las sie den aufgestickten Namen unter dem Logo des Floristen an der Brusttasche seines Parkas. »Möchten Sie einen Kaffee, Kyle? In der Backstube steht eine volle Kanne.«

Nachdem Kyle sich an den Backtisch gesetzt und einen ersten Schluck getrunken hatte, schaute er sich um. »Eine schöne Backstube haben Sie. Meine Frau würde vor Freude ausflippen, wenn sie solch einen Ofen bekäme. Sie sagt immer, ihrer ist zu klein. Sie backen heute nicht?«

»Nein. Ich kann Ihnen nur Plätzchen von gestern anbieten, falls es Ihnen nichts ausmacht, dass sie nicht frisch sind.«

»Bestimmt nicht«, versicherte er. »Ich war noch nie bei Ihnen, da ich in Elk River wohne, doch man hört von vielen, dass Sie die besten Plätzchen weit und breit backen. Letzten Freitag, als die Lake Eden Gulls gegen die Elks gespielt haben, hat unser Coach eine Tüte Walnusspfötchen mitgebracht.«

»Das wusste ich gar nicht!« Hannah war erfreut und nahm sich vor, dem neuen Cheftrainer der Jordan High zu danken, wenn er das nächste Mal ins *Cookie Jar* kam. »Mögen Sie Erdbeeren, Kyle?«

»Ich stehe voll darauf.«

»Gut.« Hannah ging zum Kühlraum hinüber. »Wir haben gestern Erdbeer-Flips gebacken. Mal sehen, wie sie Ihnen schmecken.«

Die dünne Schicht Puderzucker war beim Kühlen in die Plätzchen eingezogen, und Hannah bestäubte sie ein zweites Mal. Dadurch wurden sie ein bisschen süßer, doch Kyle machte den Eindruck, als hätte er eine Schwäche für Süßes. Sie trug den Teller zum Tisch und wartete, bis der Bote gekostet hatte.

»Mmm, gut!«, sagte er nach dem ersten Bissen. »Die sehen aus wie die Erdbeertörtchen meiner Mutter, sind aber kleiner und schmecken viel besser.«

»Lassen Sie das nur nicht Ihre Mutter hören.« Damit löste Hannah eine Diskussion aus, warum jede Mutter wollte, dass es ihren Kindern bei ihr am besten schmeckte.

Kyle trank eine zweite Tasse Kaffee und aß dazu noch drei Plätzchen. Hannah dachte an ihre Arbeit, die sie schleunigst beginnen sollte. Sobald der Pfirsich-Cobbler fertig wäre, würde sie zum *Lake Eden Inn* fahren müssen, um die Hochzeitskuchen abzuliefern und sich mit Sally zu beraten, wann sie mit der Sahne bestrichen werden sollten.

»Möchten Sie die übrigen Plätzchen vielleicht für unterwegs mitnehmen?«, fragte sie, um ihn behutsam zum Gehen zu drängen.

»Na, und ob ich das will!« Kyle verstand den Wink und stand auf, während Hannah die Kekse einpackte. »Ich sollte jetzt weiterfahren, sonst kühlt der Wagen aus und die Blumen erfrieren. Das Bäckerei-Café gegenüber hat geöffnet, oder?«

»Ja.«

»Gut. Ich habe für die Dame da drüben auch eine Lieferung.«

Hannah wäre fast erstarrt, weil ihr ein äußerst widerwärtiger Gedanke kam. Sie würde sehr gut überlegen müssen, wie sie ihre Frage formulierte, damit Kyle nicht merkte, dass er aus dem Nähkästchen plauderte. Doch ein misstrauischer Geist brauchte Gewissheit.

»Es ist gut, dass er dieses Jahr Blumen für Shawna Lee hat.« Sie setzte ein breites Lächeln auf. »Beim letzten Valentinstag hat er ihr nur eine Karte geschickt, und sie hat eine Woche lang nicht mit ihm geredet.«

»Ja, die Damen erwarten mehr als ein Kärtchen. Und ich kann Ihnen sagen, ein Dutzend Rosen sind um diese Jahreszeit nicht billig, vor allem in einer Farbe, die wir normalerweise nicht vorrätig haben. Kingston wollte gelbe, weil sie die wohl am liebsten hat. Und die sind doppelt so teuer wie Ihre roten.«

Hannah biss die Zähne zusammen und behielt das Lächeln bei, bis Kyle gegangen war. Hätte sie gewusst, dass ein Strauß für Shawna Lee in seinem Wagen lag, hätte sie ihn aufgehalten, bis die Rosen ihrer Rivalin steif gefroren waren. Sie hatte gute Lust, Mikes Strauß in den Mülleimer zu werfen. Andererseits wäre es schade um die schönen Blumen.

Obwohl sie aufgebracht war, suchte sie eine Vase heraus. Die Rosen waren wunderschön, und ihr Duft wehte durch die Backstube. Vielleicht hatte Mike nicht geahnt, dass Shawna Lees Strauß teurer sein würde als ihrer. Wahrscheinlich hatte er seine Kreditkartennummer heruntergerasselt und angenommen, dass alle Rosen das Gleiche kosteten, sogar außerhalb der Saison. Aber warum schickte er Shawna Lee einen Strauß Rosen? War das nur eine freundliche Geste, weil sie mal seine Sekretärin gewesen war? Oder hatte es mehr zu bedeuten?

Sie griff nach dem kleinen weißen Umschlag, der im Strauß gesteckt hatte, zog die Karte heraus und las die Grußworte. Danach ging es ihr schon viel besser. *Alles Liebe zum Valentinstag,* war in roter Schreibschrift aufgedruckt, doch auf der Rückseite stand, was Mike beim Bestellen diktiert hatte:

Ich habe mich freiwillig gemeldet, während der Trauung auf dem Revier zu bleiben, aber ich schaffe es zur Feier. Reservierst Du mir den ersten und den letzten Tanz? Ich habe etwas Besonderes für Dich und werde Dich hinterher nach Hause begleiten.

Immerhin ging Mike nicht mit Shawna Lee zu der Hochzeit. Sie seufzte erleichtert. Und es war nett von ihm, den Dienst zu übernehmen, damit die Deputys, die mit Lisa und Herb befreundet waren, an der Trauung teilnehmen konnten. Der zweite Teil der Nachricht freute sie besonders, denn das hieß, dass er mit Shawna Lee auch nicht zu der Feier verabredet war, da er den ersten und den letzten Tanz mit ihr tanzen und sie anschließend nach Hause bringen wollte. Und was mochte das Besondere sein, das er ihr schenken wollte?

Ein Schauder der Erregung durchlief sie, als ihr verschiedene Möglichkeiten durch den Kopf gingen, die alle nicht für fremde Ohren geeignet wären. Doch anstatt weiter über etwas zu spekulieren, so schön das auch sein mochte, ging sie erneut zum Kühlraum, um die Pfirsiche herauszuholen.

Nach zwei Schritten klingelte das Telefon. Sie starrte es böse an, nahm aber den Hörer ab. Schließlich könnte der Anrufer Mike sein, und dann wollte sie ihm für die Rosen danken.

»Hannah? Ich bin so froh, dass ich dich erwische!« Es war Lisa, und sie klang panisch. »Du hast den Pfirsich-Cobbler noch nicht zubereitet, oder?«

»Noch nicht. Was ist los?«

»Wir haben ein Problem. Ich habe gerade erfahren, dass sie ihren Pfirsich-Cobbler mitbringt.«

»Wer?«

»Shawna Lee. Sie hat im *Lake Eden Inn* angerufen, um Sally zu sagen, dass sie drei Stück als Hochzeitsgeschenk mitbringen will, doch Dick hat den Anruf angenommen. Und als sie ihn fragte, ob auf dem Dessertbüfett noch Platz für ihren Cobbler ist, hat Dick auf Sallys Skizze geguckt und geantwortet, dass in der Mitte ein Platz dafür reserviert ist.«

»Und damit meinte er den Platz für meinen?«, fragte Hannah, die den Rest schon ahnte.

»Genau. Ich habe gerade mit Sally telefoniert. Sie hat angeboten, Shawna Lees Cobbler rauszunehmen und deinen anzubieten, aber deiner sieht anders aus, und Shawna Lee würde das auffallen. Meinst du, ich sollte in den sauren Apfel beißen und sie anrufen, damit sie ihren Cobbler zu Hause lässt?«

»Das kannst du unmöglich tun.«

»Warum nicht?«

»Weil er ein Hochzeitsgeschenk ist.« Hannah erinnerte sich an den Rat ihrer Mutter, Geschenke wohlwollend anzunehmen, auch wenn man sie nicht haben wollte. »Wenn du höflich sein willst, musst du ihn lächelnd entgegennehmen und ihr danken. Ich habe mit meinem noch nicht angefangen, also macht das nichts.«

»Aber deiner schmeckt uns besser!«

»Ich weiß, und ich kann euch jederzeit einen backen, wenn du willst … nur nicht heute. Bei einer großen Hochzeit fallen schon von selbst genug Probleme an, da muss man nicht noch welche herbeiführen.«

»Das ist wahr. Tante Ruth hat dreimal angerufen und sich über die Sitzordnung beschwert. Sie findet, dass sie an der Kopftafel sitzen sollte.«

»Aber da gehören nur die Brautleute und ihre engste Familie hin.«

»Ich weiß, doch sie meint, Dad sollte nicht bei Marge sitzen. Es sei schlimm genug, dass sie zusammen im selben Haus wohnen werden und dass das jeder weiß. Sie als Paar am Brauttisch sitzen zu lassen, würde den Leuten die Verhältnisse so richtig vor Augen führen.«

»Ich glaube, deine Tante Ruth braucht eine Nasektomie. Dann kann sie ihr Riechorgan nicht in Dinge stecken, die sie nichts angehen.«

Lisa fing prompt an zu kichern. »Ich lach mich schlapp. Das muss ich Herb erzählen.«

Hannah legte zufrieden auf. Sie hatte Lisa einen guten Rat gegeben und sie mitten in einer kleinen Krise zum Lachen gebracht. In ihren Augen brachten große Hochzeiten viel Ärger mit sich, der sich nicht lohnte. Man konnte sich alles noch so sorgfältig überlegen und für jede Eventualität planen, am Ende gab es immer Gäste, die sich durch irgendetwas gekränkt fühlten.

»So was kommt für mich nicht infrage!«, sagte sie laut und ging zum Kühlraum, um die Hochzeitskuchen herauszuholen. Sie hatte kaum zwei Schritte getan, da rief schon wieder jemand an. Wahrscheinlich Lisa, um zu fragen, ob sie Shawna Lees Cobbler wirklich unbedingt annehmen müsse.

Hannah nahm den Hörer ab und erklärte: »Ja, du musst den Cobbler annehmen. Deine Hochzeitsberaterin, die eine Autorität in Benimmfragen ist, wird dir das Gleiche sagen.«

»Was?!«

Hannah lachte, als sie die Stimme erkannte, die völlig perplex klang. Es war Andrea, nicht ihre Geschäftspartnerin. »Entschuldige. Ich dachte, du wärst Lisa.«

»Worum geht es?«

»Lisa wollte wissen, ob sie ein Hochzeitsgeschenk annehmen muss, das sie nicht haben will. Und ich sagte Ja. Was kann ich für dich tun?«

»Ich habe gerade erfahren, dass ich keine weißen Tauben fliegen lassen darf, und jetzt weiß ich nicht, was ich machen soll!«

»Warum wolltest du das?« Hannah stellte sich einen Schwarm weißer Tauben vor, die aufs Kirchendach flogen und die Leute angurrten.

»Tauben sind ein Symbol des Übergangs von der Jungmädchenzeit zum Leben der erwachsenen Frau. Wenn Lisa als Herbs Ehefrau aus der Kirche tritt, sollte der Taubenführer die Tauben freilassen.«

»Was passiert mit ihnen, wenn sie weggeflogen sind?«

»Oh, sie fliegen nicht weg. Sie sind darauf abgerichtet, in der Luft zu kreisen und nach einer Weile in den Käfig zurückzukehren. Der Taubenführer lässt sie frei, wenn sie hungrig sind, und stellt dann Futter in den Käfig.«

»Okay, verstehe. Warum wird nichts daraus?«

»Wegen der eisigen Temperaturen. Er will sie bei solchen Minusgraden nicht ins Freie lassen.«

»Das ist verständlich.«

»Ich weiß. Ich möchte auch nicht, dass sie sich die Vogelgrippe holen. Aber ich brauche einen Ersatz. Fällt dir etwas ein, was den Übergang symbolisieren kann?«

»Backofenspray«, antwortete Hannah prompt, doch Andrea lachte nicht. Sie war zu aufgeregt, weil ihr Plan vereitelt wurde. »Vergiss es. Wie wär's stattdessen mit einem Beutel Reis? Das ist auch ein verbreiteter Hochzeitsbrauch.«

»Aber der Reis steht fürs Kinderkriegen, und Lisa und Herb wollen vorerst noch keine Kinder.«

»Mutter wird sowieso Reis mitbringen. Das tut sie immer.«

»Ich weiß. Das werde ich nicht verhindern können. Doch ich möchte etwas anderes, etwas Hübsches.«

»Lass mich nachdenken.« Hannah überlegte fieberhaft. »Wie wär's mit Blütenblättern? Die sind angenehm zu handhaben, machen die Finger nicht schmutzig und sind umweltfreundlich.«

Andrea war kurz still. »Eine wundervolle Idee«, sagte sie schließlich. »Ich sehe schon, wie hübsch die bunten Blütenblätter auf dem Schnee leuchten. Aber wofür stehen sie?«

»Die Entwicklung von der Knospe zur vollen Blüte bildet die Reifung vom jungen Mädchen zur Frau in schönster Weise ab«, erklärte Hannah, die sich das in diesem Moment ausdachte. »Die Blütenblätter fallen herab und finden am Boden zueinander, was den Bund der Ehe symbolisiert.«

»Das ist schön!« Andrea klang begeistert.

»Finde ich auch. Meinst du, das kommt gut an?«

»Ich wüsste nicht, was dagegenspricht. Du hast dir das gerade überlegt, stimmt's?«

»Jep.«

»Brillant. Ich werde Father Coultas anrufen und ihn bitten, bei der Zeremonie ein paar Worte darüber zu sagen. Danke, Hannah. Du hast mich gerettet.«

»Jederzeit gern.« Sie legte auf und wünschte, sie würde auch jemand retten. Wenn noch mehr Leute anriefen oder an die Tür klopften, würde sie gar nichts mehr erledigt bekommen. Sie ging zur Vorratskammer, und diesmal konnte sie die Backstube durchqueren, bevor es an der Hintertür klopfte.

Soll ich öffnen oder nicht?, fragte sie sich einen Moment lang. Dann rief sie: »Wer ist da?«

»Norman. Lass mich rein, Hannah. Es ist kalt hier draußen!«

Sie beeilte sich, ihm aufzumachen, und brachte Norman zu einem Hocker am Backtisch. »Du siehst halb erfroren aus. Kaffee?«

»Ja, bitte. Vielleicht taut er mich auf. Die Sonne scheint, aber davon ist es noch nicht wärmer geworden, und die kurze Autofahrt hat nicht gereicht, damit es im Wagen warm wurde.«

»Wenn es so kalt bleibt, sollten die Leute die Steckdosen an den Pfosten auf dem Kirchenparkplatz nutzen. Father Coultas predigt bei Hochzeiten immer sehr weitschweifig.«

Norman legte beide Hände um die heiße Kaffeetasse, die Hannah ihm hinstellte, und nach ein paar Augenblicken krümmte er ein paar Mal die Finger. »Ich kann sie wieder bewegen.«

»Ja, aber kannst du auch einen Bohrer halten?«

»Brauche ich nicht. Ich habe heute keine Patienten mehr.« Er griff in die Tasche und holte ein kleines Geschenk in glänzendem rosa Papier hervor. »Das ist für dich zum Valentinstag.«

»Danke!« Hannah nahm es freudig entgegen. »Das musstest du aber nicht tun, Norman.«

»Ach nein? Dann kann ich es ja wieder mitnehmen.«

»Nur über meine Leiche«, erwiderte Hannah und riss das Geschenkpapier gekonnt herunter. Und dann hielt sie inne und starrte auf die blaue Samtschachtel, die eindeutig von einem Juwelier stammte.

»Mach sie auf«, drängte Norman. »Wenn er dir nicht gefällt, kannst du ihn umtauschen. Er stammt von dem Juwelier im Einkaufscenter.«

Mit zitternden Fingern griff Hannah um den Klappdeckel. Was, wenn ein Verlobungsring darin war? Sie liebte Norman, das wusste sie genau. Doch liebte sie ihn genug, um ihn zu heiraten?

»Nur zu. Ich möchte wissen, ob ich es richtig eingeschätzt habe.«

Hannah wappnete sich und hob den Deckel an. Auf dem weißen Satinkissen lag der schönste Herzanhänger, den sie je gesehen hatte. Sie lächelte erleichtert. Halb froh und halb betrübt, weil es kein Ring war, betrachtete sie das Schmuckstück. Das Herz bestand aus gebürstetem Gold und hing an einer zarten Kette. In der Mitte des Herzens war ein unglaublich schöner, kunstvoll geschliffener dunkelroter Stein eingefasst.

»Gefällt er dir?«, fragte Norman, und Hannah meinte, ein bisschen Angst herauszuhören.

»Er ist umwerfend schön! Aber er war bestimmt sehr teuer. Ich sollte ein so wertvolles Geschenk nicht annehmen. Das ist nicht etwa ein echter Rubin, oder?«

»Würdest du es unbeschwerter annehmen, wenn ich sage, dass es ein synthetischer Stein ist?«

Hannah dachte einen Moment nach. »Ich denke, ja.«

»Es ist kein echter Rubin. Leg die Kette an, Hannah. Seit ich sie gekauft habe, stelle ich mir schon vor, wie sie an dir aussieht.«

Hannah nahm sie aus der Schachtel und grinste, als sie von ihrer Hand herabhing. Die Kette war lang genug, um sie über den Kopf zu streifen, sodass kein Verschluss nötig war, und kurz genug, dass sie beim Arbeiten nicht stören würde. Entweder war Norman beim Juwelier gut beraten worden, oder er hatte sich beim Aussuchen viele Gedanken gemacht. Wie sie ihn kannte, traf Letzteres zu.

»Sie steht dir ausgezeichnet.« Er strahlte, weil Hannah sich dankbar und entzückt über den Tisch beugte und ihm einen Kuss gab. »Wenn ich geahnt hätte, dass du mich so dafür küsst, hätte ich gleich zwei genommen.«

Hannah lachte und küsste ihn noch mal, und diesmal erwiderte er den Kuss. Das war ein wunderbarer Augenblick, bis das Telefon klingelte.

»Willst du rangehen?«, meinte er.

»Ich sollte wohl. Das ist wahrscheinlich Sally, die sich schon fragt, wann ich endlich komme. Ich hatte ihr versprochen, die Hochzeitskuchen noch vor Mittag zu bringen.«

»Wenn sie es ist, fahre ich dich.«

Hannah wollte schon ablehnen, doch ihr fiel die lange kalte Fahrt in die Stadt wieder ein. Der Innenraum ihres Lieferwagens war wie eine Höhle. An manchen Stellen wurde es einfach nicht warm. Ihr linker Fuß war zwar nur ein paar Fingerbreit von der Heizung entfernt, aber zugleich der kalten Zugluft aus einem Loch ausgesetzt, das Cyril Murphy und sein Chefmechaniker in der Werkstatt bisher nicht richtig hatten schließen können.

»Danke, Norman«, sagte sie und griff zum Telefon. Norman war großzügig, taktvoll, aufmerksam und pünktlich. Und, was noch wichtiger war: Seine Autoheizung funktionierte einwandfrei.

Erdbeer-Flips

Den Backofen auf 190 Grad vorheizen, das Blech in der Mitte einschieben.

240 g Butter
200 g weißer Zucker
2 geschlagene Eier
47 g passierte Erdbeerkonfitüre
1 TL Erdbeerextrakt (ersatzweise Vanilleextrakt)
1 TL Backpulver
½ TL Natron
½ TL Salz
190 g gehackte Walnüsse (oder Pecannüsse)
360 g Mehl
ein Schälchen Puderzucker
frische oder gefrorene Erdbeeren zum Garnieren

Die Butter zerlassen und nacheinander den Zucker, die geschlagenen Eier und die passierte Konfitüre zugeben und unterrühren, anschließend den Erdbeerextrakt, das Backpulver, Natron und Salz, schließlich die gehackten Walnüsse und zuletzt das Mehl gründlich einarbeiten.

Mit den Händen walnussgroße Teigkugeln formen.

(Sollte der Teig kleben, stellen Sie ihn für eine halbe Stunde kalt und versuchen Sie es dann erneut.) Die Kugeln in dem Puderzucker wälzen und jeweils 12 Stück auf ein gefettetes Blech setzen.

In jede Teigkugel mit dem Daumen eine Vertiefung hineindrücken. Die Erdbeeren längs halbieren (oder vierteln, wenn sie für die Teigkugel zu groß sind) und mit der Schnittfläche nach unten hineinlegen.

10 bis 12 Minuten lang backen. Danach auf dem Blech 2 Minuten abkühlen lassen und auf ein Gitter legen. Mit Puderzucker bestäuben und auf einer hübschen Platte servieren.

Ausbeute: 7 bis 8 Dutzend.

Statt der Erdbeerkonfitüre können Sie auch passierte Himbeerkonfitüre in den Teig geben und zum Garnieren frische Himbeeren verwenden.

(Die säuerlichen Erdbeeren schmecken auf den süßen Plätzchen wunderbar. Carrie Rhodes schwärmt dafür.)

7

Atemlos kam Hannah vor dem Portal von St. Peter an. Ihre Lunge schien in Flammen zu stehen, nachdem sie in der eisigen Luft die siebenundzwanzig Stufen hinaufgelaufen war. Sie zog die schwere Holztür auf, sauste ins Foyer und zog sich auf der langen Matte, die man zu dem Zweck ausgelegt hatte, die Stiefel aus. Allerdings hieß der Vorraum nicht »Foyer«, sondern – stirnrunzelnd versuchte sie, sich an die Bezeichnung zu erinnern – »Narthex«. So wurde er genannt, aber sie hatte das noch nie jemanden sagen hören.

Gleich neben dem Eingang stand eine Bank, und Hannah zog sich die Pumps an. Sie waren indigoblau, genau wie ihr Strickkleid, das Claire Rodgers von *Beau Monde Fashions* ihr empfohlen hatte.

Nach ein paar Atemzügen in der warmen Luft drückte Hannah die Türflügel auf, die ins Kirchenschiff führten, und sah sich nach ihrer Schwester um. Andrea hatte sie zu Hause angerufen und gebeten, früher zu kommen. Hannah hatte eingewilligt, sich in Windeseile umgezogen, noch rasch die Katzenstreu in Moishes Toilette gewechselt, um einem Akt des Ungehorsams vorzubeugen, den ein beanstandenswerter Zustand provozierte, und war in die Garage gehastet. Ihr war nicht ganz klar, wozu sie gebraucht wurde, aber ihre Schwester war definitiv am Rande einer Panik gewesen.

»Andrea?«, rief sie leicht schaudernd. Die Sonne war inzwischen hinter einem schiefergrauen Himmel verschwunden. Obwohl noch mitten am Tag, herrschte in der Kirche dunkles Zwielicht. Die Lampen waren ausgeschaltet, und die bunten Fenster ließen wenig Licht herein. Allein in einem großen, düsteren Kirchenschiff – daraus ließen sich allerhand Horrorszenen entwickeln.

»Andrea?«, rief sie wieder und schreckte zusammen, als sie über sich Schritte hörte.

»Hier oben auf der Empore. Ich bin noch mit dem Blumenschmuck beschäftigt. Geh raus und schließ die Tür. Und dann warte, bis ich dich reinrufe. Ich will die spontane Reaktion sehen.«

»Soll ich im Narthex warten?«

»Wo?«

»Im Narthex. So heißt der Vorraum in katholischen Kirchen.«

»Oh. Ja, warte dort. Ich rufe dich, wenn ich fertig bin.«

Andrea schien das sehr ernst zu nehmen, und Hannah tat wie geheißen. Ein, zwei Minuten lang stand sie in dem Vorraum, bis sie Andreas Stimme hörte.

»Ich komme«, antwortete Hannah und stieß die Tür auf. Ein Schritt, und sie blieb staunend stehen. Das war die Reaktion, von der ihre Schwester gesprochen hatte. Das Kirchenschiff wurde von flackerndem Licht erhellt. In Dutzenden Leuchtern brannten Kerzen in allen Farbstufen zwischen Schneeweiß und Blutrot. Auf schmiedeeisernen Sockeln standen sie entlang der Wände und dazwischen hohe weiße Körbe mit rosa, weißen und roten Rosen.

»Unglaublich!«, murmelte Hannah und atmete den berauschenden Duft des Rosengartens ein, der seine Blüten ihrer Schwester zuliebe hergegeben hatte. »Das sieht fantastisch aus!«

»Ich weiß. Es wäre noch beeindruckender, wenn das echte Kerzen wären, doch Father Coultas wollte bei dem alten Holz hier drinnen das Risiko nicht eingehen.«

»Die Kerzen sind nicht echt?« Verblüfft trat Hannah näher und sah, dass die Leuchter mit einer Steckdose im Boden verbunden waren. »Das wäre mir nicht aufgefallen, und ich wette, die anderen werden das auch nicht merken.«

»Das hoffe ich, und deshalb brauche ich dich hier so früh. Man kann die Leuchter dimmen, und ich muss die Helligkeit richtig einstellen. Scheinen sie zu hell, sieht man die Kabel, scheinen sie zu schwach, kommen die Blumen nicht zur Geltung. Der Dimmer befindet sich im Büro, und wenn ich das allein erledigen wollte, müsste ich immerzu hin- und herlaufen.«

Ein paar Minuten lang probierten sie herum, und schließlich war Andrea mit dem Ergebnis zufrieden. Hannah durchsuchte das Büro nach Klebeband und klebte den Drehknopf in der gewählten Stellung fest, damit niemand versehentlich die Helligkeit verstellte, die sie so mühsam ermittelt hatten.

»Ich muss jetzt schleunigst nach Hause und mich umziehen.« Andrea warf sich den Mantel über. »Möchtest du mich begleiten? Oder lieber hierbleiben? Immelda wird früher kommen, um die Musikstücke durchzugehen, aber davon abgesehen wird in der nächsten Dreiviertelstunde keiner hier sein.«

»Ich bleibe und bewundere deine Dekoration. Es ist, als säße man in einem Rosengarten. Das möchte ich noch ein wenig genießen.«

Nachdem Andrea gegangen war, lief Hannah in die Damentoilette und behob den Schaden, den der Winterwind an ihrer Erscheinung angerichtet hatte. Das war schnell erledigt. Sie brauchte ihre Locken nur aufzuschütteln und zurechtzuzupfen, um die Frisur in eine gewisse Form zu bringen. Als sie zurückkehrte und sich in die letzte Reihe setzte, dachte sie, dass solche unbändigen Locken auch ihre Vorteile hatten. Ob sie sich gerade gekämmt hatte oder aus einem Sturm kam, sie sah immer gleich aus.

Die stille Kirche war entspannend. Sie schloss die Augen, um die Illusion eines Gartens auszukosten, und atmete den Rosenduft ein. Sie stellte sich vor, es wäre Sommer, und die süße Luft wäre voller Verheißungen. Hummeln flogen von Blüte zu Blüte.

Lächelnd sah sie bunte Schmetterlinge zwischen hochgewachsenen Stockrosen, die sich kurz niederließen und dann wegflatterten. Sie spürte eine leichte Sommerbrise, die ihre Strähnen an der Stirn zittern ließ und an ihren nackten Armen kitzelte.

Die Zeit verging, und so veränderte sich auch Hannahs Garten. Als die Abenddämmerung näherrückte, wurden die Schatten lang, die Sonnenblumen schienen auf ihren Stängeln zu schwanken, als wären sie in der dünneren, kühlen Abendluft zu schwer geworden. Ihre Blütenblätter rollten sich ein, als die letzten Sonnenstrahlen verblassten, und der Mond ging auf.

Glühwürmchen kamen heraus, um zu spielen, und Hannah sah an sich hinunter und bemerkte, dass sie für eine Gartenhochzeit unter den Sternen gekleidet war. Die bekannte Mendelssohn-Melodie stieg zu den funkelnden Sternen auf, und nach und nach trafen die Gäste ein und setzten sich auf weiße Kissen auf dem Rasen.

Hannah trug bräutliches Weiß und bot in ihrer makellosen Konditorschürze einen hübschen Anblick. Auf der Handfläche hielt sie einen Kegel aus blütenförmigen Plätzchen, der mit Karamellfäden überzogen war, und Tracey stand bei ihr mit einem ähnlichen Gebilde und verteilte Plätzchen an die eintreffenden Gäste. Sie trug ein Diadem aus Baiser auf dem Kopf, an dem der zarte Schleier festgesteckt war. Er bestand aus Zuckerwatte und schimmerte im Mondschein. Und dann schwoll die Musik an, und es war Zeit für sie, zum Bräutigam in die Gartenlaube zu gehen, die aus Lebkuchen gebaut war.

Hannah nahm ihren Platz ein und drehte den Kopf, um das Gesicht des Mannes zu sehen, den sie gleich heiraten würde. Doch ihr Schleier verdichtete sich, sodass sie nur noch seine Umrisse erkennen konnte. Als sie die Augen zusammenkniff und verzweifelt herauszufinden versuchte, wer er war, wurde die Musik leiser, und die Zeremonie begann.

Die war jedoch seltsam. Die gewohnten Sätze kamen verschwommen bei ihr an und klangen mehr wie Waldhörner anstatt wie irgendeine Sprache, die sie verstand. Der Zelebrant war niemand, den sie kannte, weder Reverend Knudson noch Father Coultas oder Reverend Strandberg von der Bible Church. Es war nicht mal ein Mann, sondern ein Mädchen, und es sagte: »Und somit erkläre ich euch zu Mann und ... Tante Hannah.«

Tante Hannah? Selbst im Traum wusste sie, dass das nicht der korrekte Wortlaut der Zeremonie war. Doch gerade als sie das Mädchen darauf aufmerksam machen wollte, wiederholte es die letzten beiden Worte.

»Tante Hannah.«

Hannah fuhr hoch und stellte blinzelnd fest, dass sie in

das besorgte Gesicht ihrer Nichte blickte. Es war eine anstrengende Woche gewesen, und sie war wohl eingedöst.

»Geht es dir nicht gut, Tante Hannah?«

»Doch, Schatz.« Hannah sammelte sich, so gut es ging. »Ich habe über die Bedeutung der Ehe meditiert.«

Tracey grinste. »Nein, stimmt nicht. Du hast geschlafen. Aber das ist okay. Das hat keiner gesehen außer mir.«

»Bist du allein hierhergefahren?« Hannah war schon munter genug, um ihre Nichte zu necken.

»Ja, doch vor der Kirche habe ich Daddy ans Steuer gelassen, damit er einparkt.« Sie kicherte, und Hannah staunte einmal mehr darüber, wie pfiffig und witzig Tracey für ihr Alter schon war. »Mommy ist unten und guckt nach, ob sie genug Anstecknadeln für die Sträußchen hat, die die Männer tragen sollen. Wie heißen die noch mal?«

»Knopflochsträußchen.«

»Genau. Weil sie nämlich ins Knopfloch gesteckt werden. Das habe ich in dem Lexikon gelesen, das du mir zum Geburtstag geschenkt hast. Da steht alles drin, sogar die deutschen Wörter, die Karens Großeltern benutzt haben, als sie über ihr Weihnachtsgeschenk geredet haben.«

Hannah zog die Brauen hoch. Karen Dunwright war Traceys beste Freundin. »Karen konnte sich an die Wörter erinnern, und du hast sie in dem Deutsch-Englisch-Wörterbuch nachgeschlagen?«

»Genau. Das war toll, Tante Hannah. Karen wusste schon, was sie bekommt, bevor sie ihr Geschenk ausgepackt hat. Für Calvin habe ich das auch gemacht. Seine Großeltern sprechen Französisch.«

Hannah sandte ein stilles Gebet zum Himmel, dass die Großeltern von Traceys Freunden nie davon erfuhren, doch sie grinste, als sie aufstand. Sie fühlte sich bestätigt. Delores und Andrea hatten sie für verrückt erklärt, als sie Tracey das dicke Großwörterbuch geschenkt hatte, aber sie war überzeugt gewesen, dass ihre Nichte es bald benutzen würde.

»Gefällt dir mein Kleid?« Tracey drehte sich um die eigene Achse wie ein Model und bot damit das gleiche Bild wie ihre Mutter am vergangenen Morgen im *Cookie Jar*. Sie trug ein weinrotes Samtkleid mit Empire-Taille und weißen aufgestickten Rosen an Saum und Ausschnitt.

»Du siehst sehr hübsch aus. Das ist ein schönes Kleid; darin wirkst du richtig erwachsen.«

»Das ist albern, Tante Hannah. Ich bin nicht älter als vorher.«

»Weiß ich. Es sieht aber aus wie ein Kleid, das ältere Mädchen tragen würden, und deine Lippen sind geschminkt.«

»Nur weil in der Kirche so wenig Licht ist. Mommy sagt, das ist wie Make-up bei Kinderschauspielern, nicht wie bei Frauen. Ich muss den Lippenstift aber abwischen, bevor wir zu der Feier fahren.«

»Das ist wahrscheinlich ratsam.« Hannah nickte. »Du möchtest ja nicht alt aussehen oder dass die Leute dich für die Braut halten.«

Tracey lachte, und ihre blauen Augen leuchteten. Hannah wurde das Herz weit. Ihre Nichte war schon eine Schönheit. Sie hatte klassische Gesichtszüge, die mit der Zeit noch attraktiver wirken würden. Es würde nicht mehr lange dauern, bis den Jungen auffiel, wie hübsch sie war, und Hannah wollte sie nicht zu schnell groß werden sehen.

»Komm, Tante Hannah. Mommy sagt, ich soll dich zu ihr bringen, damit sie dich schminken kann. Sie will, dass du bei der Hochzeit gut aussiehst.«

Widerspruch wäre zwecklos. Andrea war bereits ein Nervenbündel, weil sie sich die Katastrophen vorstellte, die während der Trauung und der Feier passieren könnten, und es würde sie nur nervöser machen, wenn Hannah sich sträubte.

»Ich komme mit.« Sie schob sich aus der Bank und folgte Tracey. »Aber meinst du wirklich, ich brauche Make-up?«

»Ich finde das nicht. Für mich siehst du immer schön aus. Doch Mommy findet das, und wir wollen ja, dass sie ihre gute Laune behält, stimmt's?«

»Auf jeden Fall«, antwortete Hannah und kam sich weniger wie eine Tante, sondern mehr wie eine Mitverschwörerin vor.

»Damit erkläre ich Sie zu Mann und Frau. Sie dürfen die Braut jetzt küssen.«

Herb hob Lisa den Schleier vom Gesicht und küsste sie. Hannah blinzelte Tränen weg. Sie war sich nicht sicher, warum sie bei Hochzeiten immer weinte, aber sie tat es. Sie schaute zu Andrea, die sich die Augen mit Bills Taschentuch wischte. Ein Blick zu ihrer Mutter bewies, dass das in der Familie lag, denn Delores tupfte sich die Augenwinkel mit einem weißen Spitzentaschentuch.

Hannah wollte sich gerade wieder nach vorn drehen und die restliche Zeremonie verfolgen, als ihr auffiel, dass Winthrop nicht mehr da war. War ihm die Kleinstadthochzeit so langweilig geworden, dass er lieber das Risiko einging, seine Geliebte zu verprellen, indem er sich verdünnisierte? Doch dann sah sie ihn zur Tür hereinschlüpfen und zu der Kirchenbank schleichen, in der Delores saß.

Wo ist er gewesen?, fragte sich Hannah. Vielleicht auf der Herrentoilette. Delores blickte auf, als er wieder neben ihr

Platz nahm. Er gab ihr eine silberne Tragetasche, die Hannah wiedererkannte. Sie war gefüllt mit etlichen Päckchen Reis, den Delores und einige andere auf die frisch Vermählten niederregnen lassen würden. Das Rätsel von Winthrops Verschwinden war also geklärt. Delores hatte den Reis im Auto gelassen und Winthrop zum Parkplatz geschickt, damit er ihn holte.

Delores hakte sich bei ihm unter, und Hannah wünschte, sie hätte vorher weggesehen. Ihre Mutter strahlte. Es war offensichtlich, dass sie viel mehr für den Mann übrighatte, als Hannah und ihren Schwestern lieb war.

Herrgott noch, Mutter. Er ist nur zum Auto gegangen. Er hat nicht etwa einen Drachen für dich erschlagen, dachte Hannah. Ihr fiel auf, dass sie wohl ein bisschen böse guckte. Sie blickte beschwörend zu ihrer Mutter, damit sie sich auf Lisa und Herb konzentrierte, doch das Mutter-Tochter-Radar war wohl gerade außer Betrieb, denn Delores lächelte bloß und rückte näher an Winthrop heran.

»Und nun übergebe ich Ihnen Mr und Mrs Herbert Beeseman«, verkündete Father Coultas. Dabei drehte er Herb und Lisa zur Gemeinde hin und gab Immelda Giese an der Orgel das Zeichen, den Schlusschoral zu spielen.

Als die frisch Vermählten den Mittelgang hinunterschritten und alle zwei Schritte anhielten, um ein paar Worte mit Freunden und Verwandten zu wechseln, sah Hannah, dass Andrea ihr von hinten hektisch zuwinkte.

Sie deutete fragend auf ihre Brust. *Meinst du mich?* Und Andrea nickte mehrmals deutlich, zeigte energisch neben sich und formte mit den Lippen stumm den Befehl: *Komm sofort hierher.* Hannah zögerte nicht länger, sondern schob sich aus der Bank und eilte zu ihr. Andrea nahm sie beim Arm und zog sie in eine Nische.

»Was ist denn?« Hannah unterdrückte einen Aufschrei, als sich die Fingernägel ihrer Schwester in ihren Arm bohrten.

»Der Chauffeur ist auf dem Eis ausgerutscht, als er aus der Limousine gestiegen ist, und hat sich den Arm gebrochen. Doc Knight musste ihn ins Krankenhaus bringen, und jetzt brauche ich einen Ersatz.«

»Bill?«

Andrea schüttelte den Kopf. »Er muss die Prozession mit dem Streifenwagen anführen, und Mike muss auf dem Revier bleiben, um all die Kollegen, die hier sind, zu vertreten.«

»Wie wär's mit Norman?«

»In seinem Wagen befindet sich die ganze Fotoausrüstung, die er zum *Lake Eden Inn* bringen muss, um bei der Feier Schnappschüsse zu machen. Du musst mir helfen, Hannah. Ich habe beim Limousinen-Verleih angerufen, und sie schicken einen Ersatzfahrer, aber der wird frühestens in einer Stunde hier sein. Das Brautpaar und die Eltern verlassen gleich die Kirche, und ich brauche jemanden, der sie zu ihrer Feier bringt!«

»Und das soll ich sein?«

»Ja! Die Situation ist furchtbar peinlich, Hannah. Sag, dass du das übernehmen kannst.«

»Ich kann das übernehmen.«

»Kannst du das wirklich?«

»Natürlich. Zu schade, dass ich keine Chauffeursuniform habe. Das wäre stilgemäß.«

»Ich habe die passende Mütze.« Andrea zog sie neben sich aus der großen Reisetasche und setzte sie ihr kurzerhand auf. »Die habe ich mir geschnappt, bevor Doc Knight mit dem Chauffeur wegfuhr. Ich wünschte nur, ich hätte daran gedacht, ihn um seine komplette Uniform zu bitten.«

Hannah lachte, sie konnte nicht anders. Andrea war es gewohnt, ihren Willen zu bekommen. Sie hätte sich nichts dabei gedacht, den armen Fahrer um Hose und Jacke zu erleichtern und ihn in Unterwäsche ins Krankenhaus bringen zu lassen.

»Er hat den Zündschlüssel stecken lassen. Geh nachsehen, ob du etwas Gutes findest, was du bei der Fahrt zum *Lake Eden Inn* spielen kannst. Zum Limousinen-Service gehört auch die Musik für unterwegs. Und *ich* werde den Brautleuten die Tür öffnen. Ich will nicht noch einen Chauffeur verlieren.«

Kichernd zog Hannah die Fahrertür der weißen Stretch-Limousine auf und glitt hinter das Lenkrad. Sie hatte noch nie solch ein Fahrzeug gesteuert, aber das konnte nicht so schwer sein, oder? Sie hatte schon alles gefahren, was Räder oder Kufen hatte, einschließlich Traktor, Schneemobil, Rennboot und Schulbus. Fehlte nur noch ein Sattelschlepper, und solange sie keine schwierigen Manöver vollführen musste, würde sie auch mit der Stretch-Limousine zurechtkommen.

Es würde eine Weile dauern, bis das glückliche Paar den Gang durch die Mitte absolviert hatte, und Hannah nutzte die Zeit, indem sie den Passagierraum erkundete. Sie öffnete die Champagnerflasche und stellte vier Gläser bereit. Aus der zur Verfügung stehenden Musik suchte sie etwas Unverfängliches aus, um es laufen zu lassen, bis die Fahrgäste ihre eigene Wahl trafen. Sie prüfte gerade die Gegensprechanlage und die Glaswand zwischen Fahrgastraum und Cockpit, als das Kirchenportal weit geöffnet wurde.

Hannah zog sich die Chauffeursmütze tief ins Gesicht und wartete darauf, dass Lisa und Herb herauskamen. Gäste reihten sich schon an den Seiten der Treppe auf, um das Brautpaar zu empfangen. Sobald alle draußen waren, flammten Blitzlichter auf, und Lisa und Herb erschienen oben an der Kirchentreppe. Kurz blieben sie stehen, um sich fotografieren zu lassen, und stiegen dann von Reiskörnern und Blütenblättern beregnet die Stufen hinunter.

Hannah hatte Lisa noch nie so glücklich gesehen, und Herb wäre beinahe gestolpert, weil er seine schöne Frau bewunderte und den Blick nicht von ihr wenden konnte.

Andrea zog die hinteren Türen der Limousine auf und ließ Lisa und Herb einsteigen. Marge Beeseman und Jack Herman folgten ihnen, und nachdem Andrea die Fahrzeugtüren geschlossen hatte, drückte Hannah auf den Knopf der Sprechanlage.

»Die besten Glückwünsche von *Celebration Limos, Incorporated*. Sie finden eine geöffnete Flasche Champagner und Gläser auf der Minibar, unser Geschenk an Sie. Damit wünschen wir Ihnen ein glückliches gemeinsames Leben und viele künftige Fahrten mit *Celebration*.«

»Vielen Dank«, sagte Herb von hinten, und Hannah schmunzelte, als ihr klar wurde, dass er die Sprechverbindung offen gelassen hatte. Sie hörte, wie sie sich unterhielten und den Sekt einschenkten.

»Wir haben eine Fahrerin«, bemerkte Lisa. »Schön, dass die für den Job auch Frauen nehmen.«

»Ihre Stimme kommt mir bekannt vor«, meinte Herb.

»Mir auch«, pflichtete Marge ihm bei. »Sie erinnert mich an jemanden, aber ich komme nicht drauf, wer es ist.«

»Hannah?«, riet Jack.

»Ihre Haare sehen jedenfalls wie Hannahs aus«, stellte Lisa fest.

»Weil es meine sind«, antwortete Hannah und drehte sich grinsend nach hinten um.

8

»Einen so leckeren Hochzeitskuchen habe ich noch nie gegessen, Hannah!«, lobte Sue Ganske, als sie sich ein zweites Stück holte. »Einfach großartig, dass es zwei Varianten gibt: einen hellen mit Vanillecreme und einen dunklen mit Schokoladencreme. Und von der Seite sehen die Stücke umwerfend aus. Ihre Kuchen sind genauso hübsch wie mein Kransekake, schmecken aber viel besser.«

»Danke, Sue.« Hannah nahm das Kompliment liebenswürdig entgegen. Sie hatte den Kransekake noch nicht gekostet und auch sonst niemand. Teller und ein Kuchenmesser standen daneben bereit, doch Sues Kuchen war bislang unberührt. Obwohl Hannah nicht wusste, wie er schmeckte, glaubte sie, dass Sue recht hatte. Die Schichten bestanden aus gemahlenen Mandeln, Puderzucker und Eiweiß, und obwohl an der Kombination dieser Zutaten nichts falsch war, wusste Hannah, dass das Ergebnis nicht besonders schmackhaft war. Andererseits war der Kransekake schön und sehr schmückend für das Kuchenbüfett. Sue hatte die goldbraunen Lagen mit weißem Zuckerguss beträufelt, norwegische Fähnchen hineingesteckt und bunte Zuckergussrosen aufgesetzt.

In nachdenklicher Stimmung schaute Hannah sich unter den Hochzeitsgästen um. War der traditionelle norwegische Hochzeitskuchen erfunden worden, um etwas über die Ehe auszusagen? Äußerlich war er attraktiv, aber wer sich einen besonderen Genuss davon erhoffte, würde enttäuscht sein. Es war genau das, wonach man bei der Wahl seiner Braut oder des Bräutigams nicht Ausschau halten sollte. Das erinnerte Hannah an Shawna Lee Quinn. Sie sah umwerfend aus, war jedoch nur eine schöne Hülle ohne innere Qualitäten. Sie hatte Dick zugesagt, ihren Südstaaten-Pfirsich-Cobbler frühzeitig vorbeizubringen, und nun stand in der Mitte des Büfetttischs noch immer die Vase mit den Blumen, die Sally als Platzhalter dort hingestellt hatte.

»Du machst das großartig, Hannah.« Sally, die hinter dem Büfett bereitstand und den Gästen zu dem Dessert verhalf, an das sie selbst nicht heranreichten, gesellte sich näher zu Hannahs Hochzeitskuchenstation am Ende des Tisches. Dabei beriet sie die Leute, denen es schwerfiel, sich zu entscheiden. »Oh, hallo, Gail. Hast du schon die Ananassahne probiert? Die ist von Marge und schmeckt absolut köstlich. Wo bleibt sie eigentlich?«

Es dauerte einen Moment, bis Hannah begriff, dass die Frage an sie gerichtet war. »Wen meinst du?«

»Die, die du nicht sehen willst. Wie wär's mit einem Stück Erdbeerkuchen, Sam? Den isst du doch so gern. Ich meine Shawna Lee.«

»Keine Ahnung. Sie könnte wenigstens anrufen, wenn sie sich verspätet.«

»Vielleicht hat sie sich irgendwo festgefahren«, meinte Sally und drehte sich zu den Fenstern um, die auf den See hinausgingen. »Es schneit wieder. Soll ich Ihnen bei der Mousse au Chocolat behilflich sein, Lucille?«

Hannah schaute nach draußen. Die Schneedecke war

gerade mal zwei Zentimeter dick. Damit kam jeder Wagen zurecht. »Bestimmt nicht. Sie hat einen nagelneuen SUV mit reichlich PS. Damit wäre auch viel höherer Schnee für sie leicht zu schaffen.«

»Das hatte ich ganz vergessen. Ein großes oder ein sehr großes Stück, Ed? Die Creme besteht aus Butter von Lake Edener Kühen. Tja, vielleicht hat sie es sich anders überlegt und kommt gar nicht.«

»Meinst du?«, fragte Hannah hoffnungsvoll.

»Eigentlich nicht. Sie liebt es, Leute zu beeindrucken, und davon gibt es hier viele. Lassen Sie mich das in ein Dessertglas geben. Das sieht hübscher aus. Ich war mir sicher, dass sie kommt. Meinst du, ich sollte in ihrem Café anrufen und fragen, ob sie noch erscheint?«

Hannah dachte darüber nach und zuckte mit den Schultern. »Das kann nicht schaden. Vielleicht ist sie schwer beschäftigt.«

Sally blickte sie scharf an, dann löffelte sie Karamellsoße über eine Portion Vanillepudding. »Schlagsahne dazu, Joyce? Das dachte ich mir. Ich meinte mich zu erinnern, dass Sie den Pudding gern ohne mögen. Mike ist auch noch nicht hier. Und sagtest du nicht, dass du ihm den ersten Tanz reservieren solltest, Hannah?«

»Ja.«

»Meinst du, die beiden sind zusammen?«

»Da kann ich auch nur raten«, erwiderte Hannah, und vor ihrem inneren Auge sah sie Mike und Shawna Lee in leidenschaftlicher Umarmung zwischen seidenen Laken.

»Sie brauchen sich nicht zu entscheiden, Barbara. Sie können von jedem ein bisschen nehmen. Hannah, sobald ich die Schlange abgearbeitet habe, könnte ich im *Café Magnolia* anrufen.«

»Was würde das bringen?«

»Wenn sie rangeht, lausche ich auf Geräusche im Hintergrund. Du weißt schon ... Atmen, Husten oder dergleichen. Möchtest du es wissen? Oder lieber nicht?«

»Ich will es wissen, wenn du niemanden im Hintergrund gehört hast, aber wenn doch, dann nicht.«

»Verstanden.« Sally winkte einer Kellnerin, damit sie sie ablöste. »Ich bin gleich wieder da.«

Während sie zum Telefon in der Küche eilte, bereute Hannah ihre Worte. Sie wollte eigentlich nicht wissen, ob Mike bei Shawna Lee war, zumindest jetzt nicht. Und sie hatte sich unbewusst eine Falle gestellt. Wenn Sally bei ihrer Rückkehr schwieg, würde das bedeuten, dass sie im Hintergrund jemanden gehört hatte. Warum hatte sie Sally nicht gebeten, in keinem Fall etwas zu sagen? Das wäre klüger gewesen.

»Dein Lieferwagen steht auf dem Parkplatz«, bemerkte Andrea, deren Ankunft Hannah nicht bemerkt hatte.

»Andrea!« Hannah fuhr aus ihren Gedanken hoch, und das war ihr peinlich. »Du hast mich erschreckt.«

»Das tut mir leid. Hier ist dein Schlüsselring. Der Ersatzfahrer vom Limousinen-Verleih dachte, deine Heizung wäre kaputt, aber ich habe ihm erklärt, dass sie immer so schwach ist. Was ist los? Du machst ein Gesicht, als hättest du gerade deinen besten Freund verloren.«

»Vielleicht habe ich das. Zumindest einen von ihnen.«

»Mike?«, fragte Andrea und bewies, dass sie als perfekte Hochzeitsberaterin genau wusste, welche Gäste noch nicht da waren. Als Hannah nickte, tätschelte sie ihrer Schwester die Hand. »Das ist mir aufgefallen, und sie fehlt auch. Aber das bedeutet nicht unbedingt, dass sie zusammen sind. Vergiss nicht, dass Mike die Arbeit auf dem Revier übernommen hat. Wenn sich da ein Notfall ergeben hat, wird er vielleicht länger Dienst tun müssen.«

»Klar.«

»Na, das könnte doch sein.«

»Absolut. Und da auf jedem Schreibtisch ein Telefon steht und er weiß, dass ich enttäuscht bin, wenn er zu seinem reservierten Tanz mit mir nicht aufkreuzt, hat er hier angerufen und mir gesagt, dass er später kommt.«

»Hat er?« Andrea lächelte. »Na, dann ist es doch okay!«

»Das war sarkastisch gemeint. Er hat nicht angerufen. Und das ist nicht okay.«

»Tja … versuch, locker zu bleiben. Wir sind auf einer Hochzeitsfeier. Da sollte man sich benehmen, als hätte man Spaß, auch wenn's nicht so ist.«

Als Andrea sich wieder unter die Hochzeitsgesellschaft mischte, dachte Hannah darüber nach. Wie viele andere Gäste zeigten sich gut gelaunt und waren in Wirklichkeit nicht in Stimmung? Eigentlich war ihre eigene Situation gar nicht so schlecht. Norman war da und hatte mit ihr getanzt. Das war schön gewesen. Und auch Winthrop war an ihren Kuchenstand gekommen, wenn auch auf Wunsch von Delores, und hatte sie aufgefordert, mit ihm »ein Tänzchen zu wagen«.

Hannah war nicht begeistert von dem Mann, der das Interesse ihrer Mutter errungen hatte, aber er war ein guter Tänzer, das musste sie zugeben. Er hatte sie selbstbewusst gehalten und sicher geführt. Und er hatte den Walzer mit ihr zu einer Darbietung gemacht, die sich bei einem Tanzturnier hätte sehen lassen können. Es schmerzte sie, das zuzugeben, doch Winthrop Harrington II. tanzte sogar noch besser als ihr Vater, und das wollte etwas heißen.

Förmlich gekleidet in einen dunklen Anzug, ein weißes Hemd und Krawatte, kam Norman zu ihr an den Kuchenstand und hob seine Digitalkamera. »Sag: Wage es bloß nicht, mich zu knipsen!«

»Wage es bloß nicht, mich zu knipsen!« Hannah lachte, weil das absurd war, und in dem Moment knipste er.

»Funktioniert immer. Kaum haben die Leute den Satz ausgesprochen, lachen sie. Das ist ein hübsches Foto … schau.«

Er reichte ihr den Apparat. Es war tatsächlich ein schönes Foto von ihr, vielleicht das beste, das es von ihr gab. Ihre Augen funkelten, ihr Lachen war echt, und sie sah aus, als amüsierte sie sich köstlich. Es war sehr geschickt von Norman, das übliche Stichwort *»Cheese«* zu ersetzen.

»Ich denke, ich habe schon einige gute Schnappschüsse gemacht. Möchtest du sie dir ansehen, wenn die Feier vorbei ist? Ich könnte auf dem Heimweg hinter dir herfahren und die Fotos auf deinem Fernseher hochladen.«

Hannah lachte. »Das ist eine ziemlich ausgefuchste Art, ein spätes Date zu ergattern.«

»Das stimmt. Ich hätte dich vorher schon gefragt, aber ich dachte, du bist mit Mike hier.«

»Tatsächlich?« Hannah zog die Brauen zusammen. »Wieso dachtest du das?«

»Weil er das erwähnt hat, als ich ihm heute Morgen über den Weg gelaufen bin.«

Das fachte Hannahs schwelenden Ärger wieder an. »Hat er behauptet, ich hätte Ja gesagt?«

»Nicht direkt. Ich habe angenommen …«

»Annahmen führen zu Missverständnissen«, unterbrach Hannah ihn. »Man sollte sich nie auf seine Annahmen verlassen.«

»Jawohl, Ma'am. Hast du denn Ja gesagt, als er dich gefragt hat?«

»Nein. Ich habe seitdem nicht mehr mit ihm gesprochen, und es spielt sowieso keine Rolle, denn er ist nicht hier. Also ja, ich fände es schön, wenn du hinterher mit zu mir kommst und wir uns deine Fotos ansehen.«

In den nächsten Minuten herrschte einiger Andrang am Dessertbüfett. Die Gäste hatten ihre erste Portion vertilgt und holten sich einen Nachschlag. Die Bewohner von Lake Eden liebten Süßspeisen. Als Tracey drei Jahre alt gewesen war, hatte sie ihre Tante einmal gefragt: »Warum essen wir keinen Kuchen zum Frühstück?« Nach Hannahs Ansicht war das eine berechtigte Frage, besonders in Lake Eden.

Nachdem Andrea die Hochzeitseinladungen verschickt und darin angekündigt hatte, dass es bei der Feier ein Dessertbüfett geben würde, hatten Hunderte Leute bei ihr angerufen und angeboten, etwas dazu beizutragen. Daraufhin hatte sie gesagt, sie dürften mitbringen, was immer sie wollten, und so gab es alle möglichen Kuchen und Torten, Puddings, Cremes und Obstsalate, Kleingebäck und passend zur Kälte draußen auch Speiseeis. Hannah hegte keine Zweifel, dass mit den Kalorien, die auf dem Büfett zusammenkamen und die noch in Sallys Küche warteten, ein Kleinstaat mehrere Wochen lang ernährt werden könnte.

»Hi, Miss Swensen«, grüßte Amber Coombs. Sie war gekleidet wie eine von Sallys Kellnerinnen, und Hannah nahm an, dass sie während ihres letzten Highschool-Jahres an den Wochenenden im *Lake Eden Inn* arbeitete.

»Hi, Amber. Wie geht es deiner Mom?«

»Bestens. Sie ist befördert worden und leitet im CostMart jetzt die Kosmetikabteilung. Ich soll Sie ablösen, damit Sie Spaß haben können. Hat Sally gesagt.«

»Danke!« Hannah freute sich, vom Kuchenstand wegzukommen. Eine Stunde lang hatte sie auf unangenehm hohen Absätzen gestanden, und ihr taten die Füße weh. »Wo ist sie?«

»In der Küche. Dick zeigt ihr, wie die neue Cappuccino-Maschine bedient wird. Ich soll Sie schleunigst ablösen und Ihnen ausrichten, Sie müssten sich keine Gedanken machen, weil niemand ans Telefon gegangen ist. Sagt Ihren das was?«

»Durchaus.« Hannah nickte ihr dankbar zu und verließ das Büfett. Endlich durfte sie sich unter die Leute mischen und hinsetzen, was noch wichtiger war!

Sobald sie sich auf dem nächstbesten freien Stuhl niedergelassen hatte, dachte sie an Sallys Nachricht. Sie war sich ziemlich sicher, dass Shawna Lee den Anruf angenommen hätte, wenn sie da wäre. Immerhin könnte ihr sonst ein Catering-Auftrag entgehen, den sie Hannah gern wegschnappen würde. Das bedeutete also, dass Shawna Lee nicht in ihrem Café war, und das wiederum hieß, sie und Mike waren nicht zusammen in ihrer Wohnung über dem *Café Magnolia*. Was für eine Erleichterung!

Hannah stellte sich ein paar Augenblicke lang genüsslich vor, Shawna Lee hätte sich rechtzeitig zur Hochzeitsfeier auf den Weg gemacht, wäre aber von einem rücksichtslosen Autofahrer von der Straße gedrängt worden. Dieser wäre einfach weitergefahren, ohne zu merken, dass sie im Straßengraben lag, und nun würde sie sich den Allerwertesten abfrieren, weil sie in ihrem Party-Dress zum nächsten Farmhaus wandern musste.

Als Lisa sie an dem Tisch entdeckte, steuerte sie mit ihrem frisch gebackenen Ehemann geradewegs auf sie zu. Inzwischen hatte sie sich ihr Ausgeh-Outfit angezogen, ein rotes Wollkleid mit passendem Jäckchen, obwohl sie die Feier nicht verlassen würden. Weder Lisa noch Herb wollten ihren Vater allein lassen und hatten beschlossen, eine Woche lang in der Hochzeitssuite im *Lake Eden Inn* zu bleiben, anstatt in ein Flugzeug nach Hawaii oder Tahiti zu steigen und sich in den Flitterwochen die ganze Zeit um ihn zu sorgen.

»Freut mich, dass du endlich sitzt«, sagte Lisa lächelnd.

»Mich auch«, bekräftigte Herb. »Wir haben gesehen, wie du über eine Stunde lang Stücke von den fantastischen Hochzeitskuchen ausgeteilt hast.«

»Ist auf dem Büfett noch viel übrig?«, fragte Lisa.

»Zwei weitere Hochzeitstorten, eine von jeder Sorte, und fast von allen Desserts ist noch genug da. Praktisch jeder Gast hat etwas mitgebracht.«

»Das war supernett. Herb und ich haben gesehen, dass viel übrig ist, und überlegen, das zu spenden.«

»An die Suppenküche, das Seniorenheim und andere Einrichtungen«, erklärte Herb. »Wir haben uns gefragt, ob du …«

»Alles klar«, unterbrach Hannah und fühlte sich an eine Monty-Python-Folge erinnert.

»Du kannst alles nach Hause mitnehmen, was du möchtest«, bot Lisa an.

»Nein, vielen Dank. Es hat wunderbar geschmeckt, aber meine Hüften brauchen das nicht.«

»Und Moishe?«, fragte Herb. »Gibst du ihm manchmal etwas Süßes?«

»Nur kandierte Ratte und Maus au Chocolat«, erwiderte Hannah und erntete fröhliches Gelächter.

»Danke, Hannah!« Lisa umarmte sie, und das war für sie ungewöhnlich. Zwar war sie ein herzlicher Mensch, doch sie ging selten zu anderen auf Tuchfühlung. »Das war die schönste Hochzeit, die man sich wünschen kann, und das haben wir nur dir und Andrea zu verdanken!«

Sie unterhielten sich noch ein paar Augenblicke über die Trauung und die Feier, dann gingen Lisa und Herb auf die Tanzfläche. Hannah lehnte sich zurück – erstaunlich, wie bequem ein Klappstuhl sein konnte, wenn man zu müde war, um sich an einer schmalen, harten Rückenlehne zu stören – und streifte die Pumps von den Füßen.

Sie sehnte sich nach einer Fußmassage oder dem Luxus eines heißen Schaumbads und wackelte unter dem Tisch mit den Zehen. Einen Moment später kamen Delores und Winthrop an ihren Tisch gehastet.

»Alles in Ordnung, Liebes?« Ihre Mutter blickte sie besorgt an.

»Mir geht's gut, nur meinen Füßen nicht. Ich bin hohe Absätze einfach nicht gewöhnt.«

»Apropos, hast du etwas von Mike gehört?«

»Wieso fragst du?«

»Wegen deiner Verabredung mit ihm. Um die er auf dem Blumenkärtchen gebeten hat.«

»Wieso weißt *du* davon?« Hannah sah ihre Mutter geschockt an. Sie hatte nur Lisa erzählt, wie geschickt sich Mike mit dem Rosenstrauß das Date mit ihr verschafft hatte, doch das hatte sie niemand anders gegenüber erwähnt.

»Der Blumenbote sprach davon, als er mir Winthrops Strauß gebracht hat, schöne rosa Teerosen in einer Kristallvase.«

»Wie nett.« Hannah schenkte Winthrop ein höfliches

Lächeln. »Woher wusste der Bote, was auf meiner Karte steht?«

»Kyle hat sie schließlich geschrieben«, erklärte Delores. »Mike hat den Strauß telefonisch bestellt und den Text diktiert.«

»Oh.« Hannah seufzte leise. So viel zum Datenschutz. Ihre Mutter war sozusagen Gründungsmitglied der Lake Edener Klatsch-Hotline, und inzwischen dürfte jeder Hochzeitsgast wissen, dass Mike sich mit ihr verabredet hatte und nicht erschienen war.

»Er ist nicht hier, oder?«, hakte Delores nach.

»Das weißt du selbst.«

»Und er hat nicht angerufen?«

»Nein, er hat überhaupt nichts von sich hören lassen. Ich kann wohl mit Fug und Recht sagen, dass er mich versetzt hat.«

»Vielleicht muss er dringende Polizeiarbeit erledigen und hatte keine Zeit, um anzurufen«, warf Winthrop zur Verteidigung seines Geschlechtsgenossen ein, um dann mit den Schultern zu zucken, als Hannah und Delores ihn zweifelnd ansahen. »Nun, vielleicht auch nicht.«

»Hast du vor, ihn vom Haken zu lassen, wenn er bis zum Ende der Feier noch aufkreuzt?«, wollte Delores wissen.

»Nur, wenn er gehunfähig ist, und dann würde er nicht kommen. Ich werde ihm sagen, dass ich mit einem anderen zusammen war, da er es nicht einmal für nötig gehalten hat, mich anzurufen.«

Winthrop nickte beifällig. »Ausgezeichnet, meine Liebe! Ein Gentleman sollte eine Frau nie für selbstverständlich nehmen. Das gehört sich nun einmal nicht. Detective Kingston schuldet Ihnen eine Erklärung, und ich an Ihrer Stelle würde die nicht so schnell akzeptieren. Zu sagen, dass

Sie den Abend mit einem anderen verbracht haben, ist eine fabelhafte Taktik.«

»Das ist keine Taktik.«

»Nicht?« Winthrop schaute sie überrascht an.

Hannah lächelte und fühlte sich plötzlich beschwingt. »Ich bin nach der Feier noch verabredet. Mit Norman Rhodes.«

Lisas Hochzeitskekskuchen

Der Kuchen muss durchgekühlt sein, damit er sturzfähig ist – bereiten Sie ihn daher einen Tag vor dem Servieren zu.

8 Tüten Schokoladenpuddingpulver***
3 Liter Vollmilch (Wenn Sie es üppiger mögen, ersetzen Sie die Hälfte der Milch durch Sahne.)
900 g Vollkornkekse
gesüßte Schlagsahne zum Überziehen
eine Vier-Liter-Schüssel

*** Sie können Puddingpulver mit oder ohne Zucker, zum Kaltanrühren oder zum Kochen verwenden.

Die Schüssel mit Frischhaltefolie auskleiden. Davon sollte am Rand so viel überstehen, dass der Inhalt der Schüssel am Schluss damit bedeckt werden kann.

Den Boden der Schüssel mit Keksen auslegen. Dabei die Kekse entweder halbieren und vierteln, um Lücken zu füllen, oder überlagernd legen. (Anders als bei einem Puzzle muss nicht alles genau passen.)

Die ersten zwei Portionen des Puddings mit insgesamt

¾ Liter Milch und nicht wie in der Packungsanweisung verlangt mit einem ganzen Liter Milch zubereiten.

Ein Drittel der Puddingmasse über die Lage Kekse in der Schüssel gießen und mit einem Spatel verstreichen (muss nicht völlig glatt sein).

Die Puddingschicht mit Keksen belegen (auch diese Lage muss nicht perfekt aussehen – der Pudding wird in die Kekse einziehen, und dann kommt es nicht mehr drauf an).

Die Hälfte des übrig gebliebenen Puddings auf die zweite Keksschicht streichen.

Diesen wiederum mit Keksen belegen, den restlichen Pudding darauf verteilen und mit einer Lage Kekse bedecken. (Machen Sie sich nicht die Mühe, die leere Puddingschüssel oder den Topf auszuwaschen, sondern bereiten Sie den nächsten Pudding darin zu.)

Zwei weitere Portionen des Puddings wieder mit ¾ Liter Milch zubereiten.

Wie zuvor Pudding und Kekse übereinanderschichten, bis der Pudding verbraucht ist.

Die Prozedur noch zwei Mal wiederholen, bis alles Puddingpulver verarbeitet wurde. Den Kuchen mit einer doppelten Schicht Kekse abschließen.

(War das nicht einfach? Dieser Kuchen gelingt auch dem Ungeübten.)

Die überhängende Frischhaltefolie über die Schüssel schlagen. Einen flachen Teller oder Topf, der den Durchmesser der Schüsselöffnung hat, daraufstellen und beschweren, zum Beispiel mit einer Konservendose.

Den Kuchen bis zum nächsten Tag in den Kühlschrank stellen.

Vor dem Servieren auf eine Platte stürzen, die Frischhaltefolie entfernen und den Kuchen ringsherum mit

Schlagsahne bestreichen. (Ich schlage die Sahne selbst, aber Sie können auch Sprühsahne verwenden, wenn das für Sie einfacher ist.)

Schneiden Sie den Kuchen wie gewohnt in keilförmige Stücke. Sie werden Ohs und Ahs hören, wenn Sie sie servieren. Stellen Sie eine Schüssel Schlagsahne dazu für die, die gern mehr möchten, und lassen Sie es sich schmecken!

Herbs Hochzeitskekskuchen

Der Kuchen muss durchgekühlt sein, damit er sturzfähig ist – bereiten Sie ihn daher einen Tag vor dem Servieren zu.

8 Tüten Vanillepuddingpulver***
3 Liter Vollmilch (Wenn Sie es üppiger mögen, ersetzen Sie die Hälfte der Milch durch Sahne.)
900 g Kakaokekse
gesüßte Schlagsahne zum Überziehen
eine Vier-Liter-Schüssel

*** Sie können Puddingpulver mit oder ohne Zucker, zum Kaltanrühren oder zum Kochen verwenden.

Die Schüssel mit Frischhaltefolie auskleiden. Davon sollte am Rand so viel überstehen, dass der Inhalt der Schüssel am Schluss damit bedeckt werden kann.

Den Boden der Schüssel mit Keksen auslegen. Dabei die Kekse entweder halbieren und vierteln, um Lücken zu füllen, oder überlagernd legen. (Anders als bei einem Puzzle muss nicht alles genau passen.)

Die ersten zwei Portionen des Puddings mit insgesamt

¾ Liter Milch und nicht wie in der Packungsanweisung verlangt mit einem ganzen Liter Milch zubereiten.

Ein Drittel der Puddingmasse über die Lage Kekse in der Schüssel gießen und mit einem Spatel verstreichen (muss nicht völlig glatt sein).

Die Puddingschicht mit Keksen belegen (auch diese Lage muss nicht perfekt aussehen – der Pudding wird in die Kekse einziehen, und dann kommt es nicht mehr drauf an).

Die Hälfte des übrig gebliebenen Puddings auf die zweite Keksschicht streichen.

Diesen wiederum mit Keksen belegen, den restlichen Pudding darauf verteilen und mit einer Lage Kekse bedecken. (Machen Sie sich nicht die Mühe, die leere Puddingschüssel oder den Topf auszuwaschen, sondern bereiten Sie den nächsten Pudding darin zu.)

Zwei weitere Portionen des Puddings wieder mit ¾ Liter Milch zubereiten.

Wie zuvor Pudding und Kekse übereinanderschichten, bis der Pudding verbraucht ist.

Die Prozedur noch zwei Mal wiederholen, bis alles Puddingpulver verarbeitet wurde. Den Kuchen mit einer doppelten Schicht Kekse abschließen.

(War das nicht einfach? Dieser Kuchen gelingt auch dem Ungeübten.)

Die überhängende Frischhaltefolie über die Schüssel schlagen. Einen flachen Teller oder Topf, der den Durchmesser der Schüsselöffnung hat, daraufstellen und beschweren, zum Beispiel mit einer Konservendose.

Den Kuchen bis zum nächsten Tag in den Kühlschrank stellen.

Vor dem Servieren auf eine Platte stürzen, die Frischhaltefolie entfernen und den Kuchen ringsherum mit

Schlagsahne bestreichen. (Ich schlage die Sahne selbst, aber Sie können auch Sprühsahne verwenden, wenn das für Sie einfacher ist.)

Schneiden Sie den Kuchen wie gewohnt in keilförmige Stücke. Sie werden Ohs und Ahs hören, wenn Sie sie servieren. Stellen Sie eine Schüssel Schlagsahne dazu für alle, die gern mehr möchten, und lassen Sie es sich schmecken!

9

Bis Hannah am Ende der Auffahrt ankam, klapperte sie mit den Zähnen. Dick hatte ihren Lieferwagen schon warmlaufen lassen. Doch obwohl er Heizung und Gebläse auf die höchste Stufe gestellt hatte, bewirkte das nur, dass sich die Knöpfe am Radio nicht mehr eisig anfühlten.

Die Schotterstraße, die zum Highway führte, war jetzt glatter als noch am Nachmittag. Der frisch gefallene Schnee hatte die Furchen ausgefüllt. Hannah fuhr vorsichtig, denn sie transportierte eine wertvolle Fracht. Sallys Kellnerinnen hatten die übrig geblieben Kuchen und Süßspeisen auf der Ladefläche verstaut, und Hannah war auf dem Weg in die Stadt, um sie im *Cookie Jar* in den Kühlraum zu stellen. Am nächsten Morgen würde sie alles gemäß Lisas Liste an die Suppenküche der Kirchengemeinde, das Erholungsheim, die Seniorenwohnanlage und an Pam Baxters *Essen auf Rädern* liefern, das Pam gemeinsam mit ihren Oberstufenschülern aus der Hauswirtschaftsklasse betrieb.

Die schmale Straße war kürzlich mit dem Schneepflug geräumt worden, und es kam Hannah so vor, als führe sie durch einen Tunnel: an den Seiten hohe Schneewände, über ihr ein mondloser Himmel und vor ihr jenseits der Scheinwerferkegel endlose Dunkelheit. Während sie der kurvigen Strecke folgte, hielt sie Ausschau nach stecken gebliebenen Fahrzeugen und solchen, die in den Straßengraben gerutscht waren. Die Straße führte durch eine einsame Gegend, wo es keine Häuser in der Nähe gab. Wenn sie auf jemanden traf, der in Schwierigkeiten war, würde sie ihre Hilfe anbieten. Im Winter in Minnesota war das ein ungeschriebenes Gesetz.

Als sie am Ende der Schotterstraße ankam und auf die asphaltierte Straße zur Stadt einbog, war sie froh, dass sie unterwegs nicht auf Shawna Lee im Straßengraben gestoßen war. Natürlich hätte sie auch für sie angehalten. Das verstand sich von selbst. Doch Hannah wäre darüber nicht glücklich gewesen. Gott sei Dank war das Problem nicht aufgetaucht, und sie war heilfroh, dass es ihr erspart geblieben war, bei ihrer Rivalin den barmherzigen Samariter zu spielen.

Als Hannah in die Gasse hinter dem *Cookie Jar* einbog, waren ihre Zehen steif gefroren. Sie schwor sich, die Zusatzheizung einbauen zu lassen, die laut Cyril Murphy das Problem beheben würde, und notfalls die gesamte Front isolieren zu lassen, um das Leck zu schließen.

Sie parkte auf ihrem Platz, stieg aus und stampfte mit dem linken Fuß ein paar Mal auf, um wieder Gefühl in den Zehen zu bekommen. Da sie wegfahren würde, bevor das Auto vereisen konnte, verzichtete sie darauf, den Zuheizer einzustöpseln. Hannah stapfte zur Tür, schloss auf und betrat die warme Backstube.

Wie immer empfingen sie appetitanregende Gerüche. Sie konnte Vanille, Schokolade, Rübensirup, Zimt und Muskat ausmachen, sogar Erdbeere und Kirsche von den Valentinskeksen, die Lisa gebacken hatte. Sie atmete tief ein, und auf ihrem Gesicht breitete sich ein Lächeln aus. Das war ein hübsches Feinschmecker-Bouquet. Wenn sie auf eine Idee käme, wie sich das in Flaschen abfüllen ließe, würde sie damit Millionen verdienen.

Noch bevor sie sich den Mantel auszog, setzte sie Kaffee auf. Bald würde Norman kommen. Er hatte versprochen, ihr beim Ausladen zu helfen. Während sie auf ihn wartete, goss sie sich einen Kaffee ein und setzte sich damit ins Café an ihren Lieblingstisch.

Draußen vor dem Schaufenster war niemand zu sehen. Wie zu erwarten war die Main Street verlassen. In der Stadt hatte kein Geschäft nach neun Uhr abends geöffnet. Sogar der Quick Stop am Highway schloss um Mitternacht.

Zufrieden seufzend lehnte sie sich zurück und bewunderte die großen nassen Schneeflocken, die aufs Pflaster fielen. Alles war verschneit, von den Dächern der Nachbarhäuser bis hin zu der hohen Kiefer, die sie zu Weihnachten immer am liebsten schmücken würde. Die altmodische Straßenlampe an der Ecke verbreitete einen gelben Schein, sodass die Schneeflocken in ihrem Lichtkegel golden glitzerten. Hannah dachte wieder, wie hübsch der Winter sein konnte. Maler schufen Winterszenen, und Dichter schrieben darüber, aber das taten sie in der Behaglichkeit geheizter Räume. Bei aller Schönheit konnte der Winter tödlich sein, wenn man nicht dafür gerüstet war.

Als sie zum anderen Ende der Straße blickte, runzelte sie die Stirn. Dort war die Laterne ausgefallen, doch ein heller Lichtfleck schimmerte auf der Schneedecke, und der musste irgendwo herkommen.

Seltsam. Einen Moment lang saß sie da und suchte nach einer Erklärung. Der Lichtschein war leicht bläulich, und das hieß, eine Neonröhre war dafür verantwortlich. Sie selbst benutzte im *Cookie Jar* nur Glühbirnen, weil ihr das weiche Licht besser gefiel. Die meisten Geschäfte verwendeten im Schaufenster jedoch Neonlicht, damit die ausgestellte Ware genauer zu erkennen war. Entweder hatte ein Laden noch geöffnet, oder jemand hatte die Schaufensterbeleuchtung angelassen. Die einzigen Geschäfte, die sie von ihrem Platz aus nicht sehen konnte, waren das Immobilienmaklerbüro und das *Café Magnolia*.

Hannah sprang auf und lief zum Schaufenster. Ihre Müdigkeit war mit einem Mal wie weggeblasen. Im Maklerbüro war alles dunkel bis auf ein trübes Nachtlicht neben dem Schreibtisch, den Andrea benutzte, wenn sie neue Immobilienangebote schrieb. Der helle Schein kam aus dem Schaufenster des Bäckerei-Cafés schräg gegenüber und erleuchtete das Ende des Häuserblocks. Hannah zog die Gardine zur Seite und spähte hinüber. Die Ladentheke war zu erkennen und die vorderste Tischreihe, doch soweit sie sehen konnte, hielt sich dort niemand auf.

Vielleicht hatte Shawna Lee vergessen, das Licht auszuschalten, als sie ihr Geschäft zugeschlossen hatte. Ein guter Nachbar würde sie anrufen und ihr Bescheid geben. Hannah überlegte und entschied, dass sie viel zu gewinnen und nichts zu verlieren hatte. Wenn sie anrief und nur den Anrufbeantworter erreichte, würde sie eine Nachricht hinterlassen und Anerkennung ernten, weil sie aufmerksam und höflich gewesen war. Wenn sie Shawna Lee erreichte, würde sie die Ohren spitzen und achtgeben, ob im Hintergrund jemand zu hören war, wie Sally es hatte tun wollen.

Hannah brauchte die Telefonnummer nicht nachzuschlagen. Sie hatte sie oft genug in den Anzeigen gesehen, die Shawna Lee und Vanessa im *Lake Eden Journal* geschaltet hatten. Sie hatten sogar einen Werbeclip fürs Lokalfernsehen gedreht, in dem die beiden Schwestern vor ihrem Café standen und sagten: »Ihr kommt jetzt alle zu uns, hört ihr?«

Das Freizeichen erklang zweimal, dreimal, dann sprang der Anrufbeantworter an.

»*Hallo, Leute. Hier ist Shawna Lee vom* Café Magnolia. *Wir haben täglich von neun bis sechs geöffnet, außer sonntags. Falls Sie während der Geschäftszeiten anrufen und wir nicht ans Telefon gehen, haben wir gerade alle Hände voll damit zu tun, unseren berühmten Südstaaten-Pfirsich-Cobbler zu servieren. Kommen Sie einfach her und bestellen Sie sich auch eine Portion. Oder Sie hinterlassen eine Nachricht und ordern ein ganzes Blech. Warten Sie auf das Piep-Piep-Piep.*«

Hannah, die bei Shawna Lees schmalzigem Tonfall und dem Südstaatenakzent die Zähne zusammengebissen hatte, hätte fast den Mund nicht aufbekommen, als sie den dreifachen Piepton hörte.

»Sind Sie da, Shawna Lee? Hallo, Shawna Lee? Wenn Sie da sind, nehmen Sie den Hörer bitte ab. Hier ist Hannah von gegenüber. Es ist schon zehn Uhr durch, und in Ihrer Bäckerei brennt noch Licht. Sie müssen vergessen haben, es auszuschalten. Ich dachte, ich gebe Ihnen Bescheid und erspare Ihnen eine hohe Stromrechnung. Das war's schon.«

Sie fühlte sich gut, als sie auflegte. Sie hatte ihre nachbarliche Pflicht getan. Aber vielleicht hatte Shawna Lee in der Wohnung über dem Laden einen Anschluss mit anderer Nummer? Wenn sie im Bett lag und schlief, würde sie das Telefon im Geschäft nicht klingeln hören.

Im Telefonbuch war die private Nummer schnell gefunden. Genau genommen waren in dem dünnen Büchlein nicht nur die Anschlüsse von Lake Eden aufgeführt, sondern auch die umliegender Ortschaften. Doch selbst mit diesen und dem Branchenverzeichnis am Ende war das örtliche Telefonbuch nicht dick genug, um es einem Kind am Esstisch unterzuschieben, damit es über den Tellerrand blicken konnte.

Hannah wählte und erwartete halb, die Ansage der Telefongesellschaft zu hören: *»Leider ist dieser Anschluss nicht mehr erreichbar. Wenn Sie glauben, sich verwählt zu haben, legen Sie bitte auf und wählen erneut.«* Denn Shawna Lee war schon vor einem Monat aus ihrer Ein-Zimmer-Wohnung, die sie zuvor bewohnt hatte, ausgezogen und wohnte seitdem über dem Bäckerei-Café. Doch sie musste wohl die alte Nummer behalten haben, denn die Verbindung kam zustande.

Nach dem vierten Klingeln schaltete sich der Anrufbeantworter ein. Hannah legte noch vor dem Piepton auf. Wenn ihre Nudelholzrivalin noch mit ihrem Valentinstags-Date unterwegs war, würde sie beim Nachhausekommen sehen, dass das Licht brannte … es sei denn, sie käme nicht nach Hause, was durchaus möglich war, da weder sie noch Mike sich bei der Hochzeitsfeier hatten blicken lassen.

Wenigstens war Hannah jetzt nicht mehr müde. Sie ging zwischen dem hintersten Tisch und dem Schaufenster auf und ab und wartete auf Norman. Ein Blick zur Uhr zeigte, dass es noch eine Weile dauern würde, bis er erschien. Seit ihrer Ankunft waren erst fünfzehn Minuten vergangen, und Norman musste seine Mutter nach Hause bringen, bevor er zum *Cookie Jar* fahren konnte. Unter normalen Umständen würde das nicht lange dauern. Carrie wohnte nur ein paar Blocks entfernt. Aber sie verließ eine Party immer als eine der Letzten und würde bei Lisas und Herbs Hochzeitsfeier keine Ausnahme machen.

Da ihr das Hin-und-Herlaufen allmählich langweilig wurde, entschied sie, schon mal ein paar Desserts aus dem Auto zu holen. Dadurch würden sie ohne Verzögerung zu ihrer Wohnung aufbrechen können. Sie trug die zusätzlichen Hochzeitskuchen hinein und war stolz darauf, wie gut sie den Gästen geschmeckt hatten.

Das Ausladen von Kuchen gehörte zu den Dingen, die sie im Schlaf erledigen konnte, und ehe sie sich's versah, war sie so gut wie fertig. Sie brauchte nur noch ein Mal zu gehen und trug die vier Cremetorten ins Haus, die eine von Sallys Kellnerinnen in einen Karton gestellt hatte. Die mussten im Kühlraum aufbewahrt werden, und als Hannah sie in ein Fach schob, befiel sie ein ängstliches Unbehagen.

»Déjà-vu«, sagte sie laut. Ein Mal im Kühlraum ohne Luftzufuhr eingeschlossen zu sein, reichte für ein ganzes Leben. Obwohl ihr klar war, dass ihr Verstand ihr einen Streich spielte, schob sie den Karton hastig in das erstbeste freie Regalfach und eilte zurück in die sichere Backstube.

Eine weitere Tasse Kaffee war in Ordnung, und sie verwöhnte sich mit einem Stück von Shirley Dubinskis Mohnkuchen. Shirley hatte sich mit ihr beraten, und weil sie beide vorausgesehen hatten, dass das Dessertbüfett ein Paradebeispiel für den Zuckerüberfluss werden würde, hatte Shirley entschieden, ihre drei Kuchen nur mit Puderzucker zu bestäuben und nicht mit Zuckerguss zu verzieren.

Hannah blickte zur Uhr. Das Ausladen hatte zehn Minuten gedauert. Norman würde frühestens in fünf Minuten hier sein, und das war noch optimistisch geschätzt. Sie kehrte zum Tisch zurück, konnte sich aber nicht entspannen. Es beunruhigte sie, dass das *Café Magnolia* hell erleuchtet war.

Vielleicht war jemand eingebrochen. Kaum war ihr die Idee gekommen, lief ihre Fantasie auf Hochtouren. Wenn der Einbruch bei Tag passiert war, hatte der Einbrecher vielleicht nicht bemerkt, dass das Licht brannte. Die Kasse stand womöglich offen und war um die Tageseinnahmen erleichtert worden. Ein anständiger Mitbürger, einer, der seine kleinliche Eifersucht hintanstellen konnte, würde nachsehen, ob in dem Bäckerei-Café alles in Ordnung war.

Hannah stöhnte. Sie hatte nicht die geringste Lust, Stiefel und Mantel anzuziehen und hinüberzugehen. Doch der Anstand verlangte es, und sie hielt sich nun einmal für einen anständigen Menschen. Sie schob ihre noch schmerzenden Füße in die Stiefel, schlüpfte in ihren langen Parka und zog den Reißverschluss bis unters Kinn zu. Schnell schrieb sie Norman einen Zettel – *Bin gegenüber, möglicher Einbruch bei Shawna Lee!* – und klebte ihn an die Hintertür. Dann eilte sie ums Haus herum zur Straße.

Der Wind hatte Zähne, und als sie aus dem Schutz der Hauswand trat, prasselten ihr Graupel ins Gesicht. Sie klappte den Kragen hoch, bevor sie über die Straße lief, und beschirmte sich die Augen. Schutzsuchend stellte sie sich unter den Säulenvorbau des Immobilienbüros und spähte von dort in das Schaufenster ihrer Pfirsich-Cobbler-Herausforderin.

Andrea war dem Café mit ihrer Beschreibung nicht gerecht geworden. Es sah hinreißend aus, das musste Hannah zugeben. Der Magnolienbaum, den der Künstler an die Wand gemalt hatte, war spektakulär, die Tische und Stühle fügten sich harmonisch ins Konzept, und alles war neu und glänzte. Das Farbschema war unglaublich reizvoll, und nirgendwo sah sie einen Stilbruch. Die selbst gemachte Dekoration im *Cookie Jar* konnte dagegen nicht mithalten.

Hannah seufzte. Es behagte ihr nicht, zweitklassig zu sein, nicht mal in der Kategorie »Dekoration«. Wenigstens war ihr Gebäck besser, und damit tröstete sie sich, während sie nun schon nicht mehr so neidisch, sondern anerkennender in das Café schaute. Dort konnte sie nichts Verdächtiges entdecken. Die Kassenschublade war geschlossen, nirgends Anzeichen für das vandalistische Vorgehen eines Einbrechers. Vielmehr wirkte alles, als könnte am nächsten Morgen der Betrieb reibungslos wieder aufgenommen werden.

Trotzdem beunruhigte es Hannah, dass drinnen alle Lampen eingeschaltet waren, und es drängte sie, genauer nachzusehen. Obwohl es in Lake Eden recht wenig Kleinkriminalität gab, war es möglich, dass ein paar Teenager gewartet hatten, bis Shawna Lee und Vanessa das Haus verließen, um dann in das Geschäft einzusteigen und sich am Gebäck zu bedienen. In der Backstube brannte ebenfalls Licht. Es schien durch die Rautenfenster in der Schwingtür.

Hannah wünschte, Norman wäre bei ihr, doch kein einziger Wagen war vorbeigefahren. Wahrscheinlich erledigte er noch, was sie beide scherzhaft seine »Mutterpflichten« nannten. Es gefiel ihr zwar nicht, in fremde Räume einzudringen, aber sie konnte auch schlecht einfach untätig dastehen. In der Hoffnung, dass ihr der Weg zur Rückseite erspart bliebe, rüttelte sie an der Ladentür, doch die war abgeschlossen. Falls Gebäckdiebe das Licht angelassen hatten, dann mussten sie durch die Hintertür eingedrungen sein.

»Shawna Lee?« Sie klopfte laut an die Scheibe. Als niemand reagierte, schlug sie mit den Fäusten dagegen und tat ihr Bestes, um aufzuwecken, wer immer in der Wohnung über dem Laden schlief. Da war niemand. Davon war sie jetzt überzeugt. Bei dem Lärm, den sie gemacht hatte, wäre nur ein Toter liegen geblieben. Sie schob den unangenehmen Gedanken beiseite und beschloss, zur Rückseite zu gehen und zu sehen, ob die Hintertür offen war.

Auf dem Weg ums Haus achtete sie auf Einbruchspuren, schaute, ob eine Scheibe eingeschlagen oder ein Fensterrahmen aufgestemmt war. Alles sah unbeschädigt aus. Als sie durch ein Fenster in die Backstube blickte, runzelte sie die Stirn. Da stand eine pink-grüne Schachtel auf dem Tisch, und auf dem Label las sie *Betty Jo's Pfirsich-Cobbler* und darunter *Macon Foods.* Shawna Lee behauptete, ihr Südstaaten-Pfirsich-Cobbler sei nach einem alten Familienrezept gebacken. Das mochte vielleicht stimmen, aber wenn, dann war es Betty Jos Familienrezept, nicht Shawna Lees.

Hannah schaute zu den Backöfen und zog die Brauen zusammen. Eine Ofentür stand offen, und am Boden lag eine umgekippte Backform, daneben der Pfirsich-Cobbler. Es war eine ziemliche Sauerei. Pfirsichscheiben und Teigstücke schwammen in einer dickflüssigen Saftlache auf dem weißen Fliesenboden. War Shawna Lee die Form aus der Hand gerutscht, als sie sie aus dem Ofen genommen hatte? Oder gab es für die Backkatastrophe eine ernstere Ursache?

Ein Blick durch das andere Fenster bescherte ihr eine unliebsame Antwort. Die Scheibe hatte zwei runde Löcher und ringsherum Risse. Hannah war zwar kein Experte, aber die sahen ganz nach Einschusslöchern aus.

Sie schluckte schwer, drückte die Nase ans Glas und hielt den Atem an, damit es nicht beschlug. War das ein Schuh, was da hinter dem Arbeitstisch hervorlugte?

Nun gab es zwei Möglichkeiten, eine kluge und eine unkluge. Die kluge wäre, Hilfe herbeizurufen oder auf Norman zu warten, jedenfalls nicht, allein die Backstube zu betreten und nachzusehen. Doch die Wartezeit mochte den Ausschlag dafür geben, ob der Schuhträger weiterlebte oder starb.

Vielleicht wäre es das Beste, gar nichts zu unternehmen, flüsterte ihre weniger nette Seite. Was kann es schon ausmachen, wenn du jetzt ins *Cookie Jar* zurückgehst und so tust, als hättest du den Schuh nicht bemerkt? Schließlich weiß das niemand.

»Ich weiß es aber«, sagte sie laut und akzeptierte die Bürde eines guten Charakters. Es war unwichtig, was sie persönlich von Shawna Lee hielt. Wenn ihre Konkurrentin verletzt oder in Schwierigkeiten war, hatte Hannah die Pflicht, ihr nach Kräften zu helfen.

Einmal entschieden, handelte Hannah schnell. Sie lief zur Hintertür, bereit, sie notfalls einzutreten, doch als sie den Knauf drehte, ließ sie sich öffnen. Sie stieß die Tür auf und betete, dass die zwei Löcher nicht durch Schüsse entstanden waren, dass in dem Schuh kein Fuß steckte und dass der Cobbler nur durch ein kleines Missgeschick auf dem Boden gelandet war. Doch wo war Shawna Lee? Und warum hatte sie die Ofentür offen gelassen und das Malheur nicht aufgewischt?

Hannah bog um den Arbeitstisch und hielt jäh inne. »Oh nein«, keuchte sie.

Shawna Lee lag auf dem Rücken, und ein großer roter Fleck, der wie angetrockneter Erdbeersirup aussah, prangte auf dem Latz ihrer weißen Schürze. Allerdings befand sich in der Mitte des Flecks ein Loch, und Hannah wusste, sie durfte die Backstube nicht weiter kontaminieren, denn die war nun ein Tatort. Shawna Lee war erschossen worden. Jeder mit einem Funken Verstand konnte erkennen, dass sie tot war.

10

In der frostigen Nachtluft atmete Hannah ein paar Mal tief durch. Das tat gut, aber ihr zitterten trotzdem noch die Knie. Für einen Moment lehnte sie sich gegen die geschlossene Tür und versuchte, ruhig zu atmen. Sie musste sich beruhigen, damit sie ins *Cookie Jar* zurücklaufen und die Polizei anrufen konnte. In Shawna Lees Backstube gab es zwar auch ein Wandtelefon, aber Hannah konnte sich nicht überwinden, noch einmal hineinzugehen und von dort aus zu telefonieren.

Gerade wollte sie ausprobieren, ob ihre Beine sie schon trugen, als vor dem Haus jemand nach ihr rief. Es war Norman. Welche Erleichterung! Er würde den Anruf bei der Polizei sicherlich erledigen, sodass sie nichts weiter tun musste, als zu warten.

»Ich bin hier«, antwortete sie und hoffte, die schwache Stimme, die gar nicht nach ihr klang, würde bis nach vorn zu hören sein. War sie anscheinend, denn im nächsten Moment kam Norman den Seitenweg entlang.

Während sie dastand und auf ihn wartete, schien helles Licht in die Gasse. Da kam ein Polizeiwagen, und Hannah wunderte sich, als er auf den Parkplatz der Bäckerei fuhr und Mike ausstieg. Sie hatte die Polizei nicht gerufen.

Beide Männer schritten auf sie zu, beide schauten gleichermaßen besorgt, als sie Hannah draußen an der Tür lehnen sahen.

»Wurde eingebrochen?«, fragte Norman.

»Das weiß ich nicht. Auf den ersten Blick sah es nicht so aus, als würde etwas fehlen, andererseits war ich noch nie in ihrer Backstube.«

»Shawna Lee ist nicht da?«, wollte Mike wissen.

»Doch.« Hannahs Stimme schwankte, aber Mike schien das nicht aufzufallen.

»Wo ist sie?«

»In der Backstube.«

»Und sie war hier, als es passierte?«

Hannah schluckte schwer, weil ihr das Bild der Toten auf dem Fliesenboden durch den Kopf schoss. Auf ihre Stimme war in diesem Moment kein Verlass, und deshalb nickte sie nur kräftig.

»Dann war es ein Raubüberfall, kein Einbruchdiebstahl«, erklärte Mike. »Ein Raubüberfall liegt vor, wenn das Opfer zu Hause ist. Ist es nicht zu Hause, ist es Einbruchdiebstahl. Shawna Lee war zu Hause, also hat der Täter einen Raubüberfall begangen.«

»Mehr«, murmelte Hannah.

»Was meinst du?« Mike drehte sich stirnrunzelnd zu ihr um.

»Es war ein Raubüberfall, aber nicht nur …«

»Was könnte es sonst noch sein?«, fragte Mike. Dann zog er die Brauen zusammen. »Ist mit Shawna Lee alles okay?«

»Das nicht gerade.« Hannah, die schon unter normalen Umständen nicht die Taktvollste war, plapperte einfach weiter. »Ich bin nur bis zum Backtisch gegangen und habe nichts angefasst außer dem Türknauf und der Backofentür. Die habe ich zugemacht. Ihr müsstet auf dem Revier meine Fingerabdrücke noch von meinem letzten Leichenfund haben.«

»Leichenfund?« Mike wurde blass, als Hannah nickte. Zumindest glaubte sie zu sehen, dass seine Gesichtsfarbe heller wurde, aber eigentlich war das in dem schwachen Lichtschein von der Straßenlampe am Ende der Gasse schwer zu erkennen. »Du meinst, Shawna Lee ist … tot?«

»Ich bin mir ziemlich sicher, obwohl ich nicht nach dem Puls getastet habe. Ich dachte, ich sollte den Tatort nicht kontaminieren.«

Mike kniff die Lippen zusammen und betrat ohne ein weiteres Wort die Backstube. Sofort trat Norman zu Hannah und legte einen Arm um sie.

»Soll ich meinen Wagen holen, damit du dich hinsetzen kannst?«, fragte er.

»Nein, es geht schon. Wenn Mike rauskommt, werde ich seine Fragen beantworten, und dann können wir verschwinden.«

»Ich wünschte, ich wäre bei dir gewesen.« Er drückte sie an seine Seite. »Vielleicht hätte ich helfen können. Und es tut mir leid, dass immer dir so etwas passiert.«

»Das ist wie ein Fluch. Ich ziehe Leichen an wie das Licht die Motten.«

»Das ist lustig.«

»Nicht für das Licht.«

Norman erwiderte nichts. Er hielt sie nur im Arm, bis ihr Zittern nachließ, und dafür war sie ihm dankbar. Erstaunlich, wie schnell es einem besser ging, wenn man einen verständnisvollen Menschen bei sich hatte.

Als Mike nach einigen Minuten herauskam, hatte Hannah sich beruhigt. Mike dagegen nicht. Sie sah, dass seine

Hände zitterten und Schweißperlen auf seiner Stirn standen.

»Sie ist tot«, sagte er und riss sich sichtlich zusammen, als er sich Hannah zuwandte. »Warum bist du eigentlich hergekommen?«

»Ich war gegenüber und habe auf Norman gewartet. Dabei fiel mir auf, dass in Shawna Lees Café das Licht brannte. Es war aber niemand darin zu sehen, und deshalb wollte ich nachsehen, ob alles in Ordnung ist, besonders da Shawna Lee angekündigt hatte, dass sie drei Pfirsich-Cobbler zu Lisas und Herbs Hochzeitsfeier mitbringt, und sich dann nicht blicken ließ.«

Mike zog sein Notizbuch aus der Tasche, das er immer bei sich trug, und schrieb sich das auf. »Hast du jemanden angerufen und gesagt, dass du rübergehst?«

»Nein, aber ich habe für Norman einen Zettel an meine Hintertür geklebt.«

»Was hast du geschrieben?«

»Das weiß ich nicht mehr genau.« Sie drehte sich zu Norman. »Hast du ihn noch?«

Norman zog ihn aus der Jackentasche. »Hier ist er.« Er gab ihn Mike.

»Bin gegenüber, möglicher Einbruch bei Shawna Lee!« Mike las es laut vor und blickte Hannah an. »Was hat dich auf den Gedanken gebracht, da könnte jemand eingebrochen sein?«

»Ich habe angerufen, doch niemand ist ans Telefon gegangen.«

»Hast du die Nummer der Bäckerei gewählt?«

»Beide, die des Bäckerei-Cafés und Shawna Lees Privatnummer. Weil sich niemand meldete, dachte ich, sie ist nicht zu Hause, und jemand hat bei ihr eingebrochen.«

»Also bist du, ohne zu überlegen, rübergelaufen, um ein paar Einbrecher zu schnappen?«

»Natürlich nicht! Ich habe ins Schaufenster geguckt. Hätte ich drinnen jemand Fremdes gesehen, wäre ich zurückgerannt und hätte auf dem Revier angerufen. Und das wollte ich gerade tun, als du und Norman hier ankamt.« Sie wandte sich an Norman. »Hast du auf dem Revier angerufen, als du meinen Zettel gefunden hast?«

Der schüttelte den Kopf. »Nein. Das hätte ich wahrscheinlich als Erstes tun sollen, aber ich bin sofort losgelaufen.«

»Und darüber bin ich heilfroh!«, erwiderte sie und wandte sich wieder an Mike. »Eins verstehe ich nicht. Wenn weder ich noch Norman auf dem Revier angerufen haben, wieso bist du dann hier?«

»Ich?« Mike schaute ziemlich verlegen. »Äh … tja … Ich war mit Shawna Lee bei mir zu Hause verabredet, und sie ist nicht gekommen. Das war kein Date oder etwas in der Art. Ich wollte nur mit ihr reden und ein paar Dinge zwischen uns klarstellen. Anschließend wollte ich zur Hochzeitsfeier fahren und mich da mit dir treffen.«

»Verstehe.« Hannah fragte sich, ob er Shawna Lee hatte sagen wollen, dass er hinterher mit einer anderen verabredet war.

»Ich war ein bisschen beunruhigt, als sie nicht aufkreuzte und auch nicht ans Telefon ging. Sie ist nicht gerade die Pünktlichste, aber normalerweise ruft sie an, wenn sie sich verspätet.«

»Im Gegensatz zu dir«, murmelte Hannah leise. Sie war noch immer verärgert, weil er sich nicht die Mühe gemacht hatte, ihr Bescheid zu geben, bei Shawna Lee jedoch angerufen hatte.

»Als sie um neun Uhr noch immer nicht da war, habe ich noch mal ihre Nummer gewählt und nach einer Viertelstunde wieder. Um Viertel nach zehn reichte es mir, und ich bin hergefahren, um zu sehen, was los ist.«

»Das war sehr fürsorglich von dir.« Hannah konnte ihren Sarkasmus kaum unterdrücken.

»Oh, na ja … Du warst auch fürsorglich. Du hättest nicht rübergehen und nachsehen müssen. Jedenfalls tut es mir leid, dass ich es nicht zu der Hochzeitsfeier geschafft habe. Dabei hatte ich mich auf den letzten Tanz mit dir gefreut.«

»Ich ebenfalls«, antwortete Hannah und meinte das ganz wörtlich. Es wäre ihr allerletzter Tanz mit ihm gewesen, besonders nachdem er erwähnt hätte, warum er erst so spät gekommen war!

»Geht es dir gut, Hannah?«, fragte Norman, sowie sie ihre Wohnung betraten.

»Jetzt ja.« Sie sah zur Wanduhr. »Ich frage mich, ob mir die Zeit bleibt, eine Kanne Kaffee aufzusetzen, bevor Mutter anruft.«

Norman lachte. »Mal überlegen … Wir sind sofort aufgebrochen, als Bill und Rick Murphy eintrafen, und haben bis hierher zwanzig Minuten gebraucht. Ich würde sagen, du hast noch mindestens fünf Minuten Zeit.«

»Ich tippe auf zwei.« Hannah grinste ihn an. »Der Verlierer zahlt die nächste Restaurantrechnung?«

»Abgemacht. Wo ist dein Großer? Normalerweise empfängt er dich doch an der Tür.«

»Ich würde eher sagen, er versucht, mich umzustoßen.« Sie lachte und erinnerte sich, wie überrascht sie damals gewesen war, als Moishe ihr beim Nachhausekommen zum ersten Mal in die Arme gesprungen war. »Wahrscheinlich liegt er im Schlafzimmer auf meinem Kopfkissen und schläft. Du kannst gern gucken gehen, während ich den Kaffee aufsetze.«

Damit war sie gerade fertig, als Norman mit Moishe auf dem Arm in die Küche kam. Es verblüffte sie immer wieder, dass ihr distanzierter Kater sich von Norman tragen ließ, noch dazu mit dem Bauch nach oben. Wenn sie das tat, verwandelte sich Moishe nach ein paar Sekunden in einen Wirbel aus Krallen und Zähnen. Doch von Norman ließ er sich in dieser verhassten Körperhaltung herumtragen und schnurrte sogar.

Moishe blickte Hannah an und miaute vorwurfsvoll.

»Wie bitte?«

»Miauuu!«

»Es liegt an seinem Fressnapf«, vermutete Norman. »Schau. Er ist leer.«

»Du sprichst Katzisch?« Hannah konnte nicht widerstehen, ihn ein bisschen aufzuziehen.

»Eigentlich nicht, aber der leere Napf ist das Einzige, worüber er sich aufregt, oder?«

Sie nickte und öffnete das Vorhängeschloss des Besenschranks. Sobald der Napf randvoll war, setzte Norman den Kater auf den Boden. Der leckte Norman einmal über den Daumen und lief zu der Matte, auf der sein Futternapf und die Wasserschale standen, seinem Lieblingsplatz in der Küche.

»Es sieht ganz so aus, als hätte ich gewonnen.« Norman blickte zu der apfelförmigen Wanduhr.

»Noch nicht. Es sind erst vier Minuten vergangen, und du hast auf mindestens fünf getippt.« Sie goss ihnen Kaffee ein und reichte ihm seine Tasse.

»Aber vier Minuten sind mehr als zwei, auf die du getippt hast.«

»Ich weiß. Nach jetzigem Stand hat keiner von uns gewonnen. Lass uns den Kaffee im Wohnzimmer trinken. Da ist es gemütlicher.«

»Du willst nur nicht, dass ich die Uhr sehen kann«, grummelte Norman, doch er grinste dabei und ging mit seiner Tasse ins Wohnzimmer, wo er sich mit Hannah auf die Couch setzte. »Was tun wir, wenn das Telefon jetzt klingelt und wir beide verloren haben?«

»Dann bezahlt jeder sein Essen selbst.« Hannah reckte den Hals, um einen Blick auf die Küchenuhr zu werfen. »Aber ich glaube nicht, dass das passiert. Dir bleiben nur noch zwölf ...«

Das Telefon klingelte und unterbrach Hannahs Vorhersage.

»Ah!«, trumpfte Norman auf. »Wenn das deine Mutter ist, habe ich gewonnen.«

»Sie ist es.«

»Woher weißt du das?«

»Guck dir Moishe an.« Sie deutete auf ihren Kater.

»Was ist mit ihm los? Er hat das Fell gesträubt.«

»Das tut er immer, wenn Delores anruft.« Hannah nahm noch vor dem zweiten Klingeln den Hörer ab. »Hallo, Mutter.«

Delores seufzte so laut, dass Hannah sich einbildete, den Luftstrom im Ohr zu spüren. »Ich wünschte wirklich, du würdest das unterlassen, Liebes. Es sei denn, du hast eine Anruferkennung. Hast du nicht, oder?«

»In gewisser Weise schon.« Hannah blickte zu ihrem aufgeplusterten Kater. »Ich nehme an, du weißt es von Andrea.«

»So ist es.«

»Und sie weiß es von Bill?«

»Richtig. Ich wünschte wirklich, du würdest aufhören, Leichen zu finden, Hannah. Das ist so überhaupt nicht damenhaft. Jetzt werden dir die Leute wieder Schimpfnamen geben.«

»Das haben sie schon mal getan?«

»Ja. Das hat angefangen, als Mike dich auf dem Revier als seinen ›Leichenfänger‹ bezeichnet und Barbara Donnelly das mitbekommen hat. Sie hat es Bertie Straub erzählt, als sie sich bei ihr die Haare hat machen lassen, und Bertie hat zu jedem gesagt, der zur Tür hereinkam, dass der Bürgermeister dir ein Abzeichen geben und dich zum ›Leichenfänger von Lake Eden‹ ernennen sollte.«

»Wirklich?«, erwiderte Hannah so neutral wie möglich. In Wirklichkeit fand sie das urkomisch.

»Die Leute halten sich immer für geistreich. Ich denke mit Schaudern daran, wie sie dich diesmal betiteln werden.«

Hannah fielen mehrere passende Beispiele ein, doch sie behielt sie lieber für sich. Delores war aufgeregt, und Hannah wollte sie nicht noch mehr verärgern. »Mach dir deswegen keine Gedanken, Mutter. Das wird in ein paar Tagen wieder vorbei sein.«

»Das will ich hoffen. Andernfalls weiß ich nicht, wie ich in dieser Stadt noch jemandem in die Augen sehen soll!« Darauf folgte ein Moment Schweigen, und als Delores weitersprach, klang sie eher neugierig als verärgert. »Andrea erwähnte, dass Mike zu Bill gesagt hat, du hättest eine exzellente Beschreibung des Tatorts abgegeben. Erzähl mir alles, Liebes, von dem Moment an, als du dein Café verlassen hast, bis zu dem Augenblick, als du sie gefunden hast.«

Hannah schilderte den Ablauf ein zweites Mal, ließ jedoch die drastischen Details aus, die ihre Mutter vielleicht den Schlaf kosten würden. Als sie fertig war, seufzte Delores.

»Ich bedauere, dass sie tot ist. Es ist erschreckend, dass jemand, den wir alle kannten, einem Gewaltverbrechen zum Opfer gefallen ist. Aber wenigstens ist es niemand, den wir gut leiden konnten.«

Hannah musste sich das Lachen verkneifen. Delores hatte mal wieder ausgesprochen, was sie dachte!

»Was glaubst du, wie Vanessa reagieren wird? Wird sie nach Georgia zurückziehen?«

»Ich weiß es nicht, Mutter.«

»Nun, ich hoffe es! Wenn deine Konkurrenz weg ist, brauchst du dir keine Sorgen mehr zu machen.«

Nachdenklich wünschte Hannah ihr eine gute Nacht und legte auf. Sie hatte noch nicht darüber nachgedacht, was Shawna Lees Tod für sie persönlich bedeutete. Delores hatte recht. Wenn das *Café Magnolia* schloss, würden ihre früheren Kunden zu ihr zurückkehren.

»Was ist los?«, wollte Norman wissen, der Hannahs Stirnrunzeln bemerkte.

»Ich dachte nur gerade …«

Wieder wurde sie vom Klingeln des Telefons unterbrochen, und sie nahm ab. Anscheinend sollte das ein Telefonierabend werden. Da Moishe das Fell nicht mehr sträubte, konnte der Anrufer nicht wieder Delores sein, und Hannah meldete sich neutral. »Hallo?«

»Hallo, Hannah. Ich hoffe, ich rufe nicht zu spät an.«

Hannah erkannte Carries Stimme. »Durchaus nicht. Ich hatte gerade noch meine Mutter an der Strippe.«

»Dann werde ich Näheres von ihr erfahren. Norman ist bei dir, nicht wahr?«

»Er sitzt neben mir. Möchtest du ihn sprechen?«

Carrie bejahte, worauf Hannah ihm den Hörer reichte. Aus seiner Hälfte der Unterhaltung war nicht viel zu schließen, da er nichts weiter sagte als »Okay«, »Werde ich tun« und »Dir auch, Mutter«.

»Sie hat dich nicht auf Shawna Lee angesprochen?«, fragte Hannah, nachdem er aufgelegt hatte.

»Nein, es ging um etwas anderes. Sie wollte, dass ich dich um einen Gefallen bitte.«

Hannahs Argwohn war geweckt. Auf keinen Fall würde sie etwas versprechen, bevor sie wusste, worum es sich handelte. Während ihrer Highschool-Zeit hatte Andrea sie oft damit ausgetrickst, und einmal hatte sie ihre jüngste Schwester und fünf kichernde Freundinnen bei einem Rockkonzert beaufsichtigen müssen. Die Hauptband, die sich Hörschaden nannte, machte ihrem Namen alle Ehre. »Was möchte Carrie?«, erkundigte sie sich.

»Delores hat ihr erzählt, was für ein guter Mäusefänger Moishe ist, und meine Mutter hat schon seit einiger Zeit eine Maus, die sie nicht loswird. Ich soll dir ausrichten, dass du eine Packung gefrorene Garnelen bekommst, wenn du mit Moishe morgen zu ihr kommst und er die Maus fängt.«

»Hoffentlich erzählt Mutter das nicht ganz Lake Eden, sonst komme ich zu nichts anderem mehr.« Sie riss eine Tüte Salzbrezeln auf, ihr bevorzugtes Knabbergebäck, und leerte sie in eine Schale. »Ich kann nicht glauben, dass ich noch hungrig bin nach allem, was ich vom Büfett vertilgt habe.«

»Ich schon. Was hast du gegessen?«

»Mal überlegen … Ich hatte …« Hannah stockte und schaute überrascht. »Eigentlich war es gar nicht so viel. Ich habe meinen Teller gefüllt und zwei Gabeln voll gegessen, dann bat mich Lisa, aus ihrem Brautstrauß ein paar Blüten abzuschneiden, bevor sie ihn in die Menge werfen würde.«

Norman schaute verwirrt. »Warum wollte sie das?«

»Sie möchte sie in der Mikrowelle pressen und als Andenken verwahren.«

»Man kann Blumen in der Mikrowelle pressen?«

»Ich nicht, aber Lisa. Das hat sie in einer Zeitschrift gelesen. Ich musste die Blüten in einen Plastikbeutel stecken und in Sallys Tiefkühlschrank legen. Ich habe nur drei Minuten dafür gebraucht, doch als ich zurückkam, war mein Teller abgeräumt.«

»Also bist du noch mal zum Büfett gegangen?«

»Das hatte ich vor. Ich habe mir einen frischen Teller genommen, und in dem Moment kam Sally und rekrutierte mich, damit ich den Hochzeitskuchen austeile.«

Norman lachte. »Genau so habe ich mir das gedacht! Hast du wenigstens etwas vom Dessertbüfett gekostet?«

»Nein. Ich habe in einem fort Kuchen ausgeteilt. Bis Sally jemanden schickte, der mich ablösen sollte, hatte ich keinen Appetit mehr. Erst nachdem ich meinen Wagen ausgeladen hatte, habe ich ein Stück von Shirleys Mohnkuchen gegessen. Wäre ich nach der Feier gleich nach Hause gefahren und schlafen gegangen, hätte ich ans Essen gar nicht gedacht.« Sie stutzte und sah ihn nachdenklich an.

»Was?«, fragte er.

»Ich glaube, ich habe gerade eine neue Abnehmmethode entdeckt. Ich nenne sie die ›Fleißdiät‹, eröffne im ganzen Land Abnehmzentren und verdiene Millionen, indem ich den Kunden so viel zu tun gebe, dass sie keine Zeit zum Essen haben.«

Ehe Norman darauf eingehen konnte, rief wieder jemand an. Diesmal war es Andrea, und sie wollte genau wissen, was Hannah im *Café Magnolia* gesehen hatte.

Hannah erzählte ihr das Gleiche wie ihrer Mutter, fügte aber ein Detail hinzu. »Und rate mal, was auf dem Tisch lag.«

»Was?« Andrea klang fasziniert.

»Eine Packung Pfirsich-Cobbler von *Betty Jo's*. Tiefgekühlt zum Aufbacken.«

»Ich wusste es!«, rief Andrea aus. »Erinnerst du dich, dass ich sagte, er schmeckt wie einer, den ich schon mal gegessen habe?«

»Und ob ich mich erinnere.«

»Und weißt du noch, als Norman meinte, er schmeckt wie etwas aus einem Coffeeshop?«

»Ja.«

»Tja, *Betty Jo's* ist eine Coffeeshop-Kette in Georgia. Die Cheerleader der Jordan High haben bei einem gehalten, als wir zu dem Wettbewerb nach Atlanta gefahren sind.«

»Na, sieh mal einer an!«, murmelte Hannah. »Warte kurz. Das muss ich Norman sofort erzählen, denn er hat recht gehabt.«

»Womit?«, fragte er.

»Dass Shawna Lees Pfirsich-Cobbler wie der schmeckt, den du mal in einem Coffeeshop gegessen hast. Er ist in Wirklichkeit von *Betty Jo's*, und laut Andrea ist das eine Coffeeshop-Kette in Georgia.«

»Norman ist bei dir?«, vergewisserte Andrea sich leise.

»Genau.«

»Weiß Mike, dass du ihn zu dir mitgenommen hast?«

»Was geht ihn das an? Er hat alle Rechte aufgegeben, als er nicht zu unserem Date erschienen ist.«

»Ich weiß, aber du willst nicht, dass er allzu eifersüchtig wird. Er ist der leitende Ermittler und könnte beschließen, dich aufs Korn zu nehmen. Immerhin hast du durch Shawna Lees Tod am meisten gewonnen.«

»Was ist los?«, wollte Norman wissen, als Hannah mit erschrockener Miene auflegte.

»Andrea meint, ich könnte des Mordes verdächtigt werden.«

»Das ist lächerlich!«

»Du weißt das, und ich weiß das, Mike jedoch nicht.«

»Nun, sollte er aber.«

»Mag sein, doch du musst zugeben, dass ich ein starkes Motiv hatte.«

»Du meinst, weil sie dich aus dem Geschäft drängen wollte?«

»Nicht nur das.« Hannah zählte die Gründe an den Fingern ab. »Erstens war sie geschäftlich meine größte Konkurrentin. Zweitens hat sie sich an Mike herangemacht, als ich noch mit ihm ausgegangen bin.«

»Noch?«, unterbrach Norman. »Ist das Vergangenheit?«

»Im Augenblick ja. Und drittens konnten wir einander nicht ausstehen, wie jeder in der Stadt weiß.«

»Aber es muss noch andere geben, die ein Motiv hatten. Wer konnte es noch auf Shawna Lee abgesehen haben?«

»Auf jeden Fall die Ehefrauen sämtlicher Deputys auf dem Revier. Shawna Lee hat bei der Arbeit mit allen geflirtet, und dass sie verheiratet waren, hat sie nicht davon abgehalten.«

»Wirst du versuchen, den Mörder zu entlarven?«

Sie seufzte. »Das sollte ich besser tun. Wenigstens um zu beweisen, dass es noch andere Verdächtige gibt. Natürlich könnte ich schon vom Verdacht befreit werden, wenn Doc Knight den Todeszeitpunkt bekannt gibt. Mit ein bisschen

Glück habe ich zur Tatzeit an hundert Leute Kuchen ausgeteilt.«

Sie gähnte, und Norman nahm das als Wink. Er stand auf und lächelte sie an. »Ich sollte jetzt aufbrechen. Du siehst aus, als könntest du im Stehen einschlafen.«

»Es war ein langer Tag.« Hannah erhob sich und brachte ihn zur Tür. »Hast du morgen Zeit? Kann ich dich konsultieren?«

»Ich werde mir die Zeit dafür nehmen. Macht dir ein Zahn zu schaffen?«

»Nein, aber ein Mord«, antwortete sie mit einem kleinen Lachen. »Da Lisa in den Flitterwochen ist und Andrea wieder halbtags arbeitet, brauche ich jemanden, der mir beim Ermitteln hilft. Tagsüber muss ich im *Cookie Jar* sein, also müssen wir das abends erledigen. Wärst du bereit, mit mir ein paar Abende zu verbringen?«

»Ich dachte schon, du fragst nie.« Norman zog sie in die Arme und küsste sie.

11

Hannah füllte die letzten Glasdosen mit der Tagesauswahl an Plätzchen und stellte sie in das Regal hinter dem Ladentisch. Es überraschte sie, wie sehr sie Lisa vermisste. Das hatte nichts damit zu tun, dass sie mehr arbeiten musste. Sie hatte das Backen schon allein geschafft, bevor sie Lisa eingestellt und später zu ihrer Partnerin gemacht hatte. Zwar ging es mit ihr zusammen leichter und schneller, aber sie kam auch allein gut zurecht. Was sie vermisste, war Lisas Gesellschaft.

Nachdem sie sich frischen Kaffee eingegossen hatte, setzte sie sich an ihren Lieblingstisch im Hintergrund des Cafés und versuchte, sich zu entspannen. Sie war mit Bedacht früher gekommen, da sie nicht genau abschätzen konnte, wie lange es dauern würde, bis sie alle Arbeiten erledigt hatte. Dabei hatte sie sich verschätzt, und nun blieb ihr bis zum Geschäftsbeginn eine ganze Stunde Zeit.

Während sie den Kaffee trank und eine neue Plätzchensorte kostete, die sie heute früh zum ersten Mal gebacken hatte, fragte sie sich, ob auf dem Revier jemand Vanessa erreicht hatte. Sie tat ihr ein wenig leid. Vanessa hatte im Dezember schon ihren Mann verloren, und jetzt, nur zwei Monate später, war ihre Schwester tot.

Hannah wollte sich gerade noch ein Plätzchen holen gehen, als ein vertrauter Wagen vor dem *Cookie Jar* hielt. Andrea stieg aus. Sie trug einen superschicken Hosenanzug in dunklem Pink und einen Mantel in derselben Farbe. Damit könnte sie zur schicksten Arbeitnehmerin des Jahres gekürt werden, wenn ein schrilles Detail nicht wäre: die Anstecknadel, die aus einer protzigen, roten Blüte bestand.

Während Hannah eilig die Ladentür aufschloss, fiel ihr auf, dass die Blüte ziemlich schief geformt war und ein Blütenblatt fehlte. »Tracey?«, fragte sie, als sie ihre Schwester hereinließ.

»Was?«

»Hat Tracey die Ansteckblüte gebastelt?«

Andrea nickte, schlüpfte aus dem Mantel und hängte ihn an den Ständer. »Na klar. Denkst du etwa, ich würde so etwas kaufen?«

»Nein. Ich bin vielmehr verblüfft, dass du sie ansteckst. Sie passt nicht besonders gut zu deinem Hosenanzug.«

»Das musst du gerade sagen.« Andrea schaute an Hannah rauf und runter. »Du bist schwarz und blau.«

»Wo?«

»Ich meine dein Outfit. Du trägst einen dunkelblauen Pulli zu einer schwarzen Jeans. Das ist ein Modetabu.«

Hannah blickte auf ihren Pullover. Andrea hatte recht. »Aber ich habe dafür eine Entschuldigung.«

»Welche?«

»Als ich mich angezogen habe, war es noch dunkel, und ich dachte, das wäre ein schwarzer Pulli.«

Andrea lachte, und Hannah stimmte ein. Zwei Schwestern, die ihren Spaß hatten, wenn sie gegeneinander stichelten, ohne dabei gemein zu werden.

»Drüben wurde das ganze Haus abgesperrt«, erzählte

Andrea und deutete zum Fenster. »Du kannst es von hier aus sehen. Am Vordereingang klebt Absperrband und an der Hintertür auch. Ich bin in die Gasse gefahren, um zu gucken. Ich hoffe nur, du hast reichlich gebacken, denn die ganze Stadt wird herkommen.«

»Weil gegenüber nichts zu kriegen ist?«

»Das ist der eine Grund, aber der andere ist, dass die Leute wissen wollen, was passiert ist. Jake und Kelly haben heute Morgen im Radio erwähnt, dass du die Leiche entdeckt hast.«

»Oh, oh«, stöhnte Hannah und fragte sich, ob sie genug Plätzchen gebacken hatte.

»Du wirst versuchen, den Mörder zu schnappen, nicht wahr?«

»Besser wäre es. Du hast mich überzeugt, dass Mike mich auf seiner Verdächtigenliste an die oberste Stelle setzen wird.«

»Das wird er. Bill rechnet auch damit.«

»Bill hat dir das erzählt?«

»Nicht direkt. Er hat es aber nicht bestritten, als ich die Vermutung geäußert habe, und das ist praktisch eine Bestätigung. Was soll ich also für dich tun? Wenn ich mit den Hausbesichtigungen fertig bin, kann ich herumschnüffeln, bis ich Tracey abholen muss.«

Hannah überlegte kurz. »Meinst du, du könntest den Todeszeitpunkt herauskriegen? Das muss ich als Erstes wissen.«

»Ich werde es versuchen.«

»Danke. Tracey hat dich also gebeten, die Ansteckblüte heute zu tragen?«, hakte Hannah nach, um auf das vorige Thema zurückzukommen.

»Genau. Ich konnte nicht Nein sagen. Sie hat sie ganz allein gebastelt. Bills Mutter ist mit ihr in den Hobbyladen gegangen und hat das Bastelset mit ihr ausgesucht.«

»Hast du manchmal das Gefühl, dass deine Schwiegermutter dich hasst?«

»Ständig.« Andrea lachte. »Und bevor du es vorschlägst: Ich weiß, ich könnte das Ding den ganzen Tag im Auto lassen und es mir erst anstecken, wenn ich Tracey abhole. Aber sie hat Stunden gebraucht, um die Makkaroni zusammenzukleben und zu bemalen. Also kann ich sie wenigstens tragen, wie sie es möchte.«

Einen Moment lang starrte Hannah ihre Schwester bestürzt an, dann klopfte sie ihr auf die Schulter. »Sehr gut!«

»Danke. Außerdem ist das ein toller Verkaufstrick. Wenn ich den Kunden erzähle, dass meine Tochter die Ansteckblume gebastelt hat, halten sie mich für selbstlos, liebevoll und ehrlich. Und dann glauben sie alles, was ich ihnen über die Immobilie erzähle, die sie sich ansehen.«

»Klar«, meinte Hannah. Also konnte die schicke Katze das Mausen doch nicht lassen! »Lust auf Kaffee und Plätzchen?«

Andrea nickte. Hannah ging hinter die Ladentheke, füllte einen Becher mit Kaffee und legte zwei Plätzchen auf eine Serviette.

»Was für welche sind das?« Andrea beäugte die Kekse, als Hannah sie ihr vorsetzte.

»Die sind mit Rosinen und Rübensirup. Das Rezept ist mir diese Woche eingefallen. Ich habe noch keinen schönen Namen dafür.«

Andrea nahm einen Bissen. »Lecker. Schlicht, und man schmeckt den Rübensirup. Sieh dir das an.« Sie zeigte auf das zweite Plätzchen.

Hannah betrachtete es. »Was ist damit?«

»Da gucken drei Rosinen raus, zwei für die Augen und eine für den Mund. Das erinnert mich an die Pfannkuchen, die du früher für mich gebacken hast. Weißt du noch?«

Und ob Hannah das noch wusste! Andrea war beim Essen damals sehr wählerisch gewesen und hatte ihren Pfannkuchen nur angerührt, wenn er ein Gesicht aus Schokoladenstückchen gehabt hatte.

»Könntest du nicht jedes davon mit nur drei Rosinen belegen?«

»Sicher. Die gebe ich nicht in den Teig, sondern streue sie vor dem Backen darauf.«

»So sehen sie wie Puppengesichter aus. Nicht wie Gesichter von Babypuppen oder Modepuppen, dafür sind die Rosinen zu runzlig. Also sind es Alteleutepuppen.«

Hannah verzog keine Miene, obwohl sie innerlich vor Lachen brüllte. »Irgendwie glaube ich nicht, dass sie bei den Kunden gut ankommen, wenn ich sie ›Alteleutepuppenplätzchen‹ nenne.«

»Wahrscheinlich nicht!« Andrea fing an zu kichern, und Hannah gab ihrem Lachdrang endlich nach. Als sie sich beide wieder beruhigt hatten, sagte sie: »Sie sehen fast so aus wie die Puppen der ersten Siedler, bei denen das Gesicht aus einem Apfel geschnitzt wurde. Kennst du die?«

Hannah bejahte. In einem Kunstkurs auf dem College hatte sie mal einen Kopf aus einem Apfel geschnitzt und sich dabei ein paar Mal in die Finger geschnitten. »Sie sehen wirklich ein bisschen so aus, doch ich kann sie nicht ›Apfelpuppenplätzchen‹ nennen, wenn kein Apfel drin ist.«

»Ich weiß, aber wie wär's, wenn du sie ›Puppengesichter‹ nennst? Das wird jedem gefallen. Jedes Plätzchen wird ein wenig anders sein, und die Leute werden mehr als eins kaufen, weil sie wissen wollen, wie die anderen Gesichter aussehen.«

»Du bist ein wahres Verkaufstalent!« Hannah lächelte ihre Schwester an.

»Selbstverständlich! Das gehörte zu meiner Ausbildung. In meiner Branche müssen wir jeden Tag überteuerte, minderwertige Ware verkaufen.« Hannah zog die Brauen zusammen und schluckte hörbar, was Andrea nicht entging. »Natürlich trifft das nicht auf deine Plätzchen zu. Die sind weder überteuert noch minderwertig. Das war nur general gesprochen.«

»Du meinst: generell gesprochen.«

Nachdem Andrea gegangen war, trank Hannah den letzten Schluck Kaffee und stand auf, um sich die Servierschürze umzubinden. Sie hatte noch fünfzehn Minuten Zeit, bis sie öffnen musste, doch sie drehte das Schild von *Geschlossen* zu *Geöffnet* um, weil sie hoffte, dass ein früher Vogel hereinflattern und sie jemanden zum Plaudern haben würde. In dem Moment hörte sie aus der Backstube ein Geräusch.

Ein kribbelndes Unbehagen durchlief sie. Sie war sich eigentlich sicher, dass sie die Hintertür abgeschlossen hatte. »Ist da jemand?«

»Morgen, Hannah!«, erklang eine vertraute Stimme von hinten, und einen Moment später kam Lisa ins Café.

Hannah war froh, dass sie es war, aber sie war auch verwirrt. »Was tust du hier? Sehnst du dich schon nach einem Tag mit deinem Mann nach der Arbeit?«

Lisa strahlte sie an. »Das nicht unbedingt. Es ist nur so, dass Herb und ich heute früh wach geworden sind und die Radionachrichten eingeschaltet haben, um zu hören, was in der Stadt so vor sich geht. Jake und Kelly haben über den Mord berichtet und gesagt, dass du die Tote gefunden hast.«

»Und jetzt willst du alles darüber wissen?«

»Das auch. Aber vor allem dachten wir, dass du mich hier brauchst, weil du jetzt ermitteln willst.«

»Was wird dann aus euren Flitterwochen?«

»Bei denen bleibt es. Wir wohnen wie geplant draußen im *Lake Eden Inn*, doch ich komme zur Arbeit, bis du den Mord aufgeklärt hast.«

Hannah wollte sich von der großzügigen Seite zeigen und erwidern, sie solle zurückfahren und die Zeit mit Herb genießen. Aber ihre Partnerin hatte recht. Sie brauchte Lisas Hilfe. Offenbar war ihr anzusehen, dass sie im Zwiespalt war, denn Lisa fasste ihr an den Arm.

»Herb und ich wären tagsüber sowieso nicht zusammen«, erklärte sie, wohl um Hannah das schlechte Gewissen zu nehmen. »Er hat Dick angeboten, ihm die ganze Woche über zu helfen.«

»Womit?«

»Er wird für die Unterhaltung der Männer sorgen. Hast du mitbekommen, dass heute das Mitarbeiter-Retreat von *Pretty Girl Cosmetics* anfängt?«

Hannah schüttelte den Kopf. »Davon höre ich zum ersten Mal.«

»Die Firmenzentrale hat alle Zimmer dafür reserviert außer der Hochzeitssuite. Sally und ich haben uns darüber unterhalten. Sie meinte, wenn das gut läuft, wird *Pretty Girl* das Retreat vielleicht jeden Februar bei ihnen im Hotel veranstalten.«

»Eine gute Neuigkeit. Seit der Winterkarneval in den Januar verlegt wurde, ist der Februar für Dick und Sally ein lauer Monat.«

»Deshalb hilft Herb, die Ehemänner zu unterhalten, während die Frauen ihr Motivationstreffen abhalten. Er findet, das sei das Mindeste, was er tun kann, nachdem wir von Gloria Travis das tolle Geschenk zur Hochzeit bekommen haben.«

Hannah kam sich vor, als wäre sie eine Zeit lang aus der Welt gewesen. »Welches tolle Geschenk? Und wer ist Gloria Travis?«

»Sie ist die Sekretärin der Geschäftsführerin von *Pretty Girl*. Und sie hat das *Lake Eden Inn* als diesjährigen Veranstaltungsort ausgesucht. Erinnerst du dich zufällig an die dunkelhaarige Dame in dem hellblauen Seidenkleid, die während des Essens bei deiner Mutter am Tisch saß?«

»Sehr gut sogar«, antwortete Hannah. Sie war kurz hingegangen, um mit Delores und Winthrop ein paar Worte zu wechseln. Gloria Travis war ihr gegenüber nett und freundlich gewesen.

»Das überrascht mich. Sie hat nicht viel gesagt und ist früh gegangen.«

»Gleich nach dem Dessert.« Hannah wusste noch genau, wann sie hinausgegangen war. »Das ist mir aufgefallen, weil ich ständig auf Mutters Tisch geachtet habe.«

»Warum?«

»Weil sie mit Winthrop da war und ich befürchtet habe, deine Hochzeit würde sie womöglich auf Ideen bringen.«

»Oh.« Lisa nickte verständnisvoll. »Gloria hat am Abendessen teilgenommen, weil sie einen Tag eher gekommen war. Da die Führungskräfte der Firma erst heute Nachmittag eintreffen, hatte Sally uns gefragt, ob Gloria an dem Hochzeitsessen teilnehmen darf.«

»Und du hast Ja gesagt. Was schadet einer mehr, wenn sowieso ganz Lake Eden eingeladen ist?«

Lisa lachte. »Genau das war mein Gedanke! Und wir hatten wirklich nichts dagegen. Wir haben nicht damit gerechnet, dass Gloria uns etwas schenkt.«

»Noch dazu etwas Tolles?«

»Oh ja! Es ist ein Gutschein für einen Champagner-

Brunch für zwölf Personen im *Lake Eden Inn*, den wir jederzeit einlösen können.«

»Wow!«, hauchte Hannah und klang wie Moishe, wenn sie den Besenschrank öffnete und er den großen Sack Katzenfutter erblickte.

»Das hat Herb auch gesagt, als er die Glückwunschkarte aufgeklappt hat. Von jemandem, den wir praktisch nicht kennen, hätten wir kein so wunderbares Geschenk erwartet.« Lisa blickte zur Uhr und zog die Brauen zusammen. »Genug davon. Wir haben noch fünf Minuten. Erzähl mir alles von gestern Abend und beeil dich damit.«

Hannah gab den Vormittag über allen Neugierigen die gleiche Antwort: »Tut mir leid, ich darf nicht darüber sprechen, aber der Sheriff wird gleich eine Pressekonferenz abhalten.« Als Lisa sie dann zum dritten Mal fragte, ob sie in die Mittagspause gehen wollte, stimmte Hannah zu und fuhr nach Hause, um zu erledigen, was sie Carrie und Norman versprochen hatte.

»Ich will mich nur schnell vergewissern, ob Carrie da ist«, sagte sie, als sie vor Normans Elternhaus vorfuhr, obwohl sie bezweifelte, dass Moishe sie hörte, so laut, wie er miaute. »Bin gleich zurück.«

Sie eilte den frisch geharkten Kiesweg hinunter und klingelte an der Haustür. Die wurde fast sofort geöffnet, doch von jemand anders als erwartet.

»Hallo, Norman.« Hannah strahlte ihn an. »Ich dachte, ich treffe deine Mutter an.«

»Im Antiquitätenladen war plötzlich viel zu tun. Deshalb hat sie mich rekrutiert.«

»Wie bitte?«

»Im Antiquitätenladen war plötzlich viel zu tun. Deshalb hat sie mich rekrutiert. Ich habe vor ein Uhr keinen Patienten.«

»Entschuldige, ich kann dich noch immer kaum verstehen.« Stirnrunzelnd fragte sie sich, ob Moishes Geheul ihr Gehör geschädigt hatte. Doch dann fiel ihr ein, dass sie genau deswegen zu einer Vorsichtsmaßnahme gegriffen hatte. »Sekunde, Norman. Ich habe ganz vergessen, dass ich mir Stöpsel in die Ohren gesteckt hatte.«

Sie nahm die biegsamen Ohrschützer heraus. Herb hatte sie ihr neulich gegeben, als sie zu dem Westernschießen gegangen war, um Lisa zuzusehen. Ihre Geschäftspartnerin hatte den zweiten Platz gemacht. Sie hatte nur zwei Ziele mit der Silhouette von Bankräubern verfehlt, dafür aber jede Viehdieb-Silhouette getroffen.

»Jetzt ist es besser.« Plötzlich hörte sie wieder ausgezeichnet. Die Wintervögel zwitscherten in den Bäumen, und in der Ferne rauschte der Verkehr. »Also bist du anstelle deiner Mutter hier, weil …?«

»Weil im Antiquitätenladen plötzlich viel zu tun war und Mutter mich rekrutiert hat. Zwei Raumgestalter aus Minneapolis sind gekommen und haben bei allen Stücken nach der Herkunft gefragt. Luanne hat alles im Computer nachgesehen, und unsere Mütter führten die Herren durch den Laden.«

»Klingt nach einer einmaligen Gelegenheit.« Hannah erinnerte sich, dass Delores und Carrie daran arbeiteten, solche Kundschaft aus Minneapolis und St. Paul anzulocken.

»Also, wo ist der Mäusetöter?«

»Im Auto. Ich hole ihn.«

»Ich werde ihn tragen«, bot Norman an und eilte neben ihr her. Sie hörten Moishe kläglich miauen, als sie sich dem Lieferwagen näherten, doch kaum hatte Hannah die Tür geöffnet und Norman sich in den Wagen gebeugt, ging das Wehklagen in Schnurren über.

»Du lieber Himmel!«, rief Hannah aus und sah Norman mit großen Augen an. »Er ist offenbar verrückt nach dir.«

»Er weiß, was ich für ihn habe.«

»Garnelen?«

»Die bekommt er von Mutter.« Norman hob die Transportbox heraus und wartete, bis Hannah den Wagen verriegelt hatte. »Ich habe heute Morgen etwas für ihn gekauft.«

»Was denn?«

»Das zeige ich dir nach dem Gemetzel«, versprach er und ging voraus zur Haustür. Er trug Moishe den Flur entlang zum Gästezimmer und stellte die Box vor der Tür auf den Läufer. »Da drin wurde die Maus zuletzt gesehen.«

»Gästezimmer müssen etwas an sich haben, was die kleinen Nager anzieht. Die Maus meiner Mutter ist auch im Gästezimmer.«

»Ist?«

»Oh, oh.« Hannah wagte einen kurzen Seitenblick zu Norman. Je weniger Leute es wussten, desto besser, doch Norman würde das Geheimnis sicher hüten.

»Moishe hat die Maus gar nicht gefangen?«, fragte er.

»Nein. Das heißt, ja.« Hannah stockte, weil ihr klar wurde, wie verwirrend ihre Antwort klingen musste. »Noch mal im Klartext: Moishe hat die Maus nicht gefangen.«

»Aber laut meiner Mutter hast du das Delores gegenüber behauptet.«

Hannah schüttelte den Kopf. »Nicht direkt. Meine Mutter hat das lediglich angenommen, und ich habe sie nicht korrigiert. Ich habe gesagt, dass sie sich wegen der Maus nicht mehr zu sorgen braucht. Dabei habe ich verschwiegen, dass ich die Tür des Gästezimmers offen gelassen habe, weil ich hoffte, die Maus würde bei Moishes Anblick das Weite suchen.«

»Also hat er sie nicht getötet?«

Hannah sah ihren Kater wieder in seiner Sphinx-Haltung dasitzen und die Maus beobachten. »Ganz im Ernst? Er hat keine Pfote dafür krummgemacht!«

»Da bin ich aber erleichtert.« Norman kitzelte Moishe durch das Gitter an der Schnauze. »Ich dachte, ich wäre nach dem Zahnmedizinstudium abgebrüht, doch ich habe mich nicht gerade darauf gefreut, ihn mit der Maus spielen zu sehen.«

Puppengesichter

Den Backofen auf 190 Grad vorheizen, das Blech später in der Mitte einschieben. (Für diese Plätzchen braucht man keine Eier.)

120 g Butter
200 g brauner Zucker
125 ml Rübensirup***
1 TL Backnatron
½ TL Salz
½ TL Zimt
1 TL Zitronensaft
125 ml Milch
300 g Mehl
200 g gelbe oder braune Rosinen oder Korinthen zum Verzieren

*** Bevor Sie den Rübensirup abmessen oder wiegen, sprühen Sie das Gefäß mit Backtrennspray ein, dann löst er sich gut.

Die Butter zerlassen und auf Zimmertemperatur abkühlen lassen. Nach und nach Zucker, Rübensirup, Backnatron, Salz, Zimt und Zitronensaft zugeben und verrühren.

Die Hälfte des Mehls unterrühren. Die Milch in kleinen Portionen zufügen und verrühren, dann das übrige Mehl zugeben und alles zu einem glatten Teig verarbeiten.

Von dem Teig einen Teelöffel voll auf ein ungefettetes Blech fallen lassen und drei Rosinen auf den Teigling legen, zwei für die Augen und einen für den Mund.

10 bis 12 Minuten backen. Die Plätzchen 2 Minuten auf dem Blech abkühlen lassen, dann auf ein Gitter legen.

Ausbeute: 4 bis 5 Dutzend.

Immelda Giese, Father Coultas' Haushälterin, hat drei Dutzend davon für die Messdiener bestellt. Als sie sie abholte, sah eins der Plätzchen genau aus wie Mutter Teresa (fand sie, nicht ich!). Später hörte ich, dass sie Father Coultas überreden wollte, das Plätzchen in einem Glaskasten in St. Peter auszustellen.

12

Hannah hängte ihren Parka auf, legte die Handtasche auf einen Hocker und ging durch die Schwingtür in den Laden. Lisa hatte eine Stunde lang die Stellung gehalten und konnte jetzt sicher eine Pause gebrauchen.

»Bin wieder da«, sagte Hannah, um das Offensichtliche zu verkünden, und gesellte sich zu Lisa hinter die Theke. Die Tische waren voll besetzt, und im Moment schienen die Gäste zufrieden ihr Gebäck zu knabbern und ihren Kaffee zu trinken.

»Hat er wieder seine Sphinx-Nummer abgezogen?«, fragte Lisa, und als Hannah nickte, lachte sie. »Moishe ist wirklich einzigartig.«

»Das ist wahr. Und jetzt ist er einzigartig still.«

»Wie meinst du das?«

»Ich habe doch erzählt, wie laut er immer miaut hat, wenn er im Auto mitfahren musste, und dass Norman ihm ein Brustgeschirr mit Leine gekauft hat. Er dachte, Moishe würde die Autofahrt weniger ausmachen, wenn er nicht in die Transportbox gezwängt wird.«

»Hat es funktioniert?«

»Wie geschmiert! Norman hat ihm das Geschirr angelegt und die Leine an einer Öse an der Ladefläche eingehakt, damit Moishe nicht zu mir nach vorn springen und mich ablenken kann. Aber er konnte hinten frei herumlaufen und hat während der ganzen Rückfahrt keinen Mucks von sich gegeben.«

»Klasse. Ich wusste gar nicht, dass es auch Katzengeschirre gibt.«

»Gibt es, aber offenbar nicht in Moishes Größe. Norman hat dann eins für kleine Hunde gekauft; auf dem Schildchen war ein Schnauzer abgebildet. Am meisten fasziniert mich jedoch, dass Moishe es sich von ihm hat anlegen lassen.«

»Das war bestimmt ein Kampf.«

»Überhaupt nicht. Norman hat das Geschirr hochgehalten und Moishe erzählt, er würde damit schlanker und wie eine Killermaschine aussehen, und mein Kater hielt ganz still, während Norman es ihm anlegte.«

»Hätte Mike das auch geschafft?«

Hannah war überrascht, doch das war eine spannende Frage, und deshalb dachte sie darüber nach. »Das glaube ich nicht. Nicht ohne Gewaltanwendung oder ein Betäubungsgewehr. Wieso?«

»Dann solltest du Norman heiraten. Dein Kater hat gesprochen.«

Hannah prustete vor Lachen, und mehrere Gäste drehten sich zu ihr um und sahen sie neugierig an. »Entschuldigung, nur eine kleine Backanekdote«, erklärte sie und setzte rasch ein ernstes Gesicht auf. Solche Ausgelassenheit gehörte sich nicht, wenn ihre Konkurrentin gerade aus heiterem Himmel erschossen worden war.

»Ich weiß, ich sollte mich da nicht einmischen«, fuhr Lisa fort, »aber Norman ist verlässlich, Mike nicht. Denk nur daran, wie es gestern Abend gelaufen ist.«

»Du hast recht. Und ich habe auch schon darüber nachgedacht. Nämlich während eurer Feier, als ich auf ihn gewartet habe. Und auch später, nachdem er erwähnt hatte, dass er ein paar Mal besorgt bei Shawna Lee angerufen hat. Bei ihr hat er angerufen, sich aber nicht die Mühe gemacht, mir Bescheid zu geben, dass er es nicht schafft. Ich habe ja kein Handy, doch er hätte Bill oder Andrea anrufen können. Als ich angefangen habe, mit ihm auszugehen, war er anders. Wenn er sagte, er holt mich um sieben ab, stand er zur verabredeten Zeit auf der Matte. Und wenn ihm etwas dazwischenkam, rief er an. Doch seit *sie* nach Lake Eden gezogen ist …« Hannah stockte, weil Lisa einen Schnitt durch die Kehle andeutete.

»Hallo, Mike«, rief sie höflich lächelnd.

Hannah drehte sich hastig um, und sowie sie in sein Gesicht blickte, setzte sie auch ein freundliches Lächeln auf. Wie viel hatte er gehört? Genug, um zu erraten, dass sie über ihn gesprochen hatten? Aber war das nicht gleichgültig? Schließlich hatten sie nur Wahres gesagt.

»Ich muss dir einige Fragen stellen, Hannah. Können wir in die Backstube gehen?«

»Vermutlich«, antwortete sie. Wurde man von einem Polizisten zu etwas aufgefordert, sagte man: »Ja, Sir«, und tat es. Zumindest hatte Mrs Chambers ihnen das im ersten Schuljahr beigebracht. Leider hatte sie ihnen nicht erklärt, wie man sich verhalten sollte, wenn man mit dem Polizisten ab und zu ausging, stinksauer auf ihn war und überhaupt nicht mit ihm allein sein wollte.

Als sie um das Ende der Theke bog, legte Mike einen Arm um ihre Schultern und lenkte sie zur Schwingtür. Hannah schluckte schwer und versuchte, nicht daran zu denken, wie schön es war, ihm so nah zu sein. Stattdessen sagte sie sich, dass er sie bei Lisas Hochzeitsfeier versetzt und sie deswegen allein dagesessen hatte.

Mikes Hand glitt zu ihrer Taille hinab, als sie die Backstube betraten, und bis sie beim Backtisch ankamen, war Hannah ein bisschen außer Atem, doch sie würde den Teufel tun und Mike das merken lassen. »Kaffee?«, fragte sie und war stolz, weil ihre Stimme nicht schwankte.

»Gern. Eigentlich muss ich dir gar keine Fragen stellen. Ich wollte nur mit dir allein sein.«

»So?« Hannah schaffte es, ihm die dampfende Tasse Kaffee vorzusetzen, ohne dass ihre Hand zitterte, und sich dabei vor Augen zu halten, dass er viele Fehler hatte, auch wenn ihr gerade keiner einfiel.

»Ich komme, um mich zu entschuldigen. Ich hätte während der Feier anrufen und dir ausrichten lassen sollen, dass ich es nicht schaffe. Es tut mir wirklich leid, dass ich es vergeigt habe.«

Hannah beschäftigte sich, indem sie sich auch Kaffee eingoss, obwohl sie keinen wollte. Nur so konnte sie sich davon abhalten zu sagen: Ist schon okay, ich verstehe das. Es war nicht okay, sich zu verabreden und dann einfach wegzubleiben. Das musste sie ihn spüren lassen.

»Ich wollte wirklich bei dir sein«, fuhr Mike fort, als sie nicht darauf einging, »aber ich musste mit Shawna Lee etwas klären. Sie stand unter dem falschen Eindruck, dass ich mehr für sie empfand.«

Wie ist sie nur darauf gekommen? Hannah kniff die Lippen zusammen, damit ihr kein Wort herausrutschte, doch ihr Verstand bildete die Sätze, die sie gern erwidert hätte: Hatte es vielleicht damit zu tun, dass dein Hummer über Nacht vor ihrer Bäckerei stand?

»Ich habe mich wohl für sie verantwortlich gefühlt, weil

sie meinetwegen hierhergezogen ist. Dabei habe ich sie bloß angerufen und ihr erzählt, wie schön es in Lake Eden ist, und plötzlich hat sie sich um einen Job hier beworben. Und als sie den bekam, wollte ich dafür sorgen, dass es ihr in Lake Eden auch gut geht.«

Gut geht? Dafür musstest du ihr eine Wohnung in deiner Nähe besorgen, ihr beim Einzug helfen und ständig zu ihr gehen, um Probleme zu beheben? Musstest du dafür mit ihr Pizza essen gehen, wenn sie Hunger hatte, und sie herumkutschieren, weil ihr Wagen angeblich nicht ansprang?

»Ein Teil des Problems war, dass sie zu niemandem Kontakt gefunden hat. Das war wirklich schade. Ich weiß, sie hat manche Leute vergrault, weil sie ständig geflirtet hat, aber das war nun mal ihre Art. Das hatte bei ihr nichts zu bedeuten.«

Trotzdem konnte sie dich damit an der Nase herumführen!, dachte Hannah und benutzte einen Lieblingsausdruck ihres Vaters. Darauf folgte Schweigen. Mike schien auf eine Bemerkung von ihr zu warten, und deshalb sagte Hannah, was ihr gerade in den Sinn kam. »Möchtest du ein Plätzchen?«

»Nein, danke. Ich glaube, Shawna Lee hatte hier außer mir keine Freunde. Deshalb habe ich mich für sie verantwortlich gefühlt.«

Wenn man nichts Nettes sagen kann, hält man besser den Mund. Klopfers Rat aus *Bambi* kam ihr in den Sinn, und sie befolgte ihn. Mike war zerknirscht, doch sie war nicht in Unterstützerlaune, und Heucheln kam für sie nicht infrage. Er wandte sich an die Falsche. Sie würde lieber in Unterwäsche einem Schneesturm trotzen, als zuzulassen, dass Mike sich an ihrer Schulter ausweinte!

»Ich weiß, ich sollte dich nicht damit belasten«, fuhr

er fort, und wie so viele Leute, die das sagten, tat er genau das. »Es ist nur so, dass Shawna Lee für mich da war, nachdem ich meine Frau verloren hatte. Ich war einsam, ich wusste nicht, wohin mit mir, und Shawna Lee war mir ein Freund, als ich einen brauchte. Ich hätte sofort hinfahren müssen, als sie nicht bei mir aufkreuzte. Hätte ich das getan, wäre sie vielleicht noch am Leben. Ich fühle mich schrecklich mies, weil ich nicht für sie da war, als sie mich brauchte.«

Hannah hob den Kopf und blickte in sein umwerfend attraktives Gesicht. Ohne sich von seinen verdächtig feuchten Augen beeindrucken zu lassen, sprach sie aus, was sie dachte. »Komm darüber weg, Mike! Du musst ein Verbrechen aufklären. Hör auf, dir selbst leidzutun, und mach deine Arbeit.«

Mike starrte sie mit großen Augen und offenem Mund an, wie sie das sonst nur aus Comicstrips kannte. Darüber war sie so verblüfft, dass sie ebenfalls schwieg. Doch Mike fasste sich schnell und griff nach ihren Händen.

»Du hast recht«, sagte er. »Die Ansage habe ich gebraucht. Deswegen bin ich wahrscheinlich hergekommen. Wenn ich nicht weiterweiß, gibst du mir, was ich brauche.«

Abstand halten, warnte ihre innere Stimme, als Mike um den Tisch herumkam und sie vom Hocker zog. Und als er sie küsste, redete die Stimme weiter: Er wickelt dich ein. Lass das nicht mit dir machen!

Nach einem langen Moment löste er die Umarmung. »Ich muss los. Die Arbeit ruft.«

»Warte!«, sagte Hannah atemlos und beschwor ihren Verstand, wieder in Gang zu kommen. Es gab etwas, was sie ihn fragen musste, etwas Wichtiges.

»Was ist?«

Sie brauchte noch eine Sekunde, dann fiel es ihr ein. »Hat Doc Knight den Todeszeitpunkt eingegrenzt?«

»Er hat sich noch nicht gemeldet. Aber das brauchst du nicht zu wissen. Und denk nicht mal daran zu ermitteln. Es tut mir leid, doch vorerst bist du eine Verdächtige.«

»Musstest du tausend Fragen beantworten?« Lisa kam in die Backstube, wo Hannah einen Teig für Schokoladenplätzchen ansetzte.

»Nein, und erinnere mich, dass ich nie wieder mit ihm allein sein will.«

»Meinst du das ernst?«

»Das sage ich dir später. Mike hat mir eingeschärft, nicht zu ermitteln.«

»Das macht er doch immer.« Lisa winkte ab. »Aber du wirst es tun, stimmt's?«

»Natürlich. Er hat zugegeben, dass ich als verdächtig gelte. Also ist es geradezu notwendig.« Sie horchte auf den Stimmenlärm aus dem Café. »Hört sich an, als hätten wir viel Kundschaft.«

»Haben wir. So viel wie schon lange nicht mehr. Ich habe gerade angekündigt, dass ich in fünf Minuten frische Plätzchen bringe. Alle sind geblieben und warten darauf.«

»Na klar. Sie haben Mike hereinkommen sehen und wollen wissen, was er mich in der Backstube gefragt hat.«

»Das auch«, gab Lisa grinsend zu. »Was wirst du ihnen erzählen?«

»Ich werde sie mit meiner geschickten Vorgehensweise blenden. Zuerst schildere ich, wie ich hier gesessen und mich gewundert habe, warum drüben Licht brennt, und dann, wie mir das Herz geklopft hat, als ich ins Schaufenster gespäht und niemanden gesehen habe. Dann werde ich berichten, wie ich zur Rückseite gegangen bin und mehrmals angehalten und überlegt habe, wieder ins *Cookie Jar* zurückzukehren.«

»Hast du das wirklich überlegt?«

»Nein, aber das macht es dramatischer. Dann erzähle ich ihnen, wie ich durch das Fenster geguckt und Shawna Lees Schuh gesehen habe. Und dann höre ich auf und behaupte, mehr dürfte ich nicht sagen, weil die Polizei gerade mit der Ermittlung beginnt und nicht will, dass etwas über den Tatort bekannt wird. Doch ich verspreche allen, sofort mehr zu erzählen, sobald der Sheriff es erlaubt.«

Lisa freute sich wie ein Schneekönig. »Das ist wie die Cliffhanger, von denen mein Grandpa erzählt hat, als noch Serien wie *Deadeye Dick* im Kino gezeigt wurden. Die wurden immer an der spannendsten Stelle unterbrochen.«

»Genau.« Hannah grinste. »Wer heute hier ist, wird morgen wiederkommen, um die Fortsetzung zu hören.«

13

Die *Corner Tavern* war nicht der beste Platz der Welt, um sich über den Mord an Shawna Lee zu unterhalten, aber Hannah hatte Appetit auf ein Steak, und Norman war mit dem Vorschlag einverstanden. Sie hatte ihren Lieferwagen hinter dem *Cookie Jar* stehen gelassen und fuhr jetzt in Normans gut geheiztem Auto zum Restaurant. Andrea würde ebenfalls hinkommen, da Grandma McCann für Tracey das Abendessen zubereitete und auf Baby Bethany aufpasste.

»Das ist himmlisch.« Hannah zog den Reißverschluss ihres Parkas auf und schwelgte in dem warmen Luftstrom aus den Heizungsschlitzen.

»Du solltest wirklich deine Heizung reparieren lassen.« Norman bog auf den Highway ein.

»Ich weiß. Das werde ich demnächst mal tun.« Sie lehnte den Kopf zurück und schaute in die vorbeiziehende Landschaft. Es gab nicht allzu viel zu sehen, nur hohe Schneewälle am Straßenrand, aus denen ab und zu ein Verkehrsschild ragte wie ein Lutscher mit zu kurzem Stiel.

»Ich freue mich schon auf das Essen.« Norman fuhr vom Highway ab und auf die Straße, die zur *Corner Tavern* führte. »Ich nehme ein Steak und Zwiebelringe und Knoblauchbrot. Mutter hält nichts von rotem Fleisch und Frittiertem.«

»Wie steht's mit Knoblauchbrot?«

»Das findet sie auch nicht gesund.«

»Dann hat sie sich wohl noch nicht mit meiner Mutter darüber ausgetauscht. Die ist nämlich überzeugt, dass Knoblauchbrot den Cholesterinspiegel senkt.«

»Das ist ein gutes Argument. Das werde ich bei ihr mal anbringen.« Norman bog auf den Parkplatz ein und fand einen freien Platz in der Nähe des Eingangs. »Meinst du, diese ganze Ernährungssache ist auf lange Sicht entscheidend?«

»Absolut.« Sie wartete, bis er ausgestiegen war und zu ihr herumkam, um ihr die Tür zu öffnen. Das tat er immer. So war er nun mal. »Vieles beweist, dass gesunde Ernährung und ein langes Leben ursächlich zusammenhängen.«

»Also lohnt es sich, Cholesterin und Kohlenhydrate zu reduzieren?«

»Das habe ich nicht gesagt. Dadurch lebt man vielleicht länger, aber ohne das leckere Zeug hat man nichts davon.«

Norman lachte noch, als sie das rustikale Restaurant betraten, das seit achtzig Jahren an der Kreuzung zweier Landstraßen lag, von denen eine zur Interstate geworden war. Gleich neben dem Eingang gab es eine große Garderobe mit langen Bänken, an denen man sich die Stiefel ausziehen konnte, einen Stiefelständer und Wandhaken für die Mäntel. Eine Wand war verspiegelt, und als Hannah und Norman den Raum betraten, stand da eine Frau in einem blauen Nickianzug und silbernen Tennisschuhen, die ihre Frisur in Ordnung brachte. Es roch wie in den meisten Garderobenräumen Minnesotas nach feuchter Wolle, feuchtem Leder und Gummi. In der Luft hing auch ein Hauch von Kiefernharz, den Hannah immer gern den astigen Brettern zuschrieb, mit denen die Wände verkleidet waren. Wahrscheinlich stammte er jedoch von dem Reinigungsmittel, mit dem der Boden gewischt wurde.

Nachdem sie ihren Parka aufgehängt hatte, setzte sie sich auf die Bank, zog sich die Stiefel aus und stellte sie auf den Ständer. Dann griff sie in ihre geräumige Umhängetasche und holte die weichen Ballerinas mit Gummisohle heraus, die sie im Winter immer bei sich hatte. Sobald sie hineingeschlüpft war, strich sie sich mit den Fingern durch die Haare und brachte sie in Ordnung oder durcheinander, je nachdem, wie man das sehen wollte, und stand auf. »Ich bin so weit. Lass uns essen gehen.«

»Das ist auch etwas, was ich sehr an dir mag«, sagte Norman. »Im Gegensatz zu den meisten Frauen machst du dich vor dem Spiegel nicht noch Ewigkeiten zurecht.«

»Ja, weil das bei mir sowieso nichts nützt.«

»Nein, weil das nicht nötig ist. Du siehst immer gut aus.«

»Das bringt Punkte«, erwiderte sie lachend. »Viele Punkte.« Und dann bot Norman ihr den Arm, und sie hakte sich bei ihm unter. Er hatte das Talent, im richtigen Moment das Richtige zu sagen.

Als sie auf die Tür des Restaurants zugingen, hörten sie von drinnen Stimmengemurmel und das leise Klirren der Bestecke, auch das eine oder andere Lachen. Hannah lächelte, als Norman die Tür aufdrückte und sie vorgehen ließ. Rechts befand sich das Reservierungspult, und die Warteschlange reichte bis zum Maskottchen der *Corner Tavern*, einem aufrecht stehenden Bären, der sicher mal fünfhundert Pfund gewogen hatte.

»Hi, Albert«, sagte Hannah, und da sie nicht widerstehen konnte, streichelte sie ihm über die struppige, breite Brust.

»Was hat es mit dem Bären auf sich?«, fragte Norman und blickte zu den Glasaugen hoch.

»Die offizielle Geschichte lautet, dass der Urgroßvater des Besitzers den angreifenden Bären mit einem Kleinkalibergewehr erschossen hat. Er hieß Nicholas Prentiss, und der Nick, den wir jetzt kennen, ist die vierte Generation. Urgroßvater Nick war klar, dass er mit einem Kleinkalibergewehr gegen einen angreifenden Bären nichts ausrichten kann, außer ihn noch zorniger zu machen, und seine einzige Hoffnung bestand darin, ihn mit dem ersten Schuss tödlich zu treffen. Zum Glück befand er sich am unteren Teil des Hanges, und Bären können angeblich bergab nicht so schnell laufen. Darum rannte Nick bis zum Fuß des Hanges, was ihm einen kostbaren Vorsprung verschaffte. Unten angekommen verhielt er sich reglos, und der herannahende Bär entdeckte ihn nicht, weil Bären nicht so gut sehen können. Man muss stählerne Nerven haben, um still abzuwarten, ohne sich zu rühren oder ein Geräusch zu machen. Und als der Bär nah genug herangekommen war, sprang Nick auf, stieß dem Tier den Gewehrlauf ins Maul und drückte ab. Das Geschoss drang ins Gehirn ein, und der Bär fiel tot um.«

»Ist das wahr?«, wollte Norman wissen.

»Wahrscheinlich nicht, doch es ist eine spannende Geschichte. Nicholas brach sich das Bein, als der Bär auf ihn fiel, doch er wusste, er konnte von Glück reden, dass er die Sache überlebt hatte. Er blieb bei einer Farmerfamilie in der Nähe, bis der Bruch verheilt war. Zu der Familie gehörte eine Tochter, und die heiratete er schließlich.«

»Und das hier ist derselbe Bär?«

»So heißt es. Der Brautvater ließ den Bären ausstopfen, weil er ein schönes Exemplar war, und schenkte es den Jungvermählten zur Hochzeit. Und als Nicholas und seine Frau ein paar Jahre später die *Corner Tavern* eröffneten, stellten sie den Bären in den Eingang, um die Gäste zu empfangen. Klopf ihm auf den Rücken, Norman. Das soll Glück bringen.«

Norman tat es. »Zweiundvierzig Zähne. Zwölf Schneidezähne, vier Eckzähne, sechzehn vordere Backenzähne und zehn Mahlzähne.«

»Wie bitte?«

»Eine Zeit lang habe ich überlegt, Tierzahnarzt zu werden.« Sie waren am Reservierungspult angelangt, und Norman nannte seinen Namen. »Ich habe einen Tisch für drei reserviert.«

Während die Frau in ihrem Buch nachschaute, amüsierte sich Hannah damit, in Gedanken die Widersprüche in der Bärengeschichte aufzulisten. Erstens gab es in Minnesota seit über hundertfünfzig Jahren keine Grizzlybären mehr und damals nur in einem kleinen Gebiet an der westlichen Staatsgrenze. Lake Eden lag in der Mitte von Minnesota, wo bereits zu jener Zeit keine Grizzlys mehr gesichtet wurden.

Hannah hätte die Geschichte vielleicht geglaubt, wenn es um einen Schwarzbären gegangen wäre. Schwarzbären, denen man in der Gegend um Lake Eden begegnen konnte, wogen an die hundertdreißig Pfund. Der Schwarzbär hatte einen langen Kopf mit einer flachen Stirn, der Grizzlybär einen rundlichen Kopf mit einer hohen Stirn. Der Schwarzbär hatte im Gegensatz zum Grizzly keinen Nackenhöcker, und seine Krallen waren kurz und dunkel. Der Grizzly dagegen hatte lange, hellere Krallen.

Der ausgestopfte Bär war ein Grizzly. Ganz eindeutig. Und es gab noch andere Ungereimtheiten in Nicks Urgroßvateranekdote, die mit dem Verhalten von Bären zu tun hatten. Bären konnten mühelos bergab laufen und genauso gut sehen wie ein Mensch. Den Hang hinunterzurennen und sich hinter einen Busch zu hocken konnte Nicholas keinen Vorteil verschafft haben. Die Vorstellung, der Bär hätte ihn da nicht entdecken oder wittern können, war hochgradig albern.

Hannah gab Albert noch einen freundschaftlichen Klaps auf den Rücken. Er war an den Schultern einen Meter breit, und das bewies erst recht, dass er ein Gizzly war. Sie wäre jede Wette eingegangen, dass Nicholas I. den ausgestopften Bären einem Tierpräparator abgekauft, in seinem neuen Restaurant aufgestellt und seine Frau und die Schwiegereltern zum Schweigen verpflichtet hatte, um sich dann die Geschichte für künftige Generationen auszudenken.

»Da haben wir Sie ja«, bemerkte die Frau hinter dem Pult und blickte lächelnd von ihrem Buch auf. »Entschuldigen Sie, dass ich Sie nicht gleich gefunden habe. Das kam daher, dass Sie für drei Personen reserviert haben und drei schon da sind. Die haben zudem einen Tisch für fünf erbeten, sodass es für Sie nicht eng wird.«

»Sagten Sie gerade, drei sind schon da?«, vergewisserte sich Norman und blickte Hannah verwundert an.

»Ja. Eine Dame kam ein wenig zu früh, und die anderen zwei haben sich vor fünfzehn Minuten zu ihr gesellt.«

»Wer sind die drei?«, erkundigte sich Hannah. »Standen Sie hier am Pult, als sie ankamen?«

»Ja. Ich weiß nicht alle Namen, aber Mrs Todd kam als Erste.«

»Mit ihr waren wir hier verabredet. Wer sind die anderen zwei?«

»Die eine Dame trägt einen Pelzmantel. Daran erinnere ich mich, weil er wie der meiner Schwägerin aussieht. Sie ist blond und … äh …«

»Falls Sie ›mollig‹ meinen, ist das meine Mutter«, warf Norman ein.

»So ist es. Ich habe nur überlegt, wie ich es netter ausdrücken kann. Eine sehr hübsche … mollige Dame. Und die andere ist dunkelhaarig und überhaupt nicht mollig.«

»Meine Mutter.« Hannah sah Norman in die Augen. »Mach die Schotten dicht. Die Mütter sind eingefallen.«

Die Tischanweiserin lachte auf, riss sich aber hastig zusammen. »Entschuldigen Sie bitte, tut mir leid. Wie wär's, wenn ich Sie weit weg an einen abgeschiedenen Tisch setze und niemandem verrate, dass Sie hier sind?«

Hannah und Norman wechselten einen Blick und antworteten gleichzeitig: »Das ist verlockend.« Und dann prusteten sie los, und ihr Lachen war so ansteckend, dass die Frau nicht anders konnte und mitlachte.

Als sich die Heiterkeit gelegt hatte, fällte Norman die Entscheidung. »Besser nicht. Familie. Sie wissen schon.«

»Glauben Sie mir, das kenne ich!« Die Angestellte lächelte ihnen zu und verwies sie an eine Kellnerin, die sie zu dem Tisch brachte, an dem Andrea, Delores und Carrie bereits auf sie warteten.

»Okay.« Andrea legte ihre Gabel hin. »Ich habe während des Essens nichts gesagt, weil ihr darum gebeten hattet, aber ich habe von Doc Knight die Information bekommen. Shawna Lee wurde am späten Nachmittag zwischen fünf und sieben Uhr getötet. Was glaubst du, wer es getan hat?«

Hannah aß gerade den Rest ihres Steaks. Es war medium rare, wie sie es am liebsten hatte, und sie wollte auch den letzten Bissen genießen, ohne über Shawna Lee zu reden. »Mmm. Sekunde.« Sie hätte ihn längst hinunterschlucken können, wollte den Geschmack aber möglichst lange auskosten. Schließlich wandte sie sich ihrer Schwester zu. »Ich weiß es nicht. Im Augenblick kann ich mir lediglich die Leute ansehen, die ein Motiv hatten.«

»Welche … Wer … Wem?«, stotterte Andrea, die grammatisch noch nie firm gewesen war, und formulierte dann neu. »Wem willst du als Erstes auf den Zahn fühlen?«

»Mir selbst zum Beispiel, weil ich ein starkes Motiv hatte, doch ich weiß bereits, dass ich nicht der Täter bin.«

»Wem noch?«

Hannah seufzte. »Dir.«

»Wie bitte?« Andrea brauste entrüstet auf. »Was soll das denn heißen?«

»Na ja … du warst nicht erfreut, als Bill jeden Tag ins *Café Magnolia* gegangen ist.«

»Das ist wahr, aber ich hätte Shawna Lee deshalb nicht umgebracht. Hätte ich jemanden ermorden wollen, dann … egal. Du kannst mich in die Mangel nehmen, wenn du willst. Allerdings wird nichts dabei herauskommen.«

»Das weiß ich, doch der Fairness halber musste ich das sagen. Außerdem wären da noch die Deputys, mit denen Shawna Lee geflirtet hat«, fuhr Hannah fort. »Ihre Frauen und Freundinnen hatten einen Grund, sich zu wünschen, dass Shawna Lee von der Bildfläche verschwindet.«

»Ganz sicher«, pflichtete Delores bei. »Und dann wäre da noch Ronni Ward.«

»Ronni?« Hannah war überrascht. »Ich dachte, sie wären miteinander befreundet gewesen.«

»Das waren sie, bis Shawna Lee gemerkt hat, wie gut ihr Ronnis Freund gefällt. Ronni hat sie zusammen in einer Nische bei *Bertanelli's* erwischt, und Bert und der Tellerwäscher mussten sie von Shawna Lee wegzerren. Das hat Ellie mir erzählt. Sie glaubte schon, Ronni würde sie umbringen.«

»Ich wundere mich, wieso ich davon nichts gehört habe«, bemerkte Hannah nachdenklich und notierte sich Ronnis Namen. »Ich tue es nicht gern, aber ich muss auch Barbara Donnelly dazuschreiben. Sie war wirklich sauer auf Shawna Lee, weil die versucht hat, ihr den Job wegzunehmen, nachdem Sheriff Grant tot war und Barbara sich Trauerurlaub genommen hatte.«

Carrie sah sie mit großen Augen an. »Ich kenne Barbara. Sie würde so etwas nie tun!«

»Natürlich nicht, doch wir dürfen sie nicht ausschließen, bevor wir beweisen können, dass sie es nicht getan haben kann.«

»Und wie stellen wir das an?«, fragte Delores.

»Dazu brauchen wir dich und Carrie, falls ihr helfen wollt.« Als beide Mütter nickten, redete Hannah weiter. »Wie wir dank Andrea wissen, wurde Shawna Lee zwischen fünf und sieben Uhr getötet. Der Traugottesdienst fing um fünf Uhr an. Ich habe auf die Uhr gesehen, als der Hochzeitsmarsch einsetzte. Wann war der Gottesdienst zu Ende?«

»Um Viertel nach sechs«, antwortete Andrea mit der Autorität der Hochzeitsberaterin.

»Okay. Sagen wir, es hat fünfzehn Minuten gedauert, die Braut zu küssen, den Reis zu werfen und die Glückwünsche entgegenzunehmen. Wie lange dauerte die Fahrt zum *Lake Eden Inn*?«

»Fünfzehn bis zwanzig Minuten«, sagte Norman.

»Okay, das macht zehn vor sieben. Die ersten Hochzeitsgäste sollten also kurz vor sieben dort angekommen sein.« Hannah wandte sich an die Mütter. »Seid ihr bereit, ein paar Anrufe zu erledigen?«

»Das können wir doch am besten.« Carrie sah Delores lächelnd an.

»Gut. Ich werde Lisa bitten, euch die Gästebücher zu leihen. Eins lag in der Kirche aus, das andere bei der Feier. Ich gebe euch die Liste der Verdächtigen, und ihr prüft nach, ob sie an der Hochzeit teilgenommen haben. Wenn ja, sucht ihr den Namen im Gästebuch.«

»Was wäre damit gewonnen?«, fragte Delores. »Derjenige könnte die Kirche verlassen, Shawna Lee getötet haben und dann zum *Lake Eden Inn* gefahren sein, um bei der Feier dabei zu sein.«

»Das stimmt, doch die Namen könnt ihr einklammern«, erklärte Hannah. »Keiner hat die Kirche vor dem Ende des Traugottesdienstes verlassen. Das weiß ich genau. Und einer von Lisas Cousins stand am Eingang zum Speiseraum und hat die ankommenden Leute gebeten, sich ins Gästebuch einzutragen.«

»Natürlich«, sagte Delores. »Wir brauchen nur denjenigen anzurufen, der vor dem Verdächtigen im Gästebuch steht, und den, der sich hinter dem Verdächtigen eingetragen hat, und ihn fragen, ob er sich erinnert, wann der Verdächtige bei der Feier eingetroffen ist.«

»Genau.« Hannah lächelte ihre Mutter an, die schnell erfasst hatte, worauf es ankam. »Wenn der Verdächtige vom Verlassen der Kirche bis zur Ankunft im *Lake Eden Inn* länger als eine halbe Stunde gebraucht hat, dann hatte er genug Zeit, um den Mord zu begehen.«

Delores drehte den Kopf zu Carrie, die daraufhin nickte, und blickte wieder zu Hannah. »Wir werden das erledigen.«

»Großartig! Jetzt müssen wir nur noch Mike entlasten.«

»Du meinst Mike Kingston?«, hakte Andrea nach.

»Ja. Er war an dem Abend mit Shawna Lee in seiner Wohnung verabredet.«

»Verabredet?« Carrie schaute, als könnte sie sich verhört haben. »Was heißt das?«

»So hat er es ausgedrückt. Er sagte, er hätte ihr gegenüber ein paar Dinge klarstellen wollen. Danach wollte er zur Hochzeitsfeier fahren und sich da mit mir treffen.«

Alle schwiegen, und schließlich trat Andrea in die Bresche. »Entschuldige, Hannah. Wir wollten dich nicht in Verlegenheit bringen. Aber glaubst du ihm das?«

»Ich weiß es nicht.« Sie schluckte mühsam. »Ich würde ihm gern glauben, bin mir jedoch nicht sicher. Was, wenn er über die Zeit der Verabredung nicht die Wahrheit gesagt hat?«

»Das ist möglich.« Delores zuckte mit den Schultern. »Aber er könnte sich einfach vertan haben. Männer sind weiß Gott nicht gut, wenn sie sich die Uhrzeit merken sollen. Dein Vater war genauso.«

»Okay, gehen wir erst mal davon aus, dass er unschuldig ist. Doch was, wenn die Verabredung in Wirklichkeit ein Date war?«

Andrea sah sie bestürzt an. »Aber er hatte ein Date mit *dir* bei der Hochzeitsfeier!«

»Das weiß ich. Vielleicht hatte er vor, zwei Verabredungen in einen Abend zu zwängen. Wie auch immer. Doch nur mal theoretisch: Angenommen, er hatte tatsächlich ein Date mit Shawna Lee, ist zum *Café Magnolia* gefahren, um sie abzuholen, hat sie mit einem anderen Mann erwischt und sie erschossen.«

Carrie war entsetzt. »Aber er ist ein vereidigter Deputy!«

»Das stimmt«, meinte Norman. »Auch vereidigte Deputys tun nicht immer das Richtige. Mike könnte Shawna Lee aus Eifersucht erschossen haben.«

»Aber was wäre mit dem anderen Mann? Was wäre aus dem geworden?«, wandte Delores ein.

»Der wollte wahrscheinlich gerade gehen. Mike war ein paar Minuten zu früh da und guckte durchs Fenster, wurde immer eifersüchtiger, als Shawna Lee den Kerl zum Abschied küsste, und sowie der weg war, zog Mike seine Waffe und erschoss sie.«

Andrea gluckste. »Das ist unmöglich. Als Erstes machen sie die ballistische Untersuchung, und auf dem Revier sind alle Schusswaffen in den Akten vermerkt. Die wüssten es längst, wenn Shawna Lee mit Mikes Dienstwaffe erschossen worden wäre.«

»Und was ist mit seiner privaten?«, beharrte Hannah. »Ist die auch in den Akten verzeichnet?«

»Welche private?«

»Die er am Körper trägt. Ein Colt Mustang.«

Delores schaute im ersten Moment überrascht, dann kniff sie die Augen zusammen. »Woher weißt du, was er am Körper trägt?«

»Er hat uns die Waffe gezeigt, als Norman und ich zu dem Fitnessraum bei seiner Wohnung gegangen sind.«

»Ach so.« Delores wirkte wieder ganz entspannt.

»Meinst du wirklich, Mike könnte Shawna Lee aus Eifersucht erschossen haben?«, fragte Andrea.

»Es ist möglich«, antwortete Hannah ohne Zögern. »Wer aus Eifersucht wütend wird, denkt nicht rational, er handelt einfach. Ich möchte wirklich nicht glauben, dass Mike zu so etwas fähig ist, doch was ich glaube, spielt keine Rolle. Sagen wir einfach, ich bin nicht hundertprozentig sicher, dass er es nicht tun würde.« Hannah sah Norman an und seufzte erleichtert. »Wenigstens kannst du nicht der Täter sein, Norman. Du hast zu der Zeit die Hochzeitsfotos geschossen.«

»Nicht die ganze Zeit. Ich war auch eine Weile mit dem Auto unterwegs. Jeder, der in den letzten Wochen in meiner Praxis war, weiß, wie sehr es mich aufgeregt hat, dass du und Lisa vielleicht in Konkurs geht. Wer sagt, dass ich nicht auf dem Weg zur Hochzeitsfeier am *Café Magnolia* angehalten und eure Konkurrentin ausgeschaltet habe?«

14

Als Hannah von der *Corner Tavern* nach Hause kam, füllte sie als Erstes den Napf ihres jämmerlich miauenden Katers. Zum vierten Mal an diesem Tag. Dann heizte sie den Backofen vor, denn sie wollte ein neues Plätzchenrezept ausprobieren und hatte sich den Teig nach Hause mitgenommen.

Nachdem Norman sie am *Cookie Jar* abgesetzt hatte, weil dort ihr Wagen parkte, war sie in die Backstube gehuscht, um ihn zu holen. Genauer gesagt zwei Schüsseln, eine große mit dem Teig und eine kleine mit der Plätzchenglasur. Die Glasur hatte im Kühlraum gestanden, weil sie sich in kaltem Zustand besser verarbeiten ließ. Aber Hannah hatte sie unbesorgt im Fond nach Hause transportieren können. Bei ihrem zugigen Auto, das in den unteren Regionen nie warm wurde, bestand für die Glasur keine Gefahr, wieder weich zu werden.

Als die Backtemperatur erreicht war, nahm sie ein Blech aus dem Schrank, sprühte es mit Backspray ein und machte die Teiglinge zurecht. Sie hatte seit Wochen an dem Rezept gefeilt, um ein ideales Ergebnis zu erzielen.

Bis sie die erste Fuhre aus dem Backofen ziehen konnte, war ihr Hunger auf Schokolade so groß geworden, dass er sich nicht mehr ignorieren ließ. Die neuen Plätzchen enthielten Schokolade, aber bei Schokolade galt »je mehr, desto besser«, und deshalb holte sie sich Eis aus dem Tiefkühlfach. Sie hatte vorhin keinen Appetit auf ein Dessert gehabt. Der war ihr vergangen, während die Mütter, Andrea und Norman mehrere Mordszenarien mit Shawna Lee als Opfer und Mike als kaltblütigem Täter eingehend erörtert hatten.

Die Plätzchen sahen köstlich aus, aber in der Konditoreiwelt hielt das Aussehen oft nicht, was es versprach. Wenn sie bei der Prüfung durchfielen, würde sie sie gnadenlos in den übel riechenden Müllcontainer des Hauses werfen, damit sie ihn mit ihrem süßen Duft erfüllten.

Als sie von dem Schokoladeneis eine Portion in eins der Kristallschälchen löffelte, die Delores ihr mal zu Weihnachten geschenkt hatte, dachte sie darüber nach, was sie bei ihrem Treffen im Restaurant erreicht hatten. Jeder hatte etwas tun wollen und deshalb von ihr eine Aufgabe bekommen.

Andrea würde herausfinden, wo Mike sich in der fraglichen Zeit aufgehalten hatte. Delores und Carrie würden die Gästebücher in Angriff nehmen und ermitteln, ob jemand von den Verdächtigen unnötig viel Zeit für die Fahrt zur Hochzeitsfeier gebraucht hatte. Sie würden außerdem die Gäste auflisten, die nur an der Feier teilgenommen hatten, und jene, die eingeladen gewesen, aber nicht gekommen waren. Norman würde mit seinen Patienten unauffällig über den Mord plaudern und darauf achten, wie sie reagierten. Er würde viele Fragen stellen und Hannah sofort anrufen, wenn jemand ein Mordmotiv erkennen ließ, der noch nicht auf ihrer Verdächtigenliste stand. Norman wollte sich außerdem in den Abendstunden zur Verfügung halten, um gemeinsam mit Hannah Hinweisen nachzugehen.

Sie selbst hatte sich auch einiges vorgenommen, was sie beim Abendessen jedoch nicht erwähnt hatte. Ihrer Ansicht nach war das ein Mordfall mit zu vielen Verdächtigen. Anstatt wie sonst zu ermitteln, wer ein Motiv hatte und wer ein Alibi vorweisen konnte, um einen Verdächtigen nach dem anderen von der Liste zu streichen, hatte sie entschieden, dass es kontraproduktiv wäre, praktisch alle Frauen Lake Edens zu verdächtigen. Stattdessen würde sie rekonstruieren, wie Shawna Lees letzter Tag abgelaufen war.

Sie hatte für ihre Timeline eine Anfangszeit festgelegt. Die lag nur ein paar Stunden vor dem Traugottesdienst, würde aber genügen müssen. Sie würde zur Mall fahren und bei dem Blumenladen *Bouchard's* mit Kyle sprechen. Als er ihr den Rosenstrauß geliefert hatte, hatte er erzählt, dass er auch einen zu Shawna Lee bringen würde.

Moishe gab einen Unmutslaut von sich und stupste sie am Arm an. Da erst bemerkte sie, dass sie innegehalten hatte und noch immer mit dem Eisportionierer in der Hand dastand. Moishe war auf seine Portion erpicht, und das konnte sie ihm nicht verdenken. Es ging nichts über Eiscreme an einem Winterabend, wenn draußen fast minus dreißig Grad herrschten. Immerhin hatte sie einen Kühlschrankmagneten, der das bewies.

Sie schaute auf den Magneten an der Kühlschranktür. *Schneemobilrettung Lake Eden* stand darauf. Sie hatten sich in dem ersten Winter nach dem Kauf ihrer Eigentumswohnung bei ihr gemeldet. Die Zufahrtsstraße war unpassierbar gewesen, und sie hatten wissen wollen, ob ihr bestimmte Lebensmittelvorräte fehlten. Hannah hatte geantwortet, ihr sei das Schokoladeneis ausgegangen. Das hatte sie todernst gemeint, aber die Leute hatten das für einen Scherz gehalten und ihr keine Eiscreme gebracht. Zwei Tage lang hatte sie an einer leeren Tüte Schokoladentropfen geschnüffelt, bevor die Straßen wieder befahrbar gewesen waren und sie sich selbst Eiscreme hatte kaufen können.

»Augenblick noch, Großer«, sagte sie. Mit dem Kosenamen sprach sonst nur Norman ihren Kater an. »Ich gebe dir Vanilleeis, und wir werden unser Dessert im Wohnzimmer verspeisen.«

Hannah nahm sich zwei Plätzchen. Die waren noch lauwarm, doch sie fand, sie könnte sie ebenso gut einer dreiteiligen Prüfung unterziehen und sie warm, bei Raumtemperatur und am nächsten Morgen zum Frühstück probieren.

Nachdem sie auch ein Kristallschälchen mit Moishes Eisportion zum Sofatisch getragen hatte, machte Hannah es sich bequem, um zu schwelgen, und ihr Kater ebenfalls. Die Plätzchen schmeckten gut, und das freute sie. Auch das Eis, eine neue Sorte, die Florence im Supermarkt *Red Owl* ihr empfohlen hatte, enttäuschte nicht. Erst als der letzte Kekskrümel verzehrt war und sie ihr Schälchen mit dem Löffel auskratzte, fingen sie eine Unterhaltung an.

»Ich glaube nicht, dass Mike es war. Du etwa?«

Moishe miaute und streckte seine lange rosa Zunge heraus, um den Innenrand seines Schälchens abzulecken.

»Ist das ein Ja? Ich weiß, du bist verrückt nach Norman, aber du magst Mike auch … oder?«

»Miau.« Moishe blickte mit nichtssagender Miene zu ihr hoch.

»Vergiss die Frage. Ich hole noch ein paar Kekse. Schokolade ist für dich ungesund, aber du darfst ein bisschen von der Glasur naschen.«

Sie trug die leeren Schälchen in die Küche und ging mit zwei Plätzchen ins Wohnzimmer zurück, um sich ihrer Aufgabe als offizieller Tester zu widmen. Inzwischen waren sie auf Raumtemperatur abgekühlt. Auch so schmeckten sie wunderbar. Delores würde sie lieben. Sie hatte immer eine Schwäche für den Sam-German-Schokoladenkuchen gehabt, und die Plätzchen enthielten dieselben Zutaten.

Das Telefon klingelte. Hannah sah zur Uhr. Es war erst neun. Das konnte ihre Mutter sein, doch Moishe sträubte das Fell nicht, und das hieß, es war wahrscheinlich jemand anders.

»Hallo?«, meldete Hannah sich und schluckte den letzten Kekshappen hinunter.

»Hallo. Hier ist Phil von unten, nur dass ich nicht unten bin, sondern bei der Arbeit.« Er seufzte. »War das zu konfus?«

»Nein. Wie kann ich helfen, Phil?«

»Also, ich bin heute Nachmittag zum Antiquitätengeschäft Ihrer Mutter gefahren, um ein Gemälde abzuholen, das Sue unheimlich gut gefallen hat. Damit möchte ich sie zum Hochzeitstag überraschen. Ihre Mutter hat mich bedient, und sie erwähnte dabei, dass Moishe ein sehr guter Mauser ist.«

Einen Moment lang fragte sich Hannah, wie sie wohl auf das Thema gekommen waren. Dann legte sie die Hand auf die Sprechmuschel und stöhnte. Ihr war klar, was jetzt kommen würde, und das würde einen Gang durch die eisige Kälte nach sich ziehen, für sie selbst und besagten »Mauser«.

»Ich weiß, es ist schon spät, und Sie müssen morgens sehr früh raus, doch das ist praktisch ein Notfall. Sue hat mich gerade panisch angerufen. Sie hat eine Maus in Kevins Schrank laufen sehen, und sie hat große Angst vor Mäusen. Ich habe gesagt, ich würde eine Falle aufstellen, sobald ich nach Hause komme, doch ich weiß genau, sie wird heute Nacht kein Auge zutun. Meinen Sie, Sie könnten …«

»Sicher«, antwortete Hannah, zumal sie wusste, dass Sue vor allem jemanden brauchte, der sie beruhigte. »Ich ziehe mir schnell die Stiefel an und nehme Moishe an die Leine, dann gehen wir sofort nach unten.«

Zu ihrer großen Überraschung stand Moishe auf der Rückenlehne der Couch und ließ sich bereitwillig sein Hundegeschirr anlegen. Sie hob ihn auf den Arm, um seinen Pfoten die ungewohnte Kälte auf der Außentreppe zu ersparen, und setzte ihn erst auf den Boden, als sie die Wohnung der Plotniks betrat.

»Ich bin Ihnen wirklich dankbar, Hannah.« Sue sah sie erleichtert an. »Ich habe gehört, dass Moishe gern Garnelen frisst. Zufällig habe ich einen Kilobeutel im Eisfach, den ich Ihnen nachher mitgebe.«

»Das ist ehrlich nicht nötig«, erwiderte Hannah eingedenk des anderen, der schon in ihrem Gefrierfach lagerte. Sie hatte für das Gumbo nur einen Beutel gebraucht, sodass der zweite Beutel, den Delores ihr geschenkt hatte, und der Beutel ungeschälter Garnelen, den Carrie beigesteuert hatte, noch übrig waren.

»Ich weiß, aber ich möchte das. Sie ahnen gar nicht, wie dankbar ich Ihnen bin, Hannah. Mir geht es jetzt schon besser.«

»Sie zittern aber immer noch.« Hannah fiel in dem Moment auf, dass ihre Nachbarin auf wackligen Beinen stand.

»Möchten Sie einen Kaffee? Ich brauche einen und hole Ihnen auch eine Tasse.«

»Darum kümmer ich mich schon.« Hannah gab ihr die Leine in die Hand. »Sie zittern so stark, Sie würden wahrscheinlich auf den Teppich kleckern. Möchten Sie Sahne und Zucker dazu?«

»Nein, schwarz bitte. Die Tassen stehen im Schrank über der Spüle.«

Hannah füllte zwei Kaffeetassen und trug sie ins Wohnzimmer. Moishe saß auf Sues Schoß und schnurrte unschuldig, während Sue ihn streichelte, doch dabei rückte er mit der Schnauze unauffällig näher an den mit Folie abgedeckten Teller heran, den Hannah auf den Sofatisch gestellt hatte.

»Untersteh dich!« Sie schnappte sich den Kater, bevor er Kekssuizid begehen konnte. »Wir hatten schon unser Dessert. Die sind alle für Sue.«

»Die Plätzchen sehen wunderbar aus!«, sagte ihre Nachbarin, als Hannah die Folie entfernte.

»So schmecken sie auch. Das sind Schokoladenkuchenkekse à la Sam German, ein neues Rezept von mir, und Sie müssen mindestens zwei essen. Die Schokolade enthält Endorphin, und damit geht es Ihnen gleich besser.«

»Das ist der schönste Vorwand, um sich vollzustopfen, den ich je gehört habe!« Sue lachte und nahm sich einen Keks. Sie biss hinein, lächelte erfreut und biss noch einmal ab. »Damit verstoße ich also nicht gegen meine Diät, weil das Medizin ist?«

»Genau. Medizinische Kalorien zählen nicht.« Hannah grinste, um zu zeigen, dass sie scherzte, und ihre Nachbarin lachte.

»Sie schmecken herrlich!« Sue aß den Keks auf und nahm sich einen zweiten. »Auch die Hochzeitskuchen, die Sie für Lisa und Herb gemacht haben. Phil hat den mit Schokoladencreme und ich den mit Vanillecreme genommen, und nach der ersten Hälfte haben wir die Teller getauscht. Das Konfekt im Krankenhaus, das Dessertbüfett bei der Hochzeit und diese Plätzchen haben meine Diät diese Woche torpediert.«

»Sie kommen wieder in die Spur«, versicherte Hannah und griff dann einen Teil ihrer Bemerkung auf. »Sie waren im Krankenhaus?«

»Nur zu Besuch. Phil und ich haben seine Cousine besucht. Sie ist auf der Haustürstufe gefallen und hat sich den Knöchel gebrochen. Doc Knight behält sie noch ein paar Tage da, weil das ein komplizierter Bruch ist.«

»So ein Pech. Ich hoffe, sie hat keine starken Schmerzen.«

Sue schüttelte den Kopf. »Sie bekommt Schmerzmittel. Als wir ankamen, tratschte sie mit Ronni Ward, was das Zeug hielt. Ronnie war auch vollgepumpt mit Schmerzmitteln.«

»Ronnie liegt im Krankenhaus?« Hannah beugte sich gespannt vor. Das mochte wichtig sein.

»Ronnie hat sich fast zur gleichen Zeit den Knöchel gebrochen. Natürlich waren sie nicht zusammen, als das passiert ist, aber das ist doch ein seltsamer Zufall. Beide haben sich geärgert, weil sie die Hochzeit versäumt haben. Darum haben wir versprochen, ihnen ein Stück Hochzeitstorte in die Klink zu bringen.«

Hannah nahm sich vor, ihrer Mutter und Carrie Bescheid zu geben, dass sie Ronnis Namen in den Gästebüchern nicht zu suchen brauchten. Dann sprach sie das »Nagerproblem« an. »Ich werde Moishe in Kevins Zimmer freilassen, aber ich kann nicht versprechen, dass er die Maus fängt.«

»Das schafft er ganz sicher. Phil sagt, Ihre Mutter und Carrie haben Moishe ein glänzendes Zeugnis ausgestellt.

Laut den beiden ist er besser als alle chemischen Bekämpfungsmittel.«

»Na ja … das freut mich.« Hannah fragte sich, ob das, was sie mit ihrer unbedachten Lüge in Gang gesetzt hatte, je wieder ein Ende finden würde. »Und die Maus ist in Kevins Schrank geflitzt?«

»Genau. Wenigstens war ich so geistesgegenwärtig, die Tür zu schließen, sodass sie nicht mehr herauskonnte. Wäre sie in unserem Kleiderschrank, würde ich mir keine Sorgen machen, aber Kevin ist noch ein Baby.«

»Das verstehe ich.« Hannah stand auf und ließ Sue vorangehen. Und dann flüsterte sie mit Moishe. »Hast du das gehört? Diesmal müssen wir sie kriegen!«

Ein paar Augenblicke später saß Hannah auf dem Teppich vor Kevins Schrank neben ihrem zwanzig Pfund schweren Kater. Kevin schlummerte sanft und selig in seinem Bettchen, und Hannah wollte seinen Schlaf nicht stören. Leise gab sie Moishe Anweisungen.

»Du darfst das Baby dabei nicht aufwecken. Sieh einfach nach, ob die Maus da drin ist, und schaff sie uns vom Hals. Du musst sie nicht töten, wenn du nicht willst. Du kannst sie raus auf die Außentreppe jagen, damit sind wir völlig zufrieden. Sue hat die Wohnungstür geöffnet. Aber sei leise, damit Kevin nicht aufwacht. Und tu nichts Ekliges, okay?«

Moishe starrte sie ausdruckslos an, und Hannah stellte sich vor, was er dachte. *Du willst mir befehlen, wie ich meine Maus zu fangen habe? Mir, einem Kater?*

»Entschuldige«, flüsterte sie. »Ich bin nur ein bisschen nervös, das ist alles. Ich werde jetzt die Schranktür öffnen, und du machst einfach dein Ding.«

Moishe wartete, bis die Tür des Schrankes offen stand, dann pirschte er sich an. Eine Sekunde später war er darin verschwunden und wühlte zwischen Windelpaketen. Kurz darauf kam er heraus und grinste Hannah an. Zwischen seinen Zähnen lugte eine Schwanzspitze hervor.

»Ist das nur der Schwanz?«, wollte sie ein bisschen nervös wissen. »Ich meine … hängt da nichts dran?«

Moishe antwortete nicht. Er setzte sich auf die Hinterläufe und schnurrte.

»Also? Was soll ich Sue sagen?« Hannah fragte den Einzigen, der wusste, was in dem Schrank passiert war. »Hast du die ganze Maus erwischt? Oder nur den Schwanz? Und kann eine Maus ohne Schwanz weiterleben?«

Moishe schnurrte. Er schnurrte so laut wie noch nie. Hannah nahm an, dass sie keine andere Antwort bekommen würde, und führte ihn aus dem Zimmer.

»Ist es vorbei?« Sue sah ihr erwartungsvoll entgegen, als Hannah ins Wohnzimmer zurückkehrte.

»Ich denke, ja. Er war im Schrank, als … äh … als es passierte. Und ich habe die Schwanzspitze zwischen seinen Zähnen gesehen.«

»Das genügt mir«, meinte Sue und streichelte Moishe. »Wie wär's mit ein paar Garnelen für deine Dienste?«

Obwohl Hannah abwehrte und sagte, dafür seien Nachbarn schließlich da, wollte Sue sie nicht ohne die Kilopackung Tiefkühlgarnelen gehen lassen.

»Was nun?«, fragte Hannah, als sie mit dem schnurrenden Kater auf dem Arm die Treppe hinaufstapfte. »Sollen wir eine Anzeige ins *Lake Eden Journal* setzen und dich gemeinnützige Arbeit leisten lassen?«

Moishe schnurrte weiter. Und er schnurrte noch, als Hannah ihre Wohnungstür öffnete, sich die Stiefel auszog und die Kaffeemaschine für den nächsten Morgen vorbereitete. Er schnurrte, während sie sich das Gesicht wusch und die Zähne putzte und das lange, weite Sweatshirt an-zog, das ihr im Winter als Nachthemd diente.

Sie stellte den Wecker, schaltete das Licht aus und schlüpfte ins Bett. Moishe schnurrte auch, als sie ihn von ihrem Daunenkissen hob und auf sein eigenes, identisches Daunenkissen setzte, das sie extra für ihn gekauft hatte. Schnurrend gab er seine Erlaubnis, als sie sich an ihn kuschelte, und rückte weder weg noch verzog er sich ans Fußende des Bettes.

»Du bist heute Abend wirklich anschmiegsam«, bemerkte sie und strich über sein weiches Fell. Es war höchst ungewöhnlich für ihn, sich so lange streicheln zu lassen. Normalerweise ließ er sie drei Sekunden lang gewähren und begab sich dann außer Reichweite.

Hannah überlegte, ob Mäuse auch Endorphine enthielten und Katzen dadurch glücklich machten. In dem Moment öffnete Moishe das Maul. Sie keuchte auf, als sie etwas Kleines, Dunkles zum Fußende des Bettes flitzen sah. Eine Sekunde später sprang es vom Bett und sauste in ihren begehbaren Kleiderschrank.

»Kein Wunder, dass du geschnurrt hast!«, sagte Hannah und stöhnte. Sie setzte sich auf und schaltete gerade das Licht ein, als ihr Kater mit einem dumpfen Laut, der von seinem Gewicht zeugte, auf dem Boden landete und eine heiße Verfolgungsjagd begann. »Du hast Sues Maus zum Spielen mitgebracht!«

Schokoladenkuchenkekse à la Sam German

Den Backofen erst vorheizen, wenn der Teig fertig ist.

Für den Teig:

240 g Butter
175 g Schokolade
400 g weißer Zucker
2 Eier
½ TL Backpulver
½ TL Backnatron
½ TL Salz
2 TL Vanilleextrakt
360 g Mehl

Für die Glasur:

100 g brauner Zucker
60 g Kokos-Chips
70 g gehackte Pecannüsse
60 g kalte Butter
2 geschlagene Eigelbe

Die Butter mit der Schokolade zusammen schmelzen und glatt rühren.

In einer Backschüssel den Zucker und die Eier schlagen, Backpulver, Backnatron, Salz und Vanilleextrakt zugeben.

Die abgekühlte Schokoladenbuttermischung – sie sollte nur noch handwarm sein – in die Backschüssel geben und gründlich einrühren.

Das Mehl zufügen und verkneten. (Der Teig wird fest und ein bisschen krümelig sein.)

Den Teig abdecken und ruhen lassen, während Sie die Glasur herstellen.

Die Kokos-Chips zusammen mit dem Zucker in die Schüssel der Küchenmaschine geben und zerkleinern.

Die gehackten Pecannüsse zufügen. Die kalte Butter in Stücken zugeben und zerkleinern.

Die beiden Eigelbe hinzugeben und verrühren. (Wenn Sie keine Küchenmaschine haben, verwenden Sie Kokosflocken und weiche Butter und hacken Sie die Pecannüsse feiner.)

Nun den Backofen auf 175 Grad vorheizen und die Glasur kalt stellen. So lässt sie sich nachher leichter handhaben.

Aus dem Teig walnussgroße Kugeln formen, auf ein gefettetes Blech setzen, jeweils 12 Stück pro Blech, und mit dem Daumen oder einem Teelöffel eine Vertiefung hineindrücken.

Aus der Glasur kleinere Kugeln formen, die in die Vertiefung passen, und hineinlegen.

Das Blech auf die mittlere Schiene setzen und für 10 bis 12 Minuten backen. Anschließend die Plätzchen 2 Minuten lang auf dem Blech lassen und zum Auskühlen auf ein Drahtgitter legen.

Ausbeute: 5 bis 6 Dutzend.

15

Am Ende des Tages taten Hannah die Füße weh. Die Kunden waren stetig hereingeströmt. Sogar die gewohnte Flaute kurz vor der Mittagszeit, wenn es für ein Frühstücksplätzchen zu spät und für ein Lunchplätzchen zu früh war, war ausgeblieben. Hannah hatte den ganzen Tag hinter der Theke gestanden, während Lisa in der Backstube die dreifache Rezeptmenge Bananenplätzchen hergestellt hatte. Als sich abgezeichnet hatte, dass sie bei Geschäftsschluss ausverkauft sein würden, hatte sie Lisa an die Theke gerufen und war selbst in die Bachstube gegangen, um Rosinen-Hafer-Plätzchen zu backen, ebenfalls das dreifache Rezept.

Zwischendurch war Andrea hereingekommen, um Bericht zu erstatten. Sie war auf dem Revier gewesen, um sich das Protokoll der elektronischen Einlasskontrolle im Zeitraum der Hochzeit anzusehen, war aber auf dem Parkplatz Marjorie Hanks, Luannes Mutter, über den Weg gelaufen. Marjorie hatte gerade ihren Lohn für die Putzarbeit am Valentinstag abgeholt.

Andrea hatte sich erkundigt, warum sie an einem Feiertag arbeitete, und Marjorie hatte geantwortet, dass sie lieber putzte, wenn kaum Leute im Revier waren, weil ihr dann nicht so viele im Weg stehen konnten. Das weitere Gespräch hatte ergeben, dass Marjorie alle zehn Minuten an Mike vorbeigekommen war, während sie die Papierkörbe geleert und die Arbeitsnischen gesaugt hatte. Er hatte die ganze Zeit über das Revier nicht verlassen, dessen war sich Marjorie sicher.

»Ich habe heute mehr Kaffee serviert als sonst in einer Woche!«, verkündete Lisa, als sie durch die Schwingtür nach vorn kam.

»Wie viele Kannen haben wir gebrüht?«

»Ich weiß es nicht. Nach einem Dutzend habe ich aufgehört zu zählen. Das sind über … dreißig mal zwölf … dreihundertsechzig Tassen!«

»Ist noch Kaffee übrig?«

»Nur eine kleine Pfütze. Ich kippe ihn weg und setze in der Backstube frischen auf, für deine Strategiesitzung. Soll ich daran teilnehmen?«

»Natürlich, wenn du Zeit hast.«

»Hab ich. Herb holt mich erst in zwanzig Minuten ab. Ich habe mit ihm telefoniert, und ich soll dich fragen, ob er irgendwie helfen kann. Die *Pretty-Girl*-Ehemänner fahren morgen mit einem Bus zum Indianercasino, sodass Herb im *Lake Eden Inn* nichts zu tun hat.«

»Herb möchte nicht mit ins Casino?«

»Eigentlich nicht. Er möchte lieber dir helfen, falls du ihn brauchst. Das Nichtstun macht ihn allmählich kribbelig, sagt er.«

»Die Hochzeit liegt erst zwei Tage zurück«, erwiderte Hannah lachend.

»Ich weiß. Aber er liebt nun mal seine Arbeit, und ich denke, er vermisst das befriedigende Gefühl, wenn er das Gesetz vollstreckt.«

Nur weil du nicht da bist, um eine andere Art Befriedigung auszulösen, dachte Hannah, behielt den Gedanken jedoch für sich. Lisa war eine sehr diskrete Person und achtete beim privaten Austausch gewisse Grenzen, selbst bei engen Freunden. Und das schätzte Hannah sehr.

Die Backofenuhr klingelte, und sie ging, um das letzte Blech herauszuziehen. Sie hatte alle Schokoladenkuchenkekse gebacken und war neugierig, wie sie ihrer Mutter schmecken würden.

Fünf Minuten vergingen, während sie die Plätzchen auf einen Teller legte und Lisa Kaffee kochte. Dann setzten sie sich zusammen an den Backtisch und hingen ihren Gedanken nach, bis es an der Hintertür klopfte. Lisa ging öffnen.

»Hallo, Mrs Beeseman!« Norman kicherte, als Lisa an ihm vorbeispähte, weil sie glaubte, Herbs Mutter stünde hinter ihm. »Du heißt jetzt auch so, Lisa. Oder möchtest du weiter Ms Herman genannt werden?«

Lisa schüttelte den Kopf. »Mrs Beeseman klingt schön. Ich habe mich nur noch nicht daran gewöhnt. Ich frage mich, wie lange das wohl dauern wird.«

»Mindestens ein Jahr«, meinte Andrea, die gerade hereinkam. »Vor allem, da du in einer legeren Umgebung arbeitest, wo dich alle mit dem Vornamen ansprechen. Wäre dein Arbeitsplatz ein Großraumbüro, wo dich alle Mrs Beeseman nennen, wärst du im Nu daran gewöhnt. Gibt es Kaffee? Mein Körper schreit geradezu nach Koffein.«

»Kommt sofort.« Lisa griff nach einer Tasse und füllte sie. Sie rührte Sahne und Zucker hinein, wie Andrea es mochte, und stellte ihr die Tasse hin. »Du siehst aus, als hättest du den ganzen Tag keine ruhige Minute gehabt.«

Andrea trank einen großen Schluck. »So war es auch. Heute Morgen habe ich drei Stunden lang neue Angebote in den Computer eingegeben, dann bin ich zum Revier gefahren und habe mich wegen Mike erkundigt. Danach hatte ich drei Hausbesichtigungen, habe dabei ein Verkaufsangebot von einer der Nachbarinnen bekommen, habe Tracey und ihre Freundinnen von der Schule abgeholt und zum Tanzunterricht gefahren. Jetzt muss ich nur noch zum Shoppingcenter und die Kugelschreiber bestellen, die Al machen lassen will, und dann bis neun Uhr zu Hause sein, um Grandma McCann pünktlich abzulösen, weil sie *Hot Pix* gucken will.«

»Was ist das?«, fragte Lisa und zeigte mehr Interesse, als Hannah erwartet hätte. Vielleicht erweiterte die Ehe ihren Horizont.

»Das ist der romantischste Film der Woche. Der heute gezeigt wird, hat fünf Chilischoten bekommen, und das heißt, es knistert mächtig. *Hot Pix* ist einer der Gründe, weshalb sie eingewilligt hat, drei Monate lang in unserem Gästezimmer zu wohnen und Bethany zu betreuen. Sie hat draußen auf der Farm keine Satellitenschüssel und bekommt nur die regulären Sender rein.«

»Ich überlege, ob wir Mutter auch …« Hannah stockte und zog die Brauen zusammen. Vielleicht wäre es besser, Delores keine Satellitenschüssel zu besorgen. Womöglich käme sie im Hinblick auf Winthrop auf romantische Ideen. »Nein, lieber nicht …«

»Weil sie sonst … Du weißt schon?«

»Genau.« Hannah wechselte einen wissenden Blick mit ihrer Schwester. »Sagtest du, du fährst heute Abend zum Shoppingcenter?«

»Ja. Möchtest du mitkommen?«

»Sehr gern«, antwortete Hannah und überraschte damit alle. Bei der Eröffnung damals hatte sie klar geäußert, dass sie das große Einkaufszentrum mit seinen Hunderten von Läden ablehnte. Noch immer kaufte sie dort nicht gern ein.

Andrea war es, die fragte: »Warum?«

»Ich will mir ein genaues Bild verschaffen, wie Shawna Lees letzter Tag abgelaufen ist, und muss deswegen mit Kyle sprechen.«

»Wer ist Kyle?«, wollte Lisa wissen.

»Er arbeitet in dem Blumenladen *Bouchard's* und liefert Sträuße aus.« Hannah hielt inne, weil alle die Stirn runzelten. »Ich weiß, das hat uns bisher nie etwas gebracht, aber vielleicht diesmal. Es ist so, dass … ich nicht weiß, was ich sonst tun soll. Ich bin aufgeschmissen.«

Daraufhin herrschte ein Schweigen wie bei einer großen Niederlage im Basketball oder nach einem Anschlag auf den Präsidenten. Norman fand als Erster die Sprache wieder. »Du bist aufgeschmissen?«

»Ja.«

Andrea tätschelte Hannahs Schulter. »Ich weiß genau, wie du dich fühlst. Wenn Delores und Carrie auch nichts einfällt, sitzen wir fest wie im Kanu vor den Stromschnellen, wenn man die Ruder verloren hat.«

»Kanus haben keine Ruder, sondern Paddel!«, sagte Delores, die gerade mit Carrie zur Tür hereinkam. »Was ist denn los?«

»Hannah ist aufgeschmissen«, erklärte Norman und drehte sich zu den Müttern um. »Wie steht's mit euch? Habt ihr etwas herausgefunden?«

»Ich fürchte, nein.« Delores nahm von Lisa eine Tasse Kaffee entgegen. »Wir haben die Namen der Verdächtigen in den Gästebüchern herausgesucht und nur eine Person gefunden, die beim Traugottesdienst fehlte und erst bei der Feier dabei war.«

»Wer ist es?« Hannah hoffte inständig, dass es jemand mit einem Motiv war.

»Gloria Travis«, antwortete Carrie.

»Sie hat bei der Feier bei uns am Tisch gesessen«, warf Delores ein. »Sie gehört zu dem Retreat von *Pretty Girl*. Gloria ist zum ersten Mal in Lake Eden und kennt sich nicht aus.«

»Kein Motiv«, seufzte Hannah. »Und das ist alles?«

Als beide Mütter nickten, holte Hannah den vorbereiteten Plätzchenteller und stellte ihn ihrer Mutter hin. »Koste einen. Die habe ich extra für dich gebacken.«

»Sam-German-Schokoladenkuchen!«, rief Delores nach dem ersten Bissen aus. »Ich habe recht, nicht wahr?«

»Hast du.«

»Wie hast du die gemacht, Liebes?«

»Konditorgeheimnis«, erwiderte Hannah lächelnd.

»Nun, sie schmecken fabelhaft! Ich finde sie noch besser als den German-Kuchen deiner Großmutter.«

Hannah strahlte, glücklich bis in die Zehenspitzen. Delores liebte ihre Plätzchen.

»Nur die Konsistenz ist anders, und Mutters Kuchen war mir immer ein bisschen zu leicht.« Delores stutzte und runzelte die Stirn. »Du hast das Rezept doch aufgeschrieben, oder, Liebes?«

»Ja, Mutter.«

»Also kannst du noch mehr davon backen?«

»Ja, Mutter.«

»Nun, da bin ich froh!« Delores zog den Teller besitzergreifend zu sich heran. »Ich möchte, dass du nächsten Donnerstag beim Treffen des Lake Edener Ladies' Club das Catering übernimmst und diese Plätzchen anbietest.«

»Nur zu gern, Mutter.«

»Ausgezeichnet. Du hast für uns jetzt noch andere Plätzchen, nicht wahr? Ich möchte diese nach Hause mitnehmen. Die werden heute Abend der perfekte Gute-Nacht-Snack sein.«

Hannah und Andrea wechselten einen Blick. Das war neu. Ihre Mutter aß nur einmal am Tag etwas Süßes und hatte oft behauptet, das sei das Geheimnis ihrer makellosen Figur. Und nun hatte sie sich angewöhnt, vor dem Schlafengehen zu naschen? Diese so beiläufige Enthüllung brachte Hannah auf die Frage, ob Winthrop sie etwa dazu angeregt hatte. Und wenn ja, aß er den Snack mit ihr zusammen?

»Ich packe sie dir in eine Tüte.« Hannah nahm den Teller und legte die Plätzchen in eine der winzigen Einkaufstaschen, die für den Außerhausverkauf vorgesehen waren. Dann füllte sie einen Teller mit anderen Plätzchen und trug ihn zum Tisch.

»Welche Sorte ist das?«, wollte Delores wissen.

»Eine neue. Ich denke, ich werde sie ›Verlegenheitskekse‹ nennen. Wir hatten heute so viel Kundschaft, dass wir nachbacken mussten, und daher sind uns für die üblichen Rezepte die Zutaten ausgegangen.«

»Was ist drin?«, erkundigte sich Norman, der sich eins nahm.

»Ein bisschen von allem. Ich habe die Angewohnheit, in jeder Tüte einen kleinen Rest zu lassen und sie zu verwahren. Ich weiß selbst nicht, warum. Jetzt habe ich einen Grundteig hergestellt und all die Reste verbraucht.«

»Die finde ich gut!«, sagte Norman, nachdem er gekostet hatte. »Jeder Bissen schmeckt ein wenig anders.«

Lisa griff auch zu und kostete. »In dem sind vier verschiedene Backchips.«

»In meinem auch«, stellte Andrea fest. »Beim ersten Abbeißen hatte ich Karamell und Milchschokolade.«

Carrie probierte auch einen. »Ich habe weiße Schokolade und Vollmilchschokolade. Eine schöne Kombination. Was für Nüsse schmecke ich da?«

»Walnüsse und Pecannüsse, und ein paar Cashewkerne waren auch dabei.«

»Ich habe etwas Zähes erwischt«, bemerkte Lisa.

»Das kann ein Kokoschip oder eine Rosine sein. Es könnten auch getrocknete Cranberrys dazwischen sein, bin mir nicht ganz sicher.«

»Kannst du die noch mal backen?«, fragte Norman.

Hannah dachte kurz nach und lachte dann. »Leider nicht. Höchstens so ähnliche.«

»Was tun die vielen Leute hier?«, wollte Hannah von ihrer Schwester wissen. Dabei wich sie einer jungen Mutter aus, die einen Buggy schob und ein Kleinkind an der anderen Hand führte. Unterwegs hatten sie einen Zwischenstopp bei ihrer Wohnung eingelegt, damit Hannah Moishe füttern konnte, und jetzt wünschte sie, sie wäre zu Hause geblieben. Im Shoppingcenter war es laut. Der nackte Beton der Wände und Decken warf den Schall Hunderter Stimmen zurück und verwischte die Laute, und glückliche, aufgeregte oder betroffene Äußerungen wurden zu einem homogenen Widerhall, der dem Blöken einer Viehherde ähnelte.

»Im Winter ist es hier immer voll, besonders abends. Nach der Arbeit fahren die Leute hierher und kaufen ein, essen etwas und gehen ins Kino. Es ist schön, ohne dicken Mantel und Stiefel herumlaufen zu können.«

»Das stimmt«, sagte Hannah, obwohl sie jetzt lieber bei

ihrem Kater wäre und sich etwas kochen würde. Sie könnte sich einen Film in ihrem gemütlichen Wohnzimmer ansehen.

»Hier möchte ich rein.« Andrea zeigte auf ein schmales Schaufenster, über dem der Schriftzug *MR. LOGO* stand. »Komm mit, da gibt es lustige Sachen.«

Hannah folgte ihr und hörte zu, als Andrea dreihundert Werbekugelschreiber für *Lake Eden Realty* bestellte, das Immobilienbüro, für das sie arbeitete. Während ihre Schwester und der Verkäufer Schrifttyp und Farbe erörterten, schlenderte Hannah zu einem Ständer, an dem purpurrote T-Shirts mit einem weißen Schriftzug hingen. Sie waren wohl für eine Sportmannschaft der Jordan High bestimmt gewesen, aber anstelle von *LAKE EDEN GULLS* stand auf allen *LAKE EDEN GULPS*, und deswegen waren sie auf einen Dollar heruntergesetzt.

»Hallo, ich bin Tammy. Kann ich Ihnen helfen, Ma'am?« Die Frage stellte ein hübsches junges Mädchen mit Polohemd. Auf der Brusttasche waren der Name des Geschäfts und darunter in Schreibschrift *Tammy* aufgestickt.

Hannah fragte sich, wann genau sie das Alter erreicht hatte, in dem Oberstufenschülerinnen sie mit Ma'am anredeten. »Ja, gern. Kosten die T-Shirts wirklich nur einen Dollar?«

»Nicht mehr. Der Geschäftsführer hat mir gerade aufgetragen, sie mit fünfzig Prozent Rabatt auszupreisen, weil wir den Ständer für andere Sachen brauchen. Eigentlich sollte *Lake Eden Gulls* darauf stehen.«

»Das dachte ich mir schon. Ich lebe nämlich in Lake Eden.«

»Oh. Na, jedenfalls sind sie deshalb so bil… äh … preisgünstig. Möchten Sie eins kaufen?«

Hannah kam eine brillante Idee. »Nein, ich möchte sie *alle* kaufen.« Bei der letzten Stadtratssitzung hatte Bürgermeister Bascomb die Geschäftsinhaber gefragt, ob sie Interesse hätten, Softballmannschaften zu sponsern, die im Sommer gegeneinander antreten könnten. Lisa und Hannah hätten sich gern dafür gemeldet, aber Mannschaftskleidung zu spendieren, wie es zu den Pflichten eines Sponsors gehörte, war ihnen zu kostspielig gewesen. Nun bot sich die Lösung. Jeans und ein *Lake-Eden-Gulp*-T-Shirt wären perfekt für die Mannschaft ihres Bäckerei-Cafés. Denn ihre Gäste tranken den Kaffee zu ihren Plätzchen in großen Schlucken.

»Sie möchten … alle?« Tammy starrte sie verblüfft an. »Äh … das geht mich zwar nichts an, aber … wieso?«

Nachdem Hannah das erklärt hatte, war Tammy begeistert. »Darf ich in Ihrem Team mitspielen? Ich habe in der Highschool Softball gespielt, und das vermisse ich.«

»Heißt das, du hast schon deinen Schulabschluss?«

»Seit zwei Jahren, von der Eagle Valley High. Ich bin aus Clarissa. Ich gehe jetzt aufs Community College, aber da wird kein Sport angeboten.«

»Wir würden uns freuen, wenn du bei uns mitspielst.« Hannah fällte spontan eine einsame Manager-Entscheidung und gab ihr eine der Geschäftskarten, die Norman am Computer für sie entworfen hatte. »Ruf mich nächste Woche an. Bis dahin sollten wir alles geregelt haben.«

»Danke! Ich bin schon ganz aufgeregt! Jetzt bleiben Sie hier und gehen noch nicht zur Kasse. Ich werde mit dem Boss reden und sehen, ob ich für Sie einen Mengenrabatt bekomme.«

Hannah blieb bei dem Ständer stehen und wartete. Und währenddessen kam ihr noch eine altersbezogene Frage in den Sinn. Seit wann erschienen ihr Highschool-Absolventen derart jung? Würden alle immer jünger aussehen, während sie immer älter wurde? Vielleicht sollte sie mal zum Seniorenheim fahren und Grandma Walstrom fragen, die gerade ihren hundertsten Geburtstag gefeiert hatte. Von ihrer Feier war ein Foto auf der Titelseite des *Lake Eden Journal* erschienen. Darauf saß die alte Dame auf einem Stuhl, aß ein Stück von ihrem Geburtstagskuchen und trank einen Martini.

Auf den Martini angesprochen, soll die Hundertjährige geantwortet haben: »Ich habe immer gesagt, dass ich keine scharfen Getränke anrühre, nicht in hundert Jahren. Nun sind die hundert Jahre vorbei, und ich koste diesen Martini. Weiß nicht, was daran so toll sein soll. Für mich schmeckt er wie Terpentin!«

»Vier für einen Dollar, wenn Sie alle nehmen«, verkündete Tammy, die mit einem Blatt Papier auf sie zueilte. »Sie müssen nur den Zettel an der Kasse vorlegen. Und das Beste ist, wir bringen sie Ihnen! Nächste Woche liefern wir eine große Bestellung an die Jordan High, dann kann der Fahrer die T-Shirts auch gleich bei Ihnen abgeben. Es sind acht Stück in jeder Größe, und wir haben Small bis XXL.«

»Danke, Tammy.« Hannah bedankte sich mit einem strahlenden Lächeln und erinnerte sie daran, in einer Woche anzurufen, um mehr über die *Cookie-Jar*-Mannschaft zu erfahren. Dann eilte sie zur Kasse, um zu bezahlen, bevor der Geschäftsführer es sich anders überlegte.

»Ich habe gesehen, dass du mit einem Zehn-Dollar-Schein gezahlt hast«, sagte Andrea, als sie das Geschäft verließen. »Was hast du gekauft? Und wieso hast du es nicht bei dir?«

»Nicht ›es‹, sondern ›sie‹. Ich habe mehr als eine Sache gekauft. Nämlich vierzig T-Shirts.«

Andrea starrte sie an. »Und ich dachte, ich wäre eine gute Kundin! Hast du wirklich *vierzig* T-Shirts für zehn Dollar gekauft?«

»Jep, und sie werden mir nächste Woche geliefert. Die Beschriftung wurde verdruckt. Anstatt *Lake Eden Gulls* steht da *Lake Eden Gulps*, aber für die *Cookie-Jar*-Softballmannschaft ist das perfekt. Wir könnten Eiskaffee an unsere Fans austeilen.«

»Ich wusste nicht, dass du eine Softballmannschaft sponserst.«

»Das wusste ich auch erst, als ich auf die T-Shirts gestoßen bin. Lisa und ich dachten, eine Mannschaft mit T-Shirts auszurüsten, wäre zu teuer für uns.«

»Werdet ihr auch Cheerleader haben?« Andrea schaute wehmütig.

»Ich weiß nicht. Die Mannschaft steht ja noch nicht mal.«

»Vielleicht kann ich euch Cheerleader besorgen. Ich könnte das Team leiten. Ich kenne die Rufe noch auswendig. Wie wär's damit?«

»Gern, wenn du meinst, du hast die Zeit dafür.«

»Ich nehme sie mir einfach. Das ist für mich Freizeitspaß.« Andrea blickte hinüber zum Blumengeschäft. »Was willst du eigentlich von Kyle wissen?«

»Das erkläre ich dir, während wir eine Brezel essen«, Hannah zeigte auf einen Stand neben dem Eingang zum Blumengeschäft. Er verkaufte warme Salzbrezeln, ein Fast Food, das sie besonders liebte. Die hatten ihr jedes Mal ihre Low-Carb-Diät ruiniert.

»Geh dir eine Brezel holen. Ich werde zu Hause mit Bill essen, wenn er vom Revier kommt.« Andrea wartete, bis Hannah mit ihrer Leckerei zurückkam, dann steuerten sie das Blumengeschäft an. »Also, was willst du von Kyle wissen?«

»Wie spät es war, als er den Strauß für Shawna Lee abgegeben hat, ob er sie persönlich angetroffen hat und wann er wieder gegangen ist. Er arbeitet heute Abend am Ladentisch. Ich habe vorher angerufen und mich erkundigt. Ich möchte außerdem hören, was er über Shawna Lees übrigen Tagesablauf weiß. Jede Wette, dass sie ihm eine Portion Pfirsich-Cobbler angeboten und viel Aufmerksamkeit geschenkt hat.«

»Um ihren Umsatz zu steigern?«

»Nein, um ihn länger dazubehalten. Kyle ist wirklich süß.«

Verlegenheitskekse

Den Backofen auf 175 Grad vorheizen, das Blech später in der Mitte einschieben.

480 g Butter
600 g weißer Zucker
300 g brauner Zucker
4 TL Vanilleextrakt
4 TL Backnatron
2 TL Salz
4 geschlagene Eier
600 g Mehl
500 g Backchips***
500 g gehackte Nüsse****

*** Mischen Sie mehrere Sorten wie helle und dunkle Schokoladenchips, Karamell-, Vanille-, Erdnussbutter-, Kirsch-, Erdbeerchips und andere.

**** Mischen Sie beliebige Nusssorten. Sollten Sie mit Ihren Vorräten nicht auf 500 Gramm kommen, füllen Sie mit zerdrückten Cornflakes, Puffreis, Kokosflocken, Rosinen oder anderen Trockenfrüchten auf.

Die Butter zerlassen, nach und nach den weißen und braunen Zucker, den Vanilleextrakt, das Backnatron und Salz zugeben und verrühren. Die geschlagenen Eier hinzugeben und unterrühren. Dann die Hälfte des Mehls, die gemischten Chips und die gehackten Nüsse hineinrühren. Zuletzt das übrige Mehl in den Teig kneten.

Teelöffelgroße Mengen auf ein gefettetes Blech setzen, jeweils 12 Teiglinge pro Blech. Sollte der Teig zu sehr kleben, stellen Sie ihn eine Weile kalt und versuchen es erneut.

In den vorgeheizten Backofen schieben und 10 bis 12 Minuten backen, bis die Kekse schön gebräunt sind.

2 Minuten lang auf dem Blech abkühlen lassen, dann auf ein Drahtgitter legen.

Ausbeute: etwa 10 Dutzend.

Norman mag diese Plätzchen sehr. Er sagt, sie sind wie das Leben in Lake Eden, weil man da auch mit allem rechnen muss.

16

Das Blumengeschäft *Bouchard's* hatte eine fantastische Schaufensterdekoration. Hannah und Andrea blieben davor stehen, um sie zu bewundern. Sie hieß »Köstliche Margeriten« und bestand aus Früchten, die in Form geschnitten und zu Blüten zusammengesetzt waren. Die Blüten steckten an langen Holzspießen und waren in einem hübschen Korb arrangiert.

Hannah betrachtete sie in stiller Bewunderung. Sie konnte kaum glauben, dass es in Minnesota im Winter so herrlich saftiges Obst gab. Da standen Margeriten aus frischer Ananas mit Himbeeren in der Mitte. Rote und grüne Trauben an Holzspießen wirkten wie exotische Farnwedel, und Erdbeeren bildeten fröhliche Farbtupfer. Käsestücke in ausgefallenen Formen dazwischen dienten als gelbe, orange und weiße Untermalung der Früchte, und die Karte neben dem prächtigen Strauß verkündete, dass das ganze Arrangement mit Ausnahme der Holzspieße und des Korbes essbar war.

»Das muss ein Vermögen gekostet haben«, hauchte Andrea, und Hannah wusste genau, was sie sich gerade wünschte: nämlich dass sie solch einen »Strauß« für Bills Antrittsparty gehabt hätte. Ganz Lake Eden war da gewesen, um zu sehen, wie er als Sheriff des Winnetka County vereidigt wurde.

»Den könnten wir uns beide nicht leisten.« Hannah hoffte, dass Andrea nicht einfach einen bestellte, nur weil er hübsch war und sie ihn mit der Kreditkarte bezahlen konnte. »Aber wir sollten davon ein Foto machen. Lisa ist künstlerisch begabt. Ich wette, sie wird anhand der Vorlage auch einen zusammenstellen, sobald die Früchte Saison haben.«

»Wie und wo sie das Obst wohl beschafft haben?«, überlegte Andrea laut.

»Keine Ahnung, doch es ist fast zu schön, um echt zu sein.« Hannah stutzte und runzelte die Stirn. »Meinst du, das ist es?«

»Was soll was sein?«

»Das Obst. Ob es echt ist.«

»Ich weiß nicht. Ich werde fragen.« Andrea ging zur Ladentür, Hannah folgte ihr auf dem Fuß, doch dann blieb ihre Schwester plötzlich stehen und drehte sich um, sodass Hannah gegen sie prallte und sie beinahe umgestoßen hätte.

»Was ist?«, fragte Hannah, die den entschlossenen Gesichtsausdruck ihrer Schwester sah.

»Ich denke, du solltest dich da drüben auf die Bank setzen und deine Brezel essen, bevor sie kalt wird. Du kannst sie sowieso nicht im Geschäft weiteressen. Ich werde allein mit Kyle sprechen. Dich kennt er schon und macht vielleicht dicht, wenn wir beide anfangen, ihn auszuhorchen. Aber so bin ich einfach eine redselige Kundin, die hereinschneit, um ihn auf die Obstblumen anzusprechen. Wenn ich ihn ausgequetscht habe, komme ich zu dir und erzähle dir alles.«

»Meinetwegen«, stimmte Hannah zu und begab sich zu der Bank. Andrea konnte Leute mühelos zum Reden bringen, und Hannah war gut beraten, ihre Schwester tun zu lassen, was immer sie für nützlich hielt.

Zehn Minuten später, als sie ihre mit Senf bestrichene Brezel fast aufgegessen hatte, wunderte sie sich, wieso Andrea so lange wegblieb. Sie wollte gerade aufstehen und zum Schaufenster gehen, um in den Laden zu spähen, als eine vertraute Stimme ihren Namen rief.

»Mike?« Hannah fuhr herum und schluckte geräuschvoll. Da stand er ein Stück entfernt mit seinen rotblonden Haaren und den leuchtend blauen Augen. Mit seinen eins zweiundneunzig sah er in der Uniform des Winnetka County Sheriff Deputy umwerfend aus. Das konnte einer Frau durchaus den Atem rauben, und Hannah war keine Ausnahme. Und obwohl sie noch wütend auf ihn war, setzte in ihrer Brust der altbekannte Mike-Kingston-Trommelwirbel ein.

Hannah war fest entschlossen gewesen, ihn zu ignorieren, doch ihre Hand sah die Sache anders. Sie fuhr in die Höhe und wackelte mit den Fingern, was Mike wohl als Einladung auffasste, denn er kam durch den steten Strom von Leuten, die auf das Kino zuhielten, geradewegs auf sie zu.

Hannah wusste, sie wäre verloren, sobald sie ihm in die Augen sah, und konzentrierte sich deshalb auf eine Stelle zwischen seinen Brauen. »Willst du ins Kino?« Ihrer Meinung nach traf sie genau den richtigen Ton flüchtiger Neugier.

»Nur, wenn dich einer von den Filmen interessiert.«

Hannah wusste nicht, wie sie reagieren sollte. Hatte er sie gerade ins Kino eingeladen? Oder wollte er nur wissen, ob einer der sechs angebotenen Filme ihrem Geschmack entsprach? Falls Ersteres zutraf, war sie nicht interessiert. Falls Letzteres zutraf, verlangte es die Höflichkeit, darauf einzugehen. Das Sicherste wäre, das als Scherz zu behandeln, und nach einem raschen Blick auf die Anzeigetafel sprach sie das Erste aus, was ihr in den Sinn kam. »Ich habe *Die Rache der Schildkrötengötter* schon dreimal gesehen. Das genügt mir eigentlich.«

»Die Rache der …« Mike stockte und blickte sie an. Prüfend. Dann lachte er. »Du nimmst mich auf den Arm … oder?«

»Ja.«

»Wie wär's, wenn wir zusammen essen gehen? Ich habe heute Abend frei und würde gern mit dir reden, Hannah.«

»Tut mir leid, ich bin mit jemand anders hier und …«

»Hi, Mike.« Andrea unterbrach Hannah mitten in ihrer Ausrede. »Was treibt dich hierher? Ein Verbrechen im Shoppingcenter?«

»Ich prüfe nur ein paar Alibis. Und du?«

»Ich habe Kugelschreiber für Al bestellt.«

»Hannah und ich überlegen gerade, irgendwo einen Happen zu essen. Hast du Lust, uns zu begleiten?«

»Nein, geht ihr nur. Ich muss bis neun Uhr zu Hause sein.« Andrea ignorierte den bösen Blick ihrer Schwester. »Ich rufe dich später an, Hannah. Die Früchte sind nicht echt – sie könnten einen Strauß zum Verzehr ›nachbauen‹, sagte Kyle –, und es gibt noch mehr zu erzählen.«

Mike hob grüßend die Hand, als sie davonging, und wandte sich Hannah zu. »Hier verkauft jemand unechtes Obst?«

»Nein, es ging um eine Schaufensterdekoration. Ich meinte, es sieht zu schön aus, um echt zu sein, und Andrea ist ins Geschäft gegangen und hat nachgefragt.«

Mike griff nach ihrem Arm und nahm ihre Hand. »Wo wollen wir essen?«

»Im *Lake Eden Inn.*« Hannah wählte prompt ihr Lieblingsrestaurant. Nachdem er sie mit der Hilfe ihrer Schwester schanghait hatte, sollte es sich wenigstens für sie lohnen, fand sie.

»Das war ein erstklassiges Abendessen.« Mike fuhr hinter dem *Cookie Jar* vor. »Bist du sicher, dass ich dir nicht bis zu deinem Haus hinterherfahren soll?«

»Absolut sicher.« In Gedanken vervollständigte Hannah den Satz: Ich bin mir absolut sicher, dass ich das zwar gern hätte, es dir aber nicht gestatten sollte.

»War das ernst gemeint, als du sagtest, dass du es hast?«

»Was hast?«, fragte Hannah verwirrt.

»Das Rezept für den Orange Julius.«

»Das habe ich. Es mag nicht das Originalrezept sein, doch mein Orange Julius schmeckt fast wie der echte.«

»Habe ich schon erwähnt, wofür ich es brauche?«

Hannah überlegte, ob das Glas Wein, das er zum Essen getrunken hatte, vielleicht sein Begriffsvermögen getrübt hatte. Nein, das war unwahrscheinlich. Sie hatte ihn schon viel mehr trinken und einen klaren Kopf behalten sehen. »Du hast erzählt, zwei Leute zu kennen, die tief enttäuscht waren, als der Stand in ihrem Shoppingcenter geschlossen hat.«

»Richtig. Und in unserem Einkaufscenter gibt es sowieso keinen. Ich habe auf einer Hinweistafel im Ladenverzeichnis nachgeguckt, als ich da unterwegs war. Ist der Hersteller vielleicht in Konkurs gegangen?«

Hannah zuckte mit den Schultern und wunderte sich, wieso Mike das so interessierte. »Keine Ahnung.«

»Was ist mit dem Rezept? Hast du es in der Backstube?«

»Ja, in meiner Hauptdatei. Wir brauchen es oft für Kindergeburtstage. Ich habe erst vor zwei Wochen welchen zubereitet, als wir eine Kinderparty beliefert haben.«

»Also hast du alles da, was man dafür braucht?«

»Sicher. Er gehört zu unserem Standardangebot. Wir liefern Limonade, Orange Julius, Milch und Kinderbowle.«

»Also kannst du ihn jederzeit zubereiten?«

Hannah drehte sich zu ihm und blickte ihn in dem schwachen Schein der Armaturenbrettbeleuchtung an. Er benahm sich sonderbar, und sie verstand nicht, warum. »Das kann ich wohl. Warum fragst du?«

»Ich wäre dir sehr dankbar, wenn wir zusammen reingehen und du welchen zubereitest.«

Hannah starrte ihn verwirrt an. »Du willst jetzt einen Orange Julius?«

»Ja. Ich brauche ihn wirklich, Hannah. Tust du das für mich?«

»Klar.« Sie stieg aus seinem Wagen und ging zur Hintertür ihres Geschäfts. Würde sie ihn nicht besser kennen, hätte sie befürchtet, dass er gerade einen Nervenzusammenbruch hatte. Und jetzt, da sie darüber nachdachte ... Vielleicht kannte sie ihn doch nicht so gut. Wie auch immer, er hatte ihr soeben ein erstklassiges Abendessen spendiert, und ihr Filet Wellington war nicht günstig gewesen. Also sollte sie sich ein bisschen erkenntlich zeigen und einen Orange Julius für ihn mixen.

Sobald Mike auf einem der Hocker saß, holte sie die Zutaten aus dem Vorratsraum und stöpselte den Standmixer ein. »Ein Rezept ergibt fast zwei Liter, und man gießt ihn über Eiswürfel. Willst du ihn mit nach Hause nehmen?«

»Ja. Allerdings nicht zu mir nach Hause. Ich gehe nur über die Straße zu Shawna Lees Wohnung.«

Hannah hielt mit der Saftpackung über dem Mixer inne. »Vanessa ist wieder da?«

»Noch nicht.« Er sah zur Wanduhr. »Ihr Flugzeug aus Georgia landet gerade. Sobald sie ihr Gepäck hat, geht sie zu ihrem Wagen auf dem Flughafenparkplatz und fährt nach Lake Eden. Um diese Zeit sollte sie gut durch den Verkehr kommen. Ich schätze, sie wird spätestens um Mitternacht hier sein.«

»Also … Du kennst ihren Zeitplan?«

»Ja. Wir haben heute Morgen telefoniert. Als sie sagte, dass sie heute Nacht zurückkommt, haben wir uns in ihrer Bäckerei verabredet.«

»Du hast einen Schlüssel?«

»Shawna Lee hat mir einen gegeben, damit ich … äh, nach dem Rechten sehen kann, wenn sie beide nicht da sind. Du weißt schon, für den Fall eines Einbruchs.«

»Klar«, erwiderte sie. Was glaubst du, wem du hier etwas vormachst?, hätte sie eigentlich fragen sollen.

»Jedenfalls finde ich, dass sie das Haus im Dunkeln nicht allein betreten sollte. Immerhin ist ihre Schwester da ermordet worden. Deshalb habe ich angeboten, vor ihr reinzugehen.«

Hannah kniff argwöhnisch die Augen zusammen. Manche Leute würden es für nett halten, dass er sich um Vanessas Wohlbefinden sorgte. Er hätte ihr aber auch raten können, im Hotel zu übernachten und erst am nächsten Morgen nach Lake Eden zu fahren. Gab es noch einen anderen Grund, warum er sich bereit erklärt hatte, sie zu Hause in Empfang zu nehmen? In Lake Eden erzählte man sich, dass die Schwestern aus den Südstaaten ihren jeweiligen Freund einander abgetreten hatten. War eine ihren Freund leid gewesen, hatte ihn die Schwester übernommen. Hatte Vanessa vorgehabt, Mike zu »übernehmen«, sobald Shawna Lee ihn nicht mehr wollte?

Moment mal! Hannah gab dem Gedanken eine andere Richtung. Vielleicht war Vanessa versessen auf ihn, wollte ihn so sehr, dass sie bereit war, alles zu tun, um ihn zu bekommen. Und vielleicht hatte Shawna Lee ihn noch nicht hergeben wollen. War Vanessa fähig, ihre Schwester zu töten, um den Mann für sich allein zu haben? War sie wirklich am Tag des Mordes nach Georgia geflogen? Oder hatte sie Shawna Lee erschossen und erst dann einen Flug genommen? Diese Möglichkeit musste Hannah in Betracht ziehen.

»Wir werden die ganze Nacht über Shawna Lee reden«, erklärte Mike. »Vanessa möchte quasi eine Totenwache abhalten.«

Hannah hatte noch keinen Gedanken daran verschwendet, doch Quinn war ein irischer Name. »Ihre Familie stammt aus Irland?«

»Nein. Ihr Urgroßvater hat den Familiennamen gekürzt, weil ihn keiner aussprechen konnte.«

»Okay. Wieso will sie dann für Shawna Lee eine Totenwache abhalten? Die sind in Irland Tradition.«

»Weil sie das in einem Film gesehen hat und findet, das ist eine gute Art, sich an jemanden zu erinnern. Sie meinte, sie kann mir viele Geschichten aus ihrer Kindheit erzählen. Ich würde dich dazu einladen, aber ich weiß, du konntest Shawna Lee nicht besonders gut leiden.«

Du hast es erfasst!, dachte Hannah, doch natürlich sprach sie das nicht aus. »Und wieso willst du einen Krug voll Orange Julius?«

»Den hat Shawna Lee immer am liebsten getrunken. Vanessa sagt, dass sie sich den im Shoppingcenter bei ihnen zu Hause oft mit Wodka aufgepeppt haben und mit dem Becher herumgeschlendert sind. Und wenn sie sich genug Mut angetrunken hatten, sind sie ins Brautmodengeschäft gegangen und haben Kleider anprobiert. Ist das nicht traurig?«

»Was ist traurig?«

»Dass Shawna Lee gern Brautkleider anprobiert hat, aber nie selbst als Braut eins tragen wird.«

»Hmhm.« Hannah hielt eine nichtssagende Antwort für das Beste. Wie könnte sie Shawna Lee gegenüber großzügig sein, wenn die es darauf angelegt hatte, das Brautkleid bei der Hochzeit mit Mike zu tragen?

»Jedenfalls wollte ich nicht zu früh nach drüben gehen. Zu viele Erinnerungen, weißt du? Deshalb war ich froh, dass wir uns im Einkaufscenter über den Weg gelaufen sind. Mit dir essen zu gehen war klasse, um die Zeit totzuschlagen. Ich meine … wir hatten beide Hunger, stimmt's?«

»Klar.« Falls sie wegen ihres teuren Menüs ein schlechtes Gewissen gehabt hatte, so löste sich das jetzt in Luft auf. Mike hatte sie benutzt, schlicht und einfach.

»Und als du erwähntest, dass du Orange Julius selbst machen kannst, war es perfekt.«

»Perfekt«, wiederholte Hannah und biss die Zähne zusammen, damit sie nichts erwiderte, was sie später bereuen würde. Oder anstandshalber bereuen sollte.

»Ich werde ihn auch mit Wodka aufpeppen wie die beiden, und wenn Vanessa sich die Kante geben will, bleibe ich und halte ihre Hand. Die Sache hat nur einen Haken. Sie wird wissen wollen, wie die Ermittlungen vorangehen, und ich weiß nicht, was ich ihr antworten soll.«

Das ist der richtige Moment, um ihm Details zu entlocken, sagte Hannahs innere Stimme. Nutz die Gelegenheit!

Da Mike gerade in sentimentaler Stimmung war, würde sie ihm leicht auf den Zahn fühlen können. Er war nicht so ganz er selbst und würde ihr vielleicht nützliche Einzelheiten verraten.

Aber war es fair, seine Trauer auszunutzen? Hannah dachte darüber nach. Natürlich nicht. Andererseits hatte er sie benutzt, um »die Zeit totzuschlagen«. Und um von ihr Orange Julius für die Frau zu bekommen, die ihn vielleicht verführen würde. In der Liebe und im Krieg war alles erlaubt. Ob eins davon oder beides diese Situation bestimmte, war Hannah gerade nicht ganz klar.

»Wie geht die Ermittlung denn voran?«, fragte sie betont beiläufig und gab die Zutaten in den Mixer.

»Gar nicht. Jeder, der ein Motiv hatte, hat auch ein Alibi.«

»Einschließlich mir?« Das konnte sie sich nicht verkneifen.

»Einschließlich dir. Allmählich glaube ich, dass das eine Zufallstat war und der Mörder längst über alle Berge ist. Das heißt, der Fall wird ungelöst bleiben.«

»Möglich«, stimmte Hannah zu, obwohl sie davon nicht überzeugt war. »Aber meinst du wirklich, ein Geistesgestörter ist durch Lake Eden gekommen, hinter die Bäckerei gefahren, hat mit dem Ärmel Schnee und Staub von der Fensterscheibe gewischt und Shawna Lee ohne Grund erschossen, während sie einen Pfirsich-Cobbler aus dem Backofen gezogen hat?«

»Wenn du es so formulierst, dann nicht. Doch es gibt keine Verdächtigen.«

»Vielleicht jemanden aus Shawna Lees Vergangenheit. Hast du daran mal gedacht?«

»Wir hatten in Minneapolis denselben Bekanntenkreis,

und ich habe mit allen telefoniert. Keinem ist jemand eingefallen, der ihren Tod gewollt hätte.«

»Und vor dieser Zeit? Als sie noch in Georgia lebte?«

»Shawna Lee ist vor fünf Jahren nach Minneapolis gezogen. Ich glaube nicht, dass jemand so lange einen mörderischen Groll hegt.«

»Da hast du wahrscheinlich recht. Aber es wäre doch möglich, dass sie sich jemanden zum Feind gemacht hat, als sie im Dezember bei der Beerdigung ihres Schwagers war. Das ist erst zwei Monate her.«

»Stimmt.« Mike schaute nachdenklich vor sich hin. »Ich werde Vanessa nachher fragen. Danke, dass du mich darauf gebracht hast, Hannah.«

»Gern geschehen.« Sie drehte ihm beim Mixen den Rücken zu, um das Gespräch zu unterbrechen. Warum hatte sie ihm diesen Hinweis geliefert? Er bekam Informationen von ihr, obwohl sie eigentlich ihm welche abluchsen wollte!

Der Orange Julius war schnell fertig. Sie goss ihn in einen Krug, füllte ihn mit Orangensaft auf und drückte den Deckel darauf. »Bitte sehr. Den Krug will ich zurückhaben.«

»Kriegst du.« Mike nahm ihn entgegen, stellte ihn hin und zog sie in die Arme. Er hielt sie so fest, dass sie kaum Luft bekam, und ihre Chancen, wieder normal zu atmen, gingen gegen null, als er seine Lippen auf ihre drückte und sie gründlich küsste.

Nach ein paar Minuten ließ er sie los. Hannah fühlte sich weich in den Knien und fürchtete, so wenig stehen zu können wie die Flickenpuppe, die im Antiquitätengeschäft ihrer Mutter im Schaufester saß. Sie fasste sich an die Lippen und stellte überrascht fest, dass sie sich anfühlten wie immer und gar nicht in Flammen standen.

»Besser, ich gehe jetzt.« Mike nahm den Krug und wandte sich zur Tür. »Danke, Hannah. Ich weiß wirklich nicht, was ich ohne dich täte. Du bist die beste Freundin, die ich je hatte.«

Hannah starrte auf die Tür, die hinter ihm ins Schloss fiel. Wie konnte er nur so gleichgültig hinausgehen? Waren die Küsse, die ihr weiche Knie bescherten und ihr Herz wild klopfen ließen, für ihn nichts Besonderes? Sie kam sich vor wie eine Idiotin!

Nachgemachter Orange Julius

1½ Liter Orangensaft
2 Beutel Instant-Vanillepudding (für 500 ml)

Die Hälfte des Orangensafts in einen Mixer gießen, das Puddingpulver zugeben. Eine Minute lang auf niedriger Stufe und eine weitere Minute auf mittlerer Stufe schlagen.

Die Mischung in einen 2-Liter-Krug gießen, mit dem übrigen Orangensaft auffüllen und umrühren.

Mit Eiswürfeln servieren.

Ausbeute: knapp 2 Liter.

17

Hannah war nicht gerade bester Laune, als sie am nächsten Morgen zur Arbeit fuhr. Das hatte nichts mit dem zu tun, was Andrea ihr am vergangenen Abend berichtet hatte.

Wie immer hatte ihre jüngere Schwester jemanden erfolgreich ausgehorcht, der wahrscheinlich nicht einmal gemerkt hatte, dass er aus dem Nähkästchen plauderte. Kyle hatte die gelben Rosen für Shawna Lee um elf Uhr abgegeben. Zu der Zeit war das Bäckerei-Café geöffnet und gut besucht gewesen. Doch bei seiner Lieferfahrt am Nachmittag hatte ein weiterer Strauß für Shawna Lee im Wagen gelegen. Als er ihn um halb fünf abgegeben hatte, war die Bäckerei geschlossen gewesen, und Shawna Lee hatte ihn auf einen Kaffee hereingebeten.

Kyle hatte Andrea hoch und heilig versichert, dass Shawna Lee noch gelebt hatte, als er um fünf Uhr weitergefahren war. Und da der Traugottesdienst um fünf Uhr angefangen hatte und die Gäste bereits alle in den Bänken gesessen hatten, musste der Täter jemand sein, der nicht an der Zeremonie in der Kirche teilgenommen hatte.

Natürlich hatte Andrea gefragt, wer den zweiten Strauß für Shawna Lee bestellt hatte, und die Antwort hatte Hannah umgehauen. Bürgermeister Bascomb war der Absender. Kyle erinnerte sich an die Karte. *Blumen aus dem Süden für eine Blume des Südens,* hatte der Text gelautet, und der Strauß hatte aus Magnolien, Kamelien und Weißdorn bestanden. Die konnten nur aus einem Gewächshaus in einer warmen Gegend stammen und mussten den Bürgermeister rund hundertfünfzig Dollar gekostet haben.

All das war interessant und geeignet, um Bascombs Ruf zu schaden, doch Hannah wusste, dass er Shawna Lee nicht erschossen hatte. Der Bürgermeister hatte bei Lisas und Herbs Trauung mit seiner Frau in einer der vorderen Reihe in der Kirche gesessen. Als es so weit gewesen war, zur Feier im *Lake Eden Inn* aufzubrechen, hatte er in dem Wagen gleich hinter der Limousine gesessen, die Hannah chauffiert hatte.

Sie schüttelte den Kopf, um sich auf die Gegenwart zu besinnen. Ihre Laune hatte sich weiter verschlechtert, und das Wetter war nicht geeignet, um sie aufzuheitern. Große, nasse Schneeflocken landeten auf ihrer Windschutzscheibe, sodass sie die Wischer einschalten musste. Die Scheibe war eine ganze Weile nicht mehr geputzt worden, und die Wischblätter hinterließen graue Schmierstreifen, durch die sie kaum etwas sehen konnte. Hannah fuhr an den Straßenrand, ließ die Scheibenwischer weiter ihr Werk verrichten und stieg aus, um das Problem zu beheben.

Im Februar so früh am Morgen neben einer stark befahrenen Landstraße sauberen Schnee zu finden, war ein Kunststück. Die frische Schneeschicht war noch zu dünn, als dass sie ihr etwas nützte, und der Schnee, den der Pflug mit der Zeit aufgehäuft hatte, war zu schmutzig, als dass sich damit etwas säubern ließe. Ein paar Schritte von der Straße entfernt fand Hannah eine saubere überfrorene Stelle. Sie durchbrach die Eisschicht, riss sie mit beiden Händen auf und schaufelte den Schnee heraus. Das erinnerte sie daran, wie ihr Vater früher die Teigkruste eines Hähnchenauflaufs aufgebrochen hatte, um an das Fleisch heranzukommen.

Hannah trug den Schnee mit beiden Händen zum Auto, warf ihn auf die Windschutzscheibe und ging lächelnd neuen holen. Jemand aus einem anderen Staat hatte ihr einmal empfohlen, im Winter immer eine Dose Cola im Auto zu haben, um damit die Scheibe zu reinigen. Hannah glaubte durchaus, dass das funktionierte. Miss Bruder in der fünften Klasse hatte im Unterricht mal gezeigt, dass Geldstücke in einem Glas Cola wieder blank wurden. Doch bei diesen Minustemperaturen würde sich die Cola in der Dose ausdehnen, sie zum Platzen bringen und auf dem Wagenboden zu Colaeis gefrieren.

Es brauchte noch mehrere Hände voll Schnee und Wischerbewegungen, bis die Scheibe klar war. Sie klopfte sich den Schnee von den Handschuhen und von den Stiefeln und setzte sich wieder hinters Lenkrad.

Während sie auf die Innenstadt zufuhr, zwang sie sich, zu lächeln und so zu tun, als wäre alles in bester Ordnung. Manchmal genügte der simple Akt des Lächelns, selbst wenn es erzwungen war, um bessere Laune zu bekommen. Es war, als könnten die Mundwinkel dem Gehirn befehlen, welche Gefühle es erzeugen sollte. Leider wirkte sich das Lächeln kein bisschen auf ihre Aussichten aus, und deshalb ging es rasch in eine finstere Miene über. Sie hatte kalte Füße, weil sie im Schnee gestanden hatte, und mit kalten Füßen war es schwierig, optimistisch zu sein.

Ein Blick auf die Uhr des Armaturenbretts, die tatsächlich so funktionierte wie vom Hersteller angepriesen, machte eines klar: Wenn sie bis fünf Uhr im *Cookie Jar* ankommen wollte, musste sie Gas geben. Fünf Uhr war auch für ihre Verhältnisse früh. Sofern sie nicht für einen kurzfristigen Catering-Auftrag backen musste, stand sie selten vor sechs Uhr morgens in der Backstube.

An diesem Tag hatte sie einen anderen Grund, um eine Stunde vor Arbeitsbeginn dort zu sein. Zwar wusste sie sehr gut, dass Leute, die anderen nachspionierten, oft etwas entdeckten, was sie dann doch lieber nicht erfahren hätten, doch sie war wild entschlossen, durch die Gasse hinter dem *Café Magnolia* zu fahren und nachzusehen, ob Mikes Hummer noch dort parkte.

Mit grimmiger Miene nahm sie die Abzweigung zur Innenstadt. Mike hatte einmal zu ihr gesagt, dass er sie heiraten würde, wenn er eines Tages wieder für eine Ehe bereit wäre. Er hatte auch gesagt, dass er sie liebte. Nur zwei Mal waren ihm die drei Worte über die Lippen gekommen, doch Hannah war überzeugt, er hatte es ernst gemeint. Die entscheidende Frage für sie war, ob er ihr treu war. Wenn er noch bei Vanessa war, wollte sie das wissen. Eine trauernde Schwester zu trösten, musste nicht die ganze Nacht dauern.

Was sollte sie tun, wenn sie Mike und Vanessa in leidenschaftlicher Umarmung am Fenster sähe? Bei dem Gedanken stöhnte sie. Sie war nicht die Moralpolizei und hatte nicht das Recht, an der Tür zu klopfen und zu rufen: »Hände hoch! Treten Sie von dem Cop weg! Sofort!« Stattdessen würde sie leise wegfahren und niemandem erzählen, was sie gesehen hatte. Aber sie würde nicht den Fehler begehen und Mike heiraten. Sofern er ihr je einen Antrag machen würde. Was sie bezweifelte, wenn er jetzt noch bei Vanessa war.

Das Lenkrad fest gepackt, bog sie in die Gasse ein. Sie verspürte den Drang, die Hände zu falten, die Augen zu schließen und zu beten, der Hummer möge nicht dort stehen. Doch nicht einmal Reverend Knudson, der an die Macht des Gebets glaubte, riet dazu, beim Autofahren betend die Augen zu schließen. Hannah konzentrierte sich also aufs Fahren und lenkte den Wagen in der Mitte der Gasse durch den frisch gefallenen Schnee, ohne nach rechts und links zu blicken.

Als sie sich dem Parkplatz hinter der Backstube näherte, schlug etwas gegen die Seitenwand ihres Wagens. Sie bremste scharf und drehte den Kopf, als ein Schneeball ans Beifahrerfenster prallte.

Sie spähte in die Dunkelheit. Ein Mann im Parka stand an der Hauswand. Er formte bereits den nächsten Schneeball und warf ihn auf ihre Windschutzscheibe.

»Mike?«, keuchte sie erschrocken und wünschte, ein Raumschiff würde über ihr erscheinen und sie an Bord beamen. Wo waren die Aliens nur, wenn man sie brauchte? Mike machte eine Handbewegung, worauf sie das Fenster herunterließ.

»Was tust *du* denn hier?«

»Gucken, wie es Vanessa geht.« Hannah brachte die erste Ausrede vor, die ihr einfiel. »Ich dachte, wenn bei ihr noch Licht brennt, biete ich ihr an, Kaffee zu kochen oder etwas in der Art.«

Das war eine fadenscheinige Erklärung, die noch unglaubwürdiger wurde, weil Hannah errötete, wie sie deutlich spüren konnte. Doch Mike schien das nicht zu bemerken und griff ins Auto, um ihre Hand zu tätscheln. »Das ist nett von dir, aber Vanessa geht es gut. Sie ist vor einer Stunde auf der Couch eingeschlafen. Ich habe eine Decke über sie gebreitet. Schlaf ist jetzt das Beste für sie, denke ich.«

»Wahrscheinlich hast du recht«, brachte Hannah heraus,

obwohl ein tonnenschweres Schuldgefühl ihre Schultern niederdrückte. Sie hatte ihm nicht nur nachspioniert, sie hatte ihn auch noch angelogen.

»Ich wollte gerade frühstücken gehen, bevor ich zum Revier fahre. Hast du Lust, in die *Corner Tavern* mitzukommen? Die haben so früh ja schon geöffnet.«

»Geht nicht«, antwortete Hannah ohne Bedauern. Auf keinen Fall wollte sie noch mehr Ausreden erfinden müssen. »Ich muss mit der Arbeit beginnen. Wir haben wieder viel Kundschaft, jetzt, da … Du weißt schon. Vanessa wird die Bäckerei nicht öffnen, oder?«

»Heute nicht. Sie ist nicht in der Verfassung, um etwas zu backen.«

Wie schwer kann es sein, einen tiefgekühlten Pfirsich-Cobbler in den Backofen zu schieben?, fragte eine gemeine Stimme in ihrem Kopf. Doch Hannah sprach nichts dergleichen laut aus. So dumm war sie nicht.

»Vanessa sagt, dass sie vielleicht gar nicht mehr öffnet. Sie hat das nur Shawna Lee zuliebe getan. Wir sehen uns, ja?«

Hannah winkte lässig und fuhr los, doch in Wirklichkeit zitterte sie. Gott sei Dank hatte Mike nicht zwei und zwei zusammengezählt und durchschaut, dass sie ihm nachspioniert hatte!

Also, was hatte sie erfahren? Darüber dachte sie nach, während sie hinter dem *Cookie Jar* parkte, den Stecker des Zuheizers in die Steckdosenleiste drückte und die Hintertür aufschloss. Sie hatte entdeckt, dass Mike um fünf Uhr früh noch bei Vanessa gewesen war, aber sie konnte daraus nicht schließen, ob er sich Vanessa gegenüber wie ein verständnisvoller Freund verhalten hatte oder ob er eine andere, romantischere Rolle gespielt hatte.

Hannah wollte gern glauben, dass er der verständnisvolle Freund gewesen war, und das fand sie sogar glaubhaft. Denn welcher Mann wäre so überheblich, seine Freundin zum Frühstücken einzuladen, wenn er gerade eine andere Frau umworben hatte?

Sie schaltete das Licht ein und stöhnte, als ihr die Antwort auf diese Frage einfiel. Nur *ein* Mann hatte den Nerv, so etwas zu tun. Und der hieß Mike Kingston.

Sowie Lisa aufgeschlossen hatte, drängte Andrea ins Café und hängte schaudernd den Mantel auf. »Manchmal hasse ich Minnesota!«

»Wieso? Was ist passiert?«, fragte Hannah.

»Ich habe mich in der Schuleinfahrt an einer vereisten Stelle festgefahren, und drei Jungen aus der Basketballmannschaft mussten mich anschieben.«

»Aber das ist doch nichts Schlimmes«, meinte Lisa, die ihr unaufgefordert einen Kaffee und zwei Plätzchen brachte.

»Doch, ist es. Das war ungeheuer peinlich. Jeder andere ist mühelos rein- und rausgefahren, nur ich bin stecken geblieben!«

»Also hasst du Minnesota im Winter«, schloss Hannah. »Wie verhält es sich im Sommer?«

»Im Sommer mag ich es auch nicht. Ich hasse Mücken. Und die furchtbaren Junikäfer, die gegen die Windschutzscheibe knallen und einen zu Tode erschrecken. Ich möchte nach … Ach, ich weiß nicht, wohin ich ziehen möchte, doch es gibt bestimmt bessere Gegenden.«

»Gibt es nicht«, widersprach Hannah und kam sich vor

wie die Handelskammer und Touristenzentrale in einer Person.

»Muss es doch!«

»Gibt es nicht.« Hannah schüttelte den Kopf. »Minnesota ist einzigartig. Es nimmt unter den Staaten einen besonderen Platz ein.«

»Du veräppelst mich doch!«, bezichtigte Andrea sie, wartete aber sichtlich interessiert auf Hannahs Erklärung.

»Ich weiß gar nicht, wie du auch nur daran denken kannst, aus einem Staat wegzuziehen, wo man sich die Hände wärmen kann, indem man sie ins Tiefkühlfach streckt.«

Andrea, die gerade einen Schluck Kaffee nehmen wollte, stellte die Tasse abrupt wieder hin. »Was hast du gesagt?«

»Ich sagte, dass man sich in Minnesota die Hände im Tiefkühlfach wärmen kann.«

»Dann habe ich richtig gehört. Du bist verrückt, Hannah!«

»Bin ich nicht. Letzte Nacht hatten wir achtundzwanzig Grad minus. Habe ich im Radio gehört. Und in meinem Tiefkühlfach im Kühlschrank ist es nur ein Grad minus. Das heißt, darin ist es siebenundzwanzig Grad wärmer als draußen.«

»Ja, aber …« Andrea zog die Brauen zusammen.

»Komme ich aus der Kälte herein, kann ich mir die Hände wärmen, indem ich sie ins Eisfach halte.«

Lisa klatschte vor Entzücken in die Hände. »Super! Das muss ich Herb erzählen!«

»Okay«, räumte Andrea ein. »Das ist ziemlich seltsam. Du hast gesagt, Minnesota ist einzigartig. Doch was du gerade beschrieben hast, geht auch in Alaska.«

»Stimmt, aber werden dort Abendessen in der Kirche veranstaltet wie bei uns?«, fragte Lisa, die gerne bei dem Spiel mitmachte. »Ich wette, im Umkreis von Lake Eden gibt es mehr Kirchendinner und Spendenbüfetts als Tage im Jahr.«

»Da könntest du recht haben.« Andrea schaute schon fröhlicher drein. »Was noch?«

»Rhabarber«, warf Hannah ein. »Glaubst du, in einem anderen Staat fragt jemand: Wird der Regen dem Rhabarber schaden?«

Lisa grinste. »Ich wette, in Minnesota hat man mehr Rhabarberrezepte als irgendwo sonst auf der Welt. Bei unserer Arbeit an dem Kochbuch neulich habe ich in die Rezeptkartei meiner Mutter geguckt und siebenundfünfzig Dessert-Rezepte mit Rhabarber gefunden.«

»Dabei sind die Blätter giftig«, erwiderte Andrea. »Ich frage mich, welcher glückliche Mensch als Erster gesagt hat: ›Ich esse mal den Stängel.‹«

Hannah nickte. »Und wer wohl als Erster eine Artischocke probiert hat? Ich wüsste zu gern, wie viele Leute daran gescheitert sind. Doch zurück zum Rhabarber. Erinnerst du dich, als Carol Becker das Rezept für Rhabarber-Puddingschnitten in der Kochspalte im *Lake Eden Journal* veröffentlicht hat?«

»Das vergesse ich nie!« Lisa lachte. »Meine Mutter fand das Rezept toll und ließ meinen Vater zu jeder verlassenen Farm im Umkreis fahren und den Rhabarber holen. Ich musste mitfahren und aufpassen, dass er ihn richtig abschneidet. Dann haben Mom und ich ihn gewaschen, klein geschnitten und eingefroren, sodass wir den ganzen Winter über Rhabarberkuchen backen konnten.«

»Das haben wir nicht gemacht.« Andrea sah Hannah nachdenklich an. »Warum nicht?«

Hannah zuckte mit den Schultern. »Mutter mag keinen

Rhabarber. Aber erinnerst du dich noch an die Erdbeer-Puddingschnitten, die ich früher gebacken habe?«

»Wie könnte ich die vergessen? Die schmeckten himmlisch!«

»Und an die Pfirsich-Puddingschnitten?«

Andrea verdrehte seufzend die Augen.

»Und an die Kirsch-Puddingschnitten?«

»Die waren unglaublich. Du hast sie für Washingtons Geburtstag gebacken, und ich wusste nicht mal, dass er einen eigenen Geburtstag hat.«

»Was?« Lisa sah sie verwirrt an.

Hannah erklärte, dass man früher Washingtons und Lincolns Geburtstag getrennt gefeiert hatte, bevor der Tag der Präsidenten als Feiertag eingeführt worden war. Danach mussten die beiden sich den Geburtstag teilen, weil jeder Amerikaner ein langes Wochenende haben wollte.«

»Washington bespuckt Johnson jetzt wahrscheinlich mit Kirschkernen«, witzelte Hannah. Und weil Andrea sie verständnislos ansah, erklärte sie: »Lyndon B. Johnson war Präsident, als der Tag der Präsidenten eingeführt wurde. Zur Rechtfertigung wurde behauptet, Washingtons Geburtstag könnte nach dem alten Kalender auf den elften Februar fallen anstatt auf den zweiundzwanzigsten. Dadurch waren die Leute angeblich verwirrt und wussten nicht, wann sie ihn feiern sollten, also hat man Washingtons und Lincolns Geburtstag zusammengelegt.«

»Du weißt so viel, Hannah«, bemerkte Andrea in neidischer Bewunderung. »Ich komme mir manchmal wie ein Dummkopf vor, weil du immer alles weißt und ich nicht.«

»Ich weiß auch nicht alles. Und bitte mach dich nicht runter«, antwortete Hannah auf die freimütige Äußerung ihrer Schwester. »Du bist viel klüger, als du denkst.«

»Bin ich das?«

»Ja. Wie viele bestehen die Immobilienmaklerprüfung beim ersten Mal?«

»Wenige. Aber das ist mein Beruf. Darin sollte ich gut sein. Doch ich stolpere noch immer bei der Rechtschreibung von Liegenschaften. Du hast mich den Stoff so oft abgefragt, Hannah, trotzdem weiche ich immer noch auf Besitzungen oder Privatbesitz aus.«

»Aber du weißt, dass Besitzungen und Privatbesitz fast das Gleiche bedeutet, und das ist doch gut.«

»Dafür weiß ich, wie man Lutefisk schreibt. Das lernt man in Minnesota schon in der Grundschule.«

Alle lachten darüber, einschließlich Andrea. Und sie lachten noch, als das Telefon klingelte. Lisa eilte hin und nahm ab, und einen Moment später neigte sich Hannah zu Andrea. »Das ist Herb.«

»Wie kannst du das wissen?«

»Ihr Gesicht leuchtet auf, genau wie bei dir, wenn du mit Bill sprichst.« Hannah stutzte und drehte den Kopf zu ihr. »Leuchtet mein Gesicht auch auf, wenn ich mit bestimmten Leuten rede? Zum Beispiel mit Norman? Oder mit Mike?«

Andrea überlegte kurz und schüttelte den Kopf. »Ich glaube nicht. Zumindest ist es mir nicht aufgefallen.«

»Das dachte ich mir.« Hannah seufzte. Entweder hatte ihre Schwester nicht darauf geachtet, was für sie ungewöhnlich wäre, oder sie war im Gegensatz zu ihr und Lisa nicht bis über beide Ohren verliebt.

»Du kannst Vanessa von der Verdächtigenliste streichen«, rief Lisa, als sie auflegte, und kehrte an den Tisch zurück. »Das war Herb. Er hat vom Flughafen angerufen. Ein Mitarbeiter am Check-in-Schalter hat sich sofort an sie erinnert, als Herb ihm ihr Foto zeigte. Der Mann sagte, er hätte ihr bis zum Flugsteig hinterhergeguckt.«

»Das glaube ich sofort.« Andrea wirkte nicht erfreut. »Es gibt keinen Mann, der sie nicht anstarrt. Und das Gleiche galt für Shawna Lee. Ihretwegen haben sich die Männer hier wie Idioten benommen.«

Bei Hannah sprangen die Alarmlampen an. Ihre Schwester, eine der vertrauensvollsten Ehefrauen von Lake Eden, war eifersüchtig. Und wenn Hannah nicht gewusst hätte, dass Andrea bei der Trauung und Hochzeitsfeier keine Sekunde abwesend gewesen war, hätte sie ihre Schwester auf die Verdächtigenliste setzen müssen.

»Oh! Nein! Das ist nicht möglich!«, keuchte Andrea und fasste sich ans Herz. Sie wurde weiß wie der Schnee, der gegenüber auf den Zweigen der Kiefer lag, als würde sie jeden Moment in Ohnmacht fallen. Sie starrte nach draußen, und Hannah und Lisa drehten sich um und schauten, was sie derart erschreckt hatte. Doch die Main Street war verlassen, da war nichts weiter zu sehen als die Schneewälle am Straßenrand.

»Was war da?«, fragten Hannah und Lisa gleichzeitig und fassten Andrea an den Arm, um ihr Halt zu geben.

»Auf der anderen Straßenseite! Shawna Lee!«

»Shawna Lee ist tot.« Hannah nahm Andreas Hand und rieb sie mit den Fingern. »Du kannst sie nicht gesehen haben.«

»Das weiß ich. Es war nur …« Andrea holte tief Luft. »Einen Moment lang dachte ich, sie stünde vor ihrer Bäckerei.«

»Das muss Vanessa gewesen sein. Sie ist gestern Nacht zurückgekommen.« Hannah tätschelte ihre Hand.

Lisa schaute überrascht. »Sie ist wieder da?«

»Vorerst. Mike hat mit ihr gesprochen. Sie weiß noch nicht, ob sie bleibt oder nicht.«

»Ihretwegen hätte ich fast einen Herzinfarkt bekommen! Sie sah genau wie Shawna Lee aus«, stammelte Andrea atemlos. »Ich dachte wirklich, ich hätte einen Geist vor mir!«

Hannah schwieg nachdenklich. Schließlich blickte sie ihre Schwester an. »Du bist Shawna Lee oft begegnet, wenn du auf dem Revier warst?«

»Ja. Sie hat immer ein großes Getue um mich gemacht, gefragt, wann das Baby kommt, solche Dinge. Ich denke, sie wollte sich bei mir beliebt machen, damit sie mich als Fürsprecherin hat, wenn …«

»Mach dir nichts mehr draus.« Hannah beendete den Gedankengang. Jeder wusste, dass Shawna Lee eine Meisterin der Manipulation gewesen war. »Und Vanessa bist du auch ein paar Mal begegnet?«

»Mehr als ein paar Mal. Al hat von mir verlangt, dass ich ihr das Buch mit unseren Immobilienangeboten vorlege. Ich habe versucht, ihr auszureden, das Haus gegenüber zu kaufen. Wirklich.«

»Ich weiß.«

»Ich habe auf jeden Nachteil hingewiesen, doch sie beharrte darauf, es zu nehmen.«

»Du hast dein Bestes getan«, versicherte Hannah. »Denk nicht mehr daran. Es gibt noch etwas anderes, was geklärt werden muss. Eben warst du vor Schreck grün um die Nase … Hast du wirklich geglaubt, Shawna Lee stünde da vor ihrem Café?«

»Ja! Seit sie den gleichen Haarschnitt trug wie Vanessa, sahen sie wie Zwillinge aus. Vanessa ist zwar größer, und ich hätte den Unterschied bemerkt, wenn ich sie nebeneinander gesehen hätte, doch … da war ja nur eine von ihnen.«

Hannah schwieg so lange, dass Lisa sie schließlich an stupste.

»Was denkst du?«, wollte sie wissen.

»Dass Andrea vielleicht nicht die Einzige ist, die die Schwestern nur auseinanderhalten konnte, wenn sie nebeneinanderstanden.«

Daraufhin waren alle still, bis Andrea das Schweigen brach. »Du meinst, jemand hat Shawna Lee getötet, weil er sie für Vanessa gehalten hat?«

Rhabarber-Puddingschnitten

Den Backofen auf 175 Grad vorheizen, das Blech in der Mitte einschieben.

1 Backmischung Zitronenkuchen (500 g)
300 bis 400 g Rhabarber in Stücke geschnitten***
200 g weißer Zucker
500 ml Sahne (oder halb Milch, halb Sahne)
süße Schlagsahne zum Garnieren

*** Sie können auch gefrorenen Rhabarber verwenden. Lassen Sie ihn auftauen und tupfen Sie ihn mit Küchenpapier ab.

Eine Kuchenform von 23 x 32 cm einfetten und bemehlen. Überschüssiges Mehl ausschütten.

Den Kuchenteig nach Packungsanweisung anrühren.

Den Teig in die vorbereitete Form geben.

Die Rhabarberstücke darauf verteilen und mit dem Zucker bestreuen.

Die Sahne oder Sahnemischung darübergießen.

45 bis 60 Minuten backen (meiner brauchte 50 Minuten).

Dieser Kuchen geht nicht auf, sondern die Rha… stücke und die Sahne sinken zum Boden und nehmen … Konsistenz eines dicken Puddings oder Trifles an. Die obere Schicht wird fest wie ein Rührkuchen.

Den Kuchen in der Form erkalten lassen. In Rechtecke schneiden, in flache Dessertschalen legen und mit süßer Schlagsahne oder Eiscreme servieren.

Er schmeckt ofenwarm, zimmerwarm und gekühlt.

Erdbeer-Puddingschnitten

Den Backofen auf 190 Grad vorheizen, das Blech in der Mitte einschieben.

120 g Mehl
½ TL Salz
120 g kalte Butter
2 EL Schlagsahne
60 g Mehl (insgesamt werden 180 g benötigt)
100 weißer Zucker
600 g in Scheiben geschnittene Erdbeeren***

Für den Guss:

100 g weißer Zucker
1 EL Mehl
2 geschlagene Eier
250 ml Sahne
1 TL Vanilleextrakt (oder Erdbeerextrakt)

*** Ich habe auch schon in Scheiben geschnittene Pfirsiche und gehackte dunkle Kirschen verwendet.

Eine Backform von 23 x 32 cm einfetten. In einer kleinen Schüssel 120 g Mehl mit dem Salz vermengen, die Butter in Stücken zugeben und verkneten, bis eine krümelige Masse entsteht. Die Sahne hineinrühren. Den Boden der Kuchenform mit dem Teig bedecken.

60 g Mehl mit dem Zucker vermengen und über den Teig streuen, die Erdbeerscheiben darauf verteilen.

Für den Guss den Zucker und das Mehl mischen, die geschlagenen Eier, die Sahne und den Vanilleextrakt (oder Erdbeerextrakt) zugeben und verrühren. Die Mischung über die Erdbeerschicht gießen.

40 bis 45 Minuten backen, bis der Guss leicht gebräunt ist. Auskühlen lassen und dann kalt stellen. In rechteckige Stücke schneiden.

Mit süßer Schlagsahne oder Eiscreme servieren. Die Schnitten schmecken sowohl warm als auch kalt.

Ausbeute: 10 bis 12 Portionen.

18

»Guten Tag, Sie sind verbunden mit der Zahnarztpraxis Dr. Rhodes. Wenn Sie starke Schmerzen haben und Dr. Rhodes erreichen möchten, drücken Sie bitte die Eins. Wenn kein Notfall vorliegt und Sie eine Nachricht hinterlassen möchten, drücken Sie die Zwei. Wenn Sie einen Behandlungstermin vereinbaren möchten, drücken Sie bitte die Drei, dann werden Sie zu unserer automatischen Terminvergabe weitergeleitet. Wenn Sie ein Fax senden möchten, drücken Sie bitte die Vier. Wenn Sie unsere Postanschrift benötigen, drücken Sie bitte die Fünf. Für nützliche Tipps zur Linderung von Zahnschmerzen während Ihrer Wartezeit drücken Sie bitte die Sechs. Um die Ansage noch einmal zu hören, bleiben Sie bitte in der Leitung.«

Hannah stöhnte. Ein paar Optionen mehr – eine Warteschleife, aus der kein Weg hinausführte, es sei denn, man legte auf, indifferente Musik und eine ärgerlich gut gelaunte Ansage, man nehme ihren Anruf ernst und sie solle nicht auflegen –, und Normans freundliche Praxis wäre genauso unpersönlich wie die Tageskliniken mit zig Ärzten.

»Was ist los?«, fragte Andrea, die Hannahs verärgerte Miene sah.

»Normans neue Bandansage. Da bekommt man lauter Wahlmöglichkeiten und soll eine Nummer drücken.«

»Drück die Null.«

»Die Möglichkeit wurde mir nicht genannt.«

»Versuch es trotzdem. Manchmal führt die Null an den anderen vorbei, und man wird mit einer lebendigen Person verbunden.«

Hannah drückte die Null und hörte ein Freizeichen. Eine Sekunde später meldete sich Norman. »Bist du lebendig?«, fragte sie.

»Als ich zuletzt nachgesehen habe, war's noch so. Was ist los, Hannah?«

»Ich hasse dein neues Telefonsystem.«

»Ich auch.«

»Warum hast du es dann gekauft?«

»Habe ich nicht. Mutter fand, ich bräuchte eines, und hat es für einen Monat zur Probe einrichten lassen.«

»Oh.« Hannah lächelte betrübt. Ihre Mütter taten so etwas häufig. »Du wirst es also nicht behalten?«

»Nein, heute Nachmittag kommt ein Mitarbeiter der Firma und baut es wieder aus. Ich habe den Dienst gestern gekündigt, als das System von mir verlangte, einen zwölfstelligen Code einzugeben, damit ich meine Nachrichten abhören kann, und mir dafür nur drei Sekunden Zeit gab.«

»Das ist ein guter Kündigungsgrund. Hast du heute Vormittag viel zu tun?«

»Lass mich nachsehen.« Hannah hörte Papier rascheln und stellte sich vor, wie er an der Rezeption im Terminbuch blätterte. »Eigentlich nicht. Ich muss Kronen einsetzen, dann stehen eine gebrochene Zahnprothese und eine Zahnaufhellung an. Die ist das Einzige, was länger dauert. Sind bei dir ein paar Zähne locker, die ich ziehen soll?«

»Nein, danke. Meine Zähne und ich halten fest zusammen. Ich möchte nur, dass du etwas in deinem Computer nachsiehst, wenn du Zeit hast.«

»Zwischen den Kronen und der Zahnaufhellung habe ich eine Stunde frei.«

»Großartig. Ich will alles über Vanessas Vorgeschichte wissen.«

»Das ist leicht. Ich gebe einfach *Vanessa Quinn* ein. Weißt du ihren Ehenamen?«

Hannah drehte sich zu Andrea um, die sich gerade mit ein paar Plätzchen aus dem Kühlgestell an den Backtisch setzte. »Welchen Namen hat Vanessa angegeben, als sie das Haus gegenüber gekauft hat?«

»Quinn. Sie sagte, sie habe nach dem Tod ihres Mannes ihren Mädchenamen wieder angenommen.«

»Kennst du seinen Namen?«

Andrea schüttelte den Kopf. »Ich glaube nicht, dass der mal gefallen ist. Sie sagte immer nur ›mein Mann‹ oder ›er‹.«

»Wir wissen ihn nicht, Norman«, erklärte Hannah. »Aber den werden wir herausbekommen. Ich habe hier eine gewiefte Immobilienmaklerin, die jeden unauffällig aushorchen kann. Sag mir einfach, was du wissen musst, um Vanessa auf die Spur zu kommen, und ich rufe dich wieder an, sobald ich die Information habe.«

Kaum hatte Hannah aufgelegt, kam Lisa durch die Schwingtür. »Ich habe gerade einen Anruf in der anderen Leitung. Vanessa möchte, dass du rüberkommst. Sie will die Bäckerei schließen und die Vermögensgegenstände loswerden.«

»Sagte sie ›Vermögensgegenstände‹?« Hannah war baff.

»Nein, sie sprach von ›Zeug‹. Aber ich weiß, was sie

meinte. Jedenfalls hast du die erste Wahl, falls du ihr etwas abkaufen willst.«

»Will ich das?«

»Ich denke, ja – wenn sie dir einen guten Preis macht. Sie hat einen nagelneuen Mixer und sagte, sie hätten ihn kaum benutzt.«

Hannah schnaubte. Wenn das, was sie über den Pfirsich-Cobbler der Schwestern herausgefunden hatte, auch auf das übrige Gebäck zutraf, dann wunderte sie das nicht.

»Ich weiß, es ist unfair, dich darum zu bitten, weil du sie wegen Mike und alldem nicht ausstehen kannst, aber ich denke, du solltest dir die Geräte wenigstens ansehen.«

»Andrea muss sowieso mit ihr sprechen, dann kann ich ebenso gut mitgehen«, entschied Hannah spontan. »Wir sollten uns nichts Gutes entgehen lassen.«

»Genau. Wir könnten noch ein Kühlgestell gebrauchen, und wer weiß, was Vanessa noch hat. Außerdem klang sie irgendwie … komisch.«

»Ha-ha-komisch oder seltsam-komisch?«, fragte Hannah wie seinerzeit ihre Lehrerin in der dritten Klasse. Mrs Carlson hatte später auch Lisa noch unterrichtet.

»Seltsam-komisch. Es war, als gäbe es eine Zeitverzögerung, wie wenn man mit jemandem in Übersee telefoniert. Ich habe sie etwas gefragt, und dann dauerte es zwei, drei Sekunden, bis sie antwortete.«

»Sieh an.« Hannah warf Andrea ein Lächeln zu. »Dafür bieten sich zwei Erklärungen an. Entweder ist sie noch geschlaucht von der Totenwache, oder sie hat einen mächtigen Kater. So oder so ist das für uns von Vorteil.«

Hannah und Andrea nahmen den Hinterausgang und gingen die Gasse entlang anstatt durchs Café, wo die Stammgäste fragen würden, was sie vorhatten. Hannah freute sich nicht darauf, Vanessa zu sehen, aber Norman brauchte Informationen, und es wäre dumm, sich die Gelegenheit entgehen zu lassen, Backzutaten und Geräte zu einem Bruchteil ihres Anschaffungspreises zu kaufen.

»Ich weiß noch immer nicht, warum du wolltest, dass ich ein Geschenk für sie mitnehme«, brummte Hannah. »Schließlich ist das kein Höflichkeitsbesuch.«

»Ja, aber wenn Vanessa einen Kater hat von dem aufgepeppten Orange Julius, von dem du mir erzählt hast, dann wird es ihr nach ein paar Rumkugeln besser gehen.«

»Rumkugeln als Katerfrühstück?«

»Das wirkt angeblich. Auf jeden Fall helfen sie gegen Schmerzen. Das habe ich selbst erlebt. Ich habe bei Herbs und Lisas Hochzeitsfeier drei davon gegessen, und danach taten mir die Füße nicht mehr weh.«

»Vielleicht weil du da schon eine Weile auf dem Barhocker gesessen hast«, meinte Hannah.

»Möglich«, räumte Andrea ein. »Es war ein Geniestreich, sie zum Champagner hinter die Bar zu legen und nicht auf das Dessertbüfett. Das machte sie zu einem besonderen Leckerbissen.«

»Das war Sallys Idee. Sie wollte verhindern, dass die Kinder davon naschen.«

»Das hat sie gut gemacht. Lass uns auf den Schneewall steigen.«

»Okay.« Hannah munterte das sofort auf. Es hatte etwas Beglückendes, einen Wall aus Schnee zu erklimmen und auf der anderen Seite hinunterzuschlittern. »Schaffst du das mit den hochhackigen Stiefeln?«

»Selbstverständlich. Ich bin es gewohnt, hohe Absätze zu tragen, und diese hier sind ja nur halbhoch.«

Hannah wollte kein Risiko eingehen. Sobald sie oben angelangt waren, reichte sie Andrea eine Hand, um sie zu stützen. »Vanessa wollte vorne auf uns warten. Wir brauchen nur zu klopfen, dann lässt sie uns rein.«

Einen Augenblick später hatten sie die Straße überquert, und Hannah klopfte an die Tür, während Andrea sich den Schnee von den Sohlen trat.

»Hallo, Hannah.« Vanessa klang einigermaßen freundlich, trug jedoch eine dunkle Sonnenbrille. Ihr Kater musste übel sein. »Und Andrea! Wie geht es Ihrem hinreißenden Mann?«

»Bill geht es gut.« Andreas höfliches Lächeln setzte Eis an.

»Wir bedauern Ihren Verlust«, sagte Hannah, um ihrer Schwester Gelegenheit zu geben, sich zu fassen. »Das muss ein furchtbarer Schock gewesen sein.«

»Das … stimmt. Kommen Sie beide, um sich das Zeug anzusehen?«

»Ja. Und wir haben Ihnen etwas mitgebracht.« Hannah gab ihr die Schachtel mit den Rumkugeln und sah, dass Vanessas Hände ein wenig zitterten. Sie musste vergangene Nacht ziemlich abgestürzt sein.

»Konfekt?«, fragte Vanessa mit drei Sekunden Verzögerung. Lisa hatte recht. Vanessa reagierte sehr langsam.

»Tante Kittys Rumkugeln«, erklärte Andrea, die sich inzwischen zusammengerissen hatte. »Wir dachten, Sie mögen die vielleicht.«

»Oh. Tja … danke.«

»Was wollen Sie verkaufen?«, erkundigte sich Hannah.

»Äh … alles. Auch das Zeug in der Wohnung. Ich will

wieder nach Georgia ziehen, und, na ja … Warum sollte ich Zeug behalten, das ich nie wieder benutze?«

»Guter Punkt«, stimmte Hannah zu. »Und diese Einrichtung? Stehen die Tische und Stühle auch zum Verkauf?«

»Oh … Also … Muss wohl. Ich brauche sie nicht.« Vanessa deutete mit einer wegwerfenden Geste über die Möbel, um die Hannah sie beim ersten Blick durch das Schaufenster beneidet hatte.

»Auch die Kasse?«, wollte Andrea wissen.

»Oh … ja, die auch. Nehme ich an. Ich meine … wozu sollte ich die behalten? Und auch die Plätzchendosen und all das. Ich möchte kein neues Geschäft eröffnen. Das … war allein Shawna Lees Idee. Ich habe nur mitgemacht.«

»Was werden Sie in Georgia tun?«, fragte Hannah höflich.

»Oh. Na ja … vielleicht nehme ich Schauspielunterricht. Wissen Sie … eigentlich brauche ich nicht zu arbeiten. Mike findet, ich sollte … mein Leben genießen. Jedenfalls glaube ich, dass er das gesagt hat. Auf diese Weise bekommt den Job jemand, der ihn wirklich braucht.«

»Muss schön sein.« Hannah beschloss, das Thema zu wechseln, bevor sie dem Impuls nachgab, ihr nur zum Vergnügen einen Kinnhaken zu verpassen. In ihrem gegenwärtigen Zustand würde Vanessa das wahrscheinlich nicht mal spüren. »Wie steht's mit der Backstube? Was verkaufen Sie davon?«

»Alles. Ich habe bei … Ihrem Mädchen schon den Mixer erwähnt. Shawna Lee hat die Geräte nicht … oft benutzt.«

»Dürften wir uns die Backstube ansehen?«, erkundigte sich Andrea.

»Oh. Sicher. Warum nicht?« Vanessa griff zur Wand, um

sich abzufangen, und ging voraus. »Hier ist alles zu haben. Ich will nur … von hier weg.«

Ein Blick durch die Backstube, und Hannahs Kauflust war geweckt. Den Mixer konnten sie gut gebrauchen. Ihr eigener pfiff aus dem letzten Loch. Und ihre Küchenmaschine würde auch bald den Geist aufgeben. Ganz zu schweigen von den Öfen. Hannah würde ein Verbrechen begehen, um Vanessas Backöfen in die Finger zu bekommen. Das waren Spitzenmodelle, und die Öfen im *Cookie Jar* hatten schon zwei Vorbesitzer gehabt, als sie sie erworben hatte.

Hannah hätte Andrea gern etwas vorgeschwärmt, hielt aber den Mund. Sie hatte eine Theorie über reiche Leute. Sie glaubte, dass Geld süchtig machte. Wer Geld hatte, wollte immer mehr davon, selbst wenn er so viel gar nicht ausgeben konnte. Reiche gaben nichts zum Schnäppchenpreis her, mit dem sich ein Gewinn erzielen ließ.

Deshalb sah Hannah sich schulterzuckend um. »Ich weiß nicht so recht. Wir sind schon ziemlich gut ausgestattet. Vielleicht könnten wir ein paar Kühlgitter gebrauchen, aber das überlege ich mir noch, okay?«

»Äh … sicher. Doch überlegen Sie nicht zu lange. Ich möchte bald von hier weg. Kommen Sie. Ich zeige Ihnen die Wohnung.«

»Sehr gern«, sagte Andrea. »Hätten Sie Zeit für einen Kaffee? Sie sollten unbedingt Hannahs Rumkugeln probieren. Sie sind köstlich.«

»Rumkugeln? Oh, ja. Die.« Vanessa blickte auf die Schachtel in ihrer Hand. Dann schien Andreas Frage zu ihr durchzudringen, und sie ging voraus und die Treppe hinauf zu ihrer Wohnung. »Ich habe … keinen … Kaffee gekocht.«

»Ich werde ihn aufsetzen«, gab Hannah zurück, die hinter ihr die Stufen hinaufstieg. »Mein Kaffee ist sehr gut. Sie haben doch welchen da, oder?«

»Ich glaube … in der Küche ist welcher.«

Hannah drehte sich zu Andrea um und zwinkerte. Es zeigte sich deutlich, dass Vanessas Antennen an diesem Morgen nicht auf vollen Empfang gestellt waren. Das würde so einfach werden, wie Fische in einem Fass zu schießen.

Auf dem Weg nach oben dachte sie über die Redewendung nach. Welchen Reiz sollte das haben? Hatte das überhaupt schon mal jemand getan? Man bräuchte nur ein Mal auf das Fass zu schießen. Dann würde das Wasser aus dem Loch laufen, und man konnte sich die Fische herausnehmen.

»Küche«, murmelte Vanessa und deutete auf den Raum rechts neben dem Treppenabsatz. »Kaffee müsste … irgendwo stehen.«

»Keine Sorge, ich finde ihn.« Hannah ließ die beiden weiter ins Wohnzimmer gehen.

»Das Haus ist nicht wiederzuerkennen«, hörte Hannah ihre Schwester sagen. »Sie haben es von einem Profi gestalten lassen. Das sieht man gleich.«

Hannah blieb nicht stehen, um Vanessas Antwort zu hören. Es stimmte, das Schlafzimmer auf der anderen Seite des Flurs sah perfekt aus, wie in einem Möbelhaus, ohne persönliche Ausstrahlung oder etwas Originelles.

Als sie die Küche betrat, erkannte sie sofort, dass da derselbe Einrichtungsprofi am Werk gewesen war. Alles sah hinreißend aus, samt der farblich abgestimmten Geschirrtücher und Topflappen, die ganz bestimmt noch nie jemand benutzt hatte. Nur um sich zu vergewissern, spähte sie in den Backofen. Nichts Angebackenes, und die Heizspiralen sahen fabrikneu aus. Ganz offensichtlich hatte keine der

Schwestern hier je gekocht oder gebacken, allenfalls etwas in der Mikrowelle erhitzt.

Hannah schaute in alle Schränke, als suchte sie den Kaffee. Sie fand ihn beim zweiten Versuch, schnüffelte jedoch weiter.

Es gab nicht viel Essbares, es sei denn, man wollte eine angebrochene Packung Kekse mit Fruchtfüllung, die wahrscheinlich steinhart waren, und ein Glas Kaffeeweißer als Lebensmittel gelten lassen. Auch der Kühlschrank gab nicht viel her, wovon man satt werden könnte. Er enthielt eine Flasche Ketchup, eine Schachtel Mentholzigaretten und eine Packung Käsescheiben, die nicht mehr taufrisch waren, außerdem ein Glas Mayonnaise mit schief aufgeschraubtem Deckel und eine Sechser-Packung AA-Batterien, in der drei Stück fehlten.

Ich sollte Kaffee kochen, erinnerte sich Hannah und beeilte sich damit. Während das heiße Gebräu in die Kanne tropfte, die sie vorher hatte auswaschen müssen, schaute sie in die Spülmaschine. Da stand ihr Krug! Sie spülte ihn ebenfalls und stellte ihn auf die Arbeitsfläche, um ihn später mitzunehmen. Gerade als sie die Tür des Gerätes schließen wollte, fiel ihr auf, dass jemand Silberbesteck in den Korb gestellt hatte.

War das echtes Silber? Sie nahm einen Löffel heraus, um ihn zu begutachten. Das war sogar ein teures Silberbesteck von einer namhaften Manufaktur. Das durfte nicht in die Spülmaschine. Es sollte von Hand gespült und mit einem weichen Tuch abgetrocknet und nur gelegentlich poliert werden. Delores hatte ihr schon sehr früh alles beigebracht, was man dazu wissen musste.

Es störte Hannah, wie achtlos die teuren Stücke hier behandelt wurden. Sie schaute noch einmal genauer hin.

Da standen drei Limoges-Teller mit angetrockneten Speiseresten, die sie für Käse hielt, im unteren Spülkorb und im oberen mehrere Waterford-Weingläser. Kristallglas und gutes Porzellan sollten ebenfalls von Hand gespült und abgetrocknet werden.

Hannah war froh, dass ihre Mutter nicht bei ihr war. Delores hätte einen Anfall bekommen, wenn sie gesehen hätte, wie nachlässig Vanessa und Shawna Lee mit ihren Sachen umgingen. Anscheinend konnten die Quinn-Schwestern gut Geld ausgeben, waren jedoch total unwissend, wenn es darum ging, die guten Gegenstände zu pflegen.

Hannah schloss die Spülmaschinentür und bekam sofort ein schlechtes Gewissen, obwohl sie dazu keinen Grund hatte. Die Teller und Gläser und das Besteck gehörten nicht ihr. Nicht sie behandelte sie falsch. Wenn sie schließlich ruiniert wären, würde die Schuld bei demjenigen liegen, der sie in die Spülmaschine geräumt hatte.

Trotzdem öffnete Hannah die Tür wieder. Sie durfte nicht tatenlos dabeistehen, wenn jemand die teuren Sachen ruinierte. Das wäre, als ließe sie sehenden Auges ein Kind auf die Straße treten, obwohl ein Lastwagen herangebraust kam.

Obwohl sie sich dagegen wehrte, stand ihr das Gesicht ihrer Mutter vor Augen. In ihrer Vorstellung runzelte Delores tadelnd die Stirn und zeigte mit dem Finger auf sie. »Schon gut, schon gut«, murmelte Hannah, drehte den Wasserhahn auf und ließ Wasser in die Spüle laufen. Sie würde die wenigen Teile abwaschen und Vanessa einen Zettel schreiben, dass sie von Hand gespült werden mussten. Das befreite sie von jeglicher Schuld und zauberte ein Lächeln auf das Gesicht ihrer Mutter.

Zehn Minuten später trug sie ein Tablett mit Tassen und

dem Kaffee ins Wohnzimmer und hörte gerade noch die Antwort auf eine der Fragen, derentwegen sie zu Vanessa gegangen waren: den Vornamen ihres Mannes.

»Neil wollte eingeäschert werden.« Vanessa tupfte sich die Augen mit einem Taschentuch. »Ich glaube, er wusste, dass es dadurch für mich leichter wird. Ich weiß nur nicht, was ich mit der armen Shawna Lee tun soll!«

»Das müssen Sie nicht sofort entscheiden. Warten Sie, bis Sie einen klareren Kopf haben«, riet Andrea.

»Meine Schwester hat recht. Sie haben später noch Zeit, sich damit zu befassen.« Hannah reichte Vanessa eine Tasse Kaffee und stellte ihr den Kaffeeweißer und den Süßstoff hin, den sie gefunden hatte. In der Schachtel lagen schon drei leere Konfektpapierchen, und Vanessa redete inzwischen schneller, ohne Pausen mitten im Satz zu machen. »Essen Sie noch eine Rumkugel. Unsere Tante Kitty hat die immer genascht und behauptet, sie könne dann klarer denken.«

»Ich muss auch klarer denken«, stimmte Vanessa ihr zu, ignorierte aber die Rumkugeln. »Ich hätte nie gedacht, dass ich mal ohne meine Schwester sein würde!«

Hannah schob die Konfektschachtel näher zu ihr. Andrea hatte Vanessa schon den Vornamen des Ehemannes entlockt, nun mussten sie noch den Nachnamen erfahren. »Es muss schwer sein, besonders nachdem Sie schon Mr … Verzeihung, ich weiß den Nachnamen Ihres verstorbenen Mannes nicht.«

»Roper. Neil Roper. Er war viel älter als ich, doch ich hatte ihn zum Fressen gern, wissen Sie?«

Hannah nickte höflich, fragte sich aber, woran Vanessas viel älterer Ehemann genau gestorben war. Wenn Neil Roper einem Kannibalen zum Opfer gefallen war, könnte Vanessa ihren Anteil daran gehabt haben.

»Neil war einfach wunderbar zu mir! Ich hatte alles, was ich mir je erträumt habe, und Sie sollten mal das Traumhaus sehen, das er mir hinterlassen hat. Eine echte Südstaatenvilla mit Magnolienbäumen und allem.«

Nun war es Andrea, die lächelnd nickte. »Ich wollte auch immer auf einer Südstaatenplantage leben, seit ich zum ersten Mal *Vom Winde verweht* gesehen habe. Wo liegt Ihr Anwesen, Vanessa?«

»Außerhalb von Macon. Da befindet sich Neils Firmenzentrale.« Vanessa wandte sich Hannah zu und fing unvermittelt von etwas anderem an. »Ich finde Sie sehr nett, Hannah … Gar nicht, wie Shawna Lee Sie beschrieben hat.«

»Mmm«, murmelte Hannah, angeregt durch einen Tritt von Andrea, und schaffte es, weiter zu lächeln.

»Man fängt mehr Fliegen mit Honig als mit Essig«, pflegte ihre Großmutter früher zu sagen, und der Zweck dieses Kaffeeklatschs war schließlich, die sprichwörtlichen Fliegen zu fangen.

»Und Sie sind genauso nett, wie Mike Sie beschrieben hat«, erwiderte Hannah.

»Ist Mike nicht ein Schatz?« Vanessa lachte sie so offen an, dass Hannah glaubte, ihre Mandeln zu sehen. Für einen kurzen Moment fragte sie sich auch, wie viel Vanessa wohl für ihre makellosen Zähne bezahlt hatte, doch die Antwort konnte ihr nur Vanessa geben oder ein Zahnarzt wie Norman.

»Mike sagte, dass Sie den Orange Julius für unsere kleine Party gemixt haben«, fuhr Vanessa fort. »Der schmeckte fantastisch, genau wie der, den ich früher immer mit Shawna Lee im Shoppingcenter getrunken habe.«

»Sie und Mike hatten gestern Abend eine Party?« Andrea war sichtlich schockiert.

»Keine richtige Party, keine, die man schmeißt, wenn man glücklich ist. Das war eine … Wie heißt das noch gleich?«

»Eine Totenwache«, warf Hannah ein, anstatt die Frau auflaufen zu lassen, die bei Mike höchstwahrscheinlich romantische Absichten verfolgte.

»Genau das. Es war die Totenwache für Shawna Lee. Wir haben viel über sie gesprochen. Und dabei erzählte Mike, dass er mit Ihnen ausgeht und deshalb nicht die Nacht mit mir verbringen kann.«

»Wirklich?« Hannah entschied sich blitzschnell, Mike etwas in den Mund zu legen. Dadurch würde sie vielleicht die Wahrheit erfahren. »Das ist seltsam. Als ich ihm heute Morgen über den Weg gelaufen bin, erwähnte er, dass er die Nacht mit Ihnen verbracht hat.«

Vanessa schaute so überrascht, wie das in ihrem verkaterten Zustand möglich war. »Also … in gewisser Weise stimmt das. Er war hier, doch wir haben nicht … Sie verstehen.«

»Ich fürchte, nein.«

»Doch, Sie haben verstanden. Jedenfalls ist nichts passiert. Falls er das Gegenteil behauptet, dann gibt er nur an. Sie wissen, wie die Männer sind. Sie spielen bei jedem den … Wie heißt noch mal das mexikanische Wort?«

»Macho. Das ist Spanisch.«

»Genau das meine ich. Ich kenne das aus *Der Mann von La Macho*.«

»*Mancha*«, korrigierte Hannah.

»Wie auch immer. Neil hatte für mich und meine Freundin Karten in der ersten Reihe besorgt. Aber ehrlich, Hannah, Sie brauchen sich keine Sorgen zu machen. Mike und ich haben nichts getan, was ich nicht auch im Schaufenster der Bäckerei getan hätte. Ganz ehrlich.«

Andrea stand auf und zeigte damit das Ende des Besuchs an. Das war gut, denn Hannah lagen schon neugierige Fragen auf der Zunge, die nichts mit der Mordermittlung zu tun hatten.

»Es war nett, mit Ihnen zu plaudern«, bemerkte Andrea, eine Höflichkeitsfloskel, die Hannah nicht über die Lippen brachte. »Ich bedaure nur, dass es unter so traurigen Umständen sein musste.«

»Dito«, sagte Hannah, was sie normalerweise für eine Unart hielt, weil das völlig desinteressiert wirkte.

»Danke für die Rumkugeln, Hannah. Die sind wirklich gut.« Vanessa steckte sich noch eine in den Mund und stand ein bisschen wackelig auf. »Ich begleite Sie zur Hintertür.«

Hannah drückte sie am Arm zurück auf die Couch. »Das ist nicht nötig. Wir finden selbst hinaus. Wir werden einfach achtgeben, dass das Schloss einrastet, okay?«

»Okay.« Vanessa strahlte sie noch einmal an. »Mike hat einen Schlüssel. Er kann sich nachher aufschließen.«

Andrea nahm Hannahs Hand und zog sie von der Frau weg, die sich eindeutig wie eine Rivalin benahm. »Wir müssen gehen, Hannah. Komm.«

»Stimmt.« Sie löste den Griff und bedauerte, dass sie nicht einen Tick schneller gewesen war. »Okay. Gehen wir.«

Vanessa wackelte zum Gruß mit den Fingern und steckte sich eine Rumkugel in den Mund. »Machen Sie sich keine Sorgen, Hannah. Mike ist nur ein Freund, das ist alles.«

Sie war drauf und dran, mit einem erlesenen Ausdruck zu kontern, den man im höflichen Rahmen gewöhnlich nicht hörte, doch da schrie sie unwillkürlich leise auf, weil Andrea die Fingernägel in ihren Arm drückte. Dann schob ihre Schwester sie mit einer Kraft aus dem Zimmer, die Hannah bei ihr nicht vermutet hätte, und führte sie unerbittlich die Treppe hinunter und nach draußen auf die verschneite Gasse.

»Warum hast du nicht … Ich hätte … Ich wünschte, du …« Hannah stammelte und riss sich energisch los.

»Auf keinen Fall. Du hättest es fast vergeigt. Sie hat Spielchen mit dir getrieben, wollte dich eifersüchtig machen, und du bist fast drauf reingefallen.«

»Wirklich?« Hannah wollte sich nur zu gern überzeugen lassen.

»Ich glaube es.«

Doch Andreas Tonfall verriet das Gegenteil, und Hannah hörte das. »Nein, du glaubst das nicht. Du willst nur, dass ich mich besser fühle.«

»Na ja … vielleicht«, gab Andrea zu und stapfte an der Hausseite entlang zur Main Street. »Vanessa hat aber gesagt, dass sie nicht die Nacht mit Mike verbracht hat.«

»Ich weiß. Mehrere Male. Mich dünkt, die Dame gelobt zu viel.«

»Das ist Shakespeare«, verkündete Andrea. Sie blieb am Bordstein stehen und wartete, weil ein Wagen vorbeifuhr.

»Ich weiß. Aus *Macbeth*.«

»Meinst du, Vanessa liest Shakespeare?«, fragte Andrea, die den Witz nicht verstanden hatte.

Hannah grinste. »Nicht ohne dabei die Lippen zu bewegen und mit dem Finger die einzelnen Zeilen abzufahren.«

Tante Kittys Jamaika-Rumkugeln

Den Backofen nicht einschalten – die Rumkugeln werden kalt zubereitet.

- 540 g Vanillewaffeln
- 125 g Nüsse***
- 125 ml Glukosesirup
- 125 ml sehr guter Rum (oder sehr guter Whiskey oder sehr guter Was-Sie-Wollen)
- 2 EL Trinkschokoladenpulver
- 1 EL starker Kaffee (flüssig)

*** Ich nehme am liebsten Pecannüsse, aber auch Macadamia-, Walnüsse oder Cashewkerne.

Für den Überzug:

- Kakaopulver
- Puderzucker
- Schokoladenstreusel

Die Vanillewaffeln im Mixer fein zerkrümeln oder in eine Plastiktüte geben und mit dem Nudelholz zerkleinern, dann in eine Backschüssel geben.

Die Nüsse im Mixer oder mit dem Messer fein hacken und zugeben.

Sirup, Rum, Trinkschokoladenpulver und den Kaffee hinzufügen und gründlich unterrühren.

Bestäuben Sie sich die Hände mit Puderzucker und formen Sie aus der Masse bonbongroße Kugeln. Die Kugeln in Kakao, Puderzucker oder Schokoladenstreuseln wälzen und gemischt auf eine Platte legen – sieht sehr hübsch aus.

Bis zum Servieren kalt stellen. Gekühlt sollten sie mindestens einen Monat halten. (Ich habe das nie prüfen können, weil die Rumkugeln immer innerhalb einer Woche vernascht werden.)

Ausbeute: etwa 5 Dutzend.

Hübsch verpackt sind die Rumkugeln ein großartiges Geschenk. Backdekorgeschäfte bieten dafür eine große Auswahl an buntem Konfektpapier und dekorativen Schachteln an.

Für eine alkoholfreie Variante verwenden Sie Fruchtsaft anstelle des Rums. Diese Kugeln sollten jedoch innerhalb einer Woche verzehrt werden. Sie werden sie »Tante Kittys Ohnerumkugeln« nennen müssen, aber das ist okay. Wählen Sie einen Fruchtsaft, der gut mit Schokolade harmoniert, wie Pfirsich, Orange oder Ananas.

(Ich habe schon immer mal ausprobieren wollen, sie mit Schokolade zu überziehen. Ich wette, das schmeckt fantastisch!)

19

Im *Cookie Jar* war gerade Mittagspause. Allerdings war es diesmal anders als sonst, denn von einer Pause konnte keine Rede sein. Das Café war voller Gäste, die tranken, tunkten, knusperten und schluckten … und fast jeder wollte wissen, was Hannah über den Mord an Shawna Lee herausgefunden hatte.

Hannah hatte sich kurz nach elf in die Backstube zurückgezogen und Lisa gebeten, jedem, der auf Insider-Informationen aus war, das Gleiche zu antworten: Hannah kann wirklich nichts dazu sagen. Sie hatte zwei weitere Sorten Plätzchen gebacken und wurde gerade mit der dritten fertig, als Norman an die Hintertür klopfte.

»Riecht gut«, bemerkte er und setzte sich auf seinen gewohnten Platz an den Backtisch.

»Sie schmecken auch gut. Ich hole dir einen Kaffee.« Hannah goss ihm Kaffee ein und stellte die Tasse vor ihn hin, nahm ein abgekühltes Plätzchen aus dem Kühlgestell und gab es ihm, bevor sie sich zu ihm setzte. »Ich nenne sie ›Schokomandelröstbrot‹. Tunk es in den Kaffee. Dazu eignen sie sich wunderbar.«

Norman tat wie geheißen und kostete. »Erstklassig«, urteilte er nickend. »Es schmeckt fast wie die Schokoladen-

Biscotti, die ich immer in Seattle gegessen habe. Es sieht auch so aus. Könnte man eine Seite in Schokolade tauchen?«

»Ich wüsste nicht, was dagegenspricht. Beim nächsten Mal tunke ich beide Enden in flüssige Schokolade.«

»Das macht sie noch leckerer. Aber so schlicht sind sie auch großartig.«

»Was ist großartig?« Lisa kam mit zwei leeren Glasdosen aus dem Café herein.

»Das Schokomandelröstbrot.« Hannah deutete auf das Kühlgestell. »Füll eins der Gläser damit und schau mal, wie sie bei den Gästen ankommen.«

»Wenn Schokolade drin ist, werden die Leute sie lieben«, prophezeite Lisa, während sie Plätzchen in die Gläser gleiten ließ.

Norman griff nach seiner Aktentasche und klappte sie auf. Er zog ein dickes Bündel Ringbuchblätter heraus, die von einer Messingklammer zusammengehalten wurden, und reichte es Hannah. »Das habe ich bei der Internet-Recherche gefunden.«

»So viel?« Hannah blätterte mit dem Daumen durch drei Dutzend Seiten.

»So viel. Die meisten Informationen betreffen Vanessas Mann. Er war in Macon eine bedeutende Persönlichkeit.«

»Macon in Georgia?« Lisa hielt beim Befüllen des Glases inne und drehte sich zu Norman um.

»So heißt es. Da befand sich seine Firmenzentrale.«

»Ob das Gebäude wohl in der Nähe von *Pretty Girl Cosmetics* steht? Die haben ihre Büros auch in Macon. Die haben dafür ein markantes Gebäude errichtet. Gloria hat uns gestern Abend beim Essen davon erzählt. Es sieht aus wie ein Lippenstift mit Fenstern, und die Räume der Chefs befinden sich alle in der Spitze des Lippenstifts.«

»Augenblick mal.« Norman griff nach den Blättern. »Ich kann mich irren, aber als ich die Angaben zu Neil Ropers Finanzwerten ausgedruckt habe, ist mir etwas aufgefallen … hier ist es.«

»Was denn?«

»*Pretty Girl Cosmetics.* Vanessas Mann gehörte dem Vorstand an.«

»Warte kurz!« Hannah sprang auf, griff zum Telefon und wählte die Nummer des Antiquitätengeschäfts. Ungeduldig ging sie hin und her, bis jemand abnahm. »Hallo, Carrie. Ist Luanne heute bei euch?«

»Ja, Liebes. Soll ich sie rufen?«

»Nein. Ich muss mit ihr sprechen, aber nicht am Telefon. Wenn ihr gerade nicht zu beschäftigt seid, könntest du sie bitten, zu mir zu kommen? Ich gebe ihr danach ein paar der neuen Plätzchen mit, die ich gebacken habe: Schokomandelröstbrot.«

Carrie lachte. »Mit Bestechung funktioniert alles. Ich schicke sie dir sofort. Geht es um den Mordfall?«

»Nicht direkt. Ich muss etwas über *Pretty Girl Cosmetics* herausfinden, was Luanne wissen könnte.«

Hannah hatte gerade eine Tüte mit den neuen Plätzchen gefüllt, als Luanne an die Hintertür klopfte. Norman meldete sich freiwillig, um Lisa an der Theke abzulösen, damit die Frauen sich über *Pretty Girl Cosmetics* austauschen konnten, und so saßen die drei mit einem Kaffeebecher in der Hand zusammen, als Andrea hereingerauscht kam.

»Norman hat mich zu euch geschickt. Er sagt, ihr haltet eine Besprechung ab.«

»Tun wir.« Hannah goss ihrer Schwester ebenfalls Kaffee ein und bot ihr einen Hocker an, dann wandte sie sich Luanne zu. »Ich möchte einiges über *Pretty Girl Cosmetics* wissen. Bist du mal in der Firmenzentrale in Macon gewesen?«

»Ja. Ich bin für ein zweitägiges Seminar angenommen worden, als ich deren Produkte noch an der Haustür verkauft habe. Die Firma hat die Kosten übernommen, und meine Mutter hat sich um Suzie gekümmert, solange ich weg war. Das war toll, fast wie ein kleiner Urlaub.«

»Hast du dabei jemanden aus dem Vorstand kennengelernt?«

Luanne schüttelte den Kopf. »Nein, nur den CEO, als er uns am ersten Tag willkommen geheißen hat. Ich habe alle Spitzenverkäuferinnen aus meiner Region getroffen. Die wurden auch zu dem Seminar eingeladen. Und natürlich Gloria Travis. Sie hat das alles organisiert.«

»Weißt du von dem *Pretty-Girl*-Retreat im *Lake Eden Inn*?«, fragte Lisa.

»Sicher. Gloria hat mich angerufen, als sie in Lake Eden angekommen war, und wir treffen uns heute Abend da draußen. Ich werde mir ihr und ihrem Mann zusammen essen.«

»Ihrem Mann?« Lisa schaute überrascht. »Aber … uns hat sie gesagt, sie sei nicht verheiratet.«

»Nicht? Oh. Gut, dass du das erwähnst! Ich hätte wahrscheinlich gefragt, wo ihr Mann ist, und wäre damit ins Fettnäpfchen getreten. Dann haben sie die Verlobung wohl gelöst, und die Hochzeit hat gar nicht stattgefunden.«

»Moment!«, unterbrach Hannah sie, bevor jemand anders darauf eingehen konnte. Als alle still waren, stellte sie ihre Frage. »Wann hat Gloria dir erzählt, dass sie verlobt ist?«

»Vor anderthalb Jahren, als ich bei dem Seminar in Georgia war. Wir sind ins Plaudern gekommen, und sie sagte, sie sei mit jemandem aus dem Vorstand verlobt.«

»Neil Roper?«, riet Hannah, als einige der gesammelten Fakten plötzlich zueinanderpassten.

»Könnte sein. Ich glaube, sein Name fing mit N an. Es ist eine Weile her, seit ich ihn gehört habe.«

»Ich weiß. Versuch, dich zu erinnern, Luanne. Was hat Gloria über ihn erzählt?«

»Tja … ich weiß es nicht mehr genau. Aber hinterher hatte ich den Eindruck, dass er reich war. Und er war älter als sie. Ein Altersunterschied von zwanzig Jahren; in dem Punkt bin ich mir ziemlich sicher.«

»Was wollen wir hier noch gleich?«, fragte Andrea, als sie hinter dem *Lake Eden Inn* auf den Lieferantenparkplatz fuhr.

»Wir möchten herausfinden, ob Gloria mit Neil Roper verlobt war, dem Mann, den Vanessa geheiratet hat. Und ob Gloria davon wusste.«

»Okay. Und wir müssen außerdem erfahren, ob Gloria das *Lake Eden Inn* für das Firmen-Retreat ausgesucht hat, weil Vanessa inzwischen hier lebt, nicht wahr?«

»Stimmt. Aber du darfst an dieser Stelle nicht parken.«

»Wieso nicht?«

»Der Platz ist nur für Lieferanten.«

»Ich liefere etwas ab.« Andrea zog ein Foto von Bethany aus der Handtasche und zeigte es ihr. »Sally hat mich gebeten, eins mitzubringen, wenn ich das nächste Mal komme. Außerdem … welcher Deputy schreibt der Frau des Sheriffs einen Strafzettel?«

Hannah zuckte mit den Schultern. Andrea hatte recht. Und Lord Acton auch. Macht korrumpierte. Sie hoffte nur, dass ihre Schwester nie erleben würde, dass absolute Macht absolut korrumpierte.

»Worauf wartest du?«, fragte Andrea, öffnete ihre Tür und stieg aus dem Auto. Sie waren mit ihrem Volvo gefahren, weil Andrea sich geweigert hatte, in Hannahs »motorisiertem Eiswürfel« zu sitzen, wie sie den Lieferwagen nannte. »Komm. Es ist eisig hier draußen. Lass uns loslegen!«

Nachdem Andrea Sally das Foto gezeigt und Hannah wieder einmal beim Anblick der geräumigen Hotelküche neidisch geseufzt hatte, erklärten sie, dass sie gekommen waren, um mit Gloria Travis zu sprechen.

»Du meinst, Gloria war mit Vanessas Mann verlobt?« Sally zog die Brauen zusammen, als Hannah nickte. »Und jetzt denkt ihr, sie hätte etwas mit Shawna Lees Ermordung zu tun?«

Andrea zuckte mit den Schultern. »Vielleicht. Das müssen wir prüfen.«

»Natürlich, aber ihr bellt den falschen Baum an. Gloria ist eine, die jede Mühe auf sich nimmt, um in ihrem Wohnzimmer einen Nachtfalter einzufangen und nach draußen zu tragen. Sie tut niemandem etwas zuleide.«

»Sicher hast du recht«, sagte Hannah beruhigend, denn Sally hatte sich offenbar mit Gloria Travis angefreundet. »Sie könnte uns aber wichtige Details erzählen. Selbst wenn wir falschliegen und sie nicht mit Vanessas Mann verlobt gewesen ist, hat er jedoch dem Vorstand von *Pretty Girl* angehört. Gloria muss etwas über ihn wissen.«

Sally hob die Schultern. »Oh. Na … so gesehen … Kommt mit, dann lernt ihr sie kennen.«

Die Nachmittagssitzung machte gerade im Speiseraum eine Pause bei Kaffee und Gebäck, und Sally brachte die Schwestern zu Glorias Tisch. »Hallo, Gloria.« Sally lächelte sie an. »Das sind zwei gute Freundinnen von mir, Andrea Todd und Hannah Swensen. Sie sind Delores Swensens Töchter. Du erinnerst dich an Delores, nicht wahr?«

»Natürlich«, erwiderte Gloria freundlich. »Ihre Mutter ist wundervoll. Sie hat mir das Gefühl gegeben, hier zu Hause zu sein. Das hat mich nachdenklich gestimmt, ob ich wirklich nach Macon zurückfahren will, das kann ich Ihnen sagen!«

Sie nachdenklich gestimmt? Hannah schmunzelte verstohlen. Es schien, als hätte Miss Travis eine literarische Ader. Das machte sie ihr schon sympathisch, wie sie sich eingestand, doch sie ermahnte sich, unvoreingenommen zu bleiben.

»Hannah und Andrea möchten dich gern einiges zu *Pretty Girl* fragen. Hast du ein paar Minuten Zeit?«

»Selbstverständlich.« Gloria stand freundlich lächelnd auf. Sie war eine attraktive Frau und ungefähr in Delores' Alter. Sie trug einen schicken hellgrünen Hosenanzug mit einer etwas längeren Jacke, die sich ein wenig öffnete, wenn sie sich bewegte. Dann bemerkte man ihre cremefarbene Seidenbluse und die zusätzlichen Pfunde in der Taille. »Gehen wir an den kleinen Tisch dort drüben. Die Kolleginnen kommen ein Weilchen ohne mich aus … In Ordnung, meine Damen?«

Darauf fielen einige Bemerkungen wie: »Da bin ich mir nicht sicher!« Und: »Wie könnten wir je ohne Sie klarkommen, Gloria?« Aber alle lächelten, als Gloria Travis ihren Platz verließ. Sie ging quer durch den Raum voraus und wartete, bis Andrea und Hannah sich gesetzt hatten. »Es handelt sich wohl um etwas Ernstes. Sie lächeln alle nicht. Worum geht es?«

»Waren Sie mit Neil Roper verlobt?«, fragte Hannah freiheraus.

Einen Moment lang machte Gloria ein Gesicht, als wollte sie es abstreiten, doch dann seufzte sie. »Ja. Ich hätte mir denken können, dass das herauskommt.«

»Und er ist der Neil Roper, den Vanessa Quinn geheiratet hat?«

»Ganz recht. Wer hat Ihnen das erzählt? Luanne Hanks?«

Andrea griff hastig ein. »Das ist unwichtig. Entscheidend ist, dass wir es wissen.«

»Uns ist nur nicht klar, wie alles zusammenhängt«, fügte Hannah geschickt hinzu. »Erzählen Sie uns doch, was passiert ist, nachdem Sie und Mr Roper miteinander Schluss gemacht haben.«

Gloria seufzte schwer. »Das ist es ja. Wir haben nicht miteinander Schluss gemacht. Ich dachte, zwischen uns sei alles in Ordnung. Sie wissen vermutlich, dass Neil älter war.«

Hannah bestätigte das und schwieg dann, weil eine Kellnerin an den Tisch trat und eine Kanne Kaffee, drei Tassen und einen Teller frische Zimtschnecken brachte. »Fahren Sie bitte fort«, sagte sie, nachdem die Kellnerin gegangen war.

»Das ist es eben. Ich weiß gar nicht, wie es dazu kam. Doch ich denke, es hat angefangen, als Neil sich beim Skifahren den Knöcheln gebrochen hat.«

»Beim Skifahren?« Andrea wunderte sich.

»Genau. Für sein Alter war er sehr aktiv. Er war nach Aspen gereist, um einen alten Freund zu besuchen, und als er zurückkam, trug er einen Gipsverband. Das wäre nicht weiter schlimm gewesen, aber eine Woche später starb seine Haushälterin, die seit über dreißig Jahren bei ihm gewesen war, an einem Herzinfarkt.«

Hannah wartete gespannt auf das dritte Unglück. Ihre

Großmutter pflegte zu sagen, dass immer drei schlimme Dinge auf einmal passierten.

»Neil stellte eine neue Haushälterin ein, und wir glaubten beide, nun ginge es aufwärts, doch er hatte starke Schmerzen im Knöchel. Der Bruch wollte nicht richtig heilen. Der Arzt schlug eine Physiotherapie vor, und Neil engagierte jemanden aus dem Therapeutenverzeichnis. Und das ist auch schon alles, was ich weiß. Danach habe ich nur ein einziges Mal mit ihm telefoniert, und … das war's.«

»Was?« Hannah konnte es kaum glauben. »Sie meinen … Sie haben Neil nicht wiedergesehen?«

»Nein. Das mag verrückt klingen, aber jedes Mal, wenn ich bei ihm zu Hause angerufen habe, war er gerade bei der Physiotherapie oder er schlief oder er war verreist und dergleichen. Er schickte mir Karten und Blumen, doch wir sahen uns nicht und sprachen nicht einmal miteinander.«

»Erzählen Sie mehr darüber«, bat Andrea.

»Es war eine Woche, nachdem er die Physiotherapeutin engagiert hatte. Ich rief bei ihm an, und Neil ging ans Telefon. Er klang nicht wie er selbst. Zuerst dachte ich, er sei betrunken, doch Neil trank nichts Alkoholisches. Als er erzählte, die Pflegerin sei gerade unterwegs, um seine Tabletten zu besorgen, wurde mir klar, dass er starke Medikamente einnahm. Das beunruhigte mich. Er war höflich, aber anscheinend nicht fähig, auf meine Fragen zu antworten, und er klang schrecklich verwirrt. Er hat mich mehrmals nach meinem Namen gefragt, und ich hatte den Eindruck, dass er nicht wusste, wer ich bin!«

»Entsetzlich!«, rief Andrea aus und schauderte. »Was haben Sie unternommen?«

»Ich telefonierte mit Neils Arzt, doch der wollte mir keine Auskunft geben. Schließlich war ich nicht mit Neil verwandt. Dann rief ich wieder bei Neil an und geriet an die Physiotherapeutin. Ich sagte ihr, ich sei sehr besorgt um Neils Geisteszustand, und sie erwiderte, ich solle mir keine Sorgen machen. Er hätte starke Schmerzen und bekäme deshalb die höchste Dosis des verschriebenen Mittels.«

»Und das haben Sie ihr geglaubt?«, fragte Hannah stirnrunzelnd.

»Ja. Sie wirkte kompetent und freundlich. Ich folgte ihrem Rat und hörte auf, mir Sorgen zu machen. Am nächsten Morgen wurde ein Blumenstrauß für mich im Büro abgegeben. Er war von Neil, und er schrieb: *Es tut mir leid, dass Du Dir Sorgen gemacht hast. Es geht mir gut, und ich liebe Dich. Hoffentlich bin ich bald wieder auf den Beinen.*«

»Daraufhin waren Sie beruhigt?«, wollte Andrea wissen.

»Eine Zeit lang. Sie müssen wissen, dass Neil und ich uns sowieso nicht jeden Tag gesehen haben. Er war geschäftlich viel unterwegs und unternahm lange Reisen. Manchmal sahen wir uns wochenlang nicht, aber er rief oft an und schickte mir Blumen. Mein Job verlangte mir ebenfalls einiges ab, sodass ich abends häufig länger arbeitete. Auch deshalb hatte ich vor, nach unserer Hochzeit die Arbeit aufzugeben. Ich hoffte, ihn dann nach Paris, London oder Peking begleiten zu können.«

»Wie viel Zeit verging nach Ihrem letzten Telefongespräch, bis Sie sich wieder Sorgen machten?«

»Drei Wochen. Bei *Pretty Girl* war gerade viel zu tun, und ich war dadurch abgelenkt. Es kamen weiter Sträuße an, jeden Montagmorgen Narzissen, meine Lieblingsblumen. Ich glaubte wirklich nicht, dass etwas nicht stimmte, bis ich bei einem Blick in den Kalender feststellte, dass ich fast einen Monat lang nicht mit Neil gesprochen hatte. Ich hatte angerufen, aber nur die Physiotherapeutin am Telefon gehabt, und die hatte jedes Mal versichert, Neil ginge es gut. Es war fast, als hätte sie die Kontrolle über sein Leben übernommen, und genau das war passiert.«

Andrea kniff die Augen zusammen. »Wie meinen Sie das?«

»Bevor ich wusste, wie mir geschah, waren Neil und die Physiotherapeutin verheiratet.«

»Vanessa Quinn?«, vergewisserte Hannah sich, um ein Missverständnis auszuschließen.

»Ja. Ich rief weiter dort an, aber Neil ging nicht mehr ans Telefon. Und ich habe nie wieder mit ihm sprechen können.« Gloria blinzelte gegen Tränen an und schluckte mühsam. »Ich bin überzeugt, dass Vanessa ihn umgebracht hat. Ich wünschte nur, ich hätte das irgendwie verhindern können, aber …«

»Eine verschmähte Frau …«, zitierte Hannah.

»Vollkommen richtig. Ich rief die Polizei an und bat sie zu ermitteln, doch da hieß es, es gebe keinen Hinweis auf eine Gewalttat. Ich war also nur die sitzen gelassene Verlobte, die ihren Groll auslebt. Sie wollten mir nicht glauben, dass die Physiotherapeutin Neil unter Drogen gesetzt hatte, um ihn in der Gewalt zu haben, bis sie ihn heiraten und umbringen konnte.«

»Denken Sie wirklich, dass das passiert ist?«

»Ja. Als ich von Neils Tod in der Zeitung las, war ich zutiefst bestürzt. Ich wurde misstrauisch, besonders weil Vanessa alles erbte. Neil hatte mir immer gesagt, er würde einen Teil seines Besitzes der Tochter seines Cousins vermachen, die auf zwei Teilzeitstellen arbeitete, um das College bezahlen zu können. Doch sie hat nichts bekommen. Alles ging an Vanessa, mit der er gerade mal zehn Monate verheiratet war. Ich fresse einen Besen, wenn Neil sie aus eigenem

Entschluss geheiratet hat. An seinem Tod ist etwas faul, und da spricht nicht etwa der Neid der Besitzlosen aus mir.«

Hannah nickte und ging darüber hinweg, dass Gloria drei bildhafte Redewendungen hintereinander benutzt hatte, was ihr wie ein Rekord erschien. »Sprechen wir über das Geschehen in Lake Eden. Sie sind wegen Vanessa hierhergekommen, nicht wahr?«

»Ja. *Pretty Girl* suchte nach einem geeigneten Ort für das Wochenend-Retreat, und das war *die* Gelegenheit für mich, nach Lake Eden zu fahren, ohne Verdacht zu erregen. Das Hotel ist übrigens wunderbar. Wir haben einstimmig beschlossen, unser Retreat nun jedes Jahr hier abzuhalten.«

»Sally wird sich freuen«, erwiderte Andrea, und dann blickte sie Hannah an, um zu zeigen, dass sie sie jetzt nicht mehr unterbrechen würde.

»Haben Sie mit Vanessa gesprochen?«

»Nein, es hat sich keine Gelegenheit ergeben. Am Tag meiner Anreise bin ich zu ihrem Bäckerei-Café gefahren. Ich hatte vor, sie auf Neil anzusprechen.«

»Um wie viel Uhr war das?« Hannah hatte Stift und Block in der Hand, um sich die Antwort zu notieren.

»Ich habe das Hotel kurz nach halb sechs verlassen, muss also gegen sechs in Lake Eden gewesen sein. Aber die Bäckerei hatte geschlossen, und auf mein Klopfen reagierte niemand.«

»Was taten Sie dann?«

»Ich bin um das Haus herum auf die Rückseite gegangen. Als ich um die Hausecke bog, stand die Hintertür offen.«

»Sind Sie hineingegangen?«

»Ja, auf den Türstufen rief ich nach Vanessa. Niemand antwortete. In der Backstube brannte Licht, darum bin ich ein paar Schritte hineingegangen, und … da sah ich Vanessa am Boden liegen.«

»Aber es war nicht Vanessa«, warf Andrea mit einem entschuldigenden Blick zu Hannah ein.

»Das weiß ich inzwischen auch, doch in dem Moment war mir das nicht klar. Ich bin ihr vorher nie persönlich begegnet, ich kannte sie nur von dem Foto in der Zeitung, dem in ihrer Heiratsanzeige, die ich ausgeschnitten hatte.«

»Was taten Sie, als sie Shawna Lee da liegen sahen?«

»Ich … Ich bekam Angst. Ich wusste, wenn jemand die Verbindung zwischen uns entdecken würde, würde man mir den Mord anlasten. Sie war tot. Das war klar zu erkennen. Man hätte nichts mehr für sie tun können. Also … bin ich rückwärts raus, habe die Tür zugezogen und bin zu meinem Wagen gehastet.«

»Wie spät war es da?«

»Ich weiß es nicht. Ich habe nicht auf die Uhr gesehen. Ich weiß aber, dass die Kirchenglocken gerade anfingen zu läuten, und ich dachte, dass die Trauung fast vorbei sein muss. Das hieß, ich musste schleunigst zum Hotel zurückfahren und mich umziehen, bevor die Gäste eintreffen.«

»Sagt sie die Wahrheit?«, fragte Andrea, als sie in ihren Volvo stieg.

»Ich glaube, ja.«

»Ich auch. Und das zeigt es.«

»Was zeigt was?«, hakte Hannah irritiert nach.

»Dass ich nicht die Einzige bin, die die Schwestern miteinander verwechselt hat.« Ein leises Klingeln war zu hören, und Andrea griff nach ihrer Handtasche. »Halte mal das Lenkrad. Ich muss da rangehen.«

Als sie ihr Handy hervorangelte und den Anruf annahm, blickte Hannah durch die Windschutzscheibe und lenkte den Wagen vom Beifahrersitz aus. War das erlaubt? Und wenn sie einen Unfall baute, wäre das dann ihre Schuld oder Andreas? Würde das als Autounfall mit Handy-Beteiligung gewertet werden, obwohl sie beide Hände am Lenkrad gehabt hätte? Und spielte es wirklich eine Rolle, wessen Hände das waren?

»Hallo, Mutter.« Andrea hielt das Gerät mit der Linken ans Ohr und übernahm mit der Rechten das Steuer. »Du kannst jetzt loslassen, Hannah. Ich habe es.«

»Bist du sicher, dass du gleichzeitig telefonieren und fahren kannst?« Hannah war nicht bereit, in die Highway-Geschichte einzugehen.

»Ganz sicher.« Andrea bewies es, indem sie, ohne zu blinken, auf die Nachbarspur geriet. »Du hast richtig gehört, Mutter. Hannah ist bei mir. Wir kommen gerade vom *Lake Eden Inn* zurück.«

Hannah kniff die Augen zu. Sie fand es unter den besten Umständen schon schwer, ruhig danebenzusitzen, wenn ihre Schwester fuhr, und dies waren nicht die besten Umstände.

»Natürlich tun wir das, Mutter.« Andrea riss in letzter Sekunde das Lenkrad nach rechts und nahm die Abzweigung nach Lake Eden. »Wir sind spätestens in zehn Minuten da. Setz dich einfach hin und entspann dich solange.«

»Wir fahren zu Mutters Geschäft?«, fragte Hannah, als Andrea aufgelegt hatte.

»Nein, zu ihrem Haus. Sie ist heute gegen Mittag nach Hause gefahren.«

»Ist sie krank?«, wollte Hannah alarmiert wissen und bekam Herzklopfen. Delores nahm sich höchstens einmal frei, wenn sie ernsthaft erkrankt war.

»Das glaube ich nicht. Aber irgendetwas stimmt nicht mit ihr.«

»Hat sie das gesagt?«

»Nicht direkt. Sie hat nur gebeten, dass wir beide zu ihr kommen, weil sie unseren Rat braucht.«

»Sie benötigt einen Rat von *uns?*«

»So drückte sie sich aus.«

»Dann steckt sie in ernsten Schwierigkeiten. Sie hat uns noch nie um Rat gefragt.«

Schokomandelröstbrot

Den Backofen auf 175 Grad vorheizen, das Blech in der Mitte einschieben.

360 g Butter
110 g ungesüßter Kakao
500 g brauner Zucker
5 große Eier, geschlagen (einfach mit einer Gabel)
4 TL Backnatron
1 TL Salz
2 TL Vanilleextrakt
85 g Mandelblätter
720 g Mehl

Die Butter zerlassen und den Kakao und den Zucker einrühren. Abkühlen lassen und die geschlagenen Eier unterrühren. Backnatron, Salz, Vanilleextrakt und die Mandelblätter zugeben und verrühren. Das Mehl in 6 Portionen unterkneten.

Zwei Backbleche einfetten. Den Teig in fünf Teile schneiden und jedes Teil zu einem Laib formen, der etwa 2 bis 3 cm hoch, 18 bis 20 cm lang und 8 bis 10 cm breit sein sollte. Zwei Laibe auf das eine Blech, drei Laibe auf das andere Blech legen. 35 Minuten lang backen.

10 Minuten lang auf dem Blech abkühlen lassen, den Backofen nicht ausschalten. Die Laibe auf ein Drahtgitter legen und weitere 5 Minuten warten. Die Laibe wie ein Brot mit einem scharfen Messer in fingerdicke Scheiben schneiden. (Die Endstücke beiseitelegen – tunken Sie sie in Ihren Kaffee, während die übrigen Scheiben backen.)

Die Scheiben mit der Schnittfläche auf die gefetteten Bleche legen, 5 Minuten lang backen, wenden und 10 Minuten lang weiterbacken. Anschließend 5 Minuten lang auf dem Blech abkühlen lassen, dann auf ein Drahtgitter legen.

Sie eignen sich großartig zum Tunken. Wenn Sie möchten, tauchen Sie die Kekse in geschmolzene Schokolade, legen sie auf Backpapier und stellen sie in den Kühlschrank, damit die Schokolade fest wird.

Ausbeute: etwa 4 Dutzend.

20

Als Delores die Tür öffnete, hatte Hannah Mühe, ihr Erschrecken zu verbergen. Ihre Mutter sah zum ersten Mal alt aus. Ein Blick zu Andrea, und sie wusste, dass ihre Schwester darüber genauso bestürzt war. Es musste etwas Drastisches vorgefallen sein.

»Hallo, Mutter. Was ist los?« Versuchshalber schlug Hannah einen unbeschwerten Ton an, doch das ging daneben. Sie klang respektlos, und so war es ganz sicher nicht gemeint. »Verzeih mir, das kam falsch rüber.«

»Das ist unwichtig«, erwiderte Delores, trat zur Seite und ließ sie herein. »Kommt, Mädchen. Ich habe im Wohnzimmer den Kaffeetisch gedeckt.«

Delores ging voran, und Hannah atmete tief durch, um Mut zu sammeln. Wenn es in der Familie etwas Wichtiges zu besprechen gab, fand die Unterhaltung meistens in der Küche an dem runden Eichentisch statt. Da war Andrea damals eröffnet worden, wie viel sie für ihr Abschlussballkleid ausgeben durfte, und da hatten sie auch miteinander erörtert, an welchen Colleges Hannah sich bewerben sollte.

Das Wohnzimmer blieb den ernsten Angelegenheiten vorbehalten. Dort hatten sie etwa gesessen, als Andrea verkündet hatte, sie wolle Bill heiraten, und als Hannah gebeten hatte, noch ein Jahr länger zu studieren, um ihren Master zu machen, anstatt nach Lake Eden zurückzukehren und an der Jordan High Englisch zu unterrichten.

»Ich mache mir Sorgen um dich, Mutter«, begann Hannah, kaum dass sie saß. »Bist du krank?«

»Nein, nur tief betrübt. Ich habe wirklich geglaubt, Winthrop sei der Richtige für mich. Er war in jeder Hinsicht perfekt. Doch nun habe ich herausgefunden, dass er ... eine Schwäche für eine andere Frau entwickelt hat.«

Hannah sah Andrea an, die schüttelte jedoch dezent den Kopf. Also blieb die Aufgabe an ihr, der ältesten Schwester, hängen. »Du wusstest das, Mutter. Erinnere dich an das Dinner vor Weihnachten, als er mit Carrie und Bertie Straub sowie Florence Evans geflirtet hat.«

»Ich weiß. Aber das war nur harmloser Spaß. Winthrop hätte niemals ... ihr wisst schon ... mit keiner von ihnen. Es stimmt, er sieht ständig anderen Frauen nach. Doch diesmal denke ich, es bleibt nicht beim Gucken, wenn ihr versteht, was ich meine.«

Andrea hielt den Blick gesenkt, ein Signal, das bei Hannah laut und deutlich ankam. Ihre Schwester war noch immer überfordert und überließ es ihr, ihre Mutter zu beraten.

»Wieso vermutest du, diese ... äh ... Geschichte könnte mehr sein als ... ein unschuldiger Flirt?«, fragte Hannah und griff tief in ihre Euphemismus-Kiste.

»Wegen der beteiligten Frau. Bei jemandem wie Carrie oder Florence oder Bertie würde ich mir keine Gedanken machen. Aber in diesem Fall muss ich ihren Ruf bedenken. Und dann ist da noch der Altersfaktor.«

»Verstehe«, murmelte Hannah, überrascht, weil sie tatsächlich verstand. »Die Frau, die du im Verdacht hast, mit

Winthrop … äh … herumzutändeln, ist also jünger und steht in dem Ruf … äh … herumzutändeln.«

»So ist es.«

»Nun, wenn das so ist und wegen des Altersfaktors und …« Hannah geriet ins Stocken und blickte ihre Mutter an. Ihr waren die Euphemismen ausgegangen. »Warum reden wir so?«

»Wie denn?«

»Um den heißen Brei herum«, antwortete sie und hatte doch noch einen gefunden. »Du fürchtest, dass Winthrop dir mit einer jüngeren Frau untreu wird, die einen schlechten Ruf hat. Ist das so?«

»Nun ja, wenn du es so ausdrückst …« Delores holte tief Luft. »Ja, genau so ist es. Und ich weiß nicht, was ich tun soll!«

Zum ersten Mal seit Beginn des Gesprächs blickte Andrea auf, und sie sah ihrer Mutter direkt in die Augen. »Töte ihn. Das würde ich jedenfalls mit Bill machen, wenn er mir fremdgeht.«

»Aber ihr seid verheiratet, Andrea, Winthrop und ich nicht.«

»Wie dicht warst du dran, ihn zu heiraten?«, hakte Hannah nach und zog die Unterhaltung wieder an sich. »Andrea und ich wollen unsere Nase nicht in deine Beziehung stecken, aber hat er dich gebeten, ihn zu heiraten?«

»Ja. Mehrmals. Und ich habe Ja gesagt. Man könnte es so sehen, dass wir inoffiziell verlobt sind. Vor ein paar Wochen hat er aus England den Ring seiner Mutter kommen lassen.«

Hannah hätte beinahe gestöhnt, konnte das aber gerade noch unterdrücken. Ihre Mutter brauchte Hilfe, keine Kritik. »Was hat dich misstrauisch gemacht? Hast du ihn mit der anderen Frau gesehen?«

»Nicht direkt. Doch er hat ein Foto von Shawna Lee Quinn.«

Das wäre im Theater ein typischer Schlusssatz für einen ersten Akt, und Hannah war drauf und dran zu applaudieren. Wenn das ein Theaterstück wäre, würde jetzt der Vorhang fallen. Ihre Mutter sah elend aus. Die starke Frau, die stets wusste, was sie wollte, und gern Himmel und Hölle in Bewegung setzte, um ihren Willen zu bekommen, wirkte restlos besiegt.

Hannah entschied, dass ein Löffel bittere Medizin angebracht war. »Krieg dich in den Griff, Mutter. Das ist nicht der richtige Augenblick, um melodramatisch zu werden.«

»Ich war noch nie in meinem Leben melodramatisch!« Zwei rote Flecken erschienen auf Delores' Wangen, und ihre Augen blitzten. »Was redest du denn da, Hannah?«

»Du bist argwöhnisch wegen Shawna Lee Quinn. Doch sie ist keine Rivalin mehr. Sie ist tot.«

»Ich weiß, aber …« Delores runzelte die Stirn. »Du hast recht. Sie ist tot und ich nicht. Trotzdem wüsste ich gern, warum Winthrop ein Foto von ihr aufbewahrt.«

»Warum fragst du ihn nicht?«, schlug Andrea vor, worauf Mutter und Schwester sie anblickten.

»Gute Idee.« Hannah nickte ihr zu und wandte sich wieder an Delores. »Frag ihn einfach, Mutter. Vielleicht hat das einen vernünftigen Grund. Ich meine … Männer haben alle möglichen Fotos in ihrer Brieftasche und räumen nie darin auf. Vielleicht hat Shawna Lee Flyer mit ihrem Foto verteilt, als sie die Bäckerei eröffnete.«

»Es ist kein Flyer, und das Foto steckt nicht in seiner Brieftasche.«

»Okay.« Hannah glaubte ihr das unbesehen. »Wo befindet es sich?«

»In einem Wechselrahmen, einem großen, und der … nun ja … der liegt in der Schublade zwischen Winthrops Unterwäsche.«

Noch so ein Schlusssatz. Nach einem Blick zu ihrer Schwester klappte Hannah den Mund wieder zu. Delores war voller Überraschungen. »Okay.« Sie holte tief Luft. »Ich frage jetzt, was wir beide gern wissen möchten. Was hattest du in Winthrops Unterwäscheschublade zu suchen?«

»Würdest du mir glauben, wenn ich sage, dass ich seine frisch gewaschene Wäsche eingeräumt habe?«

»Nein«, antwortete Hannah unmissverständlich. »Du räumst nicht mal deine eigene ein. Das erledigt Marjorie Hanks, wenn sie bei dir putzt.«

»Also gut. Ich habe … Es spielt keine Rolle, wie ich das Foto gefunden habe, nicht wahr? Wichtig ist nur, dass es so ist. Und aufgrund der Umstände kann ich Winthrop wohl kaum darauf ansprechen!«

»Weil er dann wüsste, dass du herumgeschnüffelt hast?« Andrea grinste.

»Nun … ja, wenn du es so nennen willst. Ich betrachte das lieber als … Sammeln von Fakten.«

»Hübsch«, erwiderte Hannah. »Die Formulierung werde ich eines Tages verwenden. Aber zurück zu dem Foto. Kannst du es beschreiben?«

»Und ob ich das kann! Ich habe nur einen kurzen Blick darauf geworfen, dann kam Winthrop schon aus der Dusche, doch es hat einen bleibenden Eindruck hinterlassen.«

Andrea warf Hannah einen erschrockenen Blick zu, und Hannah wusste genau, was sie dachte. *Dusche? Wieso war Mutter in Winthrops Schlafzimmer, während er duschte?*

»Er war noch nicht umgezogen, als ich zu ihm kam, und

ich sollte solange im Wohnzimmer warten. Darum habe ich einen schnellen Blick riskiert.«

Hannah sah, dass Andrea sich wieder leicht entspannte. Das war gut. »Erzähl uns alles, was dir an dem Foto aufgefallen ist.«

»Ich vermute, dass es in einem Club aufgenommen wurde, wo ein Fotograf von Tisch zu Tisch geht. Kennt ihr diese Art von Lokal?«

Hannah nickte. »Die sind teuer.«

»Stimmt. Und chic. Sie saßen nebeneinander auf einem Sofa, und er hatte den Arm um sie gelegt. Sie sahen sehr glücklich aus – und sehr … vertraut.«

»Bist du sicher, dass das Shawna Lee war?«, fragte Andrea nach einem Blick zu Hannah. »Kann es nicht auch Vanessa gewesen sein? Sie sehen sich sehr ähnlich.«

Delores schaute einen Moment lang nachdenklich, dann zuckte sie anmutig mit den Schultern. »Durchaus. Auf den Gedanken bin ich gar nicht gekommen. Doch Vanessa lebt noch, und das hieße, ich war nicht melodramatisch und muss mir doch Sorgen machen! Am besten, ich fahre gleich zu Winthrop und versuche, noch mal einen Blick auf das Foto zu werfen.«

»Nein.« Hannah hob die Hand. »Das ist für dich zu riskant, Mutter. Winthrop könnte dich diesmal erwischen. Andrea und ich werden das übernehmen. Wir finden heraus, ob es Shawna Lee oder Vanessa ist.«

Andrea blickte sie skeptisch an, nickte jedoch, wohl um schwesterlichen Zusammenhalt zu beweisen. »Keine Sorge, Mutter. Wir kriegen das hin.«

»Also gut.« Delores seufzte tief. »Ihr beide könnt so etwas ohnehin besser. Und wenn Winthrop morgen zurückkommt und merkt, dass jemand an seinen Sachen gewesen ist, kann ich wahrheitsgemäß behaupten, dass ich es nicht war.«

»Heißt das, Winthrop ist gar nicht in Lake Eden?«, fragte Hannah.

»Genau. Er nimmt an einem Investment-Lehrgang teil und wird erst morgen Abend gegen sechs zurückkommen.«

»Perfekt«, sagte Hannah zu Andrea. »Wir werden am besten gleich in seine Wohnung einbrechen und nach dem Foto suchen.«

Delores lächelte selbstgefällig. »Ich wusste, ihr würdet das vorschlagen. Ich kann mich immer auf meine Mädchen verlassen.« Sie nahm den Schlüssel, der neben ihrer Tasse auf dem Sofatisch lag, und gab ihn Hannah. »Ihr braucht nicht einzubrechen, meine Lieben. Nehmt den Schlüssel.«

»Ich will nicht wissen, was das bedeutet«, sagte Andrea, die mit Winthrops Schlüssel in der Hand am Steuer saß. »Ich möchte nicht mal darüber nachdenken.«

»Ich auch nicht. Hoffentlich hat er Gummihandschuhe unter der Spüle. Ich will nicht mit bloßen Händen in seine Unterwäscheschublade fassen.«

»Hannah!« Andrea kicherte los, und das so ausgelassen, dass sie Hannah damit ansteckte. Das Kichern ging in Gackern über, und weil der Volvo allmählich Schlangenlinien fuhr, mussten sie bei Cyril Murphys Gebrauchtwagenhof einbiegen und warten, bis sie sich beruhigt hatten.

»Habt ihr Probleme mit dem schicken ausländischen Wagen?«, fragte Cyril, der ans Fenster kam, um zu sehen, was los war.

»Ja, er braucht einen neuen Fahrer«, antwortete Hannah und löste einen neuen Lachanfall aus.

Bis sie sich zusammengerissen hatten, lachte auch Cyril in sich hinein. »Ich habe gerade in eurem Café angerufen«, sagte er zu Hannah. »Ich muss heute Nachmittag an dem Keksmobil arbeiten.«

»Wieso das?« Hannah fiel es schwer, auf ihren Wagen zu verzichten, obwohl sie im Moment nicht damit fuhr.

»Rückruf des Herstellers. Ist absolut kostenlos. Ich lasse ihn von meinen Jungs abholen und Ihnen einen Leihwagen bringen. Bis ich Feierabend mache, ist die Reparatur erledigt.«

»Das ist großartig.« Im nächsten Moment fiel ihr ein, dass seine Werkstatt bis zehn Uhr abends geöffnet war. »Soll ich zurück in die Stadt fahren und ihn heute Abend abholen?«

Cyril schüttelte den Kopf. »Einer meiner Jungs kann ihn zu Ihrer Wohnung bringen. Legen Sie den Schlüssel des Leihwagens auf der Fahrerseite unter die Matte. Mein Mitarbeiter stellt Ihren Lieferwagen ab und nimmt den Leihwagen mit.«

»Klingt gut.«

Nachdem sie mit ihm noch ein paar Worte gewechselt hatten, fuhr Andrea zurück auf die Straße und dann auf den Highway. Kurz vor der Abfahrt, die zu Winthrops Adresse führte, wandte Hannah sich ihrer Schwester zu. »Was sagst du? Gehen wir durch die ganze Wohnung, wenn wir schon mal da sind?«

»Du meinst, ob wir die ganze Wohnung durchsuchen?«

»Genau. Ich will wissen, ob es noch einen Grund gibt, warum Mutter ihn abservieren sollte.«

»Ich wäre ehrlich enttäuscht gewesen, wenn du das

nicht vorgeschlagen hättest.« Andrea bog vom Highway ab und schlug die Richtung zu den »Lakeside-Villen« ein, einem Wohnhauskomplex, in dem viele alleinstehende Arbeitnehmer lebten. »Guck mal auf den Schlüssel.« Sie gab ihn Hannah. »Die Wohnungsnummer müsste eingestanzt sein.«

»Zwei-dreiundzwanzig«, las Hannah laut.

»Okay. Das heißt, Haus Nummer zwei, zweiter Stock.«

»Du bist schon mal dort gewesen?«

»Jedes Mal, wenn ich die Mädchen vom Tanzkurs nach Hause fahre. Eine von Traceys Freundinnen wohnt in Haus drei. Da befinden sich die Drei-Zimmer-Wohnungen.«

Hannah schaute interessiert aus dem Fenster, als Andrea an dem Nurdach-Clubhaus vorbeifuhr, das durch die Holzverkleidung aussah wie eine Blockhütte. Bei Haus zwei gab es unter dem verlängerten Dach ausgewiesene Parkplätze für die Bewohner, unüberdachte für Besucher. Andrea bog in eine Parkbucht und stellte den Motor ab. »Okay. Lass uns Mutters Ehre verteidigen.«

»Dafür könnte es ein bisschen zu spät sein«, sagte Hannah schelmisch lächelnd.

»Das will ich nicht hören. Legen wir los.«

Ein Schild verlangte, die Haustür aus Sicherheitsgründen geschlossen zu halten, und Andrea benutzte den mitgebrachten Schlüssel. Sie betraten den Hausflur und standen vor einer weiteren Tür, an der die gleiche Aufforderung zu lesen war.

»Die sind hier sehr sicherheitsbewusst«, bemerkte Andrea, schob den Schlüssel ins Schloss, zog die Tür auf und betrat den mit Teppich ausgelegten Bereich.

Hannah folgte ihr breit grinsend. »Nein, sind sie nicht.

Bei beiden Türen hat jemand Papier ins Schloss gedrückt, damit der Schnapper nicht einrasten kann.«

»Nein!« Andrea kehrte um und überzeugte sich davon, dann sah sie Hannah geschockt an. »Es stimmt! Hier kann praktisch jeder ins Haus gelangen. Warum dann das Schild mit der Anweisung, die Türen geschlossen zu halten?«

»Um die Leute fernzuhalten, die nicht lesen können?«, witzelte Hannah und zog Andrea, die schon wieder ausgelassen kicherte, am Arm zum Aufzug.

Während sie nach oben fuhren, waren sie beide still. Diese Sorte von Aufzügen konnte Hannah nicht ausstehen. Er hatte verspiegelte Wände, sodass zwanzig bis dreißig schicke schlanke Blondinen mit derselben Anzahl pummeliger krauser Rotschöpfe in unendlich viele Aufzugkabinen gestopft waren.

»Puh!« Hannah stieg erleichtert aus, als sich die Tür öffnete. »Das war mir alles zu synchron.«

»Synchron?«

»Als ich mich an der Nase kratzte, taten das auch die anderen rothaarigen Frauen ringsherum.«

»Ich verstehe, was du meinst. Mir hat es auch nicht gefallen, so viele Doppelgängerinnen von mir zu sehen.«

Obwohl sie nirgendwo Schritte hörten, gingen sie wortlos und leise den Gang entlang bis zu Winthrops Wohnung. Wie selbstverständlich stand Andrea Schmiere, während Hannah die Tür aufschloss. Dann schlüpften sie beide hinein und drückten die Tür hinter sich ins Schloss. Schweigend schlichen sie von Raum zu Raum und spähten hinein, dann erst wagten sie zu reden.

»Ist okay. Er ist tatsächlich nicht da. Wie findest du die Wohnung?«

Andrea schaute durch das Wohnzimmer und zuckte

mit den Schultern. »Sie ist … arttypisch. Genau wie Winthrop.«

»Arttypisch!« Hannah brach in entzücktes Lachen aus. »Das ist genau das richtige Wort für ihn. Winthrop ist in jeder Hinsicht ein arttypischer Engländer. Wie aus einem Roman.«

»Wie aus einem Film, in dem er einen englischen Lord spielt. Er ist nicht der Typ, der Bücher liest.«

»Wahrscheinlich hast du recht.« Hannah drehte eine Runde durchs Wohnzimmer. »Das ist mir alles zu geschmackvoll.«

»Das ist für jeden zu geschmackvoll. Ich weiß nicht, wie Mutter es hier aushält.« Andrea schaute sich die gerahmten Fotografien auf dem Kaminsims an und keuchte auf.

»Was ist?«, fragte Hannah.

»Die Fotos. Das sind Pete und Daisy.«

»Du kennst sie?«

»Nicht direkt. Das sind Figuren aus einem Kinderfilm über einen Jungen und seinen Hund. Ich habe ihn letztes Jahr mit Tracey und Karen im Kino gesehen. Ich fand ihn niedlich. Winthrop hat sich Fotos davon eingerahmt. Anscheinend hat ihm der Film auch sehr gefallen.«

»Nicht unbedingt. Vielleicht wollte er nur Bilder auf dem Kaminsims stehen haben, aber keine echten Fotos aufstellen.«

»Warum nicht?«

»Weil … er nicht will, dass jemand Menschen aus seiner Vergangenheit sieht.«

»Okay. Aber warum nicht?«

»Weil er sich vor der Polizei verstecken muss?«

»Oder vor Verbrechern. Winthrop könnte im Zeugenschutzprogramm leben.«

»Schon möglich, doch danach sieht er nicht aus. Andererseits darf man den Leuten im Zeugenschutzprogramm das nicht ansehen. Vielleicht war deine erste These richtig, und ihm hat nur der Film gut gefallen. Wer ist auf den anderen Fotos? Irgendwelche berühmten Filmstars?«

»Scheint mir nicht so.« Andrea ging näher ran, um sich die Gesichter genauer anzusehen. »Pete und Daisy sind die Einzigen, aber …« Sie nahm einen Rahmen in die Hand und drehte ihn um.

»Was?«, fragte Hannah.

»Das ist ein *Keep-It*-Rahmen.«

»Was ist das?«

»Eine Marke, die es im Supermarkt gibt. Ich habe gerade einen für das Foto gekauft, das Norman von Tracey gemacht hat, als sie bei der Parade am 4. Juli auf dem *Cookie-Jar*-Wagen mitgefahren ist.«

»Ist das von Bedeutung?«, fragte Hannah, weil ihre Schwester manchmal eine Weile brauchte, bis sie zum Kern der Sache kam.

»Könnte sein.« Andrea kam mit dem Bild zu ihr. »Siehst du das ältere Paar auf dem Foto?«

»Natürlich. Sind das auch berühmte Filmstars?«

»Nein, aber vielleicht berühmte Bilderrahmenmodels. Ich bin mir ziemlich sicher, dass ich dasselbe Paar in dem Rahmen hatte, den ich für Traceys Foto gekauft habe.«

»Winthrop hat die Bilderrahmen im Supermarkt gekauft und die Musterbilder drin gelassen?«

»Anscheinend. Ich habe Traceys Foto erst gestern Abend gerahmt. Das Musterbild könnte noch im Papierkorb liegen. Ich werde zu Hause nachsehen und dich anrufen.«

»Okay.« Hannah klopfte ihr auf die Schulter. »Gut, dass du mitgekommen bist. Mir wäre das nicht aufgefallen.«

»Danke. Es ist aber nicht verboten, sich Bilderrahmen zu kaufen und sie mit den Musterbildern aufzustellen.«

»Verboten nicht, nur verdächtig. Du siehst dich weiter im Wohnzimmer um, ich suche nach den Gummihandschuhen und nehme sein Schlafzimmer in Angriff.«

21

»Ich bin wach, ich bin wach«, stöhnte Hannah und drehte den Kopf weg, um Moishes Sandpapierzunge zu entgehen, während sie sich aufsetzte. Die rauen Zungenschläge waren seine Art, ihr zu sagen, dass in der vereisten Tundra der Morgen anbrach und sie schleunigst den Wecker abschalten sollte, der ihm in den Ohren wehtat. Und dass sie seinen Futternapf füllen musste.

Hannah schlug vor dem zweiten schrillen Ton auf den Knopf und schob die Füße in die fellgefütterten Mokassins, die sie als Winterhausschuhe benutzte. »Komm, Moishe. Ich brauche Kaffee. Ich will bestimmt nicht wieder einschlafen und den Traum weiterträumen!«

Sie zog sich ihren wärmsten Morgenmantel über, ein altes verwaschenes Stück aus Chenille, dessen ursprüngliche Farbe nicht mehr zu erkennen war. Sie hatte ihn im Secondhandladen in Lake Eden gefunden, als sie nach dem Studium zurückgekehrt war, und den verlangten Dollar gern dafür gezahlt. Der Morgenmantel ähnelte dem ihrer Großmutter Ingrid, und wenn sie ihn trug, war das beinahe so, als würde ihre Großmutter sie in die Arme schließen. Sie vermisste sie jedes Mal, wenn sie eins ihrer Rezepte verwendete.

»Ich habe von Shawna Lee und Vanessa geträumt«, erzählte sie auf dem Weg in die Küche. »Sie haben in Wimbledon Tennis gespielt, und Winthrops Kopf war der Ball.«

Moishe kommentierte das miauend und versetzte ihrem Hausschuh einen halbherzigen Hieb mit der Tatze.

»Ich weiß, es hätte schlimmer sein können, doch mir hat das schon gereicht. Ich habe wohl von ihnen geträumt, weil ich das Foto habe, das Andrea und ich uns ausgeliehen …«

Moishe fiel ihr energisch ins Wort.

»Okay. Du hast recht. Wir haben es gestohlen. Aber ich werde es heute Nachmittag wieder zurückbringen, und das heißt, es war nur ausgeliehen.«

Moishe miaute erneut und diesmal noch lauter.

»Schon gut. Wir haben es ohne Erlaubnis ausgeliehen. Bist du nun zufrieden?« Hannah grinste zu ihm hinunter, als er empört fauchte. Manche Leute glaubten, Katzen verstünden nicht, was ihre Menschen zu ihnen sagten, doch Moishe miaute immer im passenden Moment, und daher entschied sie zu seinen Gunsten. »Jedenfalls habe ich das Foto und kann nun nicht unterscheiden, welche der Schwestern man darauf sieht. Andrea weiß es auch nicht. Mike könnte es mir vermutlich sagen, doch den frage ich auf keinen Fall!«

Nachdem der Napf gefüllt war und das Koffein der ersten Tasse Kaffee durch ihre dankbaren Adern trieb, trat sie in die Duschkabine. Sie versuchte immer, zu duschen und sich anzuziehen, bevor sie richtig wach war, so auch heute.

Keine zehn Minuten später saß Hannah am Küchentisch. Sie hatte ihre zweite Tasse Kaffee halb geleert, als ihr schlagartig ein Versäumnis bewusst wurde. »Mutter«, stöhnte sie.

Moishe fauchte und machte einen Buckel.

»Das stimmt. Trotzdem hätte ich sie gestern Abend noch

anrufen und ihr von Winthrops Bilderrahmen erzählen sollen. Andererseits ist es vielleicht ganz gut, dass ich es nicht getan habe. Wir sollten zuerst alle Geschütze in Stellung bringen, bevor wir auf Winthrop feuern.«

Moishe schien den Plan gutzuheißen, denn er blinzelte sie an, bevor er zu seinem Futternapf ging. Das konnte man fast als Lächeln werten. Anscheinend begeisterte ihn der Plan, aus allen Rohren auf Winthrop zu schießen, denn er knusperte lauter als sonst. Hannah hoffte nur, er würde sich keinen Zahn dabei abbrechen und einen Katzenzahnarzt brauchen. Bei dem Gedanken fiel ihr ein, wie sich ihr Problem lösen ließ.

»Norman!«, rief sie aus, sodass Moishe hochschreckte und sie ansah. »Ich wollte dich nicht erschrecken, aber du hast mich auf eine großartige Idee gebracht.« Sie griff in die Blechdose mit den fischförmigen, nach Lachs schmeckenden Leckerli und warf ihm zwei zu. »Es ist wie bei der Gerichtsmedizinersendung, die wir letzte Woche geguckt haben. Norman hat sowohl Shawna Lee als auch Vanessa behandelt, und die Frau auf dem Foto lacht. Norman kann wahrscheinlich an den Zähnen erkennen, welche der Schwestern die auf dem Foto ist.«

Sie nahm ihren Notizblock und schrieb auf, was sie sich für den Tag vornahm. *Backen* stand an erster Stelle, darunter setzte sie *Norman Foto* und *Foto zurückbringen.* Sie blätterte zurück zu den Notizen über den Mord an Shawna Lee. Vielleicht würde ihr dabei ein Licht aufgehen.

Die Verdächtigen hatte sie auf der ersten Seite aufgelistet, und sie ging sie noch einmal durch. Der erste war Mike und sein Motiv Eifersucht. Sie hatte seinen Namen durchgestrichen, weil Andrea ihn durch ein Gespräch mit Marjorie Hanks hatte entlasten können. Er konnte Shawna Lee nicht getötet haben, weil er sich zur Tatzeit in Marjories Sicht- und Hörweite aufgehalten hatte.

Die Nächsten auf der Liste waren die Ehefrauen mehrerer Deputys, mit denen Shawna Lee unverfroren geflirtet hatte. Ihr Motiv war ebenfalls Eifersucht. Doch sie alle hatten ein Alibi, auch ihre Ehemänner. Sie hatten an Lisas und Herbs Traugottesdienst teilgenommen und waren als Gruppe zur Kirche gekommen.

Ronni Ward stand darunter, ihr Name war auch durchgestrichen. Hannah hatte es für äußerst unwahrscheinlich gehalten, dass Ronni mit ihrem eingegipsten Fuß zur Hintertür der Bäckerei gehumpelt war, um Shawna Lee zu erschießen. Trotzdem hatte sie im Krankenhaus angerufen und sich vergewissert, dass Ronni den ganzen Tag ununterbrochen dort gewesen war.

Auch Barbara Donnellys Name stand da. Hannah hatte ihn durchgestrichen, nachdem Norman ihr berichtet hatte, dass sie bei ihm zur Zahnreinigung gewesen war, und erwähnt hatte, dass sie zusammen mit Nettie Grant zur Hochzeit gefahren war. Ein Anruf bei Nettie hatte das bestätigt, und Barbara war aus dem Schneider.

Weiter unten auf der Seite, gleich unter dem Querstrich, den Hannah gezogen hatte, um eine Wende ihrer Betrachtung zu markieren, stand in Großbuchstaben *VANESSA*. An diesem Punkt hatte Andrea die Frage aufgebracht, ob der Mörder Shawna Lee für Vanessa gehalten haben könnte, und sie hatten neue Motive und Verdächtige erörtert.

Gloria Travis war in Verdacht geraten, und sie hatten mit ihr gesprochen, was zu einem Fragezeichen hinter ihrem Namen geführt hatte. Gloria konnte kein Alibi vorweisen, hatte aber, wie sie selbst zugab, einen guten Grund gehabt, die Frau umzubringen, die sie für Vanessa gehalten hatte.

Weder Hannah noch Andrea glaubten, dass sie den Mord begangen hatte.

Hannah nahm ihren Stift und tippte damit aufs Papier. Sollte sie? Oder sollte sie nicht? Nach kurzer Überlegung schrieb sie Winthrop auf die Liste. Sie wusste nicht, ob er ein Motiv gehabt hatte, doch das Foto in seiner Kommodenschublade hatte etwas zu bedeuten. Zwar war er bei der Trauung gewesen, aber nicht die ganze Zeit über. Er war hinausgegangen und hatte den Reis geholt, den Delores im Wagen gelassen hatte. Er war nur ein paar Minuten lang weg gewesen, doch es brauchte auch nicht länger, um zum *Café Magnolia* zu fahren, Shawna Lee durchs Fenster zu erschießen, die Waffe im Auto zu verstecken und zur Kirche zurückzukehren.

Moishe miaute wieder, und Hannah drehte den Kopf zu ihm. »Ich weiß. Wahrscheinlich tue ich ihm unrecht. Aber er hat etwas Seltsames an sich. Warum sollte ein englischer Lord überhaupt nach Lake Eden kommen?«

Da Moishe wieder ein Miau ausstieß, dachte sie genauer darüber nach. »Ja, du hast recht, hier kann man gut angeln, doch es ist Winter, und Winthrop hat noch mit keinem Wort erwähnt, dass er ein Hobby-Angler ist. Und er ist auch nicht mit einem Raumschiff hier gestrandet. Er muss aus einem bestimmten Grund nach Lake Eden gekommen sein … nur, aus welchem?

Moishe miaute zum dritten Mal, und Hannah wollte ihn gerade für seine brillante Konversationsgabe loben, als ihr auffiel, dass sein Napf leer war. Moishe führte gar keine inspirierende Unterhaltung mit ihr, sondern bettelte um mehr Futter. Hannah füllte die Schale auf, steckte den Notizblock in ihre Umhängetasche, zog sich den Parka über und verließ die Wohnung.

Die kalte Luft war wie ein Schlag ins Gesicht. Hannah zog die Strickmütze ganz über die Ohren und eilte die Außentreppe hinunter, die zum Glück überdacht war, sodass die Stufen schnee- und eisfrei blieben. Sie überquerte den Bürgersteig und lief über die Betontreppe in die Garage.

Ihr Lieferwagen stand an seinem Platz, wie Cyril versprochen hatte. Der Mechaniker, der ihn gebracht hatte, hatte den Zuheizer eingeschaltet, und außerdem war der Wagen blitzblank. Das war auch ein Grund, warum Hannah Reparaturen gern in Cyrils Werkstatt ausführen ließ. Sie bekam ihr Auto immer frisch gewaschen zurück. Sie zog den Stecker heraus, wickelte das Kabel um die Stoßstange und stieg ein. Es war Zeit, zur Arbeit zu fahren.

Hannah setzte zurück, lenkte den Wagen die Rampe hoch und auf die Straße, die sich durch ihren Wohnkomplex wand. Die hübschen Straßenlaternen mit den Kugelleuchten brannten, und der Himmel war noch schwarz. Es war erst halb fünf, die meisten Leute schliefen noch. Im Vorbeifahren sah sie nur ein erleuchtetes Fenster – dahinter wohnte ein Paar mit einem Säugling –, alle anderen waren dunkel.

Sie zog ihre Karte durch den Schlitz, sodass sich die Schranke hob, fuhr ins Freie und auf die Zufahrtsstraße. In der Nacht musste ein Eissturm über sie hinweggezogen sein, denn es war windstill, und alles war mit einer Eisschicht überzogen. Sie glitzerte im Licht ihrer Scheinwerfer und blendete sogar die Photonen, die über den Schnee schossen. Das Juwel des Morgens waren Diamanten, und sie funkelten reihenweise an den Stromleitungen.

Nirgends regte sich etwas, als Hannah durch eine hohe Schneeverwehung pflügte, um auf den Highway zu gelangen. Sie trat aufs Gas, und der Schnee spritzte an den Seiten in Wolken auf und bestäubte die Windschutzscheibe.

Um diese Uhrzeit war es so still, als wäre sie die einzige Bewohnerin dieser Gegend. Es schien, als wären alle anderen auf einen fernen Planeten gebeamt worden und als hätte man sie zurückgelassen, weil sie die Ankunft des Raumschiffs verschlafen hatte, anstatt mit den anderen Lake Edenern zusammen auf der Main Street zu stehen. Nun müsste sie irgendwie zu dem fernen Planeten Kontakt aufnehmen und den Herrscher überzeugen, noch mal ein Raumschiff …

Hannahs Fantasiereise löste sich abrupt auf, als ein *Cosy-Cow*-Milchwagen an ihr vorbeifuhr und der Fahrer hupte. Auch andere waren schon auf den Beinen, und alles war völlig normal, außer … Hannah runzelte die Stirn, um sich darauf zu besinnen. An dieser Fahrt zur Arbeit war etwas gar nicht wie sonst.

»Wow!«, keuchte sie, teils um ihre Theorie zu prüfen, und teils, weil sie völlig baff war. Sie hatte gegen die kalte Windschutzscheibe gekeucht, doch ihr Atem kondensierte nicht.

»Wow!«, sagte sie ein weiteres Mal, und noch immer war nichts zu sehen. Sie zog sich den linken Handschuh aus und fasste mit den Fingerspitzen versuchsweise an das Kunstleder der Konsole zwischen den Sitzen. Warm. Die Mittelkonsole fühlte sich angenehm an. Ebenso das Lenkrad und das Armaturenbrett und sogar der Rahmen des Rückspiegels. Ihre Heizung funktionierte! Sie gab einen Jubelschrei von sich, der jeden Elchbullen mit Stolz erfüllt hätte. Der Grund für den Herstellerrückruf war wohl die Heizung gewesen, und Cyril hatte sie repariert!

Hannah lächelte, bis sie an der Abzweigung nach Lake Eden ankam. Lächelnd fuhr sie durch die Stadt, und lächelnd bog sie auf ihren Parkplatz hinter dem *Cookie Jar* ein. Sie war im Begriff, lächelnd auszusteigen, als sie den Krug auf dem Beifahrersitz bemerkte.

»Das ist ja mein Krug!«, sagte sie zu niemandem und kam sich albern vor, weil sie mit sich selbst redete. Aber es war tatsächlich ihr Krug, der, den sie in Vanessas Küche gespült und auf die Arbeitsplatte gestellt hatte. Wieso befand er sich in ihrem Auto?

Als sie ihn in die Hand nahm, sah sie einen Zettel darin liegen. Sie hob den Deckel ab, zog die Notiz heraus und las.

> *Hannah, danke für den Orange Julius! Vanessa hat den Krug gespült.*

»Hat sie nicht«, brummte Hannah. Und dann las sie weiter.

> *Ich wusste, Du würdest Dich nie darum kümmern, und deshalb haben Bill und ich mit Cyril den Plan ausgeheckt und die Heizung für Dich eingebaut. Ich habe das Leck gefunden und geschlossen, damit Dir nicht mehr der Fuß abfriert. Ich möchte mich bei Dir bedanken, weil Du neulich Abend wegen Vanessa nachsichtig mit mir warst, und ich dachte, auf diese Weise kann ich das tun.* Und darunter stand: *Ich liebe Dich. Mike*

Eigentlich sollte sie wütend sein, fand sie. Eine Frau mit Prinzipien, eine unabhängige Frau, die sich für ihr Wohlergehen nicht auf einen Mann stützen musste, wäre jetzt verärgert.

Hannah gab sich Mühe, ihren Zorn heraufzubeschwören, doch sie war viel zu dankbar. Mike hatte also die Rückrufaktion erfunden, um sie zu überraschen. Na und? Er hatte entschieden, was für sie das Beste war, und es getan, ohne sie zu fragen. Na und? Ihre Heizung funktionierte. Zum ersten Mal, seit ihr der Wagen gehörte, fuhr sie im Winter in einem warmen Auto zur Arbeit, und sie genoss das. Wenn Mike jetzt plötzlich erschiene und sie bäte, ihm zu verzeihen, dass er ihr sowohl mit Shawna Lee als auch mit Vanessa untreu geworden war, würde sie es wahrscheinlich um Katzenhaaresbreite tun!

Nach zehn Dutzend Orangen-, zwölf Dutzend Schokoladenplätzchen, acht Dutzend Haferflocken-Rosinen-Keksen, sechs Dutzend Boggles, neun Dutzend Schwarz-Weiß-Plätzchen und vierzehn Blechen mit verschiedenen Cremeschnitten war Hannah erst einmal fertig mit Backen. Einige der Teige hatte sie am Vortag schon vorbereitet.

Als Nächstes musste sie sich um das warme Essen kümmern. Die Hauptzutat waren Garnelen. Da ihr Tiefkühlfach zu Hause mit zwei Pfund geschälten Garnelen, zwei Pfund mittelgroßen mit Schwanz und zwei Pfund Riesengarnelen vollgestopft war, hatte sie beschlossen, dass etwas passieren musste. Sie würde die geschälten für Garnelen-Bisque verwenden und Freunden anbieten, die um die Mittagszeit hereinschneiten.

Trudi Nash, eine ehemalige Kunstlehrerin der Jordan High, hatte Edna Ferguson das Rezept für ihre Sammlung »Schummelgerichte« gegeben. Das waren Gerichte, die nicht von Grund auf selbst gekocht waren, aber wie Edna immer sagte, wenn sie eins davon zubereitete: »Nur ein Snob würde sich daran stören.«

Hannah taute die Garnelen unter fließendem Wasser auf und hackte sie mit einem Messer. Dann holte sie die

»Schummelzutaten«, eine Dose Tomatensuppe und eine Dose Grüne Erbsensuppe, aus dem Schrank. Sie gab den Inhalt in den Mixer, schaltete die niedrigste Stufe ein und gab Milch hinzu. Dann goss sie die Mischung in einen Topf und trug ihn in den Kühlraum. Die gehackten Garnelen füllte sie in ein anderes Gefäß und stellte es neben den Topf. Kurz vor Mittag würde sie die Garnelen nur noch in den Suppentopf geben und die Suppe erhitzen.

Sie schloss die Kühlraumtür, goss sich einen Kaffee ein und ging damit ins Café zu dem Tisch an der hinteren Wand. Draußen war es noch dunkel, kein Mensch war unterwegs. Das wunderte sie nicht, da es erst sechs Uhr siebenundvierzig war. Selbst bei Frühaufsteherin Lisa würde erst in ein paar Minuten der Wecker klingeln. Andererseits war sie jetzt verheiratet und …

Hannah lenkte ihre Gedanken von der aufscheinenden Fantasie weg und auf die anstehenden Aufgaben. Die waren zwar nicht annähernd so fesselnd, aber viel, viel sicherer für eine allein lebende Frau, die dieses Leben beibehalten wollte, zumindest noch eine Zeit lang.

Trudis Garnelen-Bisque

Sie können die Bisque auch mit Krabbenfleisch zubereiten oder aus Garnelen und Krabbenfleisch.

1 Dose Tomatensuppe (ca. 400 ml)
1 Dose Grüne Erbsensuppe (ca. 400 ml)***
750 ml Vollmilch (oder fettarme Sahne, wenn Sie es üppiger mögen)
1000 g tiefgekühlte Garnelen ohne Schale, grob gehackt
125 ml Sherry (optional)

*** Sie muss aus frischen grünen Erbsen hergestellt sein – verwenden Sie keine aus getrockneten Erbsen.

Die Tomatensuppe und die Grüne Erbsensuppe in einem Topf mischen. Sollte die Erbsensuppe stückig sein, vorher im Mixer pürieren. Dann die Milch oder Sahne hineinrühren.

Die Suppe auf niedriger Stufe erhitzen und ab und zu umrühren. Sobald sie warm ist, die gehackten Garnelen zugeben und erhitzen.

Die Suppe mit Sherry abschmecken und servieren.

Ausbeute: etwa 6 Portionen.

22

»Wusstest du, dass Bill und Mike sich um meine Autoheizung gekümmert haben?«, fragte Hannah, als sie in Andreas Volvo stieg.

»Ja«, gab ihre Schwester zu. »Aber sie haben mich zur Verschwiegenheit verpflichtet. Deshalb bin ich gestern mit dir auf den Werkstatthof eingebogen. Das sollte wie ein Zufall erscheinen, damit Cyril dir von der angeblichen Rückrufaktion erzählen kann.«

»Es war wunderbar, mal in einem warmen Auto zur Arbeit zu fahren.«

»Und dein Fuß? Als Bill gestern Abend von dort weggefahren ist, hat Mike noch immer versucht, das Leck zu finden.«

»Er hat es entdeckt. Als ich heute früh hinter der Backstube aus dem Wagen stieg, konnte ich meine Zehen spüren.«

»Also … hast du ihm verziehen?«

»Bill?«, fragte Hannah, die sich mit voller Absicht ahnungslos gab.

»Nein, Dummerchen. Mike. Er bereut es, Hannah. Er hat Bill gesagt, er wünschte, er könnte das alles rückgängig machen.«

»Was rückgängig machen?«

Andrea wirkte sehr nervös. »Äh … all die Zeit, die er mit Shawna Lee verbracht hat.«

Hannah gab keine Antwort, doch das Wohlwollen, das sie für Mike wegen der Autoheizung empfunden hatte, löste sich auf wie Softeis im Hochsommer.

»Er hat zu Bill gesagt, dass da absolut nichts zwischen ihnen gelaufen ist.«

»Natürlich hat er das gesagt. Er wusste, Bill würde es dir erzählen und du dann mir.«

»Wahrscheinlich. Doch es ist, wie du es Mutter erklärt hast – Shawna Lee ist tot und stellt keine Konkurrenz mehr dar.«

Hannah erinnerte sich daran. Delores mochte sich damit zufriedengeben, sie selbst nicht unbedingt. »Also hat Bill sie oft miteinander gesehen?«

»Natürlich. Sie arbeiten zusammen und gehen mittags in dieselben Restaurants. Wenn Mike mit Shawna Lee gegessen hat, hat Bill das mitbekommen. Aber du brauchst dir keine Gedanken zu machen. Da ist nichts gewesen. Mike hat das jedes Mal Bill versichert, wenn der erwähnte, dass er sie zusammen gesehen hat.«

»Dann frage ich mich, warum Shawna Lee es bei ihm versucht hat. Wenn er nie auf ihre Avancen eingegangen ist, warum die Mühe?«

»Sag es mir nicht.« Norman öffnete das Schiebefenster zwischen dem Wartezimmer und der Anmeldetheke. »Ihr kommt wegen eines forensischen Gutachtens.«

Hannah grinste. »Stimmt. Woher weißt du das?«

»Es ist unwahrscheinlich, dass ihr beide gleichzeitig ein Zahnproblem habt, und da ihr nicht ausseht, als hättet ihr Zahnschmerzen, kann es das nicht sein. Natürlich würde es mir gefallen, wenn du nur herkämst, weil du mich unglaublich intelligent und attraktiv und sexy und …«

»Das auch«, sagte Hannah, um die Aufzählung seiner besten Eigenschaften zu unterbrechen. »Wir möchten, dass du dir ein Foto ansiehst. Wir brauchen dein fachliches Urteil.«

»Gib her.«

Hannah reichte ihm das gerahmte Foto aus Winthrops Kommode. »Wir müssen dringend wissen, ob das Shawna Lee oder Vanessa ist.«

Norman schaute nur kurz hin. »Vanessa.«

»Aber … musst du dafür nicht in die Patientenakten schauen und vergleichen?«, fragte Andrea.

»Nein. Das ist Vanessa.«

»Wieso bist du dir so sicher?« Hannah tippte mit dem Finger auf das Foto. »Für mich sieht sie wie Shawna Lee aus.«

»Bei dieser Frau ist der linke Schneidezahn makellos geformt. Bei dem von Shawna Lee fehlte eine kleine Ecke.«

»Aber vielleicht wurde das aufgenommen, bevor sie sich den Zahn angeschlagen hat«, gab Hannah zu bedenken.

»Nein. Sie erzählte mir, das sei im Kindergarten passiert, als sie von der Schaukel gefallen ist.«

»Du weißt also genau, dass das Vanessa ist?«

Norman nickte. »Darauf würde ich meine Zulassung verwetten. Ich kann die Patientenakten holen, wenn du möchtest, doch in meinen Augen besteht kein Zweifel.«

»Das genügt mir«, sagte Andrea zu Hannah. »Das sollten wir Mutter lieber nicht verraten. Du hast sie gerade erst beruhigt, und das würde sie von Neuem aufregen.«

»Du hast recht, besonders da Vanessa noch lebt. Wir werden es ihr früher oder später erzählen müssen, doch ich bin auch für später.«

Norman blickte verständnislos zwischen den beiden hin und her. »Ihr sprecht in Rätseln. Warum sollte das Foto eure Mutter aufregen? Das ist eine relativ normale Szene. Winthrop und Vanessa sitzen an einem Tisch in einem Restaurant oder Club und lachen in die Kamera.«

»Aber Winthrop hat mit keinem Wort erwähnt, dass er Vanessa kennt, und Mutter hat bisher angenommen, er sei aufrichtig zu ihr.«

»Vielleicht hat er das nicht für wichtig gehalten, vor allem wenn sie sich nur flüchtig kannten. Ich kann verstehen, warum deine Mutter da neugierig werden würde, doch verfänglich ist das nicht.«

»Oh doch«, widersprach Hannah.

»Wieso? Viele Berufsfotografen machen solche Aufnahmen.«

»Ich weiß, aber Winthrop muss Vanessa ziemlich gut gekannt haben, denn Delores hat das Foto in seiner Kommode zwischen der Unterwäsche gefunden.«

»Oh.« Darauf war Norman still. Anständig, wie er war, fragte er nicht, wieso Delores an der Kommode gewesen war. Vielleicht wollte er es auch lieber nicht so genau wissen.

»Jetzt müssen wir nur herausfinden, wo das fotografiert wurde«, sagte Hannah. »Mutter wird das wissen wollen.«

»Das ist einfach.« Norman schob den Fotorahmen zurück auf Hannahs Seite des Schiebefensters. »Es wurde von einem Profi aufgenommen. Schau auf die Rückseite, ob es einen Stempel von einem Fotoatelier hat.«

»Mach du das.« Hannah schob den Rahmen ihrer Schwester zu.

»Also gut.« Andrea drehte ihn auf die Glasseite. Sie bog

die Spangen zurück, die ihn zusammenhielten, und hob die Pappe heraus. Die Rückseite des Fotos war zu sehen und somit ein Stempel in der linken unteren Ecke. »*Pfirsichbaum-Foto*«, las sie laut vor und blickte zufrieden auf. »Da ist eine Telefonnummer angegeben. Soll ich anrufen?«

»Klar«, sagte Hannah. »Am besten sofort.«

Andrea, immer bereit für eine Aufgabe, die ihr Talent zur Informationsbeschaffung auf die Probe stellte, nahm ihr Handy aus der Handtasche und tippte die Nummer ein. Hannah zog ihren Notizblock hervor, schlug eine freie Seite auf und legte ihn ihrer Schwester hin.

»Oh, hallo!«, grüßte Andrea. »Ich rufe an wegen dieses tollen Fotos, das Sie mal von meiner Freundin gemacht haben. Ich wüsste gern, ob ich einen Abzug bestellen oder das Negativ bekommen kann. Wissen Sie, wir organisieren eine Überraschungsparty zu ihrem Geburtstag und möchten die besten Fotos von ihr vergrößern und im Restaurant aufhängen. Und das aus Ihrem Atelier ist ganz besonders schön …«

Andrea kritzelte einen Smiley auf den Block, ein gutes Zeichen, das Hannah zuversichtlich machte.

»Es wurde in einem Restaurant oder Club aufgenommen«, erzählte Andrea. »Auf dem Foto sind meine Freundin Vanessa und ein Typ, den sie kennengelernt hat, als sie noch in Georgia lebte. Sie sieht darauf fantastisch aus. Das beste Foto von ihr, das ich kenne.«

Ein zweites Smiley gesellte sich zum ersten und brachte Hannah zum Lächeln. Andrea wirkte mal wieder Wunder bei ihrem Gesprächspartner.

»Ja, es sind zwei Personen auf dem Bild«, bestätigte sie und zwinkerte Hannah zu. »Tropisches Dekor, Pfauensessel und Rattantischchen mit Glasplatte. Im Hintergrund ist ein Papagei in einem Käfig zu sehen, falls das hilft.«

Andrea schwieg für ein paar Augenblicke, dann beugte sie sich über das Foto und betrachtete es genauer. »Eine Nummer in der unteren linken Ecke? Ja! Ich sehe sie. Sie ist sehr klein. Moment, ich lese sie Ihnen vor.«

Hannah und Norman verfolgten, wie Andrea die Zahlenfolge entzifferte. »Okay. Ich bleibe dran.«

»Sie sieht in den Ordnern nach«, flüsterte Andrea. »Sie ist wirklich hilfsbereit.«

Es dauerte eine Weile. Die drei wechselten immer wieder Blicke, und dann hörte Andrea weiter zu. Die Assistentin des Fotoateliers war zurückgekommen.

»Hallo. Ja, ich bin noch dran. Ein Bobby Joe Peters hat das Negativ gekauft? Wo finde ich ihn?«

Noch ein Moment verging, und Andrea lachte. »Klar. Hätte ich mir denken können, dass Sie keine Adresse haben. Aber er hat für den Abzug und das Negativ bezahlt?«

Andrea und Hannah wechselten einen Blick. Wer war Bobby Joe Peters?

»Sie haben recht! Ich weiß nicht, wieso wir daran nicht gedacht haben! Wir brauchen es nur einzuscannen und damit in einen Kopierladen zu gehen. Vielen Dank für die Anregung.«

»Bobby Joe Peters?«, wiederholte Norman, als Andrea aufgelegt hatte.

»Genau.« Hannah las, was Andrea notiert hatte. »Vanessa und Winthrop waren anscheinend mit einem anderen Pärchen aus, und der Mann hat das Foto bezahlt.«

Andrea runzelte die Stirn. »So muss es gewesen sein. Wir haben nicht viel erfahren, oder?«

»Genug, um eine Suche im Internet zu starten«, sagte Norman. »Warum fahrt ihr zwei nicht zurück zum *Cookie Jar*, während ich recherchiere, wer dieser Bobby Joe ist? Ich lasse die Suche während des nächsten Patiententermins laufen. Der beginnt um ein Uhr, danach habe ich eine Stunde frei. Dann bringe ich euch den Ausdruck.«

»Du lieber Himmel!« Lisa starrte auf das gerahmte Foto. »Weiß eure Mutter davon?«

»Nein. Oder vielmehr ja … aber nicht richtig. Das heißt, sie weiß es, doch …« Andrea stockte und drehte den Kopf zu ihrer Schwester. »Hannah!«

Das war der gleiche verzweifelte Ton wie früher in der Highschool, wenn Andrea vor einem Matheproblem gestanden hatte, das sie nicht hatte lösen können. Und Hannah reagierte genau wie damals. »Beruhige dich. Ich werde es erklären.« Und das tat sie. »Delores hat das Foto gesehen, doch sie denkt, die Frau ist Shawna Lee. In Wirklichkeit ist das Vanessa.«

»Und Winthrop.«

»Genau. Und ein Mann namens Bobby Joe Peters hat das Foto bezahlt. Norman recherchiert gerade im Internet und kommt gegen zwei mit dem Ergebnis her.«

»Meinst du, dieser Bobby Joe Peters ist wichtig?«, fragte Lisa.

»Ich weiß es nicht. Wenn wir von der Annahme ausgehen, dass Shawna Lee getötet wurde, weil sie Vanessa zum Verwechseln ähnlich sah, dann könnte er sehr wichtig sein.« Hannah holte tief Luft. »Wirklich, das ist weit hergeholt, doch wir haben keine andere Spur«, räumte sie ein. »Außerdem wird Delores wahrscheinlich wollen, dass wir ihn aufspüren und fragen, was Winthrop mit Vanessa zu tun hatte.«

23

»Du bist früh dran!«, rief Hannah, als sie auf das schnelle energische Klopfen hin die Hintertür öffnete. Draußen stand Norman. »Möchtest du etwas von unserer Garnelen-Bisque? Sie ist wirklich lecker.«

»Das glaube ich. Kann ich welche mitnehmen und sie später in der Mikrowelle heiß machen?«

Hannah schöpfte eine großzügige Menge in eine luftdichte Plastikbox und gab sie ihm. »Bitte sehr.«

»Danke. Ich bin früher gekommen, weil ich einen kurzen Blick auf den Ausdruck geworfen habe, während ich auf Mrs Kuehns Röntgenaufnahme gewartet habe. Sie sitzt noch auf dem Behandlungsstuhl, und ich muss sofort wieder los.«

»Was ist so wichtig?« Andrea schloss die Tür hinter ihm, um die Kälte draußen zu halten.

»Bobby Joe Peters. Auf Blatt fünf ist ein Bild von ihm. Ich glaube, er ist Winthrop. Zumindest sieht er aus wie Winthrop ohne Schnurrbart.«

»Oh, oh!« Hannah schluckte schwer. »Aber … kannst du das anhand seiner Zähne erkennen? Wie bei Vanessa?«

»Er lacht nicht. Auf Polizeifotos darf man nicht lachen. Lies, du wirst es gleich sehen. Ich muss zurück zu Mrs Kuehn. Sonst denkt sie noch, ich hätte sie vergessen.«

Nachdem er sich hastig auf den Rückweg gemacht hatte, saßen Hannah und Andrea am Backtisch und lasen aufmerksam, was die Recherche erbracht hatte. Bobby Joe Peters sah tatsächlich genauso aus wie Winthrop, aber das war noch nicht das Erschreckendste. Bobby Joe Peters war im August aus einem Gefängnis in Georgia ausgebrochen. Er war zu mehreren Jahren Haft verurteilt worden, weil er eine ältere Dame mit einem Trick um ihre Ersparnisse gebracht hatte.

»Glaubst du, Bobby Joe Peters ist Winthrop? Und meinst du, dass er sich deshalb an Mutter herangemacht hat?«

»Ich weiß nicht, was ich denken soll.« Hannah gab ihr die nächste Seite des Computerausdrucks. »Lies. Da steht noch mehr.«

Nachdem sie mit den Ausdrucken durch waren, wussten sie alles über den Mann außer seiner Schuhgröße. Das Fazit lautete, er war ein Trickbetrüger, der unter falschen Namen auftrat und mit einer Komplizin zusammenarbeitete.

»Aber Winthrop hat keine Frau nach Lake Eden mitgebracht«, gab Andrea zu bedenken.

»Vielleicht sitzt sie noch im Gefängnis. Oder er wollte diesmal allein vorgehen. Meinst du, wir sollten das Mutter sofort zeigen?«

»Ja.« Andrea stand auf und holte ihren Mantel.

»Ich komme gleich mit«, rief Hannah, nahm eine Tüte und füllte sie mit Schokoladenkeksen. »Mutter wird Schokolade brauchen, wenn sie sieht, dass Winthrop nicht Winthrop ist.«

Ein kalter Wind blies den Schwestern entgegen, als sie das kurze Stück über den Parkplatz liefen und das Antiquitätengeschäft durch die Hintertür betraten. Wie gewöhnlich konnte man sich in dem hinteren Zimmer, das als Lagerraum diente, kaum umdrehen. Andrea schlüpfte um einen ovalen Standspiegel herum und stieg über einen Schemel mit Klauenfüßen. Hannah nahm den gleichen Weg, und schließlich gelangten sie auf Umwegen zur nächsten Tür.

»Hallo, Carrie«, grüßte Andrea. Normans Mutter stand am Ladentisch. »Wo ist Delores?«

»Du hast sie um eine halbe Stunde verpasst. Sie hat etwas zu erledigen und sagte, das könnte den ganzen Nachmittag dauern. Sie wird aber vor Geschäftsschluss wieder hier sein.«

»Weißt du, was sie erledigen muss?« Hannah hoffte, dass Carrie wie immer neugierig gewesen war.

»Nicht genau, doch sie hat sich vergewissert, dass sie ihr Sparbuch bei sich hat. Also nehme ich an, sie wollte zur Bank. Ich denke, das hat etwas mit Winthrop zu tun, aber das ist nur eine Vermutung.«

Da drängte sich die nächste Frage auf. »Wieso vermutest du das?«

»Weil sie davon sprach, dass man dem Menschen, den man liebt, auch vertrauen sollte und wie praktisch es ist, dass sie weiß, wo er seinen Zweitschlüssel aufbewahrt. Deshalb dachte ich, sie meint Winthrop. Er ist der einzige Mann, der ihr etwas bedeutet. Delores ist meine älteste und beste Freundin. Ich hoffe nur, er bricht ihr nicht das Herz. Ich finde Winthrop manchmal … zu …«

»Aalglatt«, ergänzte Hannah und gab ihr die Tüte Plätzchen. »Keine Sorge, Carrie. Wir finden sie. Iss ein paar von den Keksen. Dann geht es dir gleich besser.«

Nachdem sie Normans Mutter eingeschärft hatte, Delores nicht noch einmal fortzulassen, wenn sie ins Geschäft zurückkehrte, und Lisa im *Cookie Jar* die gleiche Anweisung gegeben hatte, nahm sich Hannah noch eine Tüte Schokoladenplätzchen und stieg zu Andrea in den Volvo. Ihr Ziel war die *First National Mercantile Bank.* Obwohl die nur einen Steinwurf entfernt lag, hatte Andrea darauf bestanden, ihren Volvo zu nehmen, damit sie ihrer Mutter notfalls nachfahren konnten.

Die Kundenschlangen in der Bank waren erschreckend lang. Anstatt sich anzustellen, hielt Hannah direkt auf Doug Greersons Büro zu. Doug war ein zupackender Bankdirektor. Er wusste alles, was in seiner Bank passierte, und würde ihnen sagen können, ob Delores da gewesen war. Auch deswegen hatte Hannah ihn nicht um ein Darlehen gebeten, das ihr geschäftlich aus der Klemme geholfen hätte. Doug selbst hätte das niemandem gegenüber erwähnt, aber alle Kreditanträge mussten den Vorstand passieren, und von denen hätte mit Sicherheit jemand eine Bemerkung fallen lassen.

»Hallo, Hannah, hallo, Andrea.« Doug stand auf, um sie zu begrüßen, als sie an die offene Tür klopften. »Möchten Sie eine Tasse Kaffee? Ich habe eine schöne französische Röstung aus Guatemala da.«

Hannah antwortete für beide. »Diesmal nicht, Doug. Vielen Dank. Wir haben es sehr eilig.«

»Wir wollen nur wissen, ob unsere Mutter hier war«, erklärte Andrea.

»Das war sie. Sie ist vor einer Viertelstunde gegangen.«

»Hat sie zufällig erwähnt, wohin sie wollte?«, hakte Hannah nach.

»Nein. Und ich habe nicht gefragt. Was liegt denn an?«

Hannah wechselte einen Blick mit ihrer Schwester. Doug war vertrauenswürdig. »Bitte, erzählen Sie unserer Mutter nichts davon, doch wir glauben, dass jemand, den sie kennt, sie um eine große Summe Geld betrügen will. Wir sind entschlossen, das zu verhindern.«

Doug runzelte die Stirn. »Ein angeblich todsicheres Investment?«

»Vermutlich etwas in der Art. Wir hoffen, dass sie nicht schon eine große Summe abgehoben hat.«

»Dazu kann ich nichts sagen.« Doug schüttelte den Kopf. »Ich kann Ihnen nur sagen, dass die Abhebung von einem Abteilungsleiter gegengezeichnet werden musste.«

»Und das ist vorgeschrieben bei einer Summe über …?«

»Zweitausend Dollar. Und ich muss gegenzeichnen ab einer Summe über fünfzigtausend. Nur falls es Sie interessiert: Darum hat mich heute noch niemand gebeten.«

»Danke, Doug«, erwiderte Hannah. Er hatte ihnen soeben gesteckt, dass ihre Mutter einen Betrag zwischen zweitausend und fünfzigtausend Dollar abgehoben hatte.

»Wenigstens musste die Abhebung Doug nicht vorgelegt werden«, sagte Andrea, als sie hinters Lenkrad glitt.

»Das ist wahr. Sie könnte aber immerhin neunundvierzigtausend abgehoben haben.«

»Das ist viel! Was sollen wir tun? Herumfahren und sie suchen?«

»Schauen wir bei ihr zu Hause vorbei und sehen nach, ob ihr Wagen da steht.«

Andrea bog um die nächste Ecke und fuhr zum Haus ihrer Mutter. Hannah klingelte, und als niemand öffnete, ließen die Schwestern sich selbst hinein. Ein Blick in die Garage ergab, dass sie leer war. Delores war mit ihrem Auto unterwegs.

»Ich hinterlasse ihr eine Nachricht.« Hannah schrieb auf ein Stück Pappe, das in der Küche herumlag, und lehnte es an eine Treppenstufe gegenüber der Haustür. »Das sieht sie sofort, wenn sie hereinkommt.«

»Es sei denn, sie betritt das Haus durch die Garage.«

»Was sie wahrscheinlich tun wird, da sie mit dem Auto unterwegs ist. Danke, Andrea. Ich bin so erschüttert, dass ich nicht klar denken kann.« Hannah stellte einen Küchenstuhl vor die Verbindungstür zur Garage und lehnte das Stück Pappe an die Rückenlehne. »Das sollte reichen. Sie kann nicht herein, ohne gegen den Stuhl zu stoßen. Was hältst du davon?«

Andrea las die Nachricht laut:

»Winthrop ist ein entflohener Häftling und benutzt einen falschen Namen. Er ist gefährlich. Ruf uns sofort an! Hannah und Andrea

Das ist gut. Aber wird sie es glauben?«

»Keine Ahnung. Ich hoffe es. Lass uns in Winthrops Wohnung nachsehen. Das Geld, das sie abgehoben hat, ist für ihn bestimmt. Ganz sicher.«

»Doch er wird erst heute Abend wieder zurück sein. Ich glaube nicht, dass Mutter in seiner Wohnung sitzt und auf ihn wartet, oder?«

»Garantiert nicht. Dafür hätte sie gar nicht die Geduld. Wahrscheinlich hat sie das Geld in einen Umschlag gesteckt und es ihm hingelegt, wie sie es früher bei uns gehalten hat, wenn sie nicht da war, um uns unser Taschengeld zu geben.«

»In einem zugeklebten Umschlag«, erinnerte Andrea sich. »Damit du nicht nachsehen konntest, wie viel ich bekam, und ich nicht, wie viel sie dir gab. Weißt du noch?«

»Natürlich. Wie hoch war denn dein Taschengeld?«

»Das werde ich dir nicht verraten.«

»Ich auch nicht. Komm, lass uns gehen. Wenn Mutter einen Umschlag mit seinem Namen hingelegt hat, nehmen wir ihn einfach mit, und das Problem ist gelöst.«

Als Andrea auf den Highway fuhr, fing es an zu schneien, und Hannah dachte, dass sie lieber selbst am Steuer säße statt auf dem Beifahrersitz. »Da meine Heizung endlich funktioniert, hätten wir diesmal meinen Wagen nehmen können.«

»Der ist zu auffällig. Wenn der Umschlag in der Wohnung liegt und wir ihn mitgehen lassen, soll niemand sagen können, dass dein Keksmobil auf dem Besucherparkplatz gestanden hat.«

»Stimmt.« Das musste Hannah zugeben. »Glaubst du, Winthrop ist tatsächlich Bobby Joe Peters? Oder ist Bobby Joe Peters Winthrops böser Zwilling?«

»Er ist Bobby Joe Peters. Erinnerst du dich, dass ich meinte, alles an ihm ist zu typisch, und er benimmt sich wie ein englischer Lord in einem Film?«

»Ja, das weiß ich noch.«

»Tja, genau das hat er getan: einen englischen Lord aus dem Film gemimt. Er ist Bobby Joe Peters. Und wir müssen Mutter davon abhalten, ihm unser Erbe zu überlassen.«

»Unser Erbe?« Hannah war geschockt.

»Ich meine es nicht so, wie es klingt, aber Mutter hat versprochen, für Tracey und Bethany gewisse Dinge zu tun.«

»Welche?«

»Zum Beispiel ihr Studium zu finanzieren. Und das wird von Jahr zu Jahr teurer. Wenn sie Winthrop fast fünfzigtausend Dollar gibt, bleibt vielleicht nicht mehr genug übrig.«

»Oh.« Hannah wollte das nicht weiter kommentieren. Sie war diejenige gewesen, die gleich nach dem Tod ihres Vaters wieder ins Elternhaus gezogen war, und Delores hatte bis dahin nicht mal ein Scheckbuch geführt. Deshalb hatte Hannah damals die Rolle der Buchhalterin übernommen, und dadurch kannte sie Details über Delores' Finanzen, von denen Andrea und Michelle nichts ahnten. Ihre Mutter hatte genug Rücklagen, dass sie von den Zinsen leben konnte und das Kapital nicht anzurühren brauchte. Doch das wusste niemand außer Hannah und Delores, und sie behielten es beide streng für sich.

»Mutter wird doch nicht pleitegehen, oder?« Andrea klang deutlich besorgt.

»Das ist unwahrscheinlich. Selbst wenn sie eine große Summe Geld abgehoben hat, wird sie zurechtkommen. Aber ich werde auf keinen Fall zulassen, dass dieser falsche Hund etwas von ihr bekommt – außer einer saftigen Ohrfeige.«

»Genau!« Andrea gab Gas.

»Fahr langsamer. Wir können Winthrop oder Bobby Joe Peters nicht aufhalten, wenn wir gleich in die Unfallstatistik eingehen.«

»Stimmt.«

Ihre Schwester drosselte ein wenig die Geschwindigkeit, doch für Hannahs Geschmack fuhr sie noch immer zu schnell. Sie sagte sich, dass Andrea noch nie einen Unfall verursacht hatte, und versuchte, nicht mehr auf den Tacho zu spähen, bei dem sich die Nadel gerade wieder nach oben bewegte. Sie würden es schaffen. Das mussten sie. Sie würden die Situation retten. Delores würde dort sein und gerade ihr Geld in einen Umschlag stecken. Und Hannah würde ihre Mutter aufmuntern und das Geld verschwinden lassen, bevor der falsche Hund nach Hause kam, um den Gewinn aus seinem Betrug einzustreichen.

24

»Parke gleich hier.« Hannah zeigte auf den freien Platz gegenüber dem, der zur Wohnung 2-23 gehörte. »Wenn Winthrop kommt, hupe drei Mal.«

»Aber … er wird mich sehen!«

»Das soll er. Er wird denken, dass du hupst, um ihn auf dich aufmerksam zu machen, und dann unterhältst du dich ein paar Minuten lang mit ihm, so lange, wie ich brauche, um das Haus zu verlassen. Dann fährst du nach hinten in den Hof, wo die Müllcontainer stehen, und lässt mich einsteigen. Du musst dir eine Erklärung ausdenken, warum du vor seinem Haus stehst.«

»Das ist leicht, ich habe schon eine.«

»Wirklich?« Hannah war verblüfft.

»Ich bin Immobilienmaklerin. So was kann ich gut. Ich werde sagen, ich hätte einen Kunden, der eine Zwei-Zimmer-Wohnung mieten möchte. Und ich werde ihn alles Mögliche zu seiner Wohnung fragen und hören, ob der Hausverwalter seine Arbeit gut macht. Ich kann ihn mindestens fünf Minuten lang aufhalten.«

»Großartig. Mach dir keine Gedanken, wenn ich etwas länger brauche. Falls Mutter den Umschlag hinterlassen hat, liegt er vielleicht nicht offen herum.«

»Lass dir ruhig Zeit.« Andrea griff nach den Plätzchen auf dem Rücksitz. »Ich esse etwas Schokolade und warte auf dich.«

Hannah ging in flottem Tempo auf die Haustür zu und hoffte, dass von den Schokoladenplätzchen, die sie für Delores mitgenommen hatte, noch ein oder zwei übrig sein würden, wenn sie ihre Mutter endlich fanden. Sie zog die Haustür auf und dann die Zwischentür, bei denen noch das Papier im Schloss steckte. Sie war sicher, dass das so bleiben würde, bis ein sicherheitsbedachter Mieter sich beim Hausverwalter beschwerte.

Auf keinen Fall würde sie heute in dem verspiegelten Aufzug fahren, vor allem weil sie ihren Parka trug. Damit würde sie aussehen wie eine Bande molliger rothaariger Trolle aus dem norwegischen Packeis. Und obwohl ihr klar war, dass das eine optische Täuschung wäre, würde sie das im Moment nicht verkraften.

Hannah hastete die Treppe hinauf und nahm dabei immer zwei Stufen auf einmal. Sie hatte es eilig. Sie wollte den Fotorahmen in die Schublade legen, den Umschlag mit dem Geld finden und wieder bei Andrea im Auto sitzen, bevor sie mit dem falschen Hund zusammenstieße.

Auf dem Treppenabsatz angekommen, verschnaufte sie kurz und betrat dann den mit Teppichboden ausgelegten Flur. Ruhig ging sie zur Wohnung 2-23 und sah sich um, ob sie niemand beobachtete. Dann steckte sie den Schlüssel ins Schloss, drehte den Knauf und trat hastig ein, um die Tür hinter sich zu schließen.

Mit dem Fotorahmen in der Hand schaute sie sich suchend nach dem Umschlag um. Er musste irgendwo liegen. Nicht auf dem Kaminsims bei den gerahmten Musterfotos und auch nicht auf dem Sofatisch. Sie wollte gerade ins Schlafzimmer gehen, als sie ein Geräusch vernahm und erstarrte. Da drinnen hatte jemand eine Schublade aufgezogen. Winthrop! Doch ehe sie kehrtmachen und fliehen konnte, ging die Schlafzimmertür auf, und Winthrop kam heraus.

»Ich dachte doch, dass ich jemanden gehört habe.« Er sah sie stirnrunzelnd an. »Was tun Sie hier? Und wie sind Sie hereingekommen?«

Hannah überlegte hastig und antwortete das Erste, was ihr einfiel. »Ich komme nur, um Sie einiges zu fragen. Vermutlich haben Sie mein Klopfen nicht gehört, und die Tür war nicht abgeschlossen.«

»Nein.« Das Stirnrunzeln blieb. Er glaubte ihr nicht. »Stellen Sie Ihre Fragen!«

Hannah holte tief Luft und beschloss, aufs Ganze zu gehen. Vielleicht könnte sie ihn aus der Fassung bringen und den Moment zur Flucht nutzen. »Warum geben Sie sich als Winthrop Harrington aus, während Sie in Wirklichkeit Bobby Joe Peters heißen? Und was wollen Sie von meiner Mutter?«

»Oh, meine Liebe. Ich bedauere, dass Sie darauf gekommen sind«, sagte er. Sein englischer Akzent verlor sich dabei. Und dann griff er in die Tasche und zog eine Pistole hervor, die er auf sie richtete. »Setzen Sie sich. Da drüben auf die Couch.«

Hannah gehorchte. Was könnte sie auch anderes tun? Das hatten ihr Vater und auch Mike ihr immer wieder eingeschärft: Wenn jemand eine Waffe auf dich richtet, tu genau das, was er verlangt.

»Sie halten sich für ein ganz helles Köpfchen, was?«

Hannah schwieg. Das war eine rhetorische Frage, auf die er keine Antwort erwartete. Und dabei dachte sie fieberhaft nach, wie sie aus der Situation entkommen könnte.

»Ich nehme an, Sie wissen, dass ich mich mit Vanessa in Lake Eden treffen wollte, nachdem sie ihren Mann kaltgemacht hatte?«

»Kaltgemacht?«, wiederholte Hannah. Ihre einzige Chance bestand darin, ihn so lange zum Reden zu animieren, bis sich eine Fluchtmöglichkeit ergab. »Ich dachte, er sei eines natürlichen Todes gestorben.«

»Oh, der war sehr natürlich.« Winthrop lachte gehässig, was für Hannah nichts Gutes verhieß. »Das Kissen, das Vanessa ihm aufs Gesicht drückte, war mit Gänsedaunen gefüllt. Natürlicher geht's nicht.«

Hannah hätte beinahe laut gestöhnt. Winthrop gab zu viel preis, also würde er sie nicht gehen lassen. Wenn ihr nichts einfiel, wie sie ihn überrumpeln könnte, würde sie am Ende so tot sein wie die Gans, deren Daunen Neil Roper erstickt hatten.

»Vanessa wollte mir vom Gewinn nichts abgeben. Ich fand das ziemlich mies, wenn man bedenkt, dass wir den ganzen Plan zusammen ausgeklügelt hatten. Sie meinte, sie sollte das Geld allein behalten, da sie schließlich den alten Knacker ein ganzes Jahr hatte ertragen müssen.«

Hannah schätzte den Abstand zu Winthrops Pistole. Zu weit entfernt. Selbst wenn sie im Kampfsport versiert wäre, was sie nicht war, stand er zu weit weg, als dass sie ihn mit einem Tritt entwaffnen könnte.

»Gleich am ersten Tag, als sie hier angekommen war, bin ich zu ihr rüber, um mit ihr zu reden. Ich dachte, alles ist in Butter, verstehen Sie? Wir hatten langfristige Pläne, und jeder von uns hatte seinen Teil beigetragen. Aber das viele Geld hat sie verdorben. Auf einmal war sie sich zu schade für mich. Sie hatte sogar den Nerv, mir zu drohen. Sie würde mich als geflohenen Häftling bei der Polizei melden, wenn ich nicht sofort aus Lake Eden verschwinde.«

Hannah wusste, es war riskant, doch sie wollte es wissen. »Aber Sie sind nicht verschwunden. Sie sind immer noch hier.«

»Weil es zwischen uns ein Patt gab. Sie konnte mich nicht verpfeifen, weil ich wusste, wie sie ihren Mann umgebracht hatte. Und ich konnte sie nicht verpfeifen, weil sie wusste, dass ich aus dem Gefängnis ausgebrochen war.«

»Warum ließen Sie es nicht dabei bewenden? Bei einem Patt, das keinem geschadet hätte?«

»Weil wir eine Abmachung hatten, darum! Und weil sie die brechen wollte!« Seine Augen funkelten vor Hass, und Hannah bereute, dass sie gefragt hatte. »Damit wollte ich sie nicht durchkommen lassen!«

Hannah ging ein Satz aus Normans Recherche-Ergebnissen durch den Kopf: *... dafür bekannt, mit einer Komplizin zusammenzuarbeiten.* Vanessa Quinn Roper war die erwähnte Komplizin gewesen.

»Ich habe meinen Teil der Abmachung gehalten. Sie hätten meine Haftstrafe verringert, wenn ich ihnen Vanessas Namen genannt hätte, doch das habe ich nicht getan.«

Hannah erinnerte sich an ein Sprichwort ihrer Großmutter Ingrid: »Es gibt keine Ehre unter Dieben.« Hatte man irgendwo gegen die Moral verstoßen, war der Anstand geschwächt, und es fiel einem umso leichter, das wieder zu tun.

»Ich durfte ihr nicht durchgehen lassen, dass sie mir drohte, nicht nachdem ich ihr alle meine Tricks beigebracht und ihr Starthilfe gegeben hatte. Es kam nur darauf an, auf den richtigen Zeitpunkt zu warten.«

»Die Hochzeit.« Hannah dachte daran, dass Winthrop gegangen war, um den Reis zu holen.

»Genau. Ich habe dafür gesorgt, dass mich alle bei Ihrer Mutter in der Kirche sitzen sahen. Aber ich hatte den Reis im Wagen vergessen und sagte ihr, ich würde deshalb noch mal zum Auto gehen.«

»Und das taten Sie. Doch erst nach einem Abstecher zum *Café Magnolia*.«

»Richtig.« Er strahlte sie an wie ein Lehrer seinen besten Schüler. »Sie kapieren schnell. Schade, dass Sie so ehrlich sind. Sie wären für mich eine erstklassige Partnerin.«

Hannah war unsicher, ob sie ihm danken sollte oder nicht. Dass ein Trickbetrüger sie als Komplizin in Betracht zog, war nicht unbedingt ein Kompliment. Sie tastete hinter sich nach etwas, was sich als Waffe gebrauchen ließe, doch da waren nur weiche Sofakissen. Und dann wurde draußen gehupt. Drei Mal. Andrea. Doch das sollte sie eigentlich nur tun, wenn Winthrop auf der Bildfläche erschien. Und Winthrop alias Bobby Joe Peters stand hier vor ihr und hielt eine Pistole auf sie gerichtet.

»Doch Vanessa war an dem Nachmittag nicht in der Bäckerei«, sagte sie, um mehr Zeit zu schinden.

»Stimmt. Aber das wusste ich nicht.«

Hannah blickte auf ihren Schoß. Sie hielt noch das gerahmte Foto von Winthrop und Vanessa in der Hand. Der Rahmen hatte scharfe Kanten. Das war nicht viel, doch es würde genügen müssen, wenn sich nichts anderes ergab. Sie hoffte nur, dass Andrea nicht heraufkam und in den Schlamassel hereinplatzte. »Was passierte, als Sie bei der Bäckerei ankamen? Es schneite, nicht wahr?«

»Ziemlich stark sogar. Ich ging zur Rückseite und sah durchs Fenster. Vanessa nahm gerade etwas aus dem Ofen.«

»Aber die Frau, die Sie sahen, war nicht Vanessa.«

»Das weiß ich jetzt auch, zu dem Zeitpunkt jedoch noch nicht. Das Fenster war leicht beschlagen, und ich habe außen etwas von der Schnee- und Schmutzschicht weggewischt. Das half nicht viel. Dann habe ich geschossen und sie verfehlt.«

»Sie haben zwei Schüsse abgegeben?«

»Genau. Sie drehte sich um, und da habe ich sie erwischt. Ich habe nicht gesehen, dass es Shawna Lee war. Das ist mir erst am nächsten Tag klar geworden, als Delores erwähnte, dass Vanessa für ein paar Tage nach Georgia gefahren ist.«

»Sie haben die falsche Schwester getötet«, stellte Hannah fest.

»Das ist nur ein kleiner Rückschlag. Ich werde Vanessa schon noch erwischen. Ich muss nur warten, bis sich die Aufregung über Ihr Verschwinden gelegt hat.« Er deutete mit der Pistole zur Tür. »Stehen Sie auf. Wir gehen jetzt in den Keller. Es gibt einen kleinen Raum neben dem Heizkessel, wo es laut ist. Da wird Sie niemand schreien hören.«

»Sie wollen … mich töten?«, fragte Hannah, um noch ein bisschen Zeit zu gewinnen. Müsste die Kavallerie nicht längst hier sein? Warum hupte ihre Schwester nicht vor Ungeduld? Das würde ihn vielleicht ablenken.

»Selbstverständlich. Sie sind nicht dumm. Ihnen sollte klar sein, dass ich Sie nicht am Leben lassen kann.«

»Und meine Mutter?«, wollte Hannah wissen. Ihr Herz klopfte wie wild bei der Vorstellung, Winthrop würde Delores etwas antun. »Sie werden ihr doch nichts tun?«

»Dazu gibt es keinen Grund. Sie ist eine törichte alte Lady, doch so mag ich sie. Die alten Frauen sind für jede Aufmerksamkeit dankbar.« Winthrop stutzte und runzelte die Stirn. »Was war das?«

»Was meinen Sie?«, erwiderte Hannah, obwohl sie auch etwas gehört hatte. Es hatte geklungen, als wäre jemand draußen im Flur, aber das würde sie ihm nicht verraten.

»Ich dachte, da wäre ein Geräusch gewesen.«

»Alles ist still.« Hannah betete, dass die Kavallerie vor der Tür stand.

»Was immer es war, es ist weg. Sie tun mir einen enormen Gefallen, wissen Sie? Die alte Dame war besorgt, Sie könnten mich nicht leiden. Gleich werden Sie mir nicht mehr im Weg stehen. Ich werde Delores mit Liebe und Trost überschütten, wenn sie von dem tragischen Unfall ihrer Tochter erfährt. Dann wird sie mir noch mehr Geld geben.«

Hannah hielt den Fotorahmen umklammert. Sie hatte etwas Entscheidendes erfahren. Winthrop hatte vor, ihren Tod wie einen Unfall erscheinen zu lassen. Das hieß, er würde nur im äußersten Notfall auf sie schießen, denn eine Schusswunde könnte er nicht erklären.

»Aufstehen! Sofort!« Er wedelte mit der Waffe in der Luft herum.

Hannah gehorchte und achtete auf seine Augen. Beim kleinsten Anzeichen, dass er unaufmerksam war, würde sie ihn mit dem Fotorahmen angreifen und das Beste hoffen. In dem Moment passierte etwas, was sie beide entsetzte. Die Wohnungstür flog auf, und herein stürmte eine kreischende Furie.

»Du durchtriebener Schurke!«, schrie Delores. Sie packte den Stockschirm, der neben der Tür in einem Ständer stand, hielt ihn vor sich wie ein Florett und machte einen rasanten Ausfall.

»Mutter!«, rief Hannah, schlug mit dem Fotorahmen auf Winthrops Arm, und die Pistole knallte auf den Boden.

Winthrop jaulte auf, als die Schirmspitze in eine weiche

Stelle neben der Schulter eindrang. Das war kein tödlicher Treffer, doch Winthrop ging zu Boden, und Hannah sprang auf ihn, bevor er sich aufrappeln konnte. »Such etwas zum Fesseln, Mutter.«

»Natürlich«, sagte Delores, die die Balance wiederfand. »Wie wär's mit einem Verlängerungskabel? Hinter dem Fernseher liegt eins.«

»Das sollte genügen. Zieh den Stecker raus und gib es mir. Dann ruf einen Krankenwagen.«

»Warum?«

»Weil er blutet. Die Schirmspitze ist in seine Brust eingedrungen.«

Delores zuckte mit den Schultern. »Er blutet gar nicht so stark. Ich werde auf dem Revier anrufen und ihnen sagen, dass sie ihn abholen können. Die können dann entscheiden, ob er einen Krankenwagen braucht.«

»Okay.« Hannah beugte sich dem Wunsch einer verletzten Frau. Offenbar hatte Delores gehört, was Winthrop über sie gesagt hatte.

Da das Verlängerungskabel sehr lang war, konnte Hannah ihm die Hände und Füße zusammenbinden wie einer Weihnachtsgans. Dann bemerkte sie seinen Morgenmantel an der Tür des Badezimmers und verwendete den Stoffgürtel, um Winthrop zu knebeln. Der Kerl sollte ihre Mutter nicht noch einmal beleidigen!

»Warum knebelst du ihn, Liebes?«, fragte Delores, die aus der Küche kam, wo sie das Wandtelefon benutzt hatte.

»Er hat genug geredet. Ich will kein Wort mehr von ihm hören.«

»Sehr gut.« Delores nickte ihr anerkennend zu. »Der Beamte in der Leitstelle sagt, ein Streifenwagen wird jede Minute hier sein.«

»Er kann gar nicht früh genug kommen. Danke, Mutter.«

»Weil ich auf dem Revier angerufen habe?«

»Nein, weil du im richtigen Moment hier gewesen bist. Du hast mir das Leben gerettet.«

Delores winkte ab. »Mag sein, doch du warst mit dem Fotorahmen auch sehr gut.«

»Danke, Mutter. Warum bist du hergekommen? Um Winthrop das Geld zu geben?«

Delores schaute perplex und dann verlegen. »Das spielt jetzt eigentlich keine Rolle mehr, nicht wahr?«

»Eigentlich nicht. Es ist noch mal gut gegangen. Der Bösewicht liegt gefesselt am Boden, die Guten haben gewonnen.«

»So sollte es sein.« Delores setzte sich auf die Seitenlehne des Sofas. Winthrop ignorierte sie vollständig. »Wie fandest du meine Technik, Liebes?«

»Was für eine Technik?«

»In der Highschool hatte ich Fechten. Natürlich haben wir ein Florett, keinen Stockschirm benutzt, aber die Technik bleibt dieselbe.«

»Dein Angriff war einfach perfekt, Mutter. Du hast das Duell gewonnen.«

Delores lächelte zufrieden. »Ja, nicht wahr?«

25

Hannah unterschrieb ihre Aussage und gab den Kuli an ihre Mutter weiter, die ihre eigene unterzeichnete. Sie saßen in einem der Verhörräume auf dem Revier und hatten fast eine Stunde gewartet, während ihre Aussagen getippt wurden. Da Andrea während des Geschehens in Winthrops Wohnung in ihrem Auto gesessen und nichts mitbekommen hatte, war sie zu ihren Kindern nach Hause geschickt worden. Bill würde ihre Aussage am nächsten Morgen aufnehmen.

»Wir halten das unter dem Deckel«, mahnte Mike. »Ich will nicht, dass eine von euch ein Wort darüber verliert.«

Hannah runzelte die Stirn. »Aber Winthrop … ich meine Bobby Joe Peters … hat mir erzählt, dass Vanessa Neil Roper umgebracht hat. Er sagte, sie hätten das zusammen geplant. Reicht das nicht, um sie festzunehmen?«

»In den meisten Fällen ja, doch dieser Fall ist ein bisschen knifflig. Bobby Joe Peters ist ein entflohener Straftäter. Was er erzählt, kann man nicht ohne Weiteres glauben. Und der angebliche Mord wurde in Macon begangen, in einem anderen Bundesstaat. Das liegt außerhalb unserer Zuständigkeit. Vermutlich kämen wir damit durch, wenn wir ihn festnehmen und den Haftbefehl später aus Macon bekommen, doch ich will nicht riskieren, dass ein gerissener Anwalt den Fall wegen eines Verfahrensfehlers abschmettert.«

»Das leuchtet mir ein.« Delores trank einen Schluck von dem Kaffee, den ein Deputy ihr gebracht hatte. Sie verzog das Gesicht, und Hannah fühlte mit ihr. Er schmeckte schauderhaft.

»Ich kann wohl verstehen, dass du peinlich genau nach Vorschrift vorgehen musst«, erwiderte Hannah. »Aber fürchtest du nicht, dass Vanessa von Bobby Joe Peters' Festnahme erfährt und abhaut?«

Mike schüttelte den Kopf. »Nicht, wenn ihr drei darüber schweigt. Bill hat Andrea schon gewarnt, und jetzt warne ich euch. Ihr müsst absolut dichthalten.«

»Wir müssen absolut dichthalten«, wiederholte Hannah, weil er das zu erwarten schien. »Aber wir sind nicht die Einzigen, die von seiner Festnahme wissen. Was ist mit der Sekretärin, die unsere Aussagen getippt hat? Und mit den Deputys, die gesehen haben, dass er in Handschellen hereingeführt wurde? Sie wissen es, also wissen nicht nur wir es, weißt du?«

Hannah stöhnte leise, als die Worte in ihr nachklangen. Sie war immer stolz gewesen auf ihre sprachlichen Fähigkeiten, doch soeben hatte sie dreimal »wissen« in einem Satz gebraucht.

»Das ist kein Problem. Mitarbeiter des Reviers können darüber nicht reden.«

»Du meinst, sie dürfen nicht. Wenn sie nicht reden können, sind sie stumm«, murmelte Hannah leise.

»Wie bitte?«, fragte Mike.

»Nichts. Ich habe mit mir selbst gesprochen. Sind wir fertig? Ich habe heute noch einiges zu erledigen.«

»Wir sind fertig.«

»Gott sei Dank!« Delores schaute sehr dankbar. »Ich werde Andrea sagen, dass sie mit diesem Raum etwas tun sollte, jetzt, da Bill Sheriff ist. Diese bräunliche Wandfarbe ist grässlich. Vielleicht könnte sie ein hübsches Hellgelb darüberstreichen, denn das Zimmer hat kein einziges Fenster. Dann würde es heiterer wirken. Und neue Möbel natürlich. Ich verstehe überhaupt nicht, warum die Stühle festgeschraubt sind. Niemand, der bei Verstand ist, würde die stehlen wollen!«

Mike lächelte sie an, und Hannah sah an seinen Augen, wie sehr ihn das amüsierte.

»Sie haben absolut recht. Die Möbel sind hässlich, aber das ist ein Befragungsraum, der muss nicht schön sein. Sehen Sie die Schrammen an der Stuhllehne?«

»Diese?« Delores strich über eine Stelle, wo die Farbe abgeschabt und das blanke Metall zu sehen war.

»Ja. Die stammen von den Handschellen. Wir lassen dem Verdächtigen eine Hand frei, damit er unterschreiben kann, und die andere wird an die Armlehne gekettet. Deshalb müssen die Stühle festgeschraubt sein. So kann er nicht entkommen.«

»Ach so«, meinte Delores. »Das wusste ich nicht.«

»Das erwartet auch niemand. Ich bezweifle, dass Sie jemals verhört worden sind.«

»Da haben Sie recht.«

Delores lachte, und er fiel mit ein, dann auch Hannah. Sie war froh, dass Mike mit ihrer Mutter so gut umgehen konnte. Delores hatte einen furchtbaren Schock erlitten, und ihr Stolz lag am Boden.

»Vielen Dank für eure Kooperation«, erklärte er und lächelte beide an. »Den Vorfall hier noch mal zu schildern war sicher kein Vergnügen, doch das war notwendig.«

»Ich wette, das sagst du zu allen«, scherzte Hannah, wurde jedoch schnell ernst, weil Mike nicht darüber lachte. »Entschuldige. Wir machen uns auf den Heimweg. Und keine Sorge, dass wir uns verplappern. Wir werden kein Wort darüber verlieren.«

Mutter und Tochter gingen schweigend zu Delores' Wagen. Sobald sie sich angeschnallt hatten, drehte ihre Mutter den Kopf zu ihr. »Musst du sofort nach Hause, Liebes?«

»Eigentlich nicht.« Hannah merkte ihr an, wie niedergeschlagen sie war.

»Hast du Zeit, um irgendwo eine Tasse Kaffee zu trinken?«

»Natürlich«, antwortete Hannah. Sie hätte sich die Zeit genommen, auch wenn sie keine gehabt hätte. Im Schein des Armaturenbretts schaute sie auf ihre Armbanduhr. Es war Viertel vor sechs und wurde bereits dunkel. »Lass uns zum *Cookie Jar* fahren. Da setze ich frischen Kaffee auf. Lisa ist nicht da, aber es sollten noch Plätzchen übrig sein. Ich hatte für dich eine Tüte voll mitgenommen, als ich am Nachmittag aufgebrochen bin, doch Andrea hat alle gegessen, während sie im Auto auf mich gewartet hat.«

Delores schaute weder empört, wie Hannah erwartet hatte, noch lachte sie wohlwollend über ihre mittlere Tochter, die Hannahs Plätzchen nicht widerstehen konnte. Sie machte auch keine Bemerkung dazu, dass Andrea besser auf ihr Gewicht achten sollte. Stattdessen nickte sie nur, und Hannah sorgte sich deswegen. Ihre Mutter wollte nicht einmal wissen, welche Sorte Plätzchen sie für sie eingepackt hatte, und das fragte sie immer. Jedenfalls bisher.

Delores fuhr durch die stillen Straßen zum *Cookie Jar*. Nur ab und zu kam jemand auf dem Heimweg zu seiner Familie an ihnen vorbei. Als Mike gerade erst nach Lake

Eden gezogen war, hatte er einmal gesagt, dass hier im Winter um sechs Uhr die Bürgersteige hochgeklappt würden. Abgesehen vom *Cut'n Curl*, wo Bertie Straub noch eine späte Kundin frisierte, waren auf der Main Street alle Läden geschlossen. Und da es sehr kalt war, unternahm auch keiner einen Abendspaziergang.

»Ich hoffe, Carrie hat daran gedacht, die Alarmanlage einzuschalten«, bemerkte Delores, als sie in die Gasse einbog und an der Rückseite ihres Geschäfts vorbeifuhr.

»Möchtest du kurz nachsehen?«, fragte Hannah.

»Nein, nicht nötig. Sie ist ziemlich zuverlässig.«

Delores parkte hinter dem *Cookie Jar* gleich neben Hannahs Lieferwagen. »Ich kann auch sofort nach Hause fahren, wenn du viel zu tun hast oder dergleichen.«

»Hab ich nicht. Und dergleichen auch nicht.« Hannah wollte sie zum Lachen bringen, aber vergeblich. »Komm rein. Du brauchst Schokolade, die wird dich aufmuntern.«

Fünf Minuten später saßen sie beide am hintersten Tisch im Café und tunkten Schokomandelröstbrot in ihren Kaffee.

»Wunderbar«, sagte Delores und sah schon entspannter aus. »Du hast recht, Hannah. Schokolade hebt die Stimmung. Das ist ganz bestimmt der Grund, warum die Männer den Frauen seit Jahrhunderten Schokolade schenken. Auch in der Regency-Ära in England, weißt du?«

»Tatsächlich?«

»Ja. Da wurde sie hauptsächlich getrunken. Eine junge Frau bekam Schokolade zum Frühstück.«

»Wie unsere heiße Schokolade?«

»Ja, aber nicht so süß. Marge Beeseman hat letztes Jahr einen Vortrag darüber gehalten.« Delores hielt inne und trocknete sich mit einem Serviettenzipfel die Augenwinkel.

»Es tut mir leid, Liebes. Ich bin furchtbar deprimiert. Ich denke immer wieder an Winthrops Lieblingsausspruch.«

»Welcher ist es?« Hannah wollte ihre Mutter lieber nicht daran erinnern, dass Winthrop eigentlich Bobby Joe Peters war, der Trickbetrüger, und dass sein Lieblingsausspruch, falls er tatsächlich einen hatte, eher einer wäre wie: Wer sich übertölpeln lässt, ist selber schuld.

»Er pflegte zu sagen: ›Das Leben wird nicht daran gemessen, wie viele Atemzüge wir tun, sondern daran, wie viele atemberaubende Momente wir erleben.‹«

»Neil Roper hätte das anders gesehen«, erwiderte Hannah, bevor sie sich zurückhalten konnte.

»Wie meinst du das?«

Hannah hätte fast gestöhnt. Ihre Mutter war deprimiert. Der Mann, dem sie vertraut hatte, den sie hatte heiraten wollen, hatte sich als Betrüger entpuppt. Sie brauchte jetzt liebevolle Zuwendung, und Hannah hatte stattdessen den Finger in die Wunde gelegt. »Dass Neil der Atem *geraubt* wurde. Buchstäblich. Das war ganz bestimmt kein schöner Moment für ihn.«

»Hannah!«, rief Delores tadelnd, doch in ihren Mundwinkeln deutete sich ein winziges Lächeln an. »Das ist schrecklich.«

»Ich weiß. So denke ich nun mal. Das muss ich von Dad geerbt haben.«

»Oder von mir«, gab Delores zurück. Das Lächeln lugte deutlicher hervor. »Ich hatte früher auch viel Humor. Den habe ich verloren, als dein Vater gestorben ist.«

»Vielleicht kommt er zurück.« Hannah hoffte, dass sie das Richtige sagte. Behutsames, einfühlsames Verhalten war nicht ihre Stärke. Sie nannte die Dinge meistens beim Namen.

»Das hoffe ich. Ich würde gern wieder über mich selbst

lachen können. Lass uns den Platz tauschen, Hannah. Ich möchte mich gerade nicht im Spiegel sehen.«

»Okay.« Hannah stand auf und überließ Delores ihren Platz. »Warum möchtest du das nicht?«

»Weil ich furchtbar aussehe.«

»Das ist nicht wahr!« Hannah blickte sie bestürzt an. Ihre Mutter trug einen eleganten dunkelgrünen Hosenanzug, der ihre makellose Figur betonte, sie war perfekt geschminkt, und ihre Haare saßen fantastisch. »Du siehst großartig aus. Der Hosenanzug steht dir wunderbar. Ich würde morden für eine Figur wie deine.«

»Wirklich?« Delores freute sich sichtlich über die Komplimente.

»Absolut.«

»Du kannst deine Figur ganz leicht verbessern, Liebes. Du musst nur Diät halten und viel Gymnastik machen.«

»Ich weiß. Doch das werde ich nicht tun.«

»Aber … du sagtest gerade, du würdest morden für solch eine Figur.«

»Oh, morden ja, Diät halten und Gymnastik machen jedoch nicht.«

Delores lachte, doch es klang ein bisschen schrill, fand Hannah, und dann tupfte ihre Mutter sich erneut die Augen. »Ich schäme mich furchtbar, Liebes. Winthrop hatte recht. Ich bin nur eine törichte alte Frau.«

»Nein, bist du nicht!« Hannah hoffte, sie würde die richtigen Worte finden.

»Ich *bin* töricht. Wie sonst sollte man eine fünfzigjährige Frau nennen, die auf einen zehn Jahre jüngeren, falschen englischen Lord hereinfällt, nur weil er gut aussieht und Tango tanzen kann?«

Hannah fasste Mut. Ihre Mutter war siebenundfünfzig,

nicht fünfzig. Solange Delores über ihr Alter log, sah sie noch mit Hoffnung in die Zukunft. Natürlich war noch eine andere Erklärung denkbar, eine, die sich nicht positiv deuten ließe, wie Hannah es gerade getan hatte. Es war möglich, dass ihre Mutter schon so lange über ihr Alter die Unwahrheit sagte, dass sie vergessen hatte, wie alt sie wirklich war.

»Nun? Wie würdest du sie nennen?«

»Romantisch«, antwortete Hannah. »Ich bewundere das an dir, Mutter. Du traust dich zu träumen. Und wenn du einen Traum hast, fängst du gleich damit an, ihn zu verwirklichen. Ich wünschte, ich hätte deinen Mut.«

»Aber nicht meine Leichtgläubigkeit«, erwiderte Delores lächelnd.

»Nein, die nicht.« Hannah legte einen Arm um sie und drückte sie. »Andererseits … besser, als ein langweiliges Leben zu führen.«

»Ist deines langweilig, Liebes?«

»Nein. Immer wenn ich das denke, passiert etwas.«

»Das stimmt. Ich wollte gerade sagen …« Delores hielt inne und zog die Brauen zusammen. »Ich könnte schwören, dass ich gerade Vanessas Corvette gesehen habe.«

»Bist du sicher?«

Delores schnaubte. »Selbstverständlich. Wie viele goldene Corvettes gibt es in Lake Eden?«

»Gutes Argument.« Hannah drehte sich zum Fenster um und sah gerade noch die Rücklichter um die Ecke verschwinden. »Anscheinend kommt sie gerade nach Hause.«

»Nun, ich hoffe, da bleibt sie auch.«

Delores und Hannah blickten einander an. Hannah war sich sicher, dass der Mutter-Tochter-Radar eingeschaltet war und ihnen der gleiche Gedanke durch den Kopf ging.

»Du denkst, jemand wird sie anrufen und ihr sagen, dass

ihr Komplize festgenommen wurde? Und dass sie abhauen wird, bevor Mike den Haftbefehl aus Georgia bekommt?«, fragte Hannah.

»Genau das. Und du?«

»Ich auch«, stimmte Hannah zu. »In Lake Eden bleibt nichts geheim. Mike sollte das eigentlich wissen. Was meinst du, was wir tun sollten?«

»Sie beobachten.«

Hannah nickte. »Überwachen. Das ist gut. Und was sollen wir unternehmen, wenn sie wegfährt?«

»Ihr folgen. Und auf dem Revier anrufen. Das wäre unsere Pflicht, nicht wahr?«

»Ja, wäre es. Ich habe kein Handy. Du?«

»Nein. Ich wollte mir eins zulegen, doch … Sie fährt weg!« Delores zeigte nach draußen, wo die Corvette langsam aus der Einfahrt neben dem *Café Magnolia* kam. »Sie muss es erfahren haben und ist schnell hergekommen, um ihr Geld und ihren Pass zu holen.«

Hannah stand auf, um mehr zu sehen. »Du hast recht. Das ist Vanessa. Sie späht die Straße entlang, um herauszufinden, ob die Luft rein ist. Los!«

»Wie aufregend das ist!« Delores trank von ihrem Kaffee, den sie mitgenommen hatte. »Bist du sicher, dass dein Wagen mit ihrem mithalten wird?«

»Sie fährt nicht schnell.«

»Weil sie wirklich aus dem Süden stammt. Südstaatler sind an unsere Wetterverhältnisse nicht gewöhnt. Wenn Schnee liegt, fahren sie ängstlich. Glaubst du, sie weiß, dass wir sie verfolgen?«

»Vielleicht hat sie uns bemerkt, aber das spielt keine Rolle. Mein Tank ist voll, und wir fahren so weit wie nötig hinter ihr her.«

Hannah und Delores waren still, während sie Vanessa durch die ruhigen Straßen folgten. Nur die Scheibenwischer waren zu hören. Es schneite wieder, wenn auch nur leicht. Wieso schneite oder regnete es immer gerade so, dass die eine Stufe des Scheibenwischers zu schwach und die nächste zu stark war?

»Was, wenn sie uns sieht und anhält?«, wollte Delores wissen. »Hast du eine Waffe?«

»Nur Plätzchen. Wir könnten sie ihr in den Rachen stopfen, aber das würde nicht viel nützen.«

»Ich habe meinen Kaffeebecher«, bemerkte Delores. »Den könnte ich ihr an den Kopf werfen.«

»Würdest du denn treffen?«

»Natürlich würde ich das. Auf der Highschool war ich der Pitcher meiner Softballmannschaft.«

»Wow!« Hannah drehte kurz den Kopf zu ihr. »Möchtest du für das *Cookie Jar* spielen? Ich werde diesen Sommer eine Softballmannschaft aufstellen und brauche einen Pitcher.«

Delores schaute so begeistert wie lange nicht mehr. »Auf jeden Fall! Du hast also einen Pitcher.«

»Danke, Mutter.« Und im nächsten Moment keuchte Hannah erschrocken auf, denn Vanessa tat etwas, mit dem sie nicht gerechnet hatte. Sie wendete mitten auf der Straße und kam auf Hannah zugefahren.

»Was hat sie vor?«, rief Delores.

»Keine Ahnung. Halt dich fest, Mutter! Ich versuche, sie von der Straße zu drängen. Ich denke, sie wird lieber in den Graben fahren, als sich rammen zu lassen.«

Selbst wenn Vanessa sich für das Gegenteil entschied, gäbe es keine große Kollision. Sie fuhr einen tief liegenden, flachen Wagen, Hannah dagegen den amerikanischen SUV, den manche Autozeitschriften mit einem Panzer verglichen. Als Hannah auf die Corvette zuhielt und Vanessa ihr auswich, fuhr sie über eine vereiste Stelle und rutschte von der Straße in den Graben.

»Wir haben sie!«, jubelte Delores. Die Corvette sank bis über die Räder in den Schnee ein. »Da kommt sie allein nicht mehr raus!«

»Stimmt. Doch ich frage mich, wieso … Schau!«

Hannah zeigte nach vorn, und da sahen sie, weshalb Vanessa so plötzlich gewendet hatte. An der Auffahrt zum Freeway warteten vier Streifenwagen mit Blaulicht.

»Hinter uns sind noch mehr!«, sagte Delores.

Hannah schaute in den Rückspiegel und sah eine Phalanx von Polizeiwagen ankommen.

Mit gellenden Sirenen hielten die Wagen an. Hannah und Delores pressten sich die Hände auf die Ohren. Deputys stiegen aus und rannten zu der Corvette. Aus den Funkgeräten gellten Befehle in die eisige Nachtluft.

»Alles okay, Mutter?« Hannah riss sich von dem Anblick der blinkenden roten Lichter los, die über den Schnee tanzten.

»Mir geht es gut«, antwortete Delores mit leuchtenden Augen. »Ich habe seit Jahren nicht so viel Spaß gehabt.«

Als Hannah sah, dass ihre Mutter zufrieden ihren Kaffee weitertrank und von den Plätzchen aß, die sie auf dem Weg zur Tür noch schnell mitgenommen hatte, stieg sie aus und begab sich zum Zentrum des Geschehens. Sie stieg eine niedrige Böschung hinauf und sah Vanessas Wagen im Schnee liegen. Zwei Deputys legten Vanessa Handschellen an, und Mike überwachte die Verhaftung. Danach drehte er sich um, entdeckte Hannah und bedeutete ihr zu warten, dann kam er zu ihr.

»Warum seid ihr Vanessa gefolgt?«, fragte er, sowie er bei ihr war.

Hannah schluckte mühsam. Mike klang gar nicht erfreut. »Na ja … wir dachten, dass … vielleicht …«

»Dass ich vielleicht nicht so schlau bin, ihre Wohnung zu observieren?«

»Das nicht, aber …«

»Aber du hast mir nicht zugetraut, dass ich meinen Job mache?«, unterbrach Mike sie erneut.

»Nein! Mutter und ich haben im *Cookie Jar* einen Kaffee getrunken und mitbekommen, wie Vanessa wegfuhr. Du hast uns nicht gesagt, dass du sie überwachen oder ihre Wohnung observieren lässt oder dergleichen. Hättest du das getan, hätten wir uns die Mühe gespart.«

»Also hast du mich bloß unterschätzt«, erwiderte Mike.

»Ich … Ich …« Hannah fiel nichts ein, wie sie zum Angriff übergehen könnte, doch Mike hatte recht, und es wäre nur fair, das zuzugeben. »Ich habe dich unterschätzt. Das tut mir leid.«

Mike schwieg. Er sah sie nur für ein paar Augenblicke an. Und dann fragte er: »Habe ich da gerade eine Entschuldigung gehört?«

»Ja.« Hannah nickte, und im nächsten Moment fand sie, sie sollte das lieber präzisieren. »Ich entschuldige mich, weil ich dich unterschätzt habe, nicht wegen etwas anderem.«

Mike grinste. »In Ordnung.«

Danach gab es einen Moment, da Hannah glaubte, er würde sie küssen, doch er schob nur eine Hand um ihre Taille und drückte sie kurz. »Du bist bestimmt müde. Es ist anstrengend, immer alles selbst in die Hand zu nehmen, stimmt's?«

»Ich nehme gar nicht …« Sie stockte. Das war nicht der passende Moment, um mit ihm zu streiten, denn sie musste ihn um einen Gefallen bitten. »Kann ich kurz mit Vanessa sprechen? Nur für einen Moment? Wir müssen noch etwas klären.«

»Ja, solange du ihr nicht die Augen auskratzt oder sie sonst wie verstümmelst.«

»Keine Angst. Ich würde sie nicht vor Zeugen angreifen.«

Mike lachte, und Hannah ging es sofort besser. Lachen war besser als Entschuldigungen.

»Wartet einen Moment«, rief er den beiden Deputys zu, die gerade in den Streifenwagen steigen wollten. »Komm mit, Hannah. Du hast eine Minute.«

Er brachte sie zu dem Polizeiwagen und öffnete die hintere Tür. »Hier möchte dich jemand sprechen, Vanessa.«

»Sie!« Vanessa blickte Hannah wütend an. »Sie haben mich von der Straße gedrängt!«

»Selbstverständlich. Ich durfte Sie nicht davonkommen lassen. Soll ich Ihnen einen Anwalt besorgen?«

Vanessa starrte sie mit offenem Mund an. »Das würden Sie für mich tun?«

»Absolut … wenn Sie mir das Inventar Ihrer Bäckerei verkaufen. Ich habe entschieden, alles zu nehmen.«

»Von mir aus. Mir ist das Zeug egal. Nehmen Sie alles. Ich schenke es Ihnen. Besorgen Sie mir einfach einen Anwalt.«

»Ein so großes Geschenk anzunehmen wäre illegal, da Sie sich in einer Zwangslage befinden. Nennen Sie einen Preis, und ich zahle ihn.«

»Tausend Dollar für alles. Machen Sie, was Sie wollen, doch Sie müssen mir den besten Anwalt der Stadt besorgen.«

»Ganz sicher?«

»Ja.«

»Abgemacht«, erwiderte Hannah lächelnd und drehte sich zu Mike um. »Du hast das gehört?«

»Hab ich.«

»Okay. Dann mache ich mich auf den Weg. Ich muss mich um den Anwalt für Vanessa kümmern.«

Als sie bei ihrem Wagen ankam, lächelte sie noch immer. Das war ein sehr ertragreicher Abend.

»Du siehst glücklich aus«, stellte Delores fest.

»Bin ich.« Hannah setzte sich ans Steuer und wendete, um in die Stadt zurückzufahren. Howie Levine war der beste Anwalt der Stadt. Er war auch der einzige Anwalt in Lake Eden, aber das spielte keine Rolle. Sie würde ihn sofort anrufen, wenn sie zu Hause war, und ihm von seiner neuen Mandantin berichten. Damit hätte sie ihren Teil der Abmachung erfüllt, und durch den Verkauf von Vanessas Kristallgläsern, ihres Silberbestecks und des Limoges-Porzellans würde sie ihre Verluste wieder reinholen.

»Und warum lächelst du so?«, wollte Delores wissen.

Hannah überlegte, ihr zu erzählen, wie unfassbar günstig sie Vanessas Inventar bekam und dass sie mit Mike zu einem Waffenstillstand gelangt war, doch das war ihr jetzt zu kompliziert. Sie fasste es so gut wie möglich in einem Satz zusammen. »Ich bin immer glücklich, wenn die Guten gewinnen.«

26

Hannah betrachtete sich im Spiegel. Sie sah gut aus, wirklich gut. Ihre Haare waren heute brav und machten, was sie wollte, ihre Haut schimmerte rosig. Ersteres lag an dem neuen Gel, das Andrea für sie ausgesucht hatte, und Letzteres an dem eisigen Wind, denn sie hatte vorhin den Müll rausgebracht.

Ihr Outfit war »typisch Claire«. Claire Rodgers, der die gehobene Boutique neben dem *Cookie Jar* gehörte, hatte Hannah zu sich in den Laden gerufen, um ihr ein Kostüm zu zeigen, das gerade frisch hereingekommen war. Die Farbe nannte sich »Gerste«, ein helles Braun mit einem Stich ins Orange, das die Glanzlichter in Hannahs roten Haaren aufgriff. Die taillierte Jacke und der Tellerrock bestanden aus einem Stoff, der nach Claires Meinung die Vorzüge ihrer Figur betonen und die Mankos kaschieren würde. Da Hannah fand, sie habe mehr Mankos als Vorzüge, war sie Claires Überzeugung gefolgt und hatte das Kostüm gekauft.

Heute war ein besonderer Anlass. Lisa und Herb hatten beschlossen, den Gutschein für den Champagner-Brunch einzulösen, den Gloria Travis ihnen zur Hochzeit geschenkt hatte. Der Champagner-Brunch im *Lake Eden Inn* war berühmt, und Hannah hatte extra seit vierundzwanzig Stunden nichts gegessen.

Sie würden die Verhaftung von Bobby Joe Peters alias Winthrop Harrington II. feiern, der Shawna Lee Quinn ermordet hatte und dafür im Gefängnis enden würde. Und sie würden die Verhaftung von Vanessa Quinn Roper feiern, die ihren Mann Neil Roper ermordet hatte. Es gab noch mehr zu feiern, denn Hannah hatte Lisa und Herb ein zweites Hochzeitsgeschenk gemacht. Nun, da ihr die Gebrauchsgüter aus dem *Café Magnolia* gehörten, hatte sie ihnen erlaubt, durch die Wohnung im ersten Stock zu gehen und sich die Möbel zu nehmen, die ihnen gefielen.

Hannah hatte gerade die Ohrringe in die Hand genommen, um sie anzulegen, für sie ein ungewohntes Accessoire, das bewies, wie wichtig der Anlass war, als ihr Blick in den Spiegel fiel. Was sie sah, ließ sie abrupt innehalten und das Geschehen verfolgen.

Moishe war soeben ins Schlafzimmer gekommen, und es war klar, dass er Futterpellets im Maul trug. Das tat er oft. Er brachte sie zu einem behaglicheren Platz, um sie dort zu fressen. Doch anstatt sich auf den Teppich zu setzen oder aufs Bett zu springen und seinen Snack zu verzehren, hakte er die Krallen in die Schiebetür des Kleiderschranks und schob sie zur Seite.

Sonderbar, dachte Hannah. Ihr Kater verschwand in das Durcheinander von Schuhen, Schachteln und anderen Dingen, die sie nicht wegwerfen konnte und deshalb auf dem Schrankboden lagerte. Ein paar Augenblicke später kam Moishe heraus, schob die Tür zu und lief zurück in die Küche.

Das ist noch seltsamer, dachte Hannah. Was tut er da? Füttert er die Mäuse in meinem Schrank?

Hannah legte kichernd den Ohrring an. Das war völlig absurd. Katzen fütterten Mäuse nur in Cartoons, nicht im wirklichen Leben. Im wirklichen Leben waren die Mäuse das Futter der Katzen. Vielleicht war der Schrank die Kulisse für eine besonders leckere Mahlzeit gewesen, die aus kleinen Nagern und Staubflocken bestanden hatte, und Moishe hatte entschieden, ihn nun zu seinem privaten Esszimmer zu machen.

Hannah legte den zweiten Ohrring an und mühte sich dann mit dem Verschluss der Halskette ab, als Moishe wieder hereinkam. Wie eben trug er Futterpellets im Maul, und wie schon zuvor schob er die Schranktür mit der Pfote zur Seite. Hannah horchte aufmerksam, hörte aber keine Knuspergeräusche. Moishe fraß nicht. Dessen war sie sicher. Sie meinte jedoch, leises Quieken zu hören.

Hatte sie beim ersten Mal etwa richtig getippt? Hielt er tatsächlich Mäuse im Schrank und fütterte sie? Wenn ja, musste es einen Grund dafür geben, und ihr fielen nur zwei ein. Entweder hatten sich die Mäuse mit Moishe angefreundet und er fütterte sie, um sie am Leben zu halten, oder er hatte von den Farmern in Lake Eden gelernt und mästete die Mäuse, bevor er sie fraß.

Das wollte sie genau wissen. Sie wartete, bis Moishe wieder in die Küche verschwand, und öffnete den Schrank. Was sie vorfand, überraschte sie. Da lag ein Haufen Trockenfutter, aber von Mäusen keine Spur.

»Das wird immer seltsamer«, murmelte sie und eilte in die Küche. Moishe war noch dort, doch er verschwand gerade durch ein Loch, das er in die Besenschranktür geknabbert hatte, ein Loch, das direkt zu dem Fünfundzwanzig-Pfund-Sack Trockenfutter führte. Er hatte sich Zugang verschafft und wollte den Riesenvorrat an einen sicheren Ort schaffen, bevor sie entdeckte, was er getan hatte!

»Ich kann nicht mehr!« Hannah schüttelte den Kopf, als Sally mit einem Korb frischer Popovers an den Tisch kam. »Ich habe schon viel zu viel gegessen.«

»Bist du sicher?« Sally hielt ihr den Korb hin, sodass Hannah das goldbraune knusprig-luftige Gebäck sehen konnte, das in dem Serviettennest lag.

»Na ja … vielleicht eins. Mit Butter. Und Aprikosenmarmelade.«

Alle lachten, einschließlich Norman, der an ihrer rechten Seite saß, und Mike, der links von ihr Platz genommen hatte. Sie grinste freundlich und schaute über den Tisch nach der Butter und der hausgemachten Marmelade.

»Hier ist die Butter.« Mike reichte ihr das Schälchen, sodass Hannah es mit der linken Hand annehmen konnte.

»Und hier die Marmelade.« Norman kam damit von der anderen Seite, sodass Hannah das Glas mit der Rechten nehmen konnte.

»Noch etwas Kaffee dazu?«, fragte Norman und griff zur Kanne. »Oder Orangensaft?« Er hob mit der anderen Hand den Saftkrug an.

»Ich könnte ihn dir mit Sekt mischen«, bot Mike an und nahm die Flasche aus dem Eiskübel.

»Danke, das möchte ich nicht«, sagte Hannah zu ihm. »Aber ich würde noch ein wenig Champagner trinken.« Dann wandte sie sich Norman zu. »Und noch etwas Kaffee bitte, doch keinen Orangensaft.«

Und da saß Hannah, hielt die Butter in der linken und

die Marmelade in der rechten Hand, während Norman ihre Tasse füllte und Mike ihr Sektglas. Sie saß zwischen zwei Männern, die sich überschlugen, um es ihr recht zu machen, und dabei kam sie sich albern vor. Sie musste wirklich ein Wörtchen mit demjenigen reden, der das nächste Familienessen organisierte. Sie war es leid, zwischen den beiden Männern eingezwängt zu sein wie die Creme zwischen zwei Keksen.

Die ganze Bande war da, und alle waren bestens gelaunt. Andrea und Bill sahen so glücklich aus wie Lisa und Herb, und ebenso Marge Beeseman und Jack Herman. Offenbar funktionierte ihr Zusammenleben sehr gut. Mike war froh, zwei Fälle gelöst zu haben, und Norman war stolz, weil er Hannah beim Ermitteln geholfen hatte. Carrie und Delores hatten Tracey zwischen sich, die ihren ersten Champagner-Brunch erlebte. Sie trank Apfelschorle aus einem Sektglas und brachte Carrie und Delores mit ihren Bemerkungen zum Lachen.

»Und hier kommt Hannahs Beitrag zum Brunch«, verkündete Sally und brachte eine Silberplatte mit Schokoladenschnitten, die Hannah mit einem Gittermuster verziert hatte, weil zwei weitere Mörder hinter Gitter gebracht waren.

Eine Weile sagte niemand etwas, und das war das größte Kompliment, das man einer Konditorin machen konnte. Hannah sah zu, wie ihre Freunde und ihre Familie in den cremigen Schokoladenschnitten schwelgten. Im Nu war die Platte leer, und alle lächelten zufrieden.

»Hannah?« Mike ergriff die Gelegenheit, als Norman zu Bill gegangen war, um sich mit ihm zu unterhalten. »Hast du eine Minute für mich? Ich muss dich dringend allein sprechen.«

Sie wollte ablehnen, doch das wäre unhöflich. Nicht nur das, sie war auch neugierig. Sie ermahnte sich, dass Neugier manch einem schon zum Verhängnis geworden war, doch der Gedanke wirkte nicht so abschreckend wie erhofft.

Nachdem sie sich entschuldigt hatten, verließen sie den Speiseraum und gingen ins Foyer. Mike führte sie zu einer Couch neben dem großen Kamin und wartete, bis sie sich gesetzt hatte.

»Ich wollte dir sagen, dass es mir leidtut.« Er nahm ihre Hand und setzte sich zu ihr. »Ich war ein Idiot. Kannst du mir je verzeihen?«

»Ich bin mir nicht sicher«, antwortete Hannah ehrlich und tat ihr Bestes, um objektiv zu bleiben. Mikes Nähe wirkte ein bisschen wie eine Droge. Sie hatte das Gefühl, ohne ihn nichts zu sein und mit ihm alles sein zu können, was sie wollte. Das Gefühl machte ihr Angst, und sie bekämpfte es. Das war keine Liebe, sondern Abhängigkeit.

»Ich habe seitdem viel nachgedacht.« Mike nahm jetzt ihre Hände in seine. »Mir ist klar geworden, wie sehr ich dich liebe … wirklich liebe. Und ich verspreche, ich werde nie wieder eine andere Frau ansehen. Du bist für mich die Einzige auf der Welt.«

Hannah konnte nicht atmen. Und deshalb konnte sie auch nicht sprechen. Bedeutete das etwa, er …?

»Ich war bisher nicht so weit, aber jetzt bin ich es«, fuhr er fort. »Alles hat sich geändert. Ich will die Vergangenheit hinter mir lassen und mit dir ein neues Leben anfangen. Das heißt, wenn du Ja sagst. Tu es, Hannah … bitte.«

Sie wollte sich bewegen, atmen, sprechen, aber sie konnte nicht. Sie war erstarrt wie ein Reh im Scheinwerferkegel, wartete auf ihren Retter oder Mörder oder Kidnapper … wen auch immer … um aus der Situation erlöst zu werden.

Während sie sich fragte, wie lange sie ohne Luft auskommen würde, ging Mike vor ihr auf ein Knie nieder und zog eine kleine Samtschachtel aus der Tasche.

»Den wollte ich dir schon bei Lisas und Herbs Hochzeit geben, doch … na ja … du weißt, was passiert ist. Ich weiß, du hast mal gesagt, dass du keine Diamanten magst, weil sie farblos sind.«

»Das stimmt.« Hannah war überrascht, dass sie zwei Worte herausbekommen hatte, obwohl ihr Hals wie zugeschnürt war.

Mike klappte die Schachtel auf, sodass sie den Ring darin sehen konnte. »Ich habe dir einen Verlobungsring mit einem Smaragd gekauft, weil das Grün zu deinen Augen passt. Willst du mich heiraten, Hannah? Bitte!«

Hannah schaute auf den Ring und war wieder sprachlos. Sie konnte nicht Ja, nicht Nein, nicht einmal Vielleicht sagen. Sie hatte das Gefühl, ihr Herz würde ihr aus der Brust springen, als Mike den Ring herausnahm und ihr hinhielt. Endlich ein Heiratsantrag, von Mike! Sie brauchte ihn nur noch anzunehmen und würde Mrs Michael Kingston werden.

Aus dem Augenwinkel sah sie Norman kommen, und das Ja blieb ihr in der Kehle stecken. Norman bemerkte Mike, der vor ihr kniete, und schwenkte die Arme wie ein Schiedsrichter beim Time-out.

Hannah grinste trotz des hochemotionalen Moments. Norman ruderte mit den Armen, sie konnte nicht anders.

»Was?«, fragte Mike, der ihre Unaufmerksamkeit bemerkte.

»Nichts«, antwortete Hannah, und Norman zog sich

hastig zurück. Was hatte er vor? Wollte er nicht mal um sie kämpfen?

»Hannah? Willst du mich heiraten?«, fragte Mike wieder und schaute ein wenig irritiert.

»Ein dringender Anruf für Mike Kingston«, sagte jemand über Lautsprecher. »Bitte melden Sie sich unverzüglich an der Rezeption.«

»Oh, oh.« Mike sprang auf. »Merk dir, was du mir antworten wolltest. Das könnte wichtig sein. Ich sollte den Anruf annehmen, okay?«

Hannah konnte dazu nichts mehr sagen, denn im nächsten Moment war sie allein, doch sie hatte das Gefühl, dass ihr ganzes Leben so laufen würde, wenn sie ihn heiratete. Sie würde nie an erster Stelle stehen. Es war wirklich schade, dass Norman nicht …

»Hannah!« Norman eilte an ihre Seite. »Heirate Mike nicht! Mag sein, dass er dich liebt, aber er wird dir das Herz brechen. Heirate mich. Ich liebe dich, und ich verspreche dir, dich jeden Tag zum Lachen zu bringen. Unser Leben wird wunderbar, du wirst sehen.«

Hannah blickte zu den Telefonen an der hinteren Wand. Ein Hörer hing an seinem Kabel herab, und ihr wurde klar, dass Norman den »dringenden Anruf« für Mike arrangiert hatte. Was für ein gemeiner Trick! Und so herrlich diabolisch!

»Hannah?«, fragte Norman und forderte sein Glück ein bisschen zu keck heraus. »Willst du mich heiraten und mit mir in unserem Traumhaus leben?«

Hannah dachte ein, zwei Sekunden darüber nach, dann erkannte sie, dass sie gerade vorschnell verurteilt werden sollte. Sie konnte nur eines tun, um ein wenig Zeit zu gewinnen.

»Das werde ich dich sehr bald wissen lassen«, erwiderte sie und gab ihm einen zärtlichen Kuss auf die Lippen. »Und wenn Mike zurückkommt, kannst du ihm das auch ausrichten.«

Schokoladenschnitten

Den Backofen auf 175 Grad vorheizen, das Blech auf die mittlere Schiene setzen.

Für den Teig:

180 g Mehl
30 g ungesüßter Kakao
150 g Zucker
180 g weiche Butter

Die trockenen Zutaten miteinander vermengen, dann die Butter unterkneten. (Falls Sie eine Küchenmaschine verwenden, nehmen Sie kalte, in Stücke geschnittene Butter.)

Eine Kuchenform von 23 x 32 cm einfetten, den Teig auf dem Boden der Form ausbreiten und mit einem Spatel andrücken.

15 Minuten backen. Danach den Backofen noch nicht ausschalten.

Für die Füllung:

450 g Frischkäse
225 g Mayonnaise
200 g Zucker
4 Eier
330 g Schokolade
2 TL Vanilleextrakt

Sie können mit der Hand rühren, doch es geht viel leichter mit einem Handmixer. Den Frischkäse mit der Mayonnaise zu einer glatten Masse verrühren. Nach und nach den Zucker zugeben und unterrühren. Die Eier einzeln zugeben und einrühren. Die Schokolade verflüssigen, ein wenig abkühlen lassen und unter Rühren langsam zugeben. Zuletzt den Vanilleextrakt unterrühren. Die fertige Masse auf den gebackenen Teig verteilen.

35 Minuten backen. Auf Zimmertemperatur abkühlen lassen, dann für mindestens 4 Stunden kalt stellen.

In Stücke schneiden und mit Erdbeeren, Schlagsahne oder Puderzucker garnieren.

Verzeichnis der Rezepte

Danksagung

Dank an unsere Kinder, die sich nicht scheuen zu fragen: »Wie *soll* das denn schmecken?«

Vielen Dank an unsere Freunde und Nachbarn:
Mel & Kurt, Lyn & Bill, Gina & die Kinder, Jay,
Bob M., Amanda, John B., Trudi, Dale, Adrienne,
Dr. Bob & die Bobbettes und Mark Baker.

Meinem Redakteur John Scognamiglio kann ich gar nicht genug danken. Manche Menschen haben einen Schutzengel; ich habe John S. Vielen Dank auch an die vielen anderen tüchtigen Mitarbeiter bei Kensington, die dazu beitragen, dass Hannah Swensen weiterhin backen und schnüffeln kann.

Vielen Dank an Hiro Kimura, meinen Cover-Künstler, der jedes Titel-Dessert zur Inspiration probiert, bevor er mit dem *Kunstwerk* beginnt. *(Das merkt man!)*

Viele Umarmungen für Terry Sommers und ihre Familie, die meine Rezepte kritisieren und eine moralische Unterstützung leisten, die nur Cheeseheads bieten können.

Vielen Dank an Jamie Wallace, meinen Internet-Experten, für **MurderSheBaked.com**.

Eine große Umarmung für Sue Ganske, die mir die Zubereitung von *Kransekake* erklärt hat.

Und vielen Dank an alle, die mir per E-Mail oder Brief von ihrem Leben, ihren Rezepten und ihren Gefühlen für Hannah und Lake Eden erzählt haben. Für euch habe ich einen ganz besonderen Leckerbissen kreiert, die Schokoladenschnitten.
(Die sind wirklich unglaublich … und Hannah findet das auch!)